RISKANTES VERTRAUEN

UNTERGETAUCHT: FBI-SERIE NO. 1

BARBARA FREETHY

BARBARA FREETHY BOOKS

Fog City Publishing

EBENFALLS ERHÄLTLICH

aus der FBI-Serie „Untergetaucht“

Riskantes Vertrauen #1
Tödliches Gerücht #2
Verzweifeltes Spiel #3
Trügerisches Versprechen #4
Gefährliche Wahl #5

Riskantes Vertrauen
aus der Serie „Untergetaucht“: FBI-Serie Band 1

PROLOG

„SOPHIE, es tut mir leid.“ Das war nicht die beste Einleitung für die schlimmste Botschaft, die er jemals hinterlassen musste, aber es ging nicht anders. Die letzten sechs Stunden hatte er damit verbracht, eine fiktive Spur zu legen, die hoffentlich von seiner Tochter wegführen würde. Er hatte New York City hinter sich gelassen und fuhr nun die einsamen, ländlichen, kurvigen Straßen entlang, die den Norden New Jerseys durchzogen. Die traumhaft schöne Landschaft würdigte er kaum eines Blickes, während er versuchte, seinem alten Leben zu entfliehen.

Seine linke Hand schloss sich fester um das Lenkrad. Er räusperte sich und versuchte, die richtigen Worte zu finden. „Ich habe einen Fehler gemacht – mehr als einen. Hoffte, ich könnte mich aus dem Schlamassel raushalten, aber wie sich herausgestellt hat, stecke ich mittendrin. Mir fehlt die Zeit, das jetzt ausführlicher zu erklären, aber –“ Er hielt jäh inne, als der Piepton ihrer Mailbox ihm das Wort abschnitt und wählte erneut ihre Nummer, wohl wissend, dass sie nicht antworten würde. Es war vierzehn Uhr an einem Mittwoch, und sie unterrichtete an der NYU eine Klasse in Archäologie. Wahrscheinlich bereitete sie ihre Studenten gerade auf die Sommerexkursion vor, zu der es im kommenden Monat losgehen sollte. Schon als kleines Mädchen war Sophie fasziniert gewesen von Geschichte, der Vergangenheit, der Suche nach Antworten auf jahrhundertealte Fragen. Jetzt lehrte sie während des Schuljahres und verbrachte ihre Ferien mit Ausgrabungen – die perfekte Kombination.

Es war es wert gewesen, Sophie alles zu ermöglichen, was sie sich wünschte. Oder etwa nicht?

Er warf einen kurzen Blick auf sein Telefon. Bei ihrem Zeitplan würde sie die Nachrichten erst in ein paar Stunden abhören. Vielleicht wäre er dann irgendwo in Sicherheit und sie könnten in Ruhe miteinander sprechen. Aber falls das nicht der Fall sein sollte … er musste ihr sagen, wie sie sich zu verhalten hatte, konnte nicht länger warten, konnte nicht weiterhin so tun, als wäre alles in bester Ordnung. Wochenlang hatte er sich vorbereitet, auf den Fall der Fälle. Nun musste er den Plan ausführen.

Ihre Stimme auf dem Anrufbeantworter ermutigte ihn, eine weitere Nachricht zu hinterlassen.

„Weißt du noch, wie sehr deine Mutter es geliebt hat, bei ihrem jährlichen Frühjahrsputz alles Mögliche auszusortieren, und wie sehr wir es hassten, dass wir uns von den Dingen trennen mussten, die uns lieb und teuer waren, wie etwa meine Bierflaschensammlung? Erinnerst du dich daran, wo ich die hingebracht habe? Unser Geheimversteck, von dem nur wir beide wussten? Dort habe ich auch etwas für dich hinterlegt, aber zuerst musst du dir den Schlüssel holen, den ich an deinem absoluten Lieblingsort versteckt habe.“

Er drückte sich mehr als rätselhaft aus, denn er wollte nichts riskieren, falls die Informationen von der falschen Person abgehört wurden. Hoffentlich würde nur Sophie verstehen, wovon er sprach. Sicherlich würde sie sich darüber wundern, dass er sie so weit wegschickte, aber er wollte sie so schnell wie möglich aus der Stadt schaffen. Damit konnte sie Zeit gewinnen.

„Hol dir den Schlüssel und befolge meine Anweisungen“, fuhr er fort. „Ich weiß, dass du bezüglich dieser Nachricht eine

Million Fragen haben wirst. Du wirst versuchen, mich anzurufen, aber ich werde nicht rangehen. Du wirst dich wundern, warum ich nicht schon vorher mit dir gesprochen habe. Du wirst es dir zweimal überlegen, ob du auch wirklich tun solltest, worum ich dich bitte, aber das darfst du nicht, Sophie. Vor allen Dingen musst du in Sicherheit sein. Du sollst noch ein langes Leben vor dir haben. Es mag nicht das Leben sein, das du dir vorgestellt hast, aber es kann trotzdem ein glückliches sein. Von daher – keine Fragen, kein Zögern, kein Überlegen, ob es einen anderen Weg geben könnte. Du darfst niemandem vertrauen, nicht der Polizei und schon gar nicht dem FBI – niemandem, verstehst du? Von wem auch immer du glaubst, er könnte mein oder dein Freund sein, *er ist es nicht.*“ Erneut wurde er abgewürgt.

„Verdammt“, fluchte er, als er ein Fahrzeug hinter sich auftauchen sah. Es könnte zwar einfach ein weiteres Auto sein, aber als es beschleunigte, erkannte er, dass seine Sünden ihn einzuholen drohten. Er war nicht klug genug gewesen, hatte seinen sauberen Abgang nicht gut genug vorbereitet.

Er drückte das Gaspedal seines kleinen Wagens durch, der vor Geschwindigkeit vibrierend versuchte, dem Verfolger zu entkommen. Früher war er ein exzellenter Fahrer gewesen, der fast jeden Verfolger abzuschütteln vermochte, aber in den letzten Jahren hatte er viele seiner Fähigkeiten eingebüßt und konnte sich kaum noch an die Person erinnern, die er einst war. Es gab so einiges, was er bereute, aber wenn er jetzt auf dieser Straße ums Leben käme, würde wahrscheinlich nie jemand die Hintergründe erfahren. *Vielleicht wäre das gar nicht schlecht.*

Noch einmal rief er Sophie an. „Wenn ich einen Ausweg finden kann, werde ich es dich wissen lassen, aber in der Zwischenzeit tust du genau das, was ich dir gesagt habe. Ich möchte, dass du weißt, wie stolz ich auf dich bin“, fügte er mit erstickter Stimme hinzu. „Alles, was ich getan habe – die Entscheidungen, die ich getroffen habe –, sollten unser Leben besser machen, besonders deines. Wenn ich an den Kummer denke, den ich dir jetzt bereite, bricht es mir das Herz. Das Letzte, was ich je wollte, ist, dich zu verletzen. Du bist stets mein Ein und Alles gewesen. Wenn mir etwas passiert, versuche nicht herauszufinden, wer dafür verantwortlich ist. Geh bitte weder zu meinem Haus noch in deine Wohnung. Vertraue niemandem, besonders nicht denen, die du für meine Freunde hältst."

Er sollte ihr zumindest einen Namen nennen, aber dann könnte sie denken, es wäre die einzige Person, die sie meiden sollte, wo es doch so viele mehr gab … mehr als er wusste ...

„Lauf einfach weg", fuhr er fort. „Lass dein Telefon verschwinden, sobald du diese Nachrichten abgehört hast, damit sie dich nicht aufspüren können. Nochmals, Sophie, es tut mir so leid. Ich hoffe, du kannst irgendwo ein neues Leben anfangen und ich bete, dass du mir eines Tages vergeben wirst ..."

Als sein Auto von hinten gerammt wurde, flog ihm das Telefon aus der Hand. Er drückte das Pedal bis zum Anschlag durch, aber der PKW hinter ihm war stärker. In der nächsten Kurve kam er ins Schleudern und schoss geradeaus in die nächste, noch schärfere Biegung. Als sein Verfolger ihm einen weiteren Stoß versetzte, sah er die schmale Brücke vor sich.

Verzweifelt riss er das Steuer herum und versuchte, die Kontrolle wiederzuerlangen, aber das Auto rutschte über den Asphalt und geradewegs auf die Leitplanke zu. Kurz hatte er die Hoffnung, dass er über das Wasser schießen und auf der anderen Seite des Stausees landen könnte, aber das würde an ein Wunder grenzen.

Das Letzte, was er verdient hatte, war ein Wunder.

EINS

IHRE ZWEITSEMESTER an der Universität waren rastlos und warteten ebenso ungeduldig wie sie darauf, dass dieses akademische Jahr sich endlich dem Ende neigte. Es war der erste Juni und ungewöhnlich heiß, und Sophie Parker entging nicht, wie die Blicke der Studenten, während sie sprach, immer wieder zu den Fenstern wanderten. Die sommerlichen Temperaturen interessierten diese weit mehr als die Studienfragen für die Abschlussprüfung, die sie nächste Woche abzulegen hatten. Sie konnte es ihnen nicht verdenken.

In sechs Wochen würde auch sie den Hörsaal hinter sich lassen und acht dieser Studenten zu einer archäologischen Ausgrabungsstätte nach Ägypten mitnehmen. Endlich bekämen sie die Chance, nicht nur über die Geschichte zu lesen, sondern sie hautnah zu erleben – die schwere, mysteriöse Atmosphäre an einem jahrhundertealten Ort zu spüren und nach realen Altertümern zu graben, die alles, was sie über die Epoche wussten, verändern könnten.

Jeder Fund war ein Nervenkitzel, der süchtig machte – einer, dem sie sich nie würde entziehen können. Leider waren diese prickelnden Momente auf die Sommermonate beschränkt; den

Rest des Jahres arbeitete sie als Professorin an der NYU, die ihre Leidenschaft mit ihren Kursteilnehmern teilte.

Ein schneller Blick auf die Uhr zeigte ihr, dass es eine Minute vor vier war. *Zeit, sie in ihr wohlverdientes Wochenende zu entlassen.*

„Das war's", sagte sie. „Wir sehen uns dann nächsten Mittwoch bei der Abschlussprüfung. Wenn Sie Fragen haben, können Sie mir eine E-Mail schicken, oder Sie kommen zu meinen Sprechzeiten am Montag zwischen zehn bis zwölf bei mir im Büro vorbei. Viel Erfolg beim Lernen."

Als die Stunde zu Ende war, beantwortete sie noch ein paar Fragen über die Prüfung und sammelte dann ihre Sachen zusammen. Sie wollte gerade gehen, als ein Mann in einem dunklen Anzug den Raum betrat – Mitte fünfzig, kurze, graumelierte Haare und dunkle Augen. Mit entschlossenen, zielgerichteten Schritten und ernstem Gesichtsausdruck kam er auf sie zu.

Peter Hunt war FBI-Agent und einer der besten Freunde ihres Vaters. Die beiden hatten gemeinsam in Yale studiert. Bei der Hochzeit ihrer Eltern war er Trauzeuge gewesen, und solange sie denken konnte, war er für sie immer Onkel Peter gewesen. Und er hatte sie noch nie bei der Arbeit aufgesucht.

Es lief ihr kalt den Rücken hinunter.

Etwas stimmte nicht – stimmte ganz und gar nicht.

Ihm folgte Karen Leigh, eine große, elegante Blondine Ende dreißig, die einen marineblauen Bleistiftrock und eine cremefarbene Seidenbluse trug. Trotz der Hitze sah sie tadellos und frisch aus. Sophie hatte sie ein einziges Mal getroffen, als sie im Büro ihres Vaters vorbeigefahren war. Er hatte ihr gesagt, wie sehr er von Karens Gespür angetan war, weshalb er sie auch zur stellvertretenden Spezialagentin der Abteilung für organisiertes Verbrechen gemacht hatte, deren Leiter er war. Die Tatsache, dass sowohl Peter als auch Karen gekommen waren, um sie zu sehen, verhieß nichts Gutes.

Sie versuchte, ruhig zu bleiben, keine voreiligen Schlüsse zu ziehen und tief durchzuatmen, aber die Brust war ihr wie zugeschnürt und sie bekam kaum Luft.

„Sophie“, sagte Peter mit düsterem Blick. „Leider haben wir schreckliche Nachrichten.“

„Es tut mir so leid, Sophie“, fügte Karen mitfühlend hinzu.

„Was tut euch leid?“ Sie wollte die Antwort nicht wirklich hören, weil sie wusste, dass nichts von dem, was jetzt käme, gut sein würde. „Wo ist mein Vater? Ist ihm etwas zugestoßen?“

„Er hatte einen Unfall“, sagte Peter sanft. „Einen Autounfall. Er hat es nicht geschafft, Sophie.“

„Was?“, keuchte sie und fasste sich an die Brust. „Was meinst du damit, er hat es nicht geschafft?“

„Dein Vater hat eine Leitplanke durchbrochen und ist mit seinem Wagen in einen Stausee gestürzt. Er verstarb noch an der Unfallstelle.“ Peter kam direkt auf den Punkt. „Es tut mir wirklich sehr leid, Sophie. Das ist nicht die Art von Nachricht, die ich dir jemals überbringen wollte.“

Sie wollte es nicht wahrhaben und schüttelte vehement den Kopf. „Da muss ein Irrtum vorliegen. Mein Vater ist nicht tot. Er kann nicht tot sein. Er ist gesund, joggt jeden Tag. An diesem Wochenende wollte er für mich grillen – seine berühmten Schweinerippchen. Am Sonntag treffen wir uns, um gemeinsam das Spiel der Yankees anzuschauen. Außerdem müssen wir noch über meine Reise nach Ägypten im nächsten Monat sprechen.“ Sie atmete scharf aus. „O Gott!“ Ihre Beine gaben nach, als ihr bewusst wurde, dass nichts davon stattfinden würde.

Peter ergriff ihren Arm und führte sie zu dem Stuhl neben ihrem Schreibtisch, wo sie praktisch zusammenbrach, kniete vor ihr nieder und sah ihr in die Augen. „Tief durchatmen, Sophie.“

„Sag mir, dass das nicht wahr ist.“ Lautlos flehte sie ihn an, ihr zu versichern, dass es sich nur um einen schlechten Scherz handelte, aber sie konnte den Schmerz in seinem Blick sehen.

„Ich wünschte, es wäre so, wirklich. Alan war ein guter Freund. Ich kann nicht fassen, dass er nicht mehr da ist und weiß, wie schwierig das für dich sein muss. Ihr beide habt euch seit dem Tod deiner Mutter so nahegestanden

In ihren Augen brannten Tränen. Sie legte die Hand auf den Mund und meinte, sich jeden Moment übergeben zu müssen. Seine Worte erinnerten sie an das letzte Mal, als sie mit einer derart schlimmen Nachricht konfrontiert wurde. Allerdings war ihre Mutter jahrelang krank gewesen und sie hatten sich mehr als einmal von ihr verabschiedet. Sie hatte gewusst, dass das Ende nahte und es war ein Segen gewesen, weil sie furchtbar gelitten hatte.

Aber das hier? Dieses jähe Ende des pulsierenden Lebens ihres Vaters war unmöglich zu akzeptieren. Seit sie sechzehn war, hatten sie alles gemeinsam durchgestanden – er und sie gegen den Rest der Welt.

„Wo ist es passiert? Der Unfall? War es hier in der Stadt?“, stieß sie gepresst hervor.

„Nein, ein paar Stunden entfernt – im Norden von New Jersey“, antwortete Peter und erhob sich.

„Wie bitte? Was hat er denn dort oben gemacht?“, fragte sie, nun noch verwirrter. „Hatte es mit einem Fall zu tun?“

„Um ehrlich zu sein, wir haben keine Ahnung, was er dort zu suchen hatte“, schaltete Karen sich ein. „Wir versuchen gerade, es herauszufinden. Wann hast du das letzte Mal mit deinem Vater gesprochen?“

Sophie musste eine Minute nachdenken. „Vor zwei Tagen – Montagabend. Wir haben uns ein paar Wochen lang nicht gesehen und er lud mich ein, am Sonntag vorbeizukommen. Eigentlich habe ich mir das Grillen offengehalten, weil ich nächste Woche Abschlussprüfungen habe und an diesem Wochenende noch die Tests fertig schreiben muss.“ Sie atmete erneut zitternd ein. „Bist du dir sicher, dass all das nicht nur ein großes Missverständnis ist?“

„Absolut sicher“, entgegnete Peter. „Es ist Fakt.“

„War noch ein weiterer Wagen beteiligt? Wurden andere Personen verletzt?“

„Auch das können wir nicht mit Bestimmtheit sagen.“

Seine Antwort verwirrte sie noch mehr. „Mein Vater ist einfach von der Fahrbahn abgekommen? Das ergibt doch keinen Sinn.“

„Offensichtlich ist er mit hoher Geschwindigkeit gefahren.“

„Wann ist es passiert?“

„Heute Nachmittag gegen zwei Uhr.“

Vor zwei Stunden. Ihr Vater war vor zwei Stunden gestorben und sie hatte es nicht gewusst, hatte nichts gespürt. Wie war das möglich?

„Wo ist er jetzt? Ich möchte ihn sehen.“

„Er ist in der Gerichtsmedizin in New Jersey, und du kannst noch nicht zu ihm, Sophie“, bedauerte Peter. „Nicht, solange die Untersuchungen noch nicht abgeschlossen sind.“

Verwirrt starrte sie ihn an. „Sie machen eine Autopsie?“

„Ja. Wir müssen wissen, ob es sich bei Alans Unfall um einen medizinischen Notfall gehandelt hat oder ob es irgendwelche Substanzen gab, die dafür verantwortlich waren“, antwortete Peter.

„Mein Vater hat keine Drogen genommen. Er war bei guter Gesundheit. Er hat kaum etwas getrunken. Das weißt du doch selbst ganz genau.“ Wut machte sich in ihr breit. Wie konnte Peter nur so kalt über ihn sprechen?

„So verlangt es leider das Protokoll“, antwortete er. „Wir stehen auch in Kontakt mit der Polizei von New Jersey, um herauszufinden, ob möglicherweise ein anderer Wagen den Vorfall verursacht und die Person Fahrerflucht begangen hat.“

„Wer hat ihn gefunden?“

„Ein Wanderer hat den Krankenwagen verständigt. Er hat den Unfall aus einiger Entfernung beobachtet, sodass er keine Hilfe leisten konnte, aber die Polizei war innerhalb von Minuten vor Ort. Es scheint, dass Alan direkt beim Aufprall getötet wurde, Sophie. Er musste nicht leiden."

„Aber das weiß man nicht mit Sicherheit, denn es war niemand während seiner letzten Minuten bei ihm." Allein der Gedanke, ihr Vater könnte gewusst haben, dass er in der Falle saß und sterben musste, verursachte ihr Übelkeit.

„Sophie", sagte Karen und nahm ihrerseits das Gespräch wieder auf. „Natürlich verstehen wir, dass du aufgrund dieser Neuigkeiten völlig aufgelöst bist. Uns geht es nicht anders. Trotzdem müssen wir dir ein paar Fragen stellen."

„Und die wären?"

„Hat dein Vater dir von irgendwelchen Problemen in Bezug auf sein Leben, seine Arbeit, Freunde oder Kollegen erzählt?"

„Nein, aber er hat selten mit mir über seinen Job gesprochen. Er meinte immer, dass es so viel gäbe, über das er nicht reden dürfe, dass es einfacher sei, gar nichts zu sagen."

„Was ist mit einer Frau? Gab es jemanden in seinem Leben?", fuhr Karen fort.

„Ich weiß es nicht. Manchmal ging er zum Abendessen aus. Natürlich hatte er weibliche Bekannte, aber er hat sie nie erwähnt, und ich habe nicht nachgefragt."

„Als du am Montag mit deinem Vater telefoniert hast, hat er da irgendwelche Treffen oder Pläne in dieser Woche erwähnt?", hakte Karen nach.

„Ich glaube nicht. Wir haben überwiegend über mich und die bevorstehende archäologische Ausgrabung gesprochen." Jetzt fühlte sie sich schuldig, dass sie sich nicht intensiver danach erkundigt hatte, wie er sich fühlte und was in seinem Leben so vor sich ging. Möglicherweise war ihr ein wichtiger Hinweis oder ein relevantes Zeichen entgangen, das Aufschluss hätte geben können.

„Was ist mit Harrison Delano?" Die Agentin ließ nicht locker. „In seinem Kalender stand für heute Abend ein geplantes

Abendessen mit Mr Delano. Peter erwähnte, dass auch er ein Freund aus Yale sei."

„Ja. Sie haben nach dem Abschluss regelmäßig Kontakt gehalten." Sie blickte zu Peter hinüber. „Du kennst Harrison doch auch, oder? Warum fragt ihr ihn nicht einfach?"

„Das werden wir, hatten aber bisher noch keine Gelegenheit dazu", antwortete er. „Außerdem wollten wir zuerst mit dir sprechen."

„Warum stellt ihr mir all diese Fragen? Was haben die Dinner-Pläne meines Vaters mit seinem Tod zu tun?"

„Karen hat sich Alans Terminplan vorgenommen, um zu sehen, ob wir irgendwelche Hinweise finden können", erklärte Peter.

„Ich versuche, einen chronologischen Ablauf dieser Woche zusammenzustellen", fügte Karen hinzu. „Dein Vater war gestern im Büro, hat es aber bereits vor fünfzehn Uhr verlassen, was für ihn früh ist. Heute Morgen ist er gar nicht erschienen, hat sich aber auch nicht krankgemeldet. Ich habe mehrmals versucht, ihn telefonisch zu erreichen, aber er ging weder ran, noch hat er zurückgerufen. Ich war besorgt, weil wir gerade mehrere wichtige Fälle haben, die seine Aufmerksamkeit erfordern. Also bin ich zu seinem Haus gefahren, aber er hat nicht aufgemacht. So wie es momentan aussieht, war die letzte Person, die mit ihm gesprochen hat, der Wachmann in unserem Bürogebäude, als er dieses gestern verließ. Ich würde gerne noch weitere Zeugen finden."

„Also ich war es jedenfalls nicht." Sophie fuhr sich mit der Zunge über die Lippen und erkannte nun endlich die Wahrheit hinter all den Fragen „Ihr glaubt nicht, dass es ein Unfall war, oder? Denn FBI-Agenten kommen nicht so einfach mit dem Auto von einer kurvigen Straße ab."

„Wir müssen alle Möglichkeiten in Betracht ziehen, Sophie", sagte Peter ernst. „Herauszufinden, was mit deinem Vater passiert ist, hat oberste Priorität."

„Wir werden die Sache aufklären“, versprach Karen, und ihre Augen funkelten entschlossen. „Dein Vater wurde von vielen Menschen im New Yorker Büro sowie im ganzen Land geliebt und respektiert. Ihm wird Gerechtigkeit widerfahren.“

„Das will ich doch hoffen.“ Bei der Erwähnung seines umfangreichen Freundeskreises wurde ihr bewusst, dass sie anfangen musste, Anrufe zu tätigen, über die Planung einer Beerdigung nachzudenken, mit seinem Anwalt zu sprechen, zu ihm nach Hause zu gehen und das große Notizbuch aus der Schreibtischschublade zu holen, das, wie er ihr eingeschärft hatte, sämtliche Informationen enthielt, die sie benötigen würde, wenn ihm je etwas zustoßen sollte.

Eigentlich hatte sie gehofft, niemals diese Schublade öffnen, geschweige denn, sich dieses Buch durchlesen zu müssen, obwohl er sie jedes Mal daran erinnert hatte, wenn er es aktualisierte. Nachdem ihre Mutter gestorben war, hatte er erkannt, wie schwierig es war, Passwörter herauszufinden, und ihr geschworen, dass er ihr keinesfalls je so ein Chaos hinterlassen würde und sie hatte ihm geantwortet, dass sie sich gar nicht vorstellen wollte, er könne eines Tages nicht mehr da sein. Ihnen waren Jahre – Jahrzehnte – vergönnt gewesen, um sich zu organisieren.

Eine weitere einzelne Träne rollte ihr über die Wange, die sie mit den Fingern wegwischte. Zum Weinen blieb ihr später noch genug Zeit. „Ich muss anfangen, einige Leute anzurufen.“

„Ich helfe gerne bei sämtlichen Vorkehrungen, Sophie“, sagte Peter. Jetzt, da sie die Fragen überstanden hatten, sah sie den Schmerz in seinen Augen. „Es gibt überhaupt keinen Grund, die Dinge zu überstürzen. Lass dir Zeit.“

„Ich weiß nicht mal, wo ich anfangen soll“, murmelte sie. „All die Personen, die benachrichtigt werden müssen.“

„Lass mich die Yale-Gruppe übernehmen“, bot er an. „Harrison Delano, Michael Brennan, Senator Raleigh, Diane Lewis und alle anderen, die mir sonst noch so einfallen. Ich muss ohnehin mit jedem von ihnen sprechen, um herauszufinden, wer als Letztes Kontakt zu deinem Vater gehabt hat."

„Das wäre nett."

„Und natürlich werden alle beim FBI – in der New Yorker Außenstelle wie auch weltweit – verständigt", sagte Karen. „Dein Vater hat während seiner Zeit als Ausbilder in Quantico viele Agenten betreut." Sie hielt inne. „Ich durfte seine Großzügigkeit und seinen Scharfsinn selbst erleben. Alan hat mich zu der Agentin gemacht, die ich heute bin, von daher versichere ich dir, dass wir herausfinden werden, was mit ihm passiert ist. Wir werden ihm diese letzte Ehre erweisen."

„Vielen Dank. Ich weiß das zu schätzen."

„Vielleicht sollten wir dich jetzt nach Hause bringen?", schlug Peter vor. „Wir können unsere Unterhaltung in deiner Wohnung fortsetzen. So sehr ich mir auch wünschte, wir könnten einfach über die Beerdigungspläne sprechen, haben wir leider noch ein paar Fragen, die wir dir stellen müssen, und ich denke, das wäre einfacher in deiner vertrauten Umgebung, wo du dich wohler fühlst."

Sophie bezweifelte, dass sie sich im Moment irgendwo wohlfühlen würde, und das Letzte, das sie gerade tun wollte, war, Fragen zu beantworten. „Ich brauche ein wenig Zeit für mich", sagte sie, leicht überfordert von den erwartungsvollen Blicken und der Entschlossenheit der beiden, sich direkt in die Verbrechensaufklärung stürzen zu wollen. „Vielen Dank für das Angebot, mich zu fahren, aber ich wohne nur ein paar Blocks entfernt und brauche dringend frische Luft."

„Dann begleiten wir dich", sagte Karen.

Sophie runzelte die Stirn. „Ich – ich möchte nicht unhöflich erscheinen, aber ich wäre jetzt wirklich gerne ein wenig allein."

„Aber natürlich", lenkte Peter ein. „Ich würde vorschlagen, du gehst nach Hause und sammelst dich erst mal. Wir kommen dann in zwei Stunden bei dir vorbei – sagen wir gegen achtzehn

Uhr dreißig – und besorgen was vom Inder. Wenn ich mich recht erinnere, magst du das ganz besonders gerne."

„Ich bin nicht hungrig." Im Moment konnte sie sich nicht vorstellen, je wieder etwas zu essen.

„Wir bringen trotzdem etwas mit", sagte er entschieden. „Es ist wichtig, dass wir besser früher als später miteinander sprechen, Sophie, denn wir wollen nicht riskieren, dass die Spur kalt wird."

„Aber ich weiß nichts über die Aktivitäten meines Vaters."

„Möglicherweise weißt du mehr, als dir bewusst ist."

„Also gut", gab sie resigniert nach und stand auf. Sie wollte nicht streiten, sondern einfach nur in Ruhe gelassen werden.

„Dann machen wir es so. Und bitte sprich nicht mit irgendwelchen Reportern, bevor wir uns nochmals unterhalten haben", fügte er hinzu.

Seine Aussage ließ Sophie erkennen, dass der Tod ihres Vaters publik gemacht werden würde. Sie sollte ihre Anrufe besser schnell erledigen. Noch immer benommen griff sie nach ihrer Tasche, und gemeinsam verließen sie den Hörsaal.

Im Treppenhaus trennten sie sich, und sie ging allein hinauf in ihr Büro im dritten Stock.

Dort setzte sie sich an ihren Schreibtisch und starrte auf das gerahmte Foto, das sie und ihren Vater bei ihrem Hochschulabschluss zeigte. Er hatte extra einen Blumenkranz aus Hawaii besorgt und die prächtigen rosa Blüten bildeten einen zauberhaften Kontrast zu ihrem weißen Kleid. Hawaii war einer ihrer Lieblingsurlaubsorte gewesen. Ihre Eltern hatten ihre Flitterwochen dort verbracht, und auch danach waren sie jedes Jahr in den Ferien auf die Inseln gereist. Sie hatten sogar die Asche ihrer Mutter vor Oahu in einer wunderschönen Dämmerungs-Zeremonie ins Meer gestreut, weil sie sich das gewünscht hatte.

Wo würde ihr Vater begraben werden wollen? Sie wusste es nicht. Also blieb ihr nichts anderes übrig, als in sein Haus zu gehen und in dem Buch – dem *verdammten* Buch – nachzusehen.

Wie nur sollte sie das erneut durchstehen? Sie war gerade einmal achtundzwanzig Jahre alt und musste bereits das zweite Elternteil begraben. Das war doch nicht fair.

Verzweifelt versuchte sie, den Schmerz wegzuatmen, sich zusammenzureißen und nachzudenken, was als Nächstes getan werden musste. Zuerst einmal aufstehen, dann nach Hause gehen, Anrufe tätigen, den Leuten erzählen, was geschehen war. Die einzige Verwandte, die sie noch hatte, war ihre Tante Valerie, die Schwester ihrer Mutter, die mit ihrem Mann und ihren Kindern in Australien lebte, aber sie hatte sie seit dem Tod ihrer Mutter vor zwölf Jahren nicht mehr gesehen. Vorher jedoch, als diese so krank gewesen war, hatte Valerie sich um sie gekümmert. Ja, sie sollte sie unbedingt als Erste anrufen.

Also griff sie in ihre Tasche und holte das Telefon heraus. Tagsüber war es auf lautlos gestellt und da sie seit Mittag Kurse gegeben hatte, hatte sie seit Stunden nicht mehr darauf geschaut.

Jetzt entdeckte sie vier Sprachnachrichten, alle von derselben Nummer – einer Nummer, die sie nicht kannte. Telefonverkäufer riefen in der Regel nicht so oft an und hinterließen auch definitiv keine Nachrichten.

Die Stimme ihres Vaters ertönte über den Lautsprecher und versetzte ihr einen Stich ins Herz.

Einen Moment lang hoffte sie, dass Peter und Karen sich geirrt haben könnten, dass er noch am Leben war, dass alles ein einziges Missverständnis sein möge, aber als sie die Botschaften abhörte, bemerkte sie Emotionen in seiner Stimme, die ihr noch nie zuvor aufgefallen waren. Er klang hektisch, besorgt und panisch, und seine Sätze waren zusammenhanglos und ergaben keinen Sinn.

Die erste Nachricht endete abrupt, und je mehr dieser Voicemails sie abhörte, desto stärker wuchs ihre Verwirrung. Ihr Vater sprach in Rätseln. Er erwähnte Hinweise, nach denen sie suchen sollte, bat um Entschuldigung, warnte sie, vorsichtig zu sein und niemandem zu trauen, aber sagte nicht konkret, was los war, warum er sie anrief, wo er war und was er tat.

Die letzte Nachricht brach mitten im Wort ab. Sie hörte einen schrecklichen Knall, und dann war Totenstille.

Sophie drehte es den Magen um.

War das der Moment gewesen, als er durch die Leitplanke gekracht war?

War er gestorben, weil er nicht auf die Straße geachtet und telefoniert hatte?

Oder war er jetzt tot, weil die Gefahr, welcher Art auch immer, der er zu entfliehen versuchte, ihn eingeholt hatte?

Sie rief zurück, aber es gab keine Verbindung, kein Netz, absolut nichts.

Während sie auf die Nummer starrte, fragte sie sich, warum ihr Vater sie von einem anderen Telefon aus angerufen hatte als von dem, das er normalerweise benutzte. Es war zwar nicht ungewöhnlich, dass er mehrere Handys besaß; er führte stets ein separates Telefon für seine Arbeit als FBI-Agent und eines für den persönlichen Gebrauch mit sich. Und doch hatte er keines von beiden verwendet und sie wunderte sich, warum dem so war.

Ganz offensichtlich steckte er in Schwierigkeiten. Er hatte über Vertrauen und schlechte Entscheidungen gesprochen. Welche Wahl hatte er getroffen? Was hatte er getan? Und warum hatte er nicht jemanden um Hilfe gebeten – jemanden wie Peter oder Karen? Mit Sicherheit hatte er Peter vertraut; die beiden waren schon seit Ewigkeiten befreundet.

Und doch hatte er nicht ihn angerufen, sondern sie. Er hatte ihr aufgetragen, was sie tun sollte, und sie würde es tun.

Abrupt sprang sie auf die Füße, warf das Telefon in ihre Tasche und verließ das Büro.

So schnell wie möglich entfernte sie sich von dem Universitätsgelände und mischte sich unter die Menschenmenge, die sich durch die überfüllten Straßen New Yorks wälzte. Alles fühlte sich so unwirklich an. Für jeden ging das Leben normal weiter, nur nicht für sie.

Aufgrund der unerbittlichen Hitze standen ihr Schweißperlen auf der Stirn, aber sie konnte nicht zulassen, dass das Wetter sie langsamer werden ließ. Die Zeit schien gegen sie zu arbeiten. Peter und Karen wollten gegen achtzehn Uhr dreißig zu ihr in die Wohnung kommen.

Bis dahin musste sie weg sein. Sie würde sich nur schnell umziehen, eine Tasche packen, sich ins Auto setzen und davonfahren.

Allerdings gerieten ihre Pläne ins Stocken, als sie um die nächste Ecke bog und sah, wie zwei Männer aus einem dunklen Geländewagen ausstiegen und in Richtung ihres Gebäudes eilten. Sie trugen Bundfaltenhosen und Button-down-Hemden, und obwohl sie nicht gefährlich aussahen, hatten sie doch etwas an sich, das sie innehalten ließ.

Durch die Fenster im Treppenhaus ihres Apartmentkomplexes konnte sie erkennen, dass sie hinauf in die oberen Stockwerke gingen. Ihr Bauchgefühl sagte ihr, dass sie auf dem Weg zu ihrer Wohnung waren.

Die Worte ihres Vaters schossen ihr erneut durch den Kopf: *Vertraue niemandem, besonders niemandem von der Polizei oder dem FBI. Lass dein Telefon verschwinden, sobald du diese Nachrichten abgehört hast, damit sie dich nicht aufspüren können.*

Sie holte das Telefon aus ihrer Tasche und starrte es einige Sekunden lang unentschlossen an. Er hatte ihr befohlen, es wegzuwerfen, aber wenn sie das tat, würde sie seine Stimme nie mehr hören.

Das konnte sie nicht – *noch nicht.*

Sie würde es noch eine Weile behalten, aber alles andere tun, um das er sie gebeten hatte. Also machte sie auf dem Absatz kehrt und lief in die entgegengesetzte Richtung davon. Zuallererst musste sie einen Ort finden, wo sie sich verstecken, die

Nachrichten nochmals anhören und in Ruhe entscheiden konnte, wie es weitergehen sollte.

Als sie versuchte, sich unter die Menschenmenge zu mischen, fühlte sie sich einsamer als je zuvor. *Gab es jemanden, der ihr helfen konnte?*

Natürlich hatte sie Freunde, aber sollte sie die in diese Sache hineinziehen? Wie konnte sie sie der Gefahr aussetzen, vor allem, wenn sie nicht wusste, wovon genau diese ausging?

Sie musste den Anweisungen ihres Vaters folgen, so verworren diese auch sein mochten. Er hatte ausdrücklich betont, wie ernst die Lage sei, und da er tot war, musste sie ihm wohl oder übel glauben. Sie musste einen Weg finden, sich in Sicherheit zu bringen.

Erneut zog sie ihr Handy hervor und ließ die Nachrichten ein weiteres Mal abspielen, während sie sich schnellen Schrittes entfernte und ihr bisheriges Leben hinter sich ließ.

ZWEI

Spezialagent Damon Wolfe hasste den Sommer, besonders die brütende, klebrige Hitze, die in New York City vorherrschte und ihn um sechs Uhr morgens bereits zum Schwitzen brachte. In seinem Leben hatte sich alles Schlechte, was jemals geschehen war, während einer derartig intensiven Hitzeperiode ereignet. Natürlich könnte es ein Zufall gewesen sein, was die Jahreszeit aber nicht unbedingt attraktiver für ihn machte. Und es war gerade erst Juni.

Er hätte diese schwüle Sommerhitze bedenken sollen, als er sich bereit erklärt hatte, nach New York zu kommen, um für seinen Mentor, Alan Parker, zu arbeiten, der die regionale Außenstelle für organisiertes Verbrechen der New Yorker FBI-Dienststelle leitete. Aber als dieser ihm vor drei Wochen dieses Jobangebot unterbreitet hatte, konnte er einfach nicht ablehnen. Alan war sein Ausbilder an der FBI-Akademie in Quantico gewesen und hatte ihn auch nach seinem Abschluss betreut. Er wollte schon immer für den Besten arbeiten, und das war zweifellos Agent Parker.

Aber seit Damon vor einer Woche seinen Dienst angetreten hatte, war er mit den Abschlussberichten eines Falls beschäftigt gewesen, an dem er die letzten zwei Jahre gearbeitet hatte. Von daher hatte er Alan noch nicht wirklich zu Gesicht bekommen, da auch dieser ständig unterwegs war, ihm jedoch versichert hatte, dass sie sich baldmöglichst über seinen neuen Auftrag unterhalten würden. Er hoffte, dass auch Wyatt Tanner mit von der Partie wäre, der Freund und Agent, der ihn nun in einen Park am East River bestellt hatte, anstatt mit ihm in einer Bar ein kaltes Bier trinken zu gehen.

Wyatt hatte ihm in einem privaten Chatroom, den sie vor vier Jahren während ihrer Zeit an der Akademie eingerichtet hatten, einen rätselhaften Hilferuf geschickt. Sechs Leute wussten über diesen Chatroom Bescheid, aber er war der Einzige gewesen, der auf die Nachricht reagiert hatte. Ob die anderen ihn überhaupt noch regelmäßig besuchten, wusste er nicht, da er kaum noch genutzt wurde. Er jedoch hatte es sich zur Aufgabe gemacht, jeden Tag zumindest kurz hineinzuschauen.

Wyatt arbeitete Undercover mit einer Verbrecherorganisation zusammen und jeglicher Kontakt außerhalb seines Verbindungsmannes, in diesem Fall Alan Parker, könnte seine Deckung gefährden. Das konnte nur bedeuten, dass Wyatt in Schwierigkeiten steckte.

Damon näherte sich dem Park und musterte eingehend die Umgebung. Es gab einen Basketballplatz mit zwei Körben und Gruppen von Teenagern, die beide belagerten. Ein nahegelegener Spielplatz war bevölkert von Familien. Alles machte einen normalen und harmlosen Eindruck – ein entspannter Sommerabend inmitten einer winzigen Grünfläche in einer Stadt voller hochenergetischer Menschen, endlosem Beton, frustrierenden Staus und unglaublich hohen Gebäuden.

Eine verstohlene Bewegung in einer der Baumgruppen am Fluss erregte seine Aufmerksamkeit. Es war Wyatt – oder zumindest ein Schatten seiner selbst.

Er hatte mindestens zehn Kilogramm an Gewicht verloren und seine zerrissene, ausgebleichte Jeans drohte ihm über die

Hüften zu rutschen. Das braune Haar war länger, als er es in Erinnerung hatte. Außerdem trug er jetzt einen Vollbart, und als Damon sich ihm näherte, entdeckte er auf seinen Armen diverse Tattoos und im Gesicht etliche Blutergüsse, einschließlich einer klaffenden Wunde auf der Stirn. Das linke Auge war so gut wie zugeschwollen.

„Was zum Teufel ist denn mit dir passiert?“, fragte er.

„Wurde angegriffen“, antwortete Wyatt kurz angebunden.

„Bist du okay?“ Das helle Flackern in Wyatts Augen irritierte ihn ebenso wie die Art und Weise, wie sein Blick ruckartig in alle Richtungen huschte, während er nervös auf den Fersen hin und her wippte.

„Ist dir jemand gefolgt?“, verlangte sein Kollege zu wissen.

„Nein. Was ist denn los? Bist du aufgeflogen?“

„Bin mir nicht sicher. Vermutlich. Ja.“

Wyatts abgehackte Antworten vertieften seine Sorge nur noch mehr.

„Bist du auf Drogen?“

„Nein, glaube nicht. Nicht sicher. Hab zwei Tage lang nicht geschlafen.“ Wyatt zog die Hände aus seinen Taschen und klopfte sich auf die Wangen, als wollte er sich damit wach halten.

„Du musst in eine Klinik, Mann. Du bist komplett durch den Wind.“

„Zu gefährlich. Jemand hat versucht, mich umzubringen, Damon.“

„Wer?“

„Weiß nicht. Konnte nichts sehen. War zu dunkel. Bin nur knapp entkommen.“

„Hast du Alan kontaktiert?“

„Ich sollte ihn dort treffen, wo es passiert ist. Denke, er hat mich in eine Falle gelockt.“

„Niemals!“, verteidigte Damon seinen Boss entschieden, schockiert über diese unerwarteten Worte.

„Warum antwortet er dann nicht auf meine Nachrichten? Seit zwei Tagen versuche ich, ihn zu erreichen. Es kommt nichts von ihm zurück."

Damon runzelte die Stirn und wusste auf diese Frage ebenfalls keine Antwort. „Er war diese Woche nicht oft im Büro. Genau genommen habe ich ihn kaum gesehen, seit er mich gebeten hat, mich seinem Team anzuschließen."

„Mir hat er vor ein paar Wochen erzählt, dass er dich mit ins Boot holen würde. Ich hielt das für eine feine Sache. Er ist nicht mehr ganz auf der Höhe, das spüre ich schon seit Monaten." Wyatt hielt inne und presste die Lippen zusammen. „Vielleicht aber auch nicht. Womöglich weiß er genau, was er tut."

Damon hatte keine Ahnung, wovon der Freund sprach, aber es war offensichtlich, dass er Hilfe brauchte. „Okay, ich weiß nicht, was hier abläuft, aber du brauchst medizinische Betreuung. Du bist in einem echt schlechten Zustand."

„Glaubst du, das merke ich nicht selbst?", erwiderte Wyatt wütend. „Aber wenn ich mich aus dem Schatten herauswage, bin ich tot."

„Dann lassen wir dich dort. Es muss doch in der Stadt einen Arzt geben, mit dem das FBI zusammenarbeitet. In DC zumindest gab es einen."

„Ich traue niemandem mehr in dem Schuppen. Jemand ist ein Verräter. Vielleicht Alan, vielleicht jemand anderes."

„Mir kannst du vertrauen." Kaum hatte er die Worte ausgesprochen, summte sein Handy.

Bei diesem Ton machte Wyatt einen Satz rückwärts, als ob man auf ihn geschossen hätte. Seine dunklen Augen loderten vor Angst und Wut. „Hast du jemandem von unserem Treffen erzählt?"

„Nein, habe ich nicht. Die Nachricht ist von Bree." Er drehte sein Telefon so herum, dass Wyatt die Nachricht lesen konnte. „Sie kommt morgen wieder zurück in die Stadt. Ihr Fall in Michigan ist abgeschlossen und sie möchte mit mir zu Mittag essen und hören, was es so an Neuigkeiten gibt. Ich habe sie seit meinem Umzug hierher nicht mehr gesehen."

Für einen kurzen Moment wurde Wyatts Ausdruck weicher und sein Blick klärte sich, als würde er sich an die Zeit erinnern, als sie drei Freunde geworden waren. Sie hatten sich am ersten Trainingstag in Quantico kennengelernt, jeder eifrig bestrebt, sich zum Agenten ausbilden zu lassen, um der Welt ihren Stempel aufzudrücken. Kaum zu glauben, dass das bereits vier Jahre zurücklag. So viel war seitdem passiert.

Nach dieser Erklärung schien Wyatt sich etwas zu entspannen, dann jedoch kam ein Auto mit hoher Geschwindigkeit um die Ecke gebogen.

Instinktiv packte er Damons Arm und zog ihn tiefer in das Dickicht der Bäume, während der schwarze SUV in der Straße neben dem Basketballplatz anhielt, den Motor im Leerlauf.

„Was hast du getan?", verlangte er zu wissen, und erneut erschien dieses ängstliche und wütende Funkeln in seinen Augen. „Was zur Hölle hast du gemacht, Damon?"

„Nichts. Ich habe gar nichts gemacht. Keine Ahnung, wer sich in diesem Auto befindet."

„Du lügst!"

Schockiert spürte er, wie sich die harte Mündung einer Waffe in seine Seite bohrte. In der Verfassung, in der sich sein Freund momentan befand, könnte er ihn ohne Weiteres abknallen. „Ich lüge nicht! Ich habe niemandem erzählt, dass du mich kontaktiert hast. Ich bin auf deiner Seite."

„Oder gibst nur vor, es zu sein, genau wie Alan."

„Alan würde dich nie hängen lassen, Wyatt. So etwas würde er nicht tun."

„Du glaubst ja gar nicht, wozu Menschen mit ausreichend Motivation in der Lage sind", entgegnete dieser zynisch.

„Du bist erschöpft und kannst nicht mehr klar denken. Du brauchst dringend Schlaf und etwas zu essen. Komm mit mir in meine Wohnung. Sobald du dich ausgeruht hast, können wir über alles sprechen. Wir finden eine Lösung."

Einen Moment lang sah es so aus, als ob er das Angebot in Betracht ziehen würde. Dann jedoch versteifte er sich, als sich plötzlich die Türen des in der zweiten Reihe parkenden Fahrzeugs öffneten und ein mit einer Jeans bekleidetes Bein zum Vorschein kam. „Ich muss verschwinden", sagte er nur und zog sich eilig in das Dickicht der Bäume zurück.

Damon war hin- und hergerissen, ob er ihm nachlaufen oder beobachten sollte, wer in dem Wagen saß.

Nur eine Sekunde später stiegen drei Jugendliche aus dem SUV aus, einer mit einem Basketball in Händen, und begaben sich geradewegs zum Spielfeld. Sie stellten keine Gefahr dar, und wenn Wyatt bei klarem Verstand gewesen wäre, hätte er das ebenfalls so gesehen.

Also schlug er den Weg in Richtung Fluss ein, den auch sein Freund genommen hatte, aber der war verschwunden. Geschlagene zehn Minuten verbrachte er mit der Suche nach ihm, gab dann aber unverrichteter Dinge auf. Wyatt war besser als jeder andere, wenn es darum ging unterzutauchen.

Erneut dachte er über ihre zusammenhanglose Unterhaltung nach und konnte es noch immer nicht glauben, dass Alan Wyatt verraten haben sollte. Aber wenn seine Tarnung aufgeflogen war – und seinem Aussehen nach zu urteilen hatte tatsächlich jemand versucht, ihn umzubringen – dann war er eindeutig in Gefahr. Und so schreckhaft und paranoid, wie er momentan war, würde er nicht mehr lange am Leben bleiben. Früher einmal hatte er über einen scharfen Verstand verfügt, war, einem Chamäleon gleich, mit jeder Gruppe verschmolzen und damit prädestiniert für verdeckte Ermittlungen gewesen. Aber dieser Typ schien nicht mehr zu existieren.

Er wog ab, was er tun sollte, zog dann sein Telefon hervor und tippte Alans persönliche Nummer ein. Natürlich würde er ihm nicht auf die Nase binden, dass er sich mit Wyatt getroffen hatte, aber er wollte ihm zumindest ein wenig auf den Zahn fühlen.

Leider ging nur die Mailbox ran.

Nach weiterer, kurzer Überlegung wählte er seine Geschäftsnummer. Zu seiner Überraschung war es nicht Alan, der den Anruf entgegennahm, sondern eine Frau.

„Agentin Leigh", meldete sie sich forsch. „Wer ist am Apparat?"

Er war baff, ihre Stimme zu hören. Karen war zwar die stellvertretende Spezialagentin und somit zuständig für die Abteilung für organisiertes Verbrechen, aber normalerweise ging sie nicht an Alans Telefon.

Etwas stimmte nicht.

„Karen, hier spricht Damon. Ich suche Alan."

„Ich habe seine Anrufe auf mich umgeleitet."

„Wozu?"

„Weißt du es noch nicht?"

„Was weiß ich noch nicht?" Ein ungutes Gefühl breitete sich ihn ihm aus.

„Alan ist tot, Damon. Er ist heute Nachmittag gestorben."

„Was?" Seine Hand umklammerte das Handy. „Wovon sprichst du?"

„Er kam bei einem Verkehrsunfall ohne Beteiligung Dritter in einer ländlichen Gegend im Norden von New Jersey ums Leben."

„O mein Gott! Das ist …" Ihm fehlten die Worte.

„Tragisch, ich weiß", ergänzte sie.

Zum ersten Mal vernahm er so etwas wie ein Zittern in ihrer Stimme.

„Allerdings sieht es nicht so aus, als ob es ein Unfall gewesen wäre", sprach sie weiter. „Er fuhr mit hoher Geschwindigkeit und es gab keine Schleuderspuren und keine Hinweise darauf, dass er versucht hätte zu bremsen, bevor er in einen Stausee gestürzt ist."

„Irgendwelche Zeugen?"

„Ein Wanderer, aber der war einen guten Kilometer entfernt und hat nicht wirklich etwas gesehen."

„Andere Fahrzeuge?"

„Der Zeuge meinte, ein weiteres Auto auf der Straße gesehen zu haben, aber er war so fassungslos über die Unfallszene, dass er sich nicht sicher war. Er informierte den Notruf und die Polizei war innerhalb kürzester Zeit vor Ort, aber es war zu spät."

„Ich kann es nicht glauben", murmelte Damon. Sein Puls raste und sein Kopf hämmerte ob all der Fragen und eines tief verwurzelten Schmerzes, der sich zu manifestieren begann.

Alan war tot? Aber wie war das möglich?

„Keiner von uns kann das", sagte Karen. „Hat er dir erzählt, wo er heute hinwollte – warum er in New Jersey war? Er ist nicht zur Arbeit erschienen und hat sich auch nicht krankgemeldet."

„Ich habe seit Montag nichts mehr von ihm gehört. Er hat nur angedeutet, dass einiges los sei, und da ich meinen Fall mit dem interdisziplinären Team abschließen musste, haben wir unser Gespräch auf nächste Woche verschoben." Er hielt inne und fragte sich, ob Alans Tod irgendwie mit dem Anschlag auf Wyatts Leben in Verbindung stand. Der hatte vermutet, Alan hätte ihn auffliegen lassen, aber möglicherweise hatte es jemand auf beide abgesehen. Eigentlich sollte er diese Vermutung Karen gegenüber äußern, aber nach Wyatts Paranoia und nun auch Alans Tod sollte er erst einmal alles in Ruhe überdenken.

„Ich muss Schluss machen", sagte Karen. „Es gibt viel zu tun."

„Wie kann ich helfen?"

„Wir werden vermutlich die ganze Nacht durchmachen und schauen, ob wir jemanden finden, der eine Bedrohung für Alan darstellte, aber aufgrund der Anzahl der Fälle, an denen er in den letzten mehr als zwanzig Jahren gearbeitet hat, wird das eine lange Liste werden."

„Ich bin bald wieder im Büro." Er räusperte sich. „Was ist mit Alans Tochter? Wurde sie benachrichtigt?" Allein bei der Vorstellung, Sophie diese schrecklichen Nachrichten überbringen zu müssen, drehte es ihm den Magen um.

„Peter und ich haben vor einigen Stunden mit ihr gesprochen. Sie war ... erschüttert."

Der Gedanke an die schöne Blondine mit den warmen, goldbraunen Augen, dem unwiderstehlichen Lächeln und den weichen, sexy Lippen, die zum Küssen einluden, zerriss ihm das Herz. Er hatte sie seit vier Jahren nicht mehr gesehen, seit dieser einen Nacht, die sie zusammen verbracht hatten – eine Nacht, die es nie hätte geben sollen.

Seitdem war er bemüht gewesen, *nichts* von Sophie zu hören. Wann immer Alan sie bei entsprechender Gelegenheit erwähnte, hatte er schnell das Thema gewechselt. Sie war Teil seiner Vergangenheit und er hatte für sich beschlossen, sie auch dort zu lassen.

Aber jetzt ...

Er konnte sich ihren Schmerz nur zu gut vorstellen. Selbst er hatte das Gefühl, als ob jemand ihm gerade seinen rechten Arm abgerissen hätte, und dabei war Alan nur sein Mentor und nicht sein Vater gewesen. Sophie musste vor Trauer außer sich sein.

„Wie ... wie geht es ihr?", stammelte er, obwohl diese Frage absolut lächerlich war. Natürlich ging es ihr nicht gut.

„Ich weiß es nicht. Peter und ich haben so gegen vier mit ihr gesprochen. Wir sagten ihr, dass wir sie gegen achtzehn Uhr dreißig in ihrer Wohnung aufsuchen würden, wollten ihr etwas Zeit geben, wieder zu sich zu finden und sich zu sammeln. Aber als wir hier ankamen, fanden wir die Tür aufgebrochen und ihre Wohnung verwüstet vor."

„Ihr seid jetzt gerade in Sophies Wohnung?", fragte er, und sein Puls begann zu rasen.

„Ja."

„Und sie selbst?"

„Keine Spur von ihr. Wir versuchen gerade, ihr Handy zu orten. Hoffentlich macht sie nur einen Spaziergang oder ist bei einem Freund. Kennst du jemanden von ihren Bekannten? Du und Alan, ihr standet euch doch viele Jahre sehr nahe. Warst du mit Sophie ebenfalls befreundet?"

„Nein", presste er hervor. „Keine Ahnung, mit wem sie sich so getroffen hat."

„In Ordnung. Warum wolltest du Alan eigentlich sprechen? Kann ich dir eventuell helfen?"

Er zögerte kurz, sagte dann jedoch: „Das ist jetzt nicht mehr wichtig. Wir sehen uns später im Büro."

Mit diesen Worten steckte er das Telefon zurück in seine Tasche und atmete tief aus. Seit der Ankunft im Park war seine komplette Welt aus den Fugen geraten. Zuerst Wyatt, der übertrieben paranoid reagiert hatte und völlig high zu sein schien, und jetzt auch noch Alan ...

Er konnte und wollte nicht glauben, dass Alan Parker tot sein sollte. Der Mann war noch nicht einmal sechzig Jahre alt gewesen, dazu gesund, fit und voller Energie – ein geborener Anführer, ein intelligenter Chef, ein guter Freund.

Eigentlich sollte er daran gewöhnt sein, dass Menschen aus seinem Leben verschwanden. Das war schon oft genug geschehen, aber er schien nie wirklich bereit dafür zu sein. Und es war auch nicht so, dass all diese Menschen gestorben waren; die meisten hatten sich schlichtweg von ihm abgewandt.

Aber hier ging es nicht um ihn, sondern um Alan … und Sophie.

Nach einem letzten flüchtigen Blick über das Gelände trat er nervös aus dem Schatten der Bäume und ging zurück in Richtung Straße. In Gedanken war er bei der Frau, die einen so ungeheuren Eindruck auf ihn gemacht hatte, dass er damals so schnell er konnte vor ihr davongelaufen war.

Kennengelernt hatte er sie in einem der schwärzesten Momente seines – und auch ihres – Lebens. Sie mussten beide den Verlust eines guten Freundes betrauern, Jamie Rowland. Jamie und er waren zehn Jahre lang Kameraden in der Armee gewesen, bevor sie sich anderweitig orientiert und beim FBI angefangen hatten. Sophie wiederum kannte Jamie schon seit ihrer Kindheit. Ihr Vater, Alan, und Jamies Vater, Vincent, waren Kollegen gewesen.

Sie waren sich auf Jamies Trauerfeier begegnet. Er hatte nicht gewusst, um wen es sich bei ihr handelte, abgesehen von der Tatsache, dass sie eine wunderschöne Blondine war und ebenso fassungslos wie er. In ihrem Blick lag ein tiefer Schmerz, und ihr süßer Mund bebte, während sie an Wein und Champagner nippte, darum bemüht, sich ihren Kummer nicht zu sehr anmerken zu lassen.

Vom ersten Moment an spürten sie beide diese intensive, körperliche Anziehungskraft, das Verlangen, sich an einem glücklicheren Ort ineinander zu verlieren und – dafür, dass sie sich fremd waren –, ein überraschend tiefes Verständnis dafür, was jeder von ihnen in dieser Nacht brauchte.

Erst später – als er begriff, mit wem er es zu tun hatte und wer ihr Vater war – wurde ihm klar, wie dumm es war, mit der Tochter des Mannes zu schlafen, der die Macht besaß, ihn so kurz vor seinem Abschluss hochkant aus der Akademie zu schmeißen.

Aber anscheinend hatte Sophie ihm ihren One-Night-Stand nicht gebeichtet, weil Alan nie ein Wort darüber verlor. Und natürlich hatte auch er selbst es niemandem gegenüber erwähnt, ganz besonders nicht gegenüber seinem Mentor, der ihm zu seiner neuen Karriere beim FBI verholfen hatte.

Jetzt war Alan tot.

Sophie war bestimmt knapp davor durchzudrehen – *wo auch immer sie war.*

Saß sie nur in irgendeiner Bar und ertränkte ihren Kummer

in Alkohol ... oder hatte sie jemand entführt? Der gleiche Jemand, der Alan von der Straße gedrängt hatte?

Gott, er hoffte so sehr, dass sie nicht auch in Gefahr war, aber die Tatsache, dass man in ihre Wohnung eingebrochen war, verhieß nichts Gutes.

Er trat von der Bordsteinkante auf die Straße und hob seine Hand, um ein Taxi anzuhalten. Einen Moment später war er bereits auf dem Weg zurück ins Büro. Während der Wagen langsam durch den Stadtverkehr kroch, zog er sein Telefon heraus. Zuerst schickte er eine Nachricht an Bree, dass das Mittagessen für den nächsten Tag gebongt war und sie sich dringend über Baseball unterhalten mussten.

Danach ging er ins Internet, um den gleichen Baseballchatroom zu besuchen, in dem Wyatt ihm die Nachricht hinterlassen hatte. Sie unterhielten sich in codiertem Baseballjargon, und jeder von ihnen hatte sich den Namen eines Spielers aus dem Mets-Team der 1986er World-Series zugelegt. Dieses private Forum hatten sie während ihrer Zeit in Quantico eingerichtet, wenn sie außerhalb von geheimen Missionen eine Möglichkeit brauchten, um miteinander zu kommunizieren. Aufgrund der Aufgaben, die ihnen die Akademie zuwies, hatten sie von Alan stets als dem Coach gesprochen, und Wyatt war Fernandez gewesen, nach dem Linksaußen-Starpitcher. Zwar war er sich nicht sicher, ob sein Freund das Forum überhaupt nochmals besuchen würde, aber es war die einzige Chance, ihm eine Nachricht zukommen zu lassen.

Nach kurzer Überlegung tippte er: *Coach ist tot. Fernandez in Schwierigkeiten. Brauchen die Starter wieder auf dem Feld. Wer ist verfügbar?*

DREI

FAST HÄTTE Sophie für die Anmietung des Autos ihre Kreditkarte benutzt, bis ihr wieder einfiel, dass man sie damit ja aufspüren konnte. Noch immer wusste sie nicht, vor wem sie überhaupt davonlief, aber ihr Vater hatte ihr gesagt, sie solle vorsichtig sein, besonders was die Behörden anging. Also hatte sie einen Geldautomaten gesucht und den Höchstbetrag von siebenhundert Dollar pro Tag in bar abgehoben. Dann nahm sie sich ein Taxi zu einem Mietwagenbüro und buchte das günstigste Auto, das sie finden konnte.

Ihr Vater hatte ihr gesagt, sie solle sich zu ihrem Lieblingsort begeben. Es gab nur einen Einzigen, und der lag fünf Stunden entfernt – eine Hütte am Seeufer in den nördlichen Adirondacks. Sie hatte keine Ahnung, warum er sie gerade dorthin schickte, um diese verrückte, traurige, frustrierende Schnitzeljagd zu starten und verstand auch nicht, warum er in Rätseln darüber gesprochen hatte, sie müsse sich schützen, ohne zu erwähnen, vor wem eigentlich. Ein Name wäre nicht schlecht gewesen.

Es sei denn, er wusste selbst nicht genau, von wem die Gefahr ausging?

Oder vielleicht hatte er keine Zeit mehr gehabt?

Wie sehr wünschte sie sich, sie wäre bei seinem Anruf rangegangen, aber damit hatte er wahrscheinlich ohnehin nicht gerechnet. Er wusste, dass ihr Telefon aus war, wenn sie unterrichtete. *Warum hatte er sie nicht am Morgen angerufen, bevor sie zur Arbeit gegangen war, sodass sie richtig miteinander hätten sprechen können?*

So viele Fragen, auf die sie keine Antwort fand.

Es war immer noch schwer – eigentlich *undenkbar* – zu akzeptieren, dass er tot war und fühlte sich an wie ein Traum – ein übler Albtraum. Wenn sie doch nur daraus aufwachen könnte!

Ihr Telefon vibrierte erneut und ihr war klar, dass sie es schnellstmöglich loswerden musste. Während der letzten dreißig Minuten hatte es ununterbrochen eingehende Nachrichten angekündigt.

Sie nahm es von der Konsole und drückte die entsprechende Taste, um die neuen Voicemails abzuhören. Es machte sie wütend, dass jetzt andere Stimmen die ihres Vaters verdrängten. Sie musste das Telefon loswerden, wie er es ihr aufgetragen hatte, war aber noch nicht bereit, die letzte Verbindung zu ihm aufzugeben.

Der erste Anruf kam von Peter Hunt. *„Sophie, wir sind in deiner Wohnung und haben dich nicht angetroffen. Es sieht so aus, als wurde bei dir eingebrochen. Ich mache mir Sorgen um dich. Wo bist du? Bitte ruf mich so schnell wie möglich zurück.“*

Bei ihr wurde eingebrochen? Vielleicht waren das die beiden Typen gewesen, die sie hatte hineingehen sehen.

Der nächste Anruf war von ihrer Freundin Kathleen, einer Professorenkollegin an der Universität. *„O mein Gott, Sophie. Ich habe gerade die Nachrichten gesehen und vom Unfall deines Vaters gehört. Es tut mir so leid. Ich möchte dir helfen. Bitte ruf mich zurück oder komm vorbei. Ich kann nicht glauben, dass das passiert ist und weiß ja, wie nahe ihr beiden* *euch gestanden habt. Ich möchte für dich da sein. Ruf mich zurück.“*

Vielleicht würde sie Kathleen zurückrufen – aber nicht jetzt, noch nicht.

Sie klickte auf die nächste Voicemail, die von ihrer Freundin und Nachbarin war. *„Sophie, ich bin's, Becky. Ich habe es gerade erfahren. Es tut mir so leid, aber im Moment mache ich mir mehr Sorgen um dich. Wo bist du? Die Polizei ist in deiner Wohnung und der Vermieter hat gesagt, bei dir wurde eingebrochen und niemand wüsste, wo du bist. Vor dem Haus steht ein Nachrichtenteam, und Kerle in dunklen Anzügen klopfen an jede Tür und wollen wissen, ob wir etwas gesehen oder gehört haben. Ich bin gerade erst vor ein paar Minuten nach Hause gekommen, also weiß ich nicht, was passiert ist. Falls du in Schwierigkeiten steckst, lass mich dir helfen.“*

Jetzt war sie richtig froh, dass sie ihr Gebäude nicht betreten hatte, sondern ihren Instinkten gefolgt und geflüchtet war. Alles, wovor ihr Vater sie zu warnen versucht hatte, geschah bereits.

Sie musste seinen Anweisungen Folge leisten, wie verrückt sie auch scheinen mochten, musste sich klug verhalten und vorsichtig sein, bis sie herausgefunden hatte, was vor sich ging.

Ein Straßenschild stach ihr ins Auge und impulsiv nahm sie die Auffahrt auf die Autobahn, die sie von ihrem ursprünglichen Ziel wegbrachte. Sie folgte dieser Straße etwa fünfzehn Kilometer und fuhr dann rechts ran, ließ den Motor jedoch laufen.

Ein letztes Mal ließ sie die Nachrichten ihres Vaters abspielen und versuchte, sich die Worte und den Klang seiner Stimme einzuprägen. In jedem Satz suchte sie nach versteckten Hinweisen, fragte sich, ob sie irgendetwas übersah, aber auch dieses Mal war sie genauso verwirrt wie zuvor. Eine Welle des Schmerzes überrollte sie und drohte, sie hinunterzuziehen und in ihrer eigenen Trauer zu ertränken. Das durfte sie nicht zulassen. Es gab Dinge, die erledigt werden mussten.

„Auf Wiedersehen, Dad“, flüsterte sie.

Dann stieg sie aus dem Auto aus, legte das Handy vor ihren Vorderreifen, setzte sich wieder hinters Steuer und fuhr darüber. Noch einmal stieg sie aus, um sich zu überzeugen, dass das Telefon auch wirklich zerstört war. Zufrieden kickte sie die Teile in ein nahe gelegenes Gebüsch. Als das erledigt war, kehrte sie zum Wagen zurück und begab sich wieder auf die Autobahn. Sie fuhr weitere fünf Kilometer, nahm dann die nächste Ausfahrt und fuhr die Strecke zurück, die sie gekommen war.

Selbst wenn man ihr Telefon in dieser Gegend geortet hatte, würde hoffentlich niemand wissen, was ihr eigentliches Ziel war, oder zumindest nicht sofort. Sie hatte keinen Zweifel daran, dass das FBI sie früher oder später aufspüren würde. Eigentlich mussten sie lediglich mit Vincent Rowland sprechen.

Vincent und ihr Vater hatten sich beim FBI kennengelernt und vor mehr als zwanzig Jahren nebeneinanderliegende Blockhütten am See gekauft. Sie waren beste Freunde gewesen und hatten sich irgendwann gemeinsam entschlossen, einen Ort zu suchen, wo sie und ihre Familien in Sicherheit waren. Über die Eigentümerschaft der beiden Häuser wurde ein Schleier der Geheimhaltung gebreitet, und wenn sie sich dort aufhielten, benutzten sie gefälschte Namen. Sie waren die Framinghams gewesen und die Rowlands nannten sich Baldwin.

Als Kind war dies für sie nichts weiter als ein lustiges Spiel gewesen, und während ihrer gemeinsamen Sommerferien am See hatte sie sich mit Vincents Sohn Jamie und seiner Tochter Cassie angefreundet. Dann jedoch wurde ihre Mutter schwer krank und diese Trips fanden immer seltener statt. Nach der Highschool wollte ihr Vater überhaupt nicht mehr hin, die Hütte barg zu viele Erinnerungen. Ab und zu verbrachte sie noch ein Wochenende mit Jamie oder Cassie dort, aber selbst das ließ irgendwann nach, da sich ihre Leben in verschiedene Richtungen entwickelten. Jamie ging zum Militär, Cassie zog nach Kalifornien. Vincent ließ sich von Jamies und Cassies Mutter scheiden und gab seinen Job beim FBI auf, um zu reisen und Golf zu spielen, während ihr

Vater für eine Weile nach Quantico ging, um die Akademie zu leiten.

Vielleicht hatte ihr Vater in seiner Eile, sie in Sicherheit zu bringen, nicht an Vincent gedacht. Möglicherweise war er aber auch der einzige Mensch, dem ihr Vater zutraute, dass er sie nicht verraten würde.

Sie runzelte die Stirn und ließ erneut die gerade gehörten Nachrichten in Gedanken Revue passieren. Ihr Vater hatte ihr gesagt, sie solle das FBI meiden, zu dem auch sein bester Freund Peter und seine Nummer zwei, Karen Leigh, gehörten.

Ihre Fragen an sie bekamen nun eine ganz andere Bedeutung. Hatten sie sie verhört, weil sie den Mord an ihrem Vater aufklären wollten? Oder wollten sie einfach in Erfahrung bringen, was sie wusste?

Hoffentlich würde sie in der Blockhütte weitere Hinweise finden.

Sie drückte das Gaspedal durch, achtete jedoch darauf, die Geschwindigkeits-begrenzung nicht zu überschreiten. Das Letzte, was sie jetzt noch brauchte, war eine Verkehrskontrolle.

Als die Stunden verrannen und ihr Adrenalinspiegel sich gegen null neigte, hielt sie an einem Drive-Through-Kaffeestand an, damit sie es ohne einzuschlafen durch die Berge schaffen konnte.

Um sich etwas abzulenken, schaltete sie das Radio ein, was ihr eine gewisse Zeit lang half, bis einer von Jamies Lieblingssongs kam, den seine Schwester Cassie auch auf seiner Trauerfeier gespielt hatte. Diese Zusammenkunft war nur für seine Freunde gedacht gewesen. Die Familie hatte sich bereits am Vortag zu einem formellen Gottesdienst und der anschließenden Beerdigung versammelt, aber Cassie wollte nochmals an dem Ort auf ihren Bruder anstoßen, den er so sehr geliebt hatte – und Sophie war ihrem Aufruf nur zu gerne gefolgt.

Das letzte Mal, als sie diese Straße entlangfuhr, war an dem Wochenende dieser Trauerfeier gewesen.

Zwar hatte es sich befreiend angefühlt, mit anderen Leuten zusammenzutreffen, die Jamie genauso liebten wie sie, aber gleichzeitig war es auch unglaublich traurig. Er war ihr Seelenverwandter gewesen, mehr noch als seine Schwester, denn trotz seines unbeschwerten Charmes und seiner witzigen Art war er auch ein nachdenklicher Typ gewesen, mit dem man stets tiefgründige Gespräche hatte führen können.

Bei dieser Zusammenkunft waren fast nur Paare anwesend gewesen, so auch Cassie, die in Begleitung ihres aktuellen Freundes erschienen war.

Sie jedoch war allein gekommen – ebenso wie ein sehr attraktiver, dunkelhaariger Mann mit stechend blauen Augen und einem Blick, der schon beim ersten Mal, als er sie ansah, ihre Seele zum Glühen brachte.

Noch nie zuvor hatte sie eine so starke, viszerale Reaktion auf einen Mann verspürt – fast wie ein Schlag in die Magengrube –, so hart, dass es ihr die Luft aus den Lungen presste, ihre Beine in Pudding verwandelte und das Gefühl gab, sie könnte fallen, wenn sie nicht vorsichtig wäre.

Und natürlich war sie nicht vorsichtig gewesen.

Sie hatte sich von ihm ein Glas Wein bringen lassen, dann ein Weiteres und noch eines. Sie hatten am Strand vor dem Feuer gesessen und über Jamie gesprochen, und als die Musik anfing zu spielen, war ihr die verrückte Idee gekommen zu tanzen. Irgendwann waren sie weit ab vom Strand gelandet ...

Sie bemühte sich, den Knoten hinunterzuschlucken, der sich in ihrer Kehle bildete.

Damon Wolfe war im absolut unpassendsten Moment in ihr Leben getreten.

In dieser Nacht wusste sie nichts weiter von ihm als seinen Vornamen, wollte auch nichts weiter wissen. Sie wollte nur ihn. Es war unmöglich, sich der Anziehungskraft zwischen ihnen zu entziehen. Noch nie zuvor hatte sie eine derart intensive Verbindung gespürt und wollte diese auch nicht weiter hinterfragen, sondern einfach nur fühlen, loslassen – und es war einzigartig gewesen.

Als jedoch die Sonne aufging, war sie allein aufgewacht.

Später fand sie heraus, dass Damon sich in Quantico zum FBI-Agenten ausbilden ließ und ihr Vater einer seiner Lehrer war.

Sie wusste nicht, ob ihr Dad der Grund dafür war, dass er sich nie mehr bei ihr gemeldet hatte, aber das war auch nicht wirklich wichtig. Ihr war von der ersten Sekunde an klar gewesen, dass Damon nicht der Typ Mann war, den man länger als eine Nacht halten konnte. Und vielleicht war es auch besser so.

Damon strebte ein Leben als FBI-Agent an, und auch sie verfolgte ihren Traum, irgendwann als Archäologin arbeiten zu können.

Eigentlich sollte sie glücklich sein über all die Dinge, die ihr Vater miterleben durfte: ihre Promotion, ihre erste Entdeckung, den Beginn ihrer Karriere als Dozentin – aber sie konnte gerade nur an die Ereignisse denken, bei denen er nicht mehr dabei sein würde: ihre Hochzeit, ihre Kinder, den Rest ihres Lebens ...

Der Schmerz drohte sie zu übermannen, und noch schlimmer war, dass sie mit niemandem darüber sprechen konnte. Sie konnte weder ihre Freunde besuchen, um sich umarmen zu lassen, noch ihre Trauer mit den Leuten teilen, die ihren Vater und sie gekannt hatten, denn er hatte ihr gesagt, was sie tun sollte, und sie würde es tun. Eines Tages würde alles hoffentlich einen Sinn ergeben.

Als Damon ins Büro kam, hatten sich bereits ein Dutzend Agenten um den langen Tisch im Konferenzraum neben Peter Hunts Büro versammelt. Peter Hunt war der Sonderermittler, der für das New Yorker Außenbüro zuständig war und direkt Walter Holmes, dem stellvertretenden Direktor, unterstand. Sie waren für ein Dutzend Spezialabteilungen und Einsatzgruppen verantwortlich, unter anderem für die Abteilung für organisiertes Verbrechen, die Alan Parker leitete.

Karen Leigh, die zweite Verantwortliche in Alans Abteilung, stand an der Vorderseite des Raumes und mutmaßte, welche Organisationen an Alans Tod beteiligt sein könnten – wenn sein Unfall denn auf das Konto einer der kriminellen Familien oder Syndikate ging, die er observierte.

„Wir glauben, dass wir uns auf diese drei Verbände konzentrieren sollten“, sagte sie soeben und deutete auf das Whiteboard, auf dem drei Namen aufgelistet waren. „Die Rasulov-Gruppe, ein russisches Verbrechersyndikat aus Brighton Beach, angeführt von Sergei Rasulov. Dann die Venturi-Familie, eine alteingesessene, italienische Mafia-Familie, die von den Brüdern Stefan und Lorenzo Venturi geleitet wird. Und schließlich ein Ableger der japanischen Yakuza-Bande, der mittlerweile ein neuer Anführer, Toshi Akita, vorsteht. Unsere Abteilung wird sich bei ihren Ermittlungen auf diese Akteure konzentrieren, aber jegliche Art von Informationen ist wichtig und willkommen.“

Karen trat zurück und machte Peter Hunt Platz.

„Unsere oberste Priorität allerdings gilt, wie von Direktor Holmes angewiesen, dem Auffinden von Alans Tochter“, sagte Peter und lenkte Damons Aufmerksamkeit auf den großen Wandmonitor, auf dem jetzt Sophies Foto erschien.

Bei ihrem Anblick zog sich ihm der Magen zusammen. Die letzten vier Jahre hatte er ihr Bild, trotz redlicher Bemühungen, nicht mehr aus dem Kopf bekommen. Jetzt starrte sie ihn aus goldbraun gesprenkelten, von langen, schwarzen Wimpern umrahmten Augen an. Das blonde Haar fiel ihr in dichten Wellen auf die Schultern. Ihre Haut war perfekt, mit lediglich einem Hauch von Rosa auf den Wangenknochen. Über ihrer rechten Augenbraue befanden sich drei Sommersprossen, die auf dem Foto zwar nicht deutlich hervortraten, aber er wusste, dass sie da waren und dass es noch mehr davon auf ihren Schultern und ihren Brüsten gab ...

Er versuchte, diesen Gedanken aus seinem Gehirn zu vertreiben, während Peter mit der Zusammenfassung der abendlichen Recherche fortfuhr.

„Sophie hat das Bürogebäude an der NYU kurz vor fünf verlassen, wie die Überwachungskameras des Campus belegen“, berichtete er. „Wir überprüfen gerade die Kameras entlang ihres Heimwegs, haben diese Information aber noch nicht vorliegen. Außerdem versuchen wir, ihr Handy zu orten. Wir können nur hoffen, dass sie zu einer Freundin gegangen ist und nicht zu Hause war, als in ihre Wohnung eingebrochen wurde, aber um das mit Sicherheit zu wissen, müssen wir sie finden. Sie alle wissen, dass Alans Tochter das Licht seines Lebens war. Lassen Sie uns unser Bestes geben, nicht nur Sophie aufzuspüren, sondern auch den Mord an Alan aufzuklären. Alles andere auf Ihren Listen, das nicht Ihre sofortige Aufmerksamkeit erfordert, wird erst einmal zurückgestellt.“

Nachdem Peter die Sitzung beendet hatte, standen die Agenten auf, um zu ihren Kabinen und Büros zurückzukehren. Einige der Frauen weinten, andere betrauerten gemeinsam Alans unerwarteten Tod.

Als Damon ebenfalls den Konferenzraum verließ, kam er sich ziemlich verlassen vor. Er kannte Alan wahrscheinlich genauso gut wie jeder andere im Gebäude, war aber erst seit einer Woche Teil dieser Gruppe und galt daher als Außenseiter.

„Damon.“

Er blieb stehen und wandte sich um, während Peter auf ihn zukam.

„Lassen Sie uns kurz in meinem Büro sprechen.“

„Gerne.“ Er kannte seinen Vorgesetzten so gut wie überhaupt nicht, hatte sich nur einmal kurz mit ihm unterhalten, als Alan ihn an seinem ersten Arbeitstag vorgestellt hatte.

Er folgte ihm in sein Büro und Peter bedeutete ihm, die Tür hinter sich zu schließen.

Also tat er wie ihm befohlen und setzte sich auf einen der Stühle vor dem Schreibtisch. Ihm fiel auf, wie bleich und angespannt der Mann aussah und wie plötzlich alle Energie von ihm abzufallen schien, das krasse Gegenteil zu dem, was er noch einige Augenblicke zuvor in der Gruppe dargestellt hatte.

„Was kann ich für Sie tun?“, fragte er.

„Ich weiß, Alan hat Sie gebeten, nach New York zu kommen, um in seinem Team mitzuarbeiten, aber Karen sagte, Sie wurden bisher noch keinem Fall zugewiesen, was mir seltsam vorkam.“

„Ich bin gerade noch dabei, einige lose Enden eines früheren Falls zusammenzufügen.“

„Mit dem interdisziplinären Team, ich weiß“, sagte Peter und nickte. „Ich habe mich darüber informiert. Sie haben sehr gute Arbeit geleistet, Damon.“

„Vielen Dank. Ich muss jedoch gestehen, dass ich zivile Unterstützung hatte.“

„Die Familie Monroe – ja, sie hat sich als sehr hilfreich erwiesen.“

„Allerdings“, stimmte er zu.

„Was mich interessieren würde ... warum haben Sie DC verlassen?“

Und er wiederum war neugierig, warum Peter ihm so viele persönliche Fragen stellte, behielt dies aber für sich. „Ich wollte schon immer unbedingt für Alan arbeiten. Er ist der Beste – war der Beste“, korrigierte er sich und spürte erneut eine Welle der Wut und des Unglaubens darüber in sich aufsteigen, dass diesem Mann das Leben genommen worden war. Er würde herausfinden, warum, und sein Möglichstes tun, um den Verantwortlichen hinter Gitter zu bringen.

„Alan war einer der besten Agenten, mit denen ich je gearbeitet habe“, stimmte Peter zu. „Tatsächlich war er es, der mich beim FBI reingebracht hat.“

„Das wusste ich gar nicht."

„Ja. Wir waren zusammen in Yale. Ich war der Cyber-Nerd unserer Gruppe. Nach dem College fing ich an, mich mit Computer-Sicherheitssystemen zu beschäftigen, und etwa zehn Jahre später rekrutierte mich Alan für das Büro. Er hat mein Leben verändert." Peter hielt inne. „Diesen Einfluss hatte er auf viele Menschen."

„Er war sehr charismatisch", stimmte Damon zu.

„Und er konnte Talent besser einschätzen als jeder andere. Er wusste, wie er das Beste aus seinen Leuten herausholen konnte. Nur aus diesem Grund war er in Quantico so erfolgreich. Er konnte die zukünftigen Helden auf den ersten Blick erkennen."

Damon hörte ihm geduldig zu und spürte, dass sie sich einem gewissen Punkt näherten, aber es dauerte ewig, bis sie dort ankamen. Als Peter schließlich schwieg, fragte er ihn direkt heraus: „Was wollen Sie eigentlich wirklich von mir wissen?"

Sein Chef richtete sich auf, als hätte auch er jetzt bemerkt, dass er sich in seinen Erinnerungen verlor. „Alan hatte großen Respekt vor Ihnen, Damon. Ich bin mir sicher, er hat Sie aus einem ganz bestimmten Grund für New York angefordert, wegen eines Problems, das er nicht mit anderen teilen wollte. Und ich denke, dass es dieses Problem war, das ihn das Leben gekostet hat."

Peters Blick traf auf den seinen, und in diesem Blick lag eine gewisse Herausforderung, seine Worte zu widerlegen.

„Alan sagte mir, dass er noch diese Woche mit mir über meinen nächsten Auftrag sprechen wollte, aber wir fanden nie die Gelegenheit dazu. Wenn er ein Geheimnis hatte, hat er es leider nicht mit mir geteilt."

„Wie bedauerlich. Ich hatte gehofft, Sie könnten mir weiterhelfen."

„Das würde ich nur zu gerne, aber ich denke, Karen Leigh sollte doch über alles Bescheid wissen, worin Alan involviert war."

„Es stimmt schon, sie standen sich sehr nahe, aber sie hat mir erzählt, dass er sich in den letzten Wochen äußerst merkwürdig verhalten hat. Er tat geheimnisvoll, war manchmal nicht erreichbar. Ursprünglich dachte sie, es hätte mit seinem Privatleben zu tun. Jetzt fragt sie sich natürlich, ob es nicht doch arbeitsbedingt war."

„Ich wünschte, ich könnte mehr dazu sagen."

„Ich ebenfalls", seufzte Peter. „Auf jeden Fall müssen wir Sophie finden. Alan kann ich nicht mehr zurückbringen, aber ich werde alles tun, um seine Tochter zu retten. Da Sie eng mit Alan befreundet waren, nehme ich an, Sie kannten auch sie?"

„Ich habe sie nur ein einziges Mal getroffen, und das liegt Jahre zurück."

„Sie wissen nicht, wen sie aufgesucht haben oder wohin sie gegangen sein könnte, um all dem zu entfliehen?"

„Im Hinblick auf Ihre Freundschaft mit ihrem Vater hätte ich vermutet, sie wäre als Erstes zu Ihnen gekommen."

„Ja, das hätte ich auch vermutet", sagte Peter bedrückt. „Und deshalb glaube ich ja auch, dass sie nicht freiwillig verschwunden ist."

Bei dem Gedanken, Sophie könnte sich in jemandes Gewalt befinden, drehte sich ihm der Magen um. „Ich hoffe, dass das nicht der Fall ist."

„Ich ebenso. Danke. Das war alles für den Moment."

Als Damon im Begriff stand, das Büro zu verlassen, summte Peters Telefon.

„Senator", begrüßte Peter den Anrufer. „Ich weiß. Es ist unglaublich. Ein tragischer Verlust."

Er zog die Tür hinter sich zu und wunderte sich, welcher Senator wohl anrief, um sein Beileid zu bekunden. Peter war nicht darum zu beneiden, dass er alle Freunde von Alan über dessen Tod in Kenntnis setzen musste.

Auch er hatte viele Menschen sterben sehen – sowohl während seiner Zeit als Soldat als auch als FBI-Agent – und

Familie und Freunde zu benachrichtigen, war nie einfach gewesen.

Er ging zurück den Flur hinunter und nahm den Aufzug zu seinem Stockwerk. Als er seinen Arbeitsplatz in dem Großraumbüro erreichte, an den er sich erst noch gewöhnen musste, erwartete ihn dort eine weitere Überraschung – dieses Mal jedoch erfreulicherer Natur.

Die hübsche Brünette mit den hellblauen Augen gab ihm das Gefühl, endlich einen Freund im Büro zu haben.

„Bree!“, rief er aus. „Was bin ich froh, dich zu sehen.“

Sie umarmte ihn. „Unfassbar, dass Alan tot ist. Ich habe die Neuigkeit gehört, als ich aus dem Flugzeug stieg und dachte, es müsse sich um einen Irrtum handeln.“

„Ich wünschte, es wäre so.“ Er setzte sich an seinen Schreibtisch und sie nahm auf dem Stuhl neben ihm Platz.

„In Anbetracht der Menge an Mitarbeitern, die sich um diese Zeit im Gebäude befinden, nehme ich mal an, es war kein Unfall?“, fragte sie.

„Nein, und schlimmer noch, Alans Tochter ist verschwunden. Niemand kann mit Sicherheit sagen, ob sie untergetaucht ist oder entführt wurde.“

Brees Blick trübte sich. „Das ist beunruhigend.“

„Ihre Wohnung wurde verwüstet, gründlich durchsucht, Sofakissen zerfetzt, Schubladen herausgerissen.“

„Sie denken wahrscheinlich, sie hat etwas.“

„Oder weiß etwas, obwohl ich mir nicht vorstellen kann, dass Alan sie in irgendetwas eingeweiht hat, was seine Arbeit betraf. Er hat stets versucht, sie da rauszuhalten. Irgendwann mal hat er mir gesagt, dass er auf keinen Fall möchte, dass sie Teil dieser Welt ist.“

„Wer auch immer ihre Wohnung durchsucht hat, weiß das vielleicht nicht. Gibt es irgendwelche Spuren?“

„Bisher hat mich niemand eingeweiht, aber ich kenne auch

noch nicht allzu viele Leute hier. Möglicherweise kannst du dir einen besseren Überblick verschaffen."

Bree befand sich seit drei Monaten in der New Yorker Außenstelle, und obwohl sie nicht in Alans Abteilung arbeitete und oft unterwegs war, um Entführer und vermisste Kinder aufzuspüren, hatte sie doch mehr Kontakte als er. Und Bree konnte er vertrauen. Sie war eine weitere Person aus der Akademie-Gruppe, die Alan rekrutiert hatte, um nach New York zu kommen. Nun, da er tot war, fragte sich Damon, ob es einen Grund gegeben haben mochte, warum Alan so viele von ihnen um sich haben wollte.

„Ich werde auf jeden Fall versuchen, Informationen zu bekommen." Sie warf einen kurzen Blick über ihre Schulter, um sicherzustellen, dass niemand in Hörweite war. „Wir müssen unbedingt über Baseball reden."

„Dann lass uns einen kleinen Spaziergang machen."

Sie sprachen erst wieder, als sie draußen den Bürgersteig entlangliefen, etliche hundert Meter von der Bundesbehörde entfernt.

„Hast du mit Wyatt gesprochen?", fragte Bree.

„Ja, ich habe mich vorhin mit ihm in einem Park am East River getroffen. Er sah scheiße aus, Bree. Hat mir erzählt, jemand habe versucht, ihn umzubringen, und offensichtlich hat diese Person ihn zusammengeschlagen. Er wirkte überdreht und paranoid und gab nur kurze, einsilbige Antworten. Meine Vermutung war, er hat irgendwas eingeworfen oder seit mindestens einer Woche nicht mehr geschlafen."

Besorgt runzelte sie die Stirn. „Das klingt aber gar nicht nach Wyatt."

„Er kam mir vor wie ein Fremder, meinte, Alan hätte ihn auffliegen lassen."

„Das ist verrückt! So etwas würde Alan nie tun."

„Genau das Gleiche habe ich ihm auch gesagt, aber ich konnte ihn nicht überzeugen. Er erzählte mir, Alan hätte ein

Treffen mit ihm arrangiert, wäre aber nicht aufgetaucht, und er geriet in einen Hinterhalt. Wenn er es nicht war, der ihn reingelegt hat, dann vielleicht jemand anderes aus dem Präsidium, da sein Projekt ja der strengsten Geheimhaltungsstufe unterliegt."

Sie blickte ihn beunruhigt an. „Alan würde niemals einen seiner Agenten ans Messer liefern."

„Wie auch immer, Fazit ist, Wyatt ist aufgeflogen und in Gefahr. Ich habe versucht, ihn zu überreden, mit mir nach Hause zu kommen, aber als ein Auto direkt neben dem Park angehalten hat, ist er ausgeflippt. Es war niemand – nur ein paar Teenager –, aber er hatte offensichtlich zu große Angst, um abzuwarten, wer da aus dem Wagen aussteigt. Ich muss wissen, an welchem Fall er arbeitet."

„Das weißt du nicht?", fragte Bree überrascht. „Hat er dir nichts erzählt?"

„Nein, er hatte keine Gelegenheit dazu oder dachte vielleicht, ich wüsste es bereits."

„Aber ihr seid doch im gleichen Team."

„Alan hatte noch keine Zeit, mich über die laufenden Operationen zu unterrichten und jetzt, da er tot ist, frage ich mich, ob der Angriff auf Wyatt und sein Unfall etwas miteinander zu tun haben könnten."

„Du musst unbedingt mit Karen Leigh sprechen."

„Ich weiß, aber kann ich ihr vertrauen? Was meinst du? Kennst du sie näher?"

Bree zögerte. „Nicht gut genug, um dir das zusichern zu können."

„Was sagt dir dein Bauchgefühl?"

„Ich bin mir nicht sicher", sagte sie langsam. „Sie ist intelligent, ehrgeizig, motiviert, sehr engagiert und macht viele Überstunden. Sie und Alan schienen sich sehr nahezustehen, lagen auf der gleichen Wellenlänge. Es gab mal eine Zeit, in der ich mich fragte, ob da was zwischen ihnen läuft, denn ich habe sie einmal bei einem späten Abendessen zusammen gesehen. Es kann aber auch einfach ein Arbeitsessen gewesen sein."

„Interessant."

„Was willst du wegen Wyatt unternehmen? Ich habe deine Nachricht an ihn wegen Alan gelesen, aber er hat nicht geantwortet – und auch sonst niemand."

„Ich denke fast, Parisa und Diego sind außer Landes und haben möglicherweise keinen Zugriff auf das Forum. Es hängt also an uns, Bree."

„Hoffentlich meldet sich Wyatt nochmals und stimmt einem weiteren Treffen zu."

Sie strich sich eine Haarsträhne hinters Ohr und er bemerkte die dunklen Schatten unter ihren Augen. „Du siehst müde aus."

„Ich habe diese Woche nicht viel geschlafen, aber es hat sich gelohnt, denn ich konnte eine Mutter wieder mit ihrer Tochter vereinen. So etwas passiert nicht sehr oft, also ist es mir egal, wie erschöpft ich sein mag."

Er lächelte, wusste er doch, wie wichtig es ihr war, Familien wieder zusammenzubringen. „Herzlichen Glückwunsch."

„Danke."

„Wollen wir wieder zurück ins Büro gehen?"

Schuld blitzte in ihren Augen auf. „Ich habe echt ein schlechtes Gewissen, Damon, aber ich muss wirklich ein paar Stunden schlafen, damit ich mein Gehirn wieder zum Laufen bringen kann."

„Kein Grund, dich deshalb schlecht zu fühlen. Es sind schon genug Leute da, die an Alans Fall arbeiten."

„Ich werde mich gleich morgen früh reinstürzen. Aber wenn du vorher etwas brauchst ..."

„Dann melde ich mich, versprochen."

„Ich bin froh, dass du in New York bist, Damon. Auch wenn wir nicht unmittelbar zusammenarbeiten werden, ist es schön, dich in der Nähe zu wissen."

„Um ehrlich zu sein, ich weiß nicht, was ich jetzt, da Alan tot ist, tun werde, aber eins nach dem anderen. Erst mal müssen wir Wyatt aus der Klemme helfen.“

„Das werden wir“, versprach sie, verabschiedete sich und ging.

Und Sophie ebenfalls, murmelte er leise vor sich hin, während er zurück zum Gebäude lief.

VIER

Wyatt Tanner bewegte sich wie eine argwöhnische Katze durch die überfüllten Straßen von New York, hielt sich im Schatten, wählte nach Möglichkeit kleine Gassen und mied die hell erleuchteten Plätze. Vielleicht hätte er Damons Hilfsangebot vorhin annehmen sollen. Er hatte ihm schon immer vertraut, aber Alan ebenfalls, und jetzt wusste er nicht mehr, was er glauben sollte.

Eigentlich konnte er sich nicht vorstellen, dass der Mann, der in den letzten zehn Monaten sein Leben in den Händen gehalten hatte, ihn verraten haben sollte, aber eine bessere Antwort fiel ihm nicht ein, egal, wie sehr er sich auch bemühte. Und wenn es nicht Alan gewesen war, dann jemand anderes vom FBI, jemand, der wusste, wo er war und was er tat, und das traf nur auf eine sehr kleine Gruppe von Personen zu.

Alan hatte ihn nur deshalb vor zehn Monaten in die New Yorker Außendienststelle geholt, um ihn bei der Venturi-Familie einzuschleusen. Die Venturis gehörten zur italienischen Mafia, deren beste Zeiten seit den Achtzigerjahren vorbei waren. Allerdings hatten sie es nach dem elften September geschafft, erneut

Fuß zu fassen, weil sich das Interesse der Regierung ausschließlich auf islamische Terrorgruppen konzentrierte. Ein weiterer Grund, warum die Venturis wieder mitmischten, war, dass der alte Chef, Giancarlo Venturi, ein Jahr zuvor im Gefängnis gestorben war und seine beiden Söhne beschlossen hatten, die Familiengeschäfte wieder aufleben zu lassen.

Lorenzo und Stefan Venturi hatten schon seit geraumer Zeit Geld gewaschen, das aus zwielichtigen Immobiliengeschäften sowie dem illegalen Handel mit Diamanten und Glücksspielen stammte, all das aber irgendwann hinter sich gelassen und sich stattdessen dem Drogenhandel verschrieben, womit sie die Opioid-Krise im Nordosten kräftig anschürten.

Wyatts Bauarbeiterausbildung hatte ihm den Weg in die Organisation geebnet, dank der Fähigkeiten, die er von seinem sehr respektablen, rechtschaffenen Bauunternehmer-Vater gelernt hatte. Dieser hätte es sich mit Sicherheit nie träumen lassen, dass sein Sohn das, was ihm bei zahlreichen Arbeitseinsätzen beigebracht wurde, je dazu nutzen würde, um eine Verbrecherorganisation zu infiltrieren, aber genau das war passiert.

Zunächst war er es langsam angegangen und hatte sich mit einem der Bauleiter angefreundet. Dieser nahm ihn irgendwann einmal zu einem Pokerspiel mit, wo er seine Kartenzähltechnik wie auch seine rücksichtslose Einstellung zum Glücksspiel dazu verwendet hatte, Einladungen zu weiteren Spielen mit höheren Einsätzen zu erwirken. Schließlich, und wie geplant, stand er bei dem jüngsten Venturi-Bruder – Lorenzo – tief in der Kreide.

Er ließ durchblicken, dass er seine Schulden der Familie gegenüber schnellstmöglich zurückzahlen wollte und bekam diverse kleine Nebenjobs übertragen, wie etwa Bareinzahlungen bei verschiedenen Banken auf verschiedene Konten zu tätigen. Als er sich dabei als vertrauenswürdig erwies, nahmen sie ihn auch bei anderen Deals dazu, wie etwa Drogen-, Waffen- und Diamantenlieferungen.

Er hatte bereits ausreichend Beweismaterial gegen die Venturis gesammelt, als sich vor einigen Wochen plötzlich etwas veränderte.

Jemand Neues mischte im Spiel mit. Die Venturi-Brüder hielten geheime Meetings ab und in der Organisation kursierten Gerüchte, sie hätten sich mit einem größeren Syndikat verbündet.

Vor zwei Tagen hatte Alan ihn um ein Treffen gebeten und gesagt, er hätte wichtige Informationen für ihn, was an sich schon ungewöhnlich war, weil er es sonst immer ihm überlassen hatte, bei Bedarf Kontakt aufzunehmen. Dann jedoch war Alan nicht erschienen und er selbst hätte beinahe sein Leben verloren. Das fühlte sich verdammt nach Verrat an.

Eine Zeit lang hatte er vermutet, die Venturis hätten jemanden beim FBI eingeschleust. Zwar war es schwer zu glauben, dass Alan dieser Maulwurf sein könnte, aber im Moment sah es fast danach aus.

Er musste einen Weg finden, um am Leben zu bleiben und die Wahrheit herauszufinden. Wie dumm, dass er im Park dermaßen in Panik geraten war, aber ihm war schlagartig bewusst geworden, dass, falls Alan der Maulwurf war und er Damon ja persönlich angeheuert hatte, dieser ebenfalls Dreck am Stecken haben könnte. Aber dem war nicht so. Damon war ein guter Kerl, das hatte er schon oft genug unter Beweis gestellt. In diesem Moment hatte er einfach nicht klar denken können, war erschöpft, am Ende seiner Kräfte, jeder Knochen in seinem Körper tat weh, sein Kopf pochte, sein Blick war verschwommen, er hatte kein Geld mehr … kurzum, er sah keinen Ausweg mehr.

Eigentlich hasste er es, um Hilfe zu bitten, aber Damon war seine einzige Hoffnung. Hoffentlich wäre er bereit, nochmals mit ihm zu sprechen. Er musste online gehen, was ihn dazu trieb, kurz vor Mitternacht ein Internetcafé aufzusuchen. In dem Café befanden sich lediglich ein Angestellter und ein älterer Teenager.

Wyatt kratzte seine letzten paar Dollar zusammen, um sich an einem der Computer zehn Minuten Internetzeit zu kaufen, und loggte sich in dem Baseballforum ein. Als er den privaten Chatroom öffnete und eine Nachricht von Damon sah, blieb ihm beinahe das Herz stehen.

Atemlos las er dessen Worte. *Coach ist tot. Fernandez in Schwierigkeiten. Brauchen die Starter wieder auf dem Feld. Wer ist verfügbar?*

Der Coach war Alan, er selbst war Fernandez, und Damon forderte jeden auf, der sich in der Nähe befand, ihnen zu helfen. Allerdings hatte bisher noch niemand geantwortet.

Er lehnte sich auf seinem Stuhl zurück und starrte auf den Bildschirm.

Alan war tot?

Womöglich war er doch unschuldig?

Oder aber er war an dem gescheitert, was er hätte tun sollen – ihn zu eliminieren. Nicht, dass er es persönlich gewesen war, der ihn angegriffen hatte, aber er hätte leicht einen der Muskelprotze anheuern können.

Aber das spielte jetzt keine Rolle mehr. Alan war tot, und das konnte kein Zufall sein. Wer also hatte ihn auf dem Gewissen? Jemand vom FBI? Jemand aus der Venturi-Familie? Der neue Spieler in der Stadt?

Er trommelte mit den Fingern auf die Tastatur und kam zu dem Ergebnis, dass Damon in ähnlichen Schwierigkeiten stecken könnte wie er selbst, da er als Letzter rekrutiert worden war.

Dann tippte er eine schnelle Nachricht an seinen Freund, der hier auf dieser Seite den Namen des All-Star-Catchers Gary Carter als Alias gewählt hatte.

Carter hätte nie bei einem neuen Coach unterschreiben sollen. Möchte vielleicht lieber wieder zurück in eine kleinere Liga? Bessere Spieler dort. Treffen wir uns morgen Abend um neun Uhr zum Schlagüben bei den Schlagkäfigen? Bräuchte ein paar Tipps für meinen Schwung.

Damon würde wissen, dass er damit die Arkaden an der Ecke der 8th Street meinte, wo sie sich in der Vergangenheit einige Male getroffen hatten. Es war ein gut besuchter Ort, mit vielen Menschen um einen herum.

Er drückte auf Senden und betete, dass er keinen Fehler gemacht hatte.

Selbst wenn man Damon vertrauen konnte – wenn dieser die falsche Person beim FBI einweihte, riskierten sie beide ihr Leben.

Damon fand die ganze Nacht keinen Schlaf. Ruhelos drehte und wälzte er sich in dem Bett in seinem irrsinnig stickigen Apartment herum, in dem es trotz sämtlicher geöffneter Fenster und zweier Ventilatoren unerträglich heiß war. Eigentlich hatte er eine Klimaanlage, aber sie funktionierte nicht. Als man ihm diese Wohnung anbot, hatte er schnell zugeschlagen, weil sie in der Nähe seiner neuen Arbeitsstätte lag, aber er sollte seine Wohnsituation definitiv nochmals überdenken.

Während der unruhigen Stunden, die sich zogen wie Kaugummi, grübelte er darüber nach, wohin Sophie gegangen sein könnte, wenn sie sich in Gefahr fühlte. Er kam immer wieder auf den Ort zurück, an dem sie sich kennengelernt und das letzte Mal gesehen hatten – eine kleine Hütte am Seeufer in den Adirondacks.

Zwar wusste er nicht, ob diese Sophies Familie tatsächlich gehörte oder ob sie nur mit den Rowlands – mit Cassie und Jamie – immer dort gewesen war, aber sie hatte begeistert von den Sommern am See erzählt. Die Adirondacks lagen gut fünf Stunden nördlich der Stadt. Vielleicht wäre das ein Ort, an dem sie sich sicher fühlen würde?

Aber wäre sie dort auch wirklich sicher?

Er kam immer wieder auf die eine Frage zurück, die ihn beschäftigte. Für Sophie war das FBI stets wie ihre zweite Familie gewesen. Wenn sie also in Schwierigkeiten steckte, warum sollte sie vor den Freunden ihres Vaters davongelaufen sein? Sie musste einen triftigen Grund dafür gehabt haben.

Müde von seinen Gedanken, die sich endlos im Kreis drehten, rollte er sich gegen vier Uhr aus dem Bett, duschte, schlüpfte in Jeans und T-Shirt und prüfte die Nachrichten im Baseballforum.

Erfreut stellte er fest, dass Wyatt ihm geantwortet hatte. Sein Freund war noch am Leben und hatte ihm für heute Abend Zeit und Ort für eine weitere Zusammenkunft mitgeteilt.

Er blickte auf seine Uhr und kalkulierte die Zeit, die er brauchen würde, um Sophie am See zu suchen und trotzdem rechtzeitig zu dem Treffen wieder da zu sein und entschied, dass beides möglich sein sollte. Also sprang er in sein Auto, legte nur einen kurzen Halt ein, um sich einen Kaffee und einen Frühstücks-Burrito zu holen und fuhr gleich darauf auf die Autobahn. Möglicherweise war die fünfstündige Fahrt umsonst, aber er könnte gegen zehn am See sein und am frühen Abend wieder zurück in der Stadt.

Vielleicht war Sophie gar nicht in der Hütte. Vielleicht war sie gar nicht davongelaufen. Möglicherweise war sie entführt worden. *Oder nicht mal mehr am Leben.* Diese entsetzliche Vorstellung verursachte ihm Übelkeit, aber damit konnte er sich jetzt nicht befassen. Er konnte nur tun, was in seiner Macht stand, und das war, die Örtlichkeit zu überprüfen. Im Büro herumzusitzen würde ihn im Moment nicht weiterbringen. Alans Team hatte ihn zwar nicht bewusst ausgeschlossen, hatte sich aber definitiv auch nicht bemüßigt gefühlt, Informationen mit ihm zu teilen. Anscheinend vertrauten sie ihm ebenso wenig wie er ihnen.

Vielleicht konnte Bree etwas in Erfahrung bringen. Zwar war

sie nicht in Alans Team gewesen, hatte aber Freunde dort. Was ihn wieder daran erinnerte – eigentlich wollte er sich ja mit ihr zum Mittagessen treffen. Er würde ihr später eine WhatsApp-Nachricht schreiben und absagen. Um diese Uhrzeit war sie bestimmt noch nicht wach.

Die Kilometer flogen nur so dahin und es fühlte sich gut an, im Auto zu sitzen und sich die kühle Luft der Klimaanlage ins Gesicht blasen zu lassen. Seit er vor vier Jahren dem FBI beigetreten war, war er gestresst und überarbeitet. An den meisten Tagen mochte er die Hektik. Freizeit war nicht so sein Ding – zu viel Gelegenheit zum Nachdenken. Er zog es vor, beschäftigt zu sein, vorwärtszukommen, etwas zu bewegen. Gerade jedoch schien ihm ein guter Zeitpunkt zu sein, um Bilanz zu ziehen, was seine berufliche Situation anbelangte.

Sein Mentor, der Mann, für den er hierhergekommen war, war tot. Was bedeutete das für ihn? Er war sich nicht sicher, ob er für Karen Leigh arbeiten wollte, sollte sie befördert werden. Andererseits konnte das FBI auch jemand komplett Neues reinbringen, um Alan zu ersetzen. Was auch immer, es würde dauern und er hatte nichts dagegen, wenn sie ihn noch eine Weile im Unklaren darüber ließen, wie es mit ihm weitergehen sollte – im Gegenteil. Dadurch blieb ihm mehr Zeit, Wyatt zu helfen und Sophie zu suchen.

Er presste die Zähne zusammen, als er daran dachte, wann er das letzte Mal diese Strecke gefahren war, um Jamies Trauerfeier beizuwohnen.

Und noch immer erinnerte er sich daran, als er sie das erste Mal gesehen hatte. Der Raum war voller Leute gewesen und er hatte eigentlich nach Cassie gesucht, aber als sein Blick den von Sophie traf, verblasste alles um ihn herum. Er verspürte das zwingende Bedürfnis, sich ihr zu nähern, und genau das tat er auch. Genau genommen unterhielt er sich mit niemand anderem außer mit ihr.

Zwar hatte er den Geschichten gelauscht, die andere über Jamie erzählten, sich selbst jedoch zurückgehalten. Es war einfach zu schmerzhaft, über jemanden zu sprechen, der nicht so jung hätte sterben dürfen.

Sein Magen krampfte sich schmerzhaft zusammen. *Verdammt!* Wenn er an diesen Tag dachte, tat es immer noch weh.

Nach Jamies Tod hätte er Quantico beinahe verlassen, aber es war Alan gewesen, der ihn zum Weitermachen überredet hatte. Er stand so kurz vor seinem Abschluss, einer neuen Karriere, und sein Freund hätte es sich für ihn gewünscht. Also hielt er durch.

Aber zuerst hatte er eine unglaubliche Nacht mit einer schönen Frau verbracht, deren Anziehungskraft ihm dermaßen Angst gemacht hatte, dass er abgehauen war, bevor sie aufwachte, bevor sie ihn erneut anlächelte, ihn mit ihren Augen locken und mit ihrem Körper verführen und ihn all seine Pläne und Ziele vergessen lassen konnte.

Vielleicht, wenn er sie zu einem anderen Zeitpunkt an einem anderen Ort getroffen hätte, wären die Dinge anders gelaufen … wer weiß.

Er glaubte nicht an die Liebe, und Sophie verströmte dieses gewisse Gefühl der ewigen Liebe. Bleiben oder gehen – er hätte sie mit jeder dieser Entscheidungen enttäuscht. Also hatte er sich still und heimlich davongemacht, und tief in seinem Inneren wuchs die Angst vor einem erneuten Zusammentreffen.

Darüber sollte er endlich hinwegkommen, und zwar schnellstens.

Er schuldete Alan Parker viel, und wenn er Sophie helfen könnte, würde er es tun.

Und danach würde er sie verlassen – *wieder einmal.* Hoffentlich wäre es beim zweiten Mal einfacher.

Sophie konnte den verdammten Schlüssel nicht finden, und jede Minute, die verstrich, erinnerte sie daran, wie schnell die Zeit verrann. Es war halb zehn am Donnerstagmorgen, und die Sonne stand bereits hoch am Himmel.

Die Hütte befand sich etwas abseits der Uferlinie, versteckt zwischen hohen, dichten Bäumen, die die Nachbargrundstücke großzügig voneinander abtrennten. Das nächstgelegene Cottage gehörte den Rowlands, aber sie konnte es von hier aus nicht sehen. Durch die Vorderfenster hatte sie einen eingeschränkten Blick aufs Wasser, und in den letzten Minuten waren schon einige Hundespaziergänger und Kinder hinunter zum See gelaufen. Die Stadt erwachte und sie sollte verschwinden, bevor jemand ihre Anwesenheit bemerkte.

Natürlich hatte sie sofort, als sie gegen Mitternacht hier ankam, alles nach dem Schlüssel durchwühlen wollen, aber nachdem sie ihr Auto hinter einem circa einen Kilometer entfernten Bootshaus versteckt und endlich die Hütte erreicht hatte, musste sie feststellen, dass der Strom abgestellt war. Das Häuschen stand seit Ewigkeiten leer, und der Hausmeister kam nur wenige Male im Jahr vorbei – natürlich bei Tageslicht –, um die Spinnweben zu entfernen und sicherzustellen, dass alles in Ordnung war.

Anfangs hatte sie noch nach Kerzen gesucht, aber ohne Handy-Taschenlampe war sie nicht wirklich weit gekommen. Also hatte sie sich schließlich auf die Couch gelegt und war in einen erschöpften Schlaf gefallen.

Es hatte sie überrascht, dass sie überhaupt schlafen konnte, aber offensichtlich brauchten sowohl ihr Gehirn als auch ihr Herz eine Auszeit von all dem Schmerz und der Sorge. Vor eineinhalb Stunden war sie aufgewacht und hatte sich direkt auf die Suche gemacht, allerdings ohne Erfolg.

Es war zum Wahnsinnigwerden, so groß war das Häuschen doch nun auch wieder nicht. Es gab zwei Schlafzimmer, ein Bad, ein Wohnzimmer und eine kleine Küche. Der Schrank im Flur war vollgestopft mit Strandbedarf – Liegen, Paddeln für die zwei Kajaks, die sich in der Garage befanden, Badetüchern und anderen wahllos verstauten Dingen, und sie hatte bereits alles durchforstet. Sogar auf den Dachboden war sie geklettert und hatte die alten Schachteln durchsucht, die irgendwann hier oben vergessen worden waren.

Diese Unternehmung brachte viele traurige Erinnerungen wieder an die Oberfläche und sie musste weitere Tränen zurückhalten, als sie die alten Familienfotos entdeckte, die während ihrer Sommerurlaube aufgenommen worden waren.

Also, was nun? Sophie stellte das Schlafzimmer ihres Vaters auf den Kopf und speziell die Kommode, die aber nur muffige Bettwäsche enthielt. Das Bad war leer. Sie wühlte sich durch die Küchenschubladen, warf alle losen Teile auf die Theke und entdeckte einige Schlüssel, aber alle gehörten zur Vorder- oder Hintertür der Hütte beziehungsweise zu dem Boot, das sie schon vor Ewigkeiten verkauft hatten.

Dann nahm sie sich das zweite Schlafzimmer vor, in dem sie immer übernachtet hatte. Darin stand ein Queensize-Bett, von dem sie bereits die Steppdecke abgezogen und unter den Kissen nachgesehen hatte, was nicht einfach war, da das Bett sie an Damon und ihre gemeinsame Nacht erinnerte.

Seit damals war sie nicht mehr in der Hütte gewesen. Ebenso wie ihr Vater fand sie, dass dieses Haus zu viele Erinnerungen barg, sowohl gute wie auch schlechte, und so sehr sie es auch liebte, in der Vergangenheit von Menschen herumzuwühlen, die vor Hunderten von Jahren gelebt hatten – von ihrer eigenen ließ sie lieber die Finger.

Sie drehte sich um und ging zurück in die Mitte des Wohnzimmers.

Was hatte sie nur übersehen?

War es ein Fehler gewesen, hierherzukommen? Hatte sie

fälschlicherweise angenommen, ihr Vater meinte diese Hütte, während er eigentlich einen anderen Ort im Sinn hatte?

Sie konnte sich nichts anderes denken, fragte sich allerdings wieder und wieder, warum er sie so weit weggeschickt hatte, um einen Schlüssel zu holen. Warum hatte er ihn nicht irgendwo in New York City deponiert? Wenn nicht in ihrem oder seinem Haus, warum nicht irgendwo in der Nähe, wo er einfacher zu finden gewesen wäre?

Er musste seine Gründe dafür gehabt haben. Vielleicht wollte er sie nur so schnell wie möglich aus der Stadt heraushaben. Oder er hatte den Schlüssel vor langer Zeit hier versteckt und war nie mehr zurückgekommen, um ihn zu holen. Sie konnte sich nicht daran erinnern, dass er in den letzten Jahren einen Ausflug zum See erwähnt hätte, aber andererseits wusste sie auch kaum etwas darüber, was er an seinen Wochenenden so getrieben hatte. Sie standen sich nahe, zweifellos, waren aber auch beide immer gut beschäftigt, und obwohl sie regelmäßig miteinander telefonierten oder sich Nachrichten schickten, trafen sie sich nur wenige Male im Monat persönlich.

Während sie ihren Blick durch den Raum wandern ließ, kroch plötzlich eine alte Erinnerung in ihr hoch.

Sie war etwa zehn oder elf gewesen. Ihre Mutter buk in der Küche Kekse. Sie war aus der Küche hinüber ins Wohnzimmer gelaufen, um ihren Vater zu bitten, mit ihr und dem Boot auf den See hinauszufahren.

„Was machst du, Papa?“, hatte sie ihn gefragt, als er vorsichtig einen Stein aus der Wand über dem Kamin zog und eine kleine Nische freilegte.

„Ich schaffe ein verborgenes Plätzchen, falls man vielleicht mal etwas verstecken muss“, antwortete er, und die Anspannung in seinem Blick stand in krassem Gegensatz zu dem Lächeln auf seinem Gesicht.

„Wofür?“

„Für was auch immer wir es einmal brauchen werden. Nur

wir zwei wissen davon. Du kannst doch ein Geheimnis für dich behalten, nicht wahr, Sophie?"

„Ich werde kein Sterbenswörtchen verraten", versprach sie.

„Du bist ein gutes Mädchen. Vergiss nie, wie sehr ich dich liebe."

Bei diesen letzten Worten, an die sie sich erinnerte, verspürte sie einen scharfen Schmerz. Mit zügigen Schritten durchquerte sie den Raum, ließ ihre Finger über die rauen Ziegel wandern und versuchte, sich zu erinnern, welcher davon lose war. Ihr Vater hatte damals gesagt, dass ihr Alter die Stelle markieren würde – *elf.*

Also zählte sie von unten elf Steine nach oben und fingerte an dem Stein herum. Er wackelte, und sie packte fester zu und zog ihn heraus.

Das Herz klopfte ihr wie wild in der Brust, als ihr Blick auf einen silbernen Schlüssel fiel.

Sie hatte ihn gefunden.

Aber er war nicht das einzige Objekt in dieser Nische. Direkt daneben lag eine kleine 9-mm-Pistole, ähnlich der, die ihr Vater immer getragen hatte.

Ihr stockte der Atem. Der Umgang mit Waffen war ihr nicht fremd. Ihr Vater hatte ihr beigebracht zu schießen, als sie gerade mal ein Teenager war. Aber diese beiden Gegenstände ließen sie an die Menschen denken, die sein Leben auf dem Gewissen hatten.

Sie nahm den Schlüssel heraus und steckte ihn in ihre Tasche, dann griff sie nach der Waffe.

Plötzlich hörte sie schwere Schritte auf der Veranda.

Jemand war gekommen!

War es ein Nachbar, ein Freund oder ein Feind?

Durch das Fenster konnte sie den Schatten eines Mannes ausmachen.

Er klopfte an.

Sie antwortete nicht.

Vielleicht würde er wieder verschwinden.

Tat er aber nicht.

Er klopfte erneut und trat dann die Tür auf.

Sie hob die Pistole an und zielte auf ihn. „Keinen Schritt weiter! Hände hoch!“

FÜNF

„ICH HATTE NICHT ERWARTET, dass du dich freuen würdest, mich wiederzusehen, Sophie, aber dass du mich gleich erschießen würdest ...“, sagte der Mann und hob die Hände.

„Damon“, keuchte sie schockiert auf.

Er war die letzte Person, die sie zu sehen erwartet hatte. Vier Jahre waren seit ihrer letzten Begegnung vergangen. Sie wünschte, er wäre mittlerweile kahl, grau oder fett geworden, was aber nicht der Fall war. Er sah genauso attraktiv aus wie bei ihrem ersten Treffen.

Sein dunkelbraunes Haar war nach wie vor dicht und wellig und lud dazu ein, die Finger darin zu vergraben. Seine blauen Augen, rätselhaft und gleichzeitig verlockend wie der Ozean, wechselten je nach Stimmung und Leidenschaft ihre Farbe. Seine vollen Lippen waren immer noch ach-so-sexy, und seine breiten Schultern, die schlanken Hüften und die langen Beine jagten ihr einen Schauer über den Rücken, was in diesem Fall nichts mit der Gefahr zu tun hatte, die im Schatten lauerte, sondern einzig und allein mit ihm und dieser lächerlichen Anziehungskraft, die er auf sie ausübte und die sie noch immer nicht verwunden hatte.

„Wie wäre es, wenn du die Waffe sinken lassen würdest?“, fragte er mit leiser, aber bestimmter Stimme.

Sie erkannte, dass sie sich erneut in ihm verloren hatte, und dass das nicht passieren durfte – nicht noch einmal. „Was willst du hier? Warum hast du die Tür eingetreten?“

„Ich habe nach dir gesucht, und als du nicht geantwortet hast, wollte ich einfach sicherstellen, dass du nicht verletzt bist – oder Schlimmeres.“

„Oder Schlimmeres? Du hast das von meinem Vater gehört, nicht wahr?“

„Ja. Es tut mir so leid, Sophie. Das ist mein Ernst.“

Anscheinend war es das. Damon war einer der besten Schüler ihres Vaters gewesen und jemand, mit dem dieser all die Jahre über Kontakt gehalten hatte.

Ironischerweise wäre er wahrscheinlich der Mann gewesen, den sie ihrem Dad als ihren Freund hätte vorstellen können und mit dem er auch einverstanden gewesen wäre.

Vielleicht aber auch nicht.

Er hatte sie nie dazu ermutigt, sich mit jemandem vom FBI einzulassen. Im Gegenteil, er hatte klargestellt, dass er sie aus seiner Arbeit raushalten wollte. Dadurch war es leichter für sie gewesen, Damon nie wiedersehen zu müssen.

„Wir sollten uns unterhalten“, fuhr dieser nun fort, „aber das wäre einfacher, wenn du mir nicht ständig mit der Pistole vor dem Gesicht herumfuchteln würdest.“

„Woher wusstest du überhaupt, dass ich hier bin?“

„War nur so eine Ahnung. Während der Trauerfeier hast du mir gesagt, dass dieser Ort Jamie und dir sehr viel bedeutet hat.“

Ihr Magen krampfte sich zusammen, als sie wieder an den Freund dachte. So ziemlich jeder, den sie je geliebt hatte, war tot. „Hast du irgendjemandem vom FBI von deinen Plänen erzählt?“

Damon betrachtete sie prüfend. „Nein, ich bin allein gekommen. Aber eine Menge Leute suchen nach dir. Wusstest du, dass in deine Wohnung eingebrochen wurde?“

„Ja. Eine Freundin hat mir eine Nachricht geschickt, aber ich konnte sie nicht zurückrufen."

„Warum nicht? Weil du dein Handy hunderte Kilometer von hier entfernt verloren hast?"

Also hatten sie tatsächlich das Signal ihres Telefons zurückverfolgt. Das war zu erwarten gewesen.

„Das war ein cleverer Schachzug von dir", bestätigte er ihr. „Deine Spuren zu verwischen."

„Offensichtlich hat es nicht wirklich funktioniert, denn du bist ja hier."

„Ich bin aber nicht deinem Handysignal gefolgt." Er hielt kurz inne. „Ich schließe jetzt die Tür. Bitte erschieß mich nicht, okay?"

Sophie wusste nicht, ob sie ihn überhaupt erschießen könnte, und er machte auch keinen sonderlich besorgten Eindruck. Trotzdem hielt sie die Waffe nach wie vor auf ihn gerichtet, weil es ihr das Gefühl gab, die Situation dadurch etwas besser unter Kontrolle zu haben.

Er zog die Tür zu, die jedoch nicht einrastete, weil er ja das Schloss aufgebrochen hatte.

„Du solltest das reparieren lassen", sagte er. „Auch wenn dir das nicht wirklich was bringt."

„Und du solltest wieder gehen, Damon."

„Lass uns erst reden. Warum bist du weggelaufen? Aus deiner Wohnung, vor deinen Freunden und den Kollegen deines Vaters? Warum bist du einfach so untergetaucht, Sophie?"

„Weil jemand meinen Vater umgebracht hat."

„Möglicherweise war es ein Unfall."

„Das glaubst du doch ebenso wenig wie ich", entgegnete sie scharf.

„Vielleicht nicht, aber ich denke, irgendetwas hat dich verängstigt."

„Du meinst, so etwas wie die beiden Männer, die ich dabei beobachtet habe, wie sie mein Apartment-Gebäude betraten?"

„Du hast die beiden Männer gesehen, die bei dir eingebrochen sind?“, fragte er überrascht.

„Ich weiß nicht, ob sie es waren, aber es wäre möglich.“

„Wie haben sie ausgesehen?“

„Vielleicht wie Vollzugsbeamte – ich weiß es nicht.“

Damon starrte sie an und sie konnte sehen, wie ihre Worte in seinem Kopf arbeiteten. „Warum solltest du dich vor den Beamten fürchten, wenn doch dein Vater beim FBI ist?“

„Bauchgefühl“, log sie und wusste, dass das nicht der Fall gewesen wäre, hätte ihr Vater ihr nicht gesagt, dass sie auf der Hut sein sollte. „Und so wie es aussieht, habe ich die richtige Entscheidung getroffen. Wer weiß, was passiert wäre, wenn ich meine Wohnung betreten hätte?“

Er presste die Lippen zu einem harten Strich zusammen. „Sophie, ich will dir helfen.“

„Warum? Warum solltest du das tun?“

Ihr Blick verfinsterte sich und die Luft zwischen ihnen knisterte, jetzt, da sie sich gemeinsam hier an diesem Ort befanden, den wahrscheinlich keiner von ihnen je wieder hatte aufsuchen wollen.

„Wir sind keine Freunde“, fügte sie schnell hinzu, um die Spannung zu durchbrechen. „Eigentlich sind wir gar nichts. Wir haben uns in den letzten vier Jahren kein einziges Mal gesehen. Was also kümmert es dich, wo ich bin und was ich tue? Ist es aufgrund deiner Loyalität meinem Vater gegenüber? Das muss es sein, oder? Nichts anderes hätte dich dazu bringen können, den ganzen Weg hierherzufahren.“

„Ich hätte dich nach dieser Nacht anrufen sollen“, gab Damon zerknirscht zu.

„Ich brauche keine Entschuldigung.“

„Tust du nicht?“

„Nein ... vielleicht ... nein“, sagte sie und hasste sich dafür, dass ihre Stimme so verunsichert klang. „Das ist nicht mehr wichtig. Jetzt habe ich größere Probleme.“

„Dann lass uns endlich darüber reden", schlug er vor und war erleichtert, das Thema wechseln zu können. „Ich respektierte deinen Vater. Er war mein Mentor. Dafür schulde ich ihm etwas und ich weiß, er würde wollen, dass ich dir helfe. Er hat mir vertraut und ich hoffe, das tust du ebenfalls."

„Ich weiß nicht, ob mein Vater dir vertraut hat", sagte sie und schüttelte den Kopf.

Überraschung und Wut flammten in seinen Augen auf. „Wie kommst du denn darauf?"

„Weil er mir nahegelegt hat, niemandem vom FBI zu trauen, und da du Agent bist, schließt dich das ebenfalls mit ein."

„Wann hat er dir das gesagt?"

Sie erkannte, dass sie bereits zu viel preisgegeben hatte. „Vor einer Weile."

„Wirklich? Vor einer Weile? Oder war es heute? Was hat er sonst noch gesagt?"

„Das geht nur mich etwas an."

„Jedes Wort könnte wichtig sein, Sophie. Du musst es mir erzählen."

„Nein, das muss ich nicht! Wenn er gewollt hätte, dass du es weißt, hätte er dir eine Nachricht hinterlassen."

„Also hat er dir nur eine Nachricht hinterlassen?"

Verdammt, der Mann besaß einen scharfen Verstand. „Es spielt keine Rolle, wie oder wann er es gesagt hat, ich traue dir trotzdem nicht. Ich werde seine Warnung nicht in den Wind schlagen."

„Ich bin nicht irgendein FBI-Agent, Sophie."

„Oh, bitte. Nur, weil wir uns nackt gesehen haben, bedeutet das noch lange nichts."

Bei diesem Kommentar runzelte er die Stirn. „Wir verschwenden unsere Zeit. Folgendes: Du wirst mir jetzt entweder erzählen, worüber dein Vater sich solche Sorgen gemacht hat, damit ich dir helfen kann herauszufinden, wer ihn getötet hat, und dich gleichzeitig beschützen kann – oder du wirst mich wohl oder übel erschießen müssen. Das sind deine beiden Optionen, denn ich gehe hier nicht ohne dich weg."

„Glaubst du etwa, ich würde den Abzug nicht drücken?", forderte sie ihn heraus. „Das könnte ich nämlich durchaus."

„Und wozu wäre das gut? Würdest du damit den Killer deines Vaters leichter finden?"

Wie sie seine ruhigen, spitzen Fragen hasste. Sie war emotional, er benutzte Logik. „Also gut, so viel kann ich dir erzählen: Mein Dad sagte, er sei in Schwierigkeiten und wolle mich in Sicherheit wissen. Er wies mich an, niemandem zu vertrauen und unterzutauchen, alles zu tun, was nötig wäre, um am Leben zu bleiben." Sie ließ bewusst den Teil mit dem Schlüssel und dem nächsten Schritt aus, den sie zu tun gedachte.

„War das alles?", hakte Damon nach.

„Nur noch, dass es ihm leidtäte und wie sehr er mich lieben würde, aber seine letzte Sprachnachricht endete abrupt." Zitternd atmete sie ein. „Ich glaube, er hat mich aus dem Auto angerufen, kurz bevor er von der Straße abkam. Ich habe einen Knall gehört, und dann war Totenstille."

„Hat er erwähnt, wer hinter ihm her ist? Hat er Namen genannt, einen Fall, an dem er gearbeitet hat? Irgendjemanden, der einen Groll gegen ihn hegen könnte?"

„Nein, er war ziemlich vage. Und diesbezüglich lüge ich dich nicht an. Ich wünschte, er hätte mich aufgeklärt, wer oder was oder irgendetwas Konkretes, denn dann müsste ich nicht weglaufen, ohne zu wissen, wer mich verfolgen könnte." Sie fuhr sich mit der Zunge über die Lippen. „Irgendwie glaube ich, er wollte sich nur verabschieden." Tränen stiegen ihr in die Augen, ihre Hände, die die Waffe umklammert hielten, begannen zu beben und resigniert ließ sie die Schultern hängen.

„Was hast du jetzt vor? Wie sieht dein Plan aus?"

„Ich bin noch am Überlegen. Hierbleiben kann ich nicht."

„Nein, auf keinen Fall. Ich verstehe sowieso nicht, warum du überhaupt hergekommen bist. Mit Sicherheit weiß irgendjemand vom FBI über diesen Ort Bescheid. Peter hat mir erzählt, dass dein Vater ihn in das Büro reingebracht hat. Er muss doch irgendwann schon mal hier gewesen sein."

„Nein, war er nicht. Nur die Rowlands waren immer mit dabei. Ihnen gehört die Hütte nebenan. Vincent und Dad haben sie sich vor langer Zeit als geheime Rückzugsorte gekauft. Wann immer wir uns hier aufhielten, haben wir Decknamen benutzt. Damals war das für mich nichts weiter als ein Spiel. Mein Vater hat nie zugelassen, dass seine Arbeit Auswirkungen auf unser Leben hatte."

„Es wird bestimmt jemand vom Büro mit Vincent Rowland sprechen. Vincent mag im Ruhestand sein, aber er und Alan waren gute Freunde, von daher werden sie sich auch ihn vorknöpfen."

„Das weiß ich alles, aber irgendwo musste ich ja hin", sagte Sophie. „Ich wollte allein sein, um zu weinen und nachzudenken. Außerdem hatte ich sowieso nicht vor, länger als eine Nacht zu bleiben."

Der Zweifel in seinen Augen wuchs, als sein Blick an ihr vorbei zum Kamin wanderte und er die Lücke im Gemäuer und den Ziegelstein entdeckte, den sie auf den Boden gelegt hatte.

„Du bist nicht hierhergekommen, um zu trauern, sondern um etwas zu holen", stellte er fest.

„Diese Waffe", log sie.

„Du hast den ganzen Weg auf dich genommen, nur um eine Pistole zu holen? Nie im Leben. Das kaufe ich dir nicht ab. Du sagst mir nicht die ganze Wahrheit, Sophie, und ich kann dir nicht helfen, wenn du das nicht tust."

„Damon, bitte, geh. Lass mich einfach in Ruhe", flehte sie, verzweifelt darum bemüht, ihn aus dem Haus zu bekommen, bevor sie eine noch größere Dummheit beging, wie etwa, ihm zu vertrauen. „Ich werde verschwinden, irgendwo hingehen, wo mich niemand vermutet. Mach dir keine Sorgen um mich. Du hast deine Pflicht erfüllt, indem du mir hinterhergefahren bist.

Das hast du für meinen Dad getan. Jetzt tu bitte auch was für mich – lass mich allein. Das ist dir die letzten vier Jahre ja auch nicht sonderlich schwergefallen. Also mach mit deinem eigenen Leben weiter."

Er presste die Lippen aufeinander. „Das werde ich bestimmt nicht tun! Du bist nicht sicher. Auf Hilfe von Freunden zu hoffen, wird nicht funktionieren, weil du sie dadurch ebenfalls in Gefahr bringen würdest – und selbst wenn du sehr vorsichtig bist, wirst du irgendwann einen Fehler machen. Du weißt nicht, wie man in einer derartigen Situation überleben kann – ich dagegen schon. Ab einem gewissen Punkt musst du jemandem vertrauen. Also vergiss deinen Groll und lass mich dieser Jemand sein."

Bevor sie antworten konnte, prasselten Glassplitter des nächstgelegenen Fensters auf sie hernieder.

Was zur Hölle war da gerade passiert?

Eine weitere Scheibe ging zu Bruch, und etwas zischte an ihrem Ohr vorbei.

Damon griff nach ihrem Arm und zog sie nach unten, als ein drittes Fenster explodierte.

Jemand schoss auf sie!

„Bist du getroffen?", fragte er und ließ seinen Blick prüfend über ihr Gesicht wandern.

Sophie schüttelte den Kopf, unfähig, etwas zu erwidern. Ihre Haare waren von Glassplittern übersät und ihre nackten Arme bluteten, aber irgendwie war es ihr gelungen, den Kugeln zu entgehen. „Wer schießt da auf mich?"

„Das spielt keine Rolle. Wir müssen hier raus. Es gibt doch eine Hintertür, oder?", erkundigte er sich knapp.

„Ja, aber was, wenn sie dort draußen ebenfalls auf uns warten?"

Ein weiterer Schuss zerstörte auch noch das letzte der vorderen Fenster, und Sophie duckte sich näher an Damon. Der Schütze musste eine Art Schalldämpfer an seiner Waffe angebracht haben, weil sie den Knall nicht hören konnte, sondern nur sah, wie das Glas zersplitterte.

„Bleib unten“, wies Damon sie an und schob sich vorsichtig in Richtung Fenster, um einen Blick nach draußen zu werfen.

„Siehst du jemanden?“

„Ja. Zwischen den Bäumen. Nur einer, glaube ich. Sieht so aus, als hätte er meine Reifen zerschossen. Wahrscheinlich dachte er, es wäre dein Auto. Wir machen jetzt Folgendes: Du rennst hinten raus und ich gebe dir Rückendeckung.“ Er zog eine Waffe unter seinem T-Shirt hervor, die offensichtlich im Bund seiner Jeans gesteckt hatte.

Wenn sie daran dachte, wie sie sich ihm gegenüber mit ihrer eigenen Pistole aufgeführt hatte, kam sie sich absolut lächerlich vor. Damon hätte sie jederzeit abknallen können, wenn er es gewollt hätte.

„Wo ist dein Auto?“, fragte er sie.

„Ich habe es hinter einem Bootshaus circa einen Kilometer von hier versteckt.“

„Perfekt. Geh dorthin. Ich komme so schnell wie möglich nach. Wo genau befindet sich dieses Bootshaus?“

Für den Bruchteil einer Sekunde zögerte sie.

„Echt jetzt, Sophie?“, fragte er, und Wut blitzte in seinen dunkelblauen Augen auf. „Jemand versucht, dich zu töten, und ich bin der Einzige, der ihm dabei im Weg steht.“

„Etwas abseits der Caldwell Road, hinter der Kingston Lodge. Was, wenn du es nicht schaffst, ihm zu entkommen? Und was, wenn sich jemand bei meinem Wagen versteckt?“

„Das wird nicht passieren. Ich komme hier weg, und du wartest auf mich. Du brauchst mich, Sophie, ob es dir gefällt oder nicht.“

Ein weiterer Schuss, und die Vase auf dem Tisch zerbarst.

Sophie hob ihre Waffe auf, kroch auf allen Vieren zum Küchentisch, packte ihre Tasche und rannte durch die Küche hinüber zur Hintertür.

Vorsichtig spähte sie hinaus. Der Hof war eingezäunt und es war niemand zu sehen.

Von der Vorderseite des Hauses vernahm sie Schüsse – *Damon feuerte zurück.*

Sie schlich nach draußen und blieb im Schatten des Gebäudes, bis sie das Tor erreicht hatte, schlüpfte hindurch und flitzte in Richtung einer Baumgruppe. Bei jedem ihrer Schritte hielt sie den Atem an, in der Erwartung, jeden Moment von einer Kugel erwischt zu werden. Aber Damon tat das, was er ihr versprochen hatte: Er lenkte den Schützen von ihr ab.

Als sie den Wald erreichte, vernahm sie in der Ferne das Geräusch sich nähernder Polizeiwagen. Jemand musste Damons Schüsse gehört und sie alarmiert haben.

Das Feuergefecht endete abrupt, bis auf die Sirenen war alles ruhig. Irgendwo in der Nähe heulte ein Motor auf.

War der Schütze beim Geräusch der Sirenen abgehauen? Sie hoffte es zumindest. Ebenso, dass Damon unverletzt sein möge.

Fünf Minuten später war sie an der alten Lodge vorbei und wieder bei ihrem Auto, das noch immer dort stand, wo sie es abgestellt hatte. Sie zog ihre Schlüssel heraus und beobachtete das Fahrzeug minutenlang kritisch, bevor sie darauf zuging. Als sie hinters Lenkrad schlüpfte, klopfte ihr das Herz bis zum Hals. Eigentlich wollte sie nichts als weg von hier, aber wäre sie auf der Straße sicherer? Ihr Vater war es jedenfalls nicht gewesen.

Damon hatte ihr aufgetragen, auf ihn zu warten. Er sagte, sie würde ihn brauchen ... und sie hatte das schreckliche Gefühl, dass dem auch so war. Nach wie vor hatte sie keine Ahnung, wer hinter ihr her war – warum jemand versuchen sollte, sie zu töten.

Die Warnungen ihres Vaters, die zuvor nichts weiter als unzusammenhängende Worte gewesen waren, fühlten sich plötzlich sehr, sehr real an.

Als ein Mann um die Ecke des Bootshauses bog, blieb ihr beinahe das Herz stehen. Zu ihrer Erleichterung war es Damon. Er rutschte auf den Beifahrersitz. „Fahr los!“, wies er sie an.

„Wohin?“

„Wohin auch immer du als Nächstes vorhattest zu gehen.“ Er warf ihr einen wissenden Blick zu. „Dein Vater hat dich doch angewiesen, hierherzukommen, oder? Ich vermute mal, dass seine Instruktionen damit noch nicht zu Ende waren.“

Sie hasste es, dass er immer Recht behalten musste und noch mehr, dass er Bescheid zu wissen schien. Nichtsdestotrotz fühlte sie sich in seiner selbstbewussten, starken, männlichen Gegenwart ein wenig sicherer. „Was ist mit dem Killer passiert?“

„Er hat sich beim Geräusch der Sirenen aus dem Staub gemacht.“

„Konntest du ihn erkennen?“

„Nicht wirklich. Er trug Jeans, ein Sweatshirt und hatte eine Baseballmütze auf dem Kopf. Sein Gesicht habe ich nicht gesehen. Er ist in einen Transporter gesprungen und davongefahren. Leider war ich nicht nahe genug dran, um das Nummernschild lesen zu können. Ich denke, ich könnte die Marke und das Modell erraten, aber im Moment ist es wichtiger, dass wir in Bewegung bleiben. Wenn die Sorgen deines Vaters wegen der Polizei Hand und Fuß haben, müssen wir hier verschwinden, bevor sie uns finden.“

Daran hatte sie überhaupt noch nicht gedacht. „Du musst mich aber nicht begleiten. Immerhin bist du FBI-Agent. Du könntest der Polizei sagen, dass du die Hütte aufgesucht, mich aber nicht angetroffen hast. Und ihnen von dem Killer erzählen.“ Sie war richtig stolz auf ihren Vorschlag, aber Damon schüttelte energisch den Kopf.

„Keine Chance, Sophie. Der Schütze hat mich gesehen. Ich muss in der Lage sein, mich zu verteidigen, und das kann ich nicht, wenn ich mich auf Diskussionen mit den lokalen Gesetzeshütern einlassen muss, ganz zu schweigen von der Tatsache, dass du mich brauchst.“ Er blickte sie durchdringend an. „Auch wenn du es nicht zugeben willst. Unterschätze nicht, wer hinter dir her ist.“

Sie erschauderte, und das nicht nur wegen der Schießerei gerade. Nach wie vor konnte sie nicht glauben, dass Damon nur ihretwegen hierhergekommen war.

„Ob es dir gefällt oder nicht, wir sitzen jetzt im gleichen Boot“, fuhr er fort. „Also, wohin fahren wir?“

„Das wirst du sehen, wenn wir dort sind.“

„Warum lässt du mich nicht ans Steuer?“

Ihre Hände zitterten und das Herz hämmerte in ihrer Brust, aber um nichts auf der Welt würde sie ihm das Lenkrad überlassen. Es war das Einzige, worüber sie noch Kontrolle hatte, und die würde sie nicht aufgeben.

SECHS

DAMON SUCHTE mit aufmerksamem Blick die Straße ab, während Sophie den Wagen von der Hütte weglenkte. Glücklicherweise kannte sie die Umgebung und konnte somit den Polizeiaktivitäten rund ums Haus und in den umliegenden Wäldern ausweichen, aber sein Puls beruhigte sich erst wieder, als sie gute zehn Kilometer zwischen sich und den Schauplatz gebracht hatten.

Tatsächlich beeindruckte ihn Sophies ruhige Hand am Steuer. Bestimmt war sie verängstigt und hatte wahrscheinlich noch mit einem riesigen Adrenalinrausch zu kämpfen, aber sie riss sich zusammen.

Er fragte sich immer noch, warum sie aus NYC zum Haus am See geflohen war und was sie aus dem Versteck im Kamin geholt hatte, denn er war sich absolut sicher, dass es sich nicht nur um die Waffe handeln konnte. Das jedoch warf eine weitere Frage auf. Wenn Alan seinen FBI-Kollegen nicht vertraute, warum hatte er dann seine Tochter zu seiner Hütte geschickt – eine Hütte neben der, die den Rowlands gehörte?

Sophie hatte ihm erzählt, es sei ein Geheimversteck, aber Vincent Rowland wusste davon und hätte jederzeit jedermann darüber in Kenntnis setzen können, in der Annahme, dass es nach seiner Pensionierung nicht mehr notwendig sei, darüber Stillschweigen zu bewahren. Und wenn Peter oder Karen ihn gestern Abend erwischt und gefragt hätten, ob er wüsste, wohin Sophie verschwunden sein könnte, hätte er ihnen von dem Blockhaus erzählen können.

Eigentlich wollte er nicht glauben, dass Peter oder Karen jemanden mit einem Gewehr zum See geschickt hatten, um Sophie zu eliminieren, aber ausschließen konnte er es ebenfalls nicht.

„Wann hattest du das letzte Mal Kontakt zu Vincent Rowland?“, erkundigte er sich.

Sophie warf ihm einen überraschten Blick zu. Während der letzten zwanzig Minuten hatten sie geschwiegen, jeder war seinen eigenen Gedanken nachgehangen, aber jetzt wollte er offensichtlich einige Sachen ansprechen. Er brauchte weitere Informationen, und zwar so schnell wie möglich.

„Vincent?“, wiederholte sie. „Nicht mehr, seit Jamie gestorben ist, glaube ich. Warum?“

„Ich frage mich immer noch, wie jemand dich in der Hütte aufspüren konnte.“

„Vincent hätte es niemandem erzählt. Er und mein Vater hatten einen Pakt. Die Häuser waren ihr geheimer Unterschlupf. Außerdem kenne ich Vincent schon seit meiner Kindheit. Die Rowlands waren immer für meinen Vater und mich da, besonders während der dunkelsten Tage unseres Lebens, als meine Mutter starb. Nichts, was du sagst, könnte mich davon überzeugen, dass er oder Cassie einen Killer zum See geschickt haben könnten, um mich abzuknallen.“

„Ich sage nicht, dass es so war, aber wenn Peter, Karen oder sonst jemand beim FBI nach deinem gestrigen Verschwinden einen der beiden angerufen und gesagt hat, dass sie sich Sorgen machen und ob sie eine Idee hätten, wo du dich aufhalten könntest, wäre es durchaus möglich, dass sie die Hütte erwähnt haben, einfach, um dir zu helfen. Sie wüssten ja nichts von der

Warnung deines Vaters, niemandem in der Ermittlungsbehörde zu vertrauen."

„Das könnte natürlich sein", stimmte Sophie zu. „Aber Cassie ist momentan in London."

„Trotzdem hat sie ein Telefon. Was ist mit Vincent?"

„Keine Ahnung, ob er sich zurzeit in New York aufhält. Er reist viel."

Das Telefon in seiner Tasche vibrierte, und als er es herauszog, ging ihm auf, dass er es hätte deaktivieren müssen, bevor er die Blockhütte verließ. „Es ist Peter", sagte er.

„Du gehst auf keinen Fall ran. Er darf nicht wissen, wo wir sind", befahl sie ihm, und ihre Stimme klang panisch. „Du hättest nicht einmal das Telefon mitbringen sollen. Was, wenn sie uns bereits verfolgen?"

„Ich werde es entsorgen, sobald ich weiß, ob er mir eine Sprachnachricht hinterlässt." Er wartete einen Moment und sah, wie die Mitteilung aufblinkte. „Sieht ganz danach aus."

„Stell sie auf Lautsprecher. Wenn wir gemeinsam in der Sache drinstecken, darf es keine Geheimnisse zwischen uns geben."

Er befolgte ihre Anweisung.

„Damon, hier spricht Peter Hunt. Wenn Sie Sophie Parker gefunden haben, müssen Sie sie herbringen. Sie ist in ernsthafter Gefahr. Ich mache mir große Sorgen um euch beide. Rufen Sie mich zurück."

„Das ging schnell", murmelte Damon. „Offensichtlich weiß Peter über die Schießerei in deiner Hütte Bescheid."

Sophie warf einen schnellen Blick auf ihre Armbanduhr. „Das war erst vor einer halben Stunde. Wie haben die so schnell davon erfahren?"

„Wahrscheinlich hat die Polizei mein Kennzeichen zurückverfolgt und das FBI benachrichtigt. Peter hat zwei und zwei zusammengezählt und erkannt, dass ich dir gefolgt sein muss." Er hielt kurz inne. „Was ist das Problem zwischen dir und Peter

Hunt? Warum hast du ihn nicht um Hilfe gebeten? Offensichtlich ist er doch ein langjähriger Freund der Familie.“

„Das habe ich dir doch schon erklärt – Dad hat mich angewiesen, niemandem zu vertrauen. Natürlich weiß ich nicht, ob das ihn einschließt, aber er hat auch nicht explizit gesagt, ich solle mich an ihn wenden. Also habe ich es nicht getan.“

„Du hast erwähnt, die letzte Nachricht deines Vaters sei abgebrochen. Vielleicht hätte er mehr gesagt, wenn ihm mehr Zeit geblieben wäre.“

„Er hat mir vier Voicemails hinterlassen, bevor er abgeschnitten wurde, und in keiner einzigen fiel Peters Name.“

Damon war überrascht, dass Alan ihr so viele Nachrichten geschickt hatte. Ihre Worte bestätigten aber auch seine Vermutung, dass sie ihm noch nicht die ganze Geschichte erzählt hatte. Allerdings hatte er während seiner Laufbahn schon genug Zeugen befragt, um zu wissen, wann er auf Antworten drängen sollte und wann es besser war, sich zurückzuziehen.

Gerade kochten bei Sophie die Emotionen hoch, die von Angst über Trauer bis hin zu Wut reichten. Er musste einige davon abkühlen lassen, bevor er versuchen konnte, ihr Vertrauen zu gewinnen.

Zuallererst sollte er sein Telefon loswerden. Da er den Akku nicht herausnehmen konnte, schaltete er es einfach aus, rollte dann das Fenster hinunter und feuerte es in die Büsche am Straßenrand. Wenn jemand ihren letzten bekannten Aufenthaltsort herausfand, wären er und sie hoffentlich schon hunderte Kilometer entfernt.

Die Trennung von seinem Telefon fühlte sich sowohl befreiend als auch alarmierend an. Er hatte bereits früher Undercover und ohne Handy gearbeitet, aber da gab es stets jemanden im FBI, der wusste, wo er sich aufhielt und in welcher Mission er unterwegs war. Er hätte jederzeit Verstärkung anfordern können, die ihm umgehend zu Hilfe geeilt wäre. Das hier war allerdings etwas anderes. Nachdem er zu Sophie ins Auto gestiegen war, hatte er sich für eine Seite entschieden – ihre Seite.

Es war beinahe schockierend, wie schnell er diese Wahl getroffen hatte. Zwar sagte er sich, es sei für Alan, was allerdings nicht ganz der Wahrheit entsprach. Aber Motivation spielte jetzt keine Rolle. Er und Sophie waren auf sich allein gestellt und er musste sich schleunigst einfallen lassen, was als Nächstes zu tun war.

„Wo hast du dieses Auto her?“, erkundigte er sich.

„Ich habe es in New York angemietet und in bar bezahlt. Eigentlich muss ich es heute zurückbringen, sehe aber keine Möglichkeit, wie ich das bewerkstelligen sollte.“

„Nein, auf keinen Fall. Irgendwann müssen wir sowieso den Wagen wechseln. Das FBI überwacht bestimmt schon sämtliche Autovermietungen in Manhattan. Außerdem werden sie dein Foto rumgehen lassen, und auch wenn sie das Kennzeichen momentan noch nicht haben, kann es nicht mehr lange dauern.“

„Wie bitte wollen wir denn das Fahrzeug austauschen? Wir sind mitten in den Bergen.“

„Ich werde mir etwas einfallen lassen. Hoffentlich bleibt uns noch ein wenig Zeit.“

Wieder schwiegen sie einige Minuten lang, bevor Sophie das ansprach, was ihr auf der Seele brannte: „Gibt es jemanden, der sich Sorgen um dich machen könnte, Damon? Jemanden, der dir etwas bedeutet?“

Er wünschte, er hätte eine bessere Antwort auf diese Frage. „Sicherlich wird mein verlassener Wagen mit den zerschossenen Reifen Anlass zur Besorgnis geben, aber da ich erst vor einer Woche nach New York gezogen bin, stehe ich noch mit niemandem in engerem Kontakt. Ich kenne kaum die Nachnamen meiner Kollegen.“

„Warum hast du diesen Job überhaupt angenommen? Ich dachte, in DC warst du der Superstar schlechthin. Dad hat dich vor ein paar Monaten mal erwähnt und mir erzählt, du wärst an einem großen, internationalen Terrorismusfall dran. Er war sehr stolz auf dich und prahlte gerne mit den Erfolgen seiner Schüler. Du warst immer einer seiner Favoriten.“ Sie räusperte sich. „Es hat mich gefreut zu hören, dass es so gut für dich lief.“

„Hat es das?“, fragte er trocken.

Sie warf ihm einen Blick zu, den er nicht zu deuten vermochte. „Nun, vielleicht ist *erfreut* ein wenig übertrieben. Aber du hast meine Frage nicht beantwortet. Warum bist du weg aus DC?“

„Dein Vater hat mir ein Angebot gemacht. Er wollte mich in seiner Taskforce haben. Und da es sowieso Zeit war für eine Veränderung, habe ich Ja gesagt.“ Er hielt kurz inne. „Du hast ihm nie gestanden, dass wir uns kennen, oder?“

„Doch, allerdings habe ich nur nebenbei erwähnt, dass wir uns auf der Trauerfeier begegnet sind, sonst nichts. Meine One-Night-Stands gingen ihn nichts an.“

„Also war ich nicht deine einzige Affäre?“

Er bemerkte, wie sie ihm einen flüchtigen Blick zuwarf, dann jedoch wandte sie ihre Aufmerksamkeit wieder der Straße zu. „Spielt das eine Rolle?“

Tat es nicht, aber er kannte die Wahrheit. Diese Nacht war untypisch für sie gewesen. Er hatte es damals bereits gewusst, aber es war ihm egal gewesen; er hatte sie zu sehr gewollt und ihr *Ja* hingenommen, ohne es zu hinterfragen. Hätte er nachgehakt, ob sie sich auch wirklich sicher sei, hätte sie ihre Entscheidung möglicherweise nochmals überdacht – und das wäre kaum zu ertragen gewesen.

„Zu welcher Einsatzgruppe wollte mein Dad dich dazunehmen?“, fragte Sophie.

„Ich weiß es nicht, habe aber angenommen, dass es etwas mit dem Schwerpunkt seiner Abteilung zu tun hat – dem organisierten Verbrechen. Leider ergab sich keine Gelegenheit, den Job genauer zu besprechen. Ich war noch damit beschäftigt, meinen letzten Fall abzuschließen, und er sagte, wir würden uns dann einfach nächste Woche mit meinem neuen Aufgabengebiet auseinandersetzen. Ich habe mir keine weiteren Gedanken darüber gemacht, denn ich wollte unbedingt mit deinem Vater zusammenarbeiten. Du weißt, ich habe ihn sehr respektiert. Er hat mich dazu gebracht, mein Bestes zu geben, und das hat mir gefallen. Was auch immer er mir übertragen hätte, hätte ich kommentarlos akzeptiert."

„Viele seiner Schüler haben ebenso empfunden, und das beruhte auf Gegenseitigkeit. Ihm lagen die Menschen, mit denen er zusammenarbeitete, am Herzen. Er pflegte zu sagen, sein größter Fehler sei es, dass er sich ihnen emotional verbunden fühlte. Ich habe zwar nie verstanden, wieso das ein Fehler sein sollte, aber vielleicht machte gerade das ihn anfällig für Verrat."

„Du denkst, er wurde verraten?"

„Ja", antwortete sie, ohne zu zögern. „Von jemandem, dem er vertraut hat, und dann wusste er nicht mehr, wem er glauben sollte."

„Was hat er sonst noch in seinen Nachrichten gesagt, Sophie?"

Ihre Hände umklammerten das Lenkrad und sie sah ihn nicht an, als sie antwortete: „Das habe ich dir doch schon erzählt. Er sei stolz auf mich, wünschte sich ein langes und glückliches Leben für mich, auch wenn er daran nicht mehr würde teilhaben können. Aber natürlich hatte er noch die Hoffnung. Er meinte, möglicherweise bliebe ihm noch genug Zeit, gewisse Dinge zu klären, was aber offensichtlich nicht der Fall war."

„Ich wünschte, ich könnte die Nachrichten hören", murmelte Damon.

„Ich auch", sagte Sophie, und ein tiefer, herzzerreißender Schmerz klang in ihrer Stimme mit. „Du kannst dir ja nicht vorstellen, wie schwer es mir gefallen ist, mein Handy zu zerstören, und damit meine letzte Verbindung zu ihm. Beinahe hätte ich es nicht geschafft."

„Und doch hast du es getan.“ So allmählich erkannte er, dass die sanfte Sophie seiner Träume einen stahlharten Kern besaß.

„Mir blieb keine andere Wahl. Da war kein Platz für Sentimentalitäten.“

Es war mit Sicherheit eine qualvolle Entscheidung gewesen, diese letzten Nachrichten von ihm loszulassen, wo sie sich doch so nahegestanden hatten. Er hätte das leichter geschafft, weil er sich keinem seiner Elternteile sonderlich verbunden fühlte. Ihre Handlungen hatten ihn stets enttäuscht, und auch sie hatten ihm bei jeder Gelegenheit zu verstehen gegeben, dass er ihre Erwartungen nicht erfüllte. Was gewissermaßen auch stimmte. Er verdrängte diese Gedanken, räusperte sich und wiederholte seine ursprüngliche Frage: „Wohin fahren wir, Sophie?“

„Das erfährst du später.“

„Warum nicht jetzt gleich?“

„Ich weiß nicht, einfach so ein Gefühl.“

Die Schärfe in ihrem Ton und das Misstrauen gefielen ihm ganz und gar nicht. Die Sophie, die er bei Jamies Trauerfeier kennengelernt hatte, war zwar traurig gewesen, aber auch offen, warmherzig und liebevoll. Genau deswegen hatte er sich so zu ihr hingezogen gefühlt. Er wollte sich in ihrer Weichheit, ihrer Güte und ihrer Leidenschaft verlieren, und genau das war geschehen.

Allerdings fragte er sich jetzt, ob er nicht mehr von ihr genommen hatte als er ihr zu geben bereit gewesen war. Hoffentlich nicht, denn für ihn war es die unvergesslichste Nacht seines Lebens gewesen, möglicherweise auch gerade deshalb, weil es eine einmalige Sache war. Wie auch immer ... all das lag lange zurück und er sollte sich besser auf die Gegenwart konzentrieren.

Er richtete sich auf und schaute zuerst in den Seitenspiegel, dann hinter sich. Seit er das letzte Mal die Straße kontrolliert hatte, war ein silberner SUV hinter ihnen aufgetaucht.

„Sie folgen uns bereits seit mehreren Minuten“, merkte Sophie an und blickte ebenfalls in den Rückspiegel.

Damon verfluchte sich lautlos dafür, dass er sich so lange in der Vergangenheit verloren hatte.

Die Personen auf den Vordersitzen schienen ein Paar zu sein: ein Mann hinter dem Steuer, eine Frau auf dem Beifahrersitz.

„Glaubst du, es handelt sich um die Leute, die auf uns geschossen haben?“, fragte Sophie alarmiert. „Was soll ich jetzt machen? Ich kann nirgends anhalten.“

Er hörte die Panik in ihrer Stimme und wünschte, er säße am Steuer. Eigentlich hätte er schon früher darauf bestehen sollen, aber sie war ja kaum gewillt gewesen, ihn in den Wagen steigen zu lassen, und er hatte es nicht darauf ankommen lassen wollen.

„Ich glaube nicht, dass es der Schütze ist“, versuchte er, sie zu beruhigen. „Nichtsdestotrotz, drück besser ein bisschen aufs Gas. An der nächsten Abzweigung biegen wir dann ab; mal schauen, ob sie uns folgen.“

„Was ist, wenn es sich um eine Sackgasse handelt? Sollten wir nicht besser versuchen, ihnen zu entkommen?“

Die kurvige, zweispurige Straße schien ihm keine gute Option für eine Verfolgungsjagd zu sein. „Mein Bauchgefühl sagt mir, dass sie uns nicht nachfahren werden. Lass uns erst mal das mit dem Abbiegen versuchen.“

Die Minuten verstrichen, während sie beide nach einer Abfahrt Ausschau hielten.

„Da vorne wäre eine Möglichkeit“, rief Sophie irgendwann erleichtert aus.

Damon krallte sich an der Beifahrertür fest, als sie die Abzweigung ein wenig zu schnell nahm. Während sie die Nebenstraße entlang bretterten, sah er den SUV auf der Hauptstraße vorbeiziehen. Sophie fuhr einen weiteren Kilometer geradeaus, verlangsamte dann das Tempo und stoppte am Seitenstreifen. Sie schaute erneut in den Rückspiegel. „Ich sehe sie nicht mehr.“

„Warten wir noch eine Minute ab.“

Als hinter ihnen alles leer blieb, stieß sie hörbar die Luft aus und blickte ihn entschuldigend an. „Tut mir leid. Ich glaube, ich bin schon leicht paranoid.“

„Es ist definitiv besser, sich seiner Umgebung bewusst zu sein, als nicht aufzupassen. Wie wäre es, wenn du mich mal fahren lassen würdest?“

Sie zögerte kurz. „Lieber nicht.“

„Weil du befürchtest, ich würde dich irgendwo hinbringen, wo du nicht hin möchtest?“

„Möglicherweise. Ja. Mit den Händen am Lenkrad fühle ich mich, als hätte ich zumindest noch ein bisschen Kontrolle.“

Natürlich hätte er jederzeit die Kontrolle über sie und das Auto übernehmen können, aber das würde er ihr nicht auf die Nase binden. Sie sollte stark bleiben, und wenn das bedeutete, dass sie weiterhin am Steuer saß, konnte er damit leben. „Dann fahr du weiter.“

Sie brachte den Wagen zurück auf die Straße, wendete und kehrte zur Autobahn zurück.

Eine geraume Weile herrschte Schweigen, aber für ihn war das okay. Er musste einen klaren Kopf behalten, und jegliche Unterhaltung mit Sophie lenkte ihn nur ab.

Während sie weiter die Berge durchquerten, fiel ihm auf, dass sie einen Umweg nach Süden machten, wahrscheinlich zurück in Richtung New York City oder zumindest irgendwo in die Nähe. Allerdings zog sich die Strecke quälend lang dahin. Oft befanden sie sich hinter langsam dahinschleichenden Wohnmobilen oder warteten Ewigkeiten hinter anderen Fahrzeugen, um endlich an einer Baustelle vorbeizukommen.

Nach fast drei Stunden bog Sophie von der Straße ab in eine Tankstelle. „Ich muss aufs Klo, und außerdem haben wir so gut wie kein Benzin mehr.“

„Geh nur, ich tanke in der Zwischenzeit auf.“

„Ich habe Bargeld.“

„Ich ebenfalls. Behalte du deines.“

Sie nickte müde, und gemeinsam betraten sie den Mini-

Supermarkt. Nachdem sie beide auf der Toilette waren, bezahlte Damon im Voraus das Benzin, während Sophie Getränke und Snacks besorgte und an der Tanksäule wieder zu ihm stieß.

„Ich weiß schon, du möchtest alles unter Kontrolle haben“, sagte er, „aber du siehst erschöpft aus und irgendwie befürchte ich, dass wir noch einen langen Weg vor uns haben. Wie wäre es, wenn du mich doch mal fahren ließest?“

„Ich bin müde“, gab sie zu. „Aber ich habe Energy-Drinks und Schokoriegel besorgt. Von daher schaffe ich das schon.“

Er lächelte angesichts ihrer verzweifelten Anstrengung, stark und wach zu bleiben. „Die können wir mit Sicherheit gut gebrauchen, aber trotzdem: Lass mich ans Steuer. Ich verspreche dir hoch und heilig, dass ich dich nirgends hinbringen werde, wo du nicht hinmöchtest. Gib mir einfach eine generelle Richtungsanweisung, das taugt mir schon.“

Der innerliche Konflikt, den sie mit sich ausfocht, stand ihr nur zu deutlich ins Gesicht geschrieben, aber schließlich willigte sie ein. „Also gut.“

Er war erleichtert, diesen Kampf für sich entschieden zu haben, vor allem, weil er es leid war, immer nur der Beifahrer zu sein. Sophie behielt vielleicht gerne die Oberhand ... er aber ebenfalls.

Als sie sich wieder auf der Autobahn befanden, bot ihm ein Schild vor sich diverse Optionen. „Welche Richtung?“

„Halte dich rechts.“

„Wir fahren also nicht zurück nach New York City, oder?“

„Nein, wir fahren nach Connecticut.“

„Was ist in Connecticut?“

„Das wirst du schon sehen, wenn wir dort sind.“

„Ist dir überhaupt klar, wie nervig deine Antworten sind?“

Zum ersten Mal überhaupt und trotz dieser Aussage lächelte sie. „Schon klar, dass es dich nervt, aber irgendwie nimmt das der ganzen Situation auch den Schrecken. So, als ob wir ganz normale Leute wären, die sich gegenseitig auf den Sack gehen.“

„Nichts an alledem ist normal."

„Ich weiß. Du hast recht. Aber ehrlich gesagt lief mein Leben nie wirklich in geregelten Bahnen ab. Es gab Momente, manchmal sogar Jahre, in denen alles reibungslos vonstattenging und plötzlich – *Schwupps* – ist alles anders. So, als ob es mir den Boden unter den Füßen wegzöge. Eigentlich sollte man meinen, dass ich mich mittlerweile daran gewöhnt hätte, aber es trifft mich doch jedes Mal wie ein Schlag ins Gesicht. Wird sich das irgendwann mal ändern?"

Er schaute zu ihr hinüber und spürte bei ihrem traurigen, zweifelnden Tonfall eine Welle des Mitgefühls in sich aufsteigen. „Ich weiß es nicht, Sophie, aber ich kann mir nicht vorstellen, dass es diese Woche sein wird."

„Kaum anzunehmen", stimmte sie seufzend zu und fuhr dann fort: „Ich muss vielleicht mal für eine Minute die Augen zumachen, Damon. Die Müdigkeit übermannt mich, weil ich letzte Nacht kaum geschlafen habe."

„Ruh dich ruhig aus. Aber bevor du einschläfst ... könntest du mir noch eine Stadt nennen? Wer weiß, wo in Connecticut du dich sonst beim Aufwachen befindest?"

Sie zögerte kurz, sagte dann jedoch: „New Haven. Wirst du tun, was ich getan habe, Damon? Ab und zu von der Autobahn runter und einen Umweg fahren? Natürlich dauert es dadurch länger, aber ich denke, es lohnt sich."

„Das hatte ich sowieso vor. Mach dir keine Sorgen. Ich bin geübt darin, was Flucht und das Abschütteln von Verfolgern anbelangt."

„Was wollen wir wegen des Autos unternehmen? Ein Polizeibeamter könnte das Nummernschild erkennen und es melden."

„Genau aus diesem Grund werde ich auf die Nebenstraßen ausweichen. Wir wechseln das Auto, sobald sich eine Gelegenheit dafür bietet."

„Okay", sagte sie, lehnte sich in ihrem Sitz zurück und

schloss die Augen. Innerhalb von Sekunden war sie eingeschlafen und sein Blick verweilte so lange auf ihrem Gesicht, dass er in der nächsten Kurve beinahe in den Graben gefahren wäre.

Er lenkte seine Aufmerksamkeit zurück auf die Autobahn und ermahnte sich, sich auf ihre Mission zu konzentrieren, die Sophie offenbar nach New Haven führte.

Zwar kannte er den Ort nicht, wusste aber, dass Yale sich dort befand. Alan hatte diese Universität besucht, und Peter ebenfalls. Das beunruhigte ihn. Wenn Alan seine Tochter an einen weiteren Ort schickte, der mit seinem Leben verknüpft war, könnte das erneut in einem Kugelhagel enden.

Er wünschte, Sophie wäre entgegenkommender gewesen. Als Agent brauchte er oft Geduld, war aber nicht gerade gut im Warten. Er mochte Action, wollte Ergebnisse sehen. Aber alles, was er gerade tun konnte, war zu fahren ... und zu versuchen, nicht zu seiner schlummernden Beifahrerin hinüberzuschauen.

Sie ging ihm schon wieder unter die Haut. Während der letzten Stunden war es kaum möglich gewesen, die unterschwellige Spannung zwischen ihnen nicht zu bemerken. Selbst bei all dem, was gerade vor sich ging, lauerte in den Schatten ihre Vergangenheit.

Wenn Sophie wach war, wenn jemand auf sie schoss, war es einfacher, nicht an diese eine Nacht zu denken. Jetzt allerdings, wo sie ihm so nahe war und er nichts als die endlos lange, leere Straße vor sich hatte, kamen diese Gedanken mit voller Wucht und in all ihrer lebendigen Pracht zurück, all die Bilder, die er verdrängt hatte. Er konnte ihren Körper unter seinem spüren, und bei der Erinnerung an ihren Geschmack begannen seine Lippen zu kribbeln. Es war eine unvergessliche Nacht gewesen, allerdings auch eine, die er dringend abhaken sollte.

Eigentlich dachte er, er hätte in dieser Hinsicht Fortschritte gemacht. Er hatte sich nach Sophie mit anderen Frauen getroffen, sich auf seine Karriere konzentriert und sich ständig ermahnt, dass Liebe nur etwas für Verlierer war, und ein Verlierer würde er ganz sicher nie wieder sein.

Andererseits, Sex mit einer schönen Frau war völlig in Ordnung – nur eben nicht mit Sophie.

Er atmete tief aus und seine Finger trommelten unruhig auf dem Lenkrad, während er sich verzweifelt bemühte, nicht den Kopf zu ihr zu drehen und sich selbst gegenüber nicht einzugestehen, dass er sie noch immer wollte.

Aber selbst wenn dem so wäre, würde zwischen ihnen nichts passieren. Diese Grenze würde er nicht nochmals überschreiten.

Er sollte in ihr nichts weiter als seinen Auftrag sehen. Sein einziges Ziel war es, sie in Sicherheit zu bringen.

Warum konnte er dann an nichts anderes denken als daran, wie er sie wieder ins Bett bekommen könnte?

SIEBEN

Sie hatten am Strand ein Lagerfeuer entfacht, und Jamies Freunde saßen in Strandliegen und auf Decken und warteten auf ein Feuerwerk, das Cassie speziell für dessen Trauerfeier arrangiert hatte. Jemand reichte Sektflöten herum, die sie nicht wirklich brauchten, da sie seit Sonnenuntergang getrunken hatten und es jetzt schon fast Mitternacht war.

„Dürfte ich mich zu dir auf die Decke setzen?", fragte ein großer, dunkelhaariger Mann mit unwiderstehlichen blauen Augen.

Sie hatte ihn bewusst gemieden, seit sie ihn zum ersten Mal im Haus gesehen hatte. Die Art und Weise, wie er sie musterte, beunruhigte sie, insbesondere als ihr auffiel, dass sie es ihm gleichtat.

In ihrem Innern schrillten die Alarmglocken – schick ihn weg –, aber anstatt zu verneinen, sagte sie Ja, rutschte ein Stück zur Seite und machte ihm Platz. Ihr Körper versteifte sich angesichts seiner unmittelbaren Nähe, sie spürte ein Kribbeln in sich, war nervös und sogar ein wenig verwegen ... alles Gefühle, die auf einer Gedenkfeier nicht unbedingt angebracht waren.

Das hier war kein Date. Sie sollte um ihren Freund trauern und nicht einem Mann schöne Augen machen, auch wenn der offensichtlich genauso allein war wie sie. Aber als vom See eine laue Brise zu ihnen herüberwehte, konnte sie den herben Duft seines Rasierwassers riechen und fast schon seinen Atem auf ihrer Wange spüren. Und seine umwerfenden blauen Augen schienen ihr direkt in die Seele zu blicken.

Alle ihre Sinne standen in Flammen. Sie verflocht ihre Finger miteinander und widerstand dem impulsiven Drang, ihn zu berühren.

Es musste am Champagner oder am Wein liegen. Sie hatte definitiv zu viel getrunken.

Aber sie fühlte sich nicht beschwipst, sondern einfach nur verzweifelt, hungrig, leer.

Als sie den Kopf zu ihm drehte, bemerkte sie, dass er sie beobachtete, und in seinem Blick lag offensichtliches Begehren. Sie wusste nicht viel über ihn, außer, dass sein Name Damon war und er und Jamie zusammen in der Armee gedient hatten. Den ganzen Abend über hatte er nicht viel gesprochen, sondern einfach zugesehen, zugehört, alles in sich aufgenommen.

Sie hatte sich ähnlich verhalten, da sie außer Cassie keinen von Jamies anderen Freunden kannte. In den letzten zehn Jahren waren sie getrennte Wege gegangen, und obwohl sie in Kontakt geblieben waren, hatten sie sich nicht allzu häufig gesehen.

Da Damon sie nach wie vor anstarrte, konzentrierte sie sich auf das Feuer und nahm einen großen Schluck von ihrem Sekt. Er prickelte in der Kehle und sie wollte mehr von diesem Gefühl spüren – alles war willkommen, was die Traurigkeit dieser Nacht lindern konnte. Jamie war wie ein Bruder für sie gewesen, die eine Person, die sie zum Lachen brachte, sie mit Neckereien ihre schlechte Laune vergessen ließ, ihr das Gefühl gab, sie könnte es schaffen, diejenige zu sein, die sie sein wollte. Er würde ihr schrecklich fehlen.

Schnell leerte sie ihr Glas.

„Vielleicht solltest du es etwas langsamer angehen lassen“, sagte Damon.

Sie warf ihm einen trotzigen Blick zu. „Warum? Worauf warten wir noch? Wir schieben das, was wir tun möchten, auf später auf. Wir sagen: ‚Vielleicht nächstes Jahr, falls es unsere Zeit erlaubt‘ – aber manchmal haben wir diese Zeit nicht mehr.“

„Da hast du sicherlich recht“, antwortete er düster und trank ebenfalls aus.

Sie lehnte sich zur Seite, schnappte sich von einer anderen Decke eine halbvolle Flasche und füllte ihre Gläser erneut. Nach ihrem ersten Schluck sinnierte sie: „Jamie war gut darin, stets im Moment zu leben. Ich sollte mir ein Beispiel an ihm nehmen.“ Sie warf ihm einen schnellen Blick zu. „Wie steht es mit dir?“

„Da gäbe es bei mir sicherlich auch noch Potenzial.“

Sie lächelte, fühlte sich rebellisch und tollkühn – eine gefährliche, wenn auch berauschende Kombination, vor allem angesichts der unwiderstehlichen Anziehungskraft, die dieser Mann neben ihr auf sie ausübte. „Möchtest du gleich etwas daran ändern?“

„Woran hattest du denn gedacht?“

„Tanzen“, entgegnete sie und stand auf. Sie streckte ihm die Hand hin, und nach kurzem Zögern ergriff er sie.

„Es tanzt aber sonst keiner“, stellte er fest und erhob sich ebenfalls.

„Dann sind wir eben die Ersten.“ Sie musste sich bewegen, und die Musik und die Nacht riefen nach ihr.

Alles andere um sie herum verblasste. Zwar vernahm sie leise Gespräche und sah aus den Augenwinkeln, dass sich weitere Personen zu ihnen gesellten, konnte sich aber nicht von Damons hypnotisierendem Blick lösen.

Er zog sie an seine harte, maskuline Brust und sie gab sich nur zu gerne dieser Umarmung hin. Ihre Gefühle wandelten sich von Traurigkeit in Sehnsucht, von Wut in Begehren.

Irgendwann endete die Musik ... aber sie konnten nicht mehr voneinander lassen ...

Der Klang einer Hupe brüllte ihr ins Ohr. Im ersten Moment verstand Sophie nicht, warum sich in der Blockhütte ein Auto befinden sollte. Aber sie war ja nicht mehr in der Hütte, oder etwa doch?

Blinzelnd öffnete sie die Augen, setzte sich abrupt auf und musste feststellen, dass das Auto angehalten hatte, während sie von Damon träumte, und dieser nicht mehr neben ihr saß. Diese Erkenntnis schockierte sie. *Wo zum Teufel war er?*

Sie hatte ihn angewiesen, nach New Haven zu fahren, aber dieses Einkaufszentrum mit Deli, Yoga-Studio, Immobilienbüro, chinesischem Restaurant und einem Telefongeschäft kam ihr nicht vertraut vor. Während sie nach einer Spur von ihm suchte, begann ihr Herz zu rasen.

Hatte er ihre Bewusstlosigkeit ausgenutzt, um mit dem FBI zu sprechen – oder mit jemand anderem?

Zwar hatte er ihr versichert, dass sie ihm vertrauen könne, aber was wusste sie schon wirklich über ihn? Er hätte jemanden über ihre Anwesenheit am See informieren können. Er hätte lediglich so tun können, als ob er den Schützen losgeworden wäre, um an sie heranzukommen. Und sie war darauf hereingefallen, hatte ihn sogar fahren lassen.

Wut über ihre eigene Dummheit übermannte sie. Am liebsten wäre sie auf und davon, konnte aber nirgends hinfahren, weil er anscheinend die Schlüssel eingesteckt hatte.

Sie stieg aus dem Auto aus und trat auf den Bürgersteig. Natürlich könnte sie probieren, ein Taxi zu bekommen, aber ohne Telefon war das schwierig. Während sie noch mit sich kämpfte, was sie tun sollte, öffnete sich die Tür des chinesischen Restaurants und Damon kam heraus, eine große, weiße Papiertüte in Händen haltend.

Eine Mischung aus Erleichterung und Zorn durchfuhr sie. „Warum hast du hier angehalten?“, verlangte sie zu wissen. „Und warum hast du mich nicht geweckt und mir gesagt, wo du hingehst?“

„Da ist wohl jemand mit dem falschen Fuß aufgestanden“, zog er sie auf.

„Sehr komisch, Damon!“

„Ich habe einen Stopp eingelegt, weil ich hungrig war und mir dachte, du würdest ebenfalls gerne etwas essen. Außerdem wollte ich ein Handy besorgen, das sie nicht zurückverfolgen können.“ Er deutete mit dem Kopf in Richtung des Telefonladens. „Und ich habe dich extra nicht geweckt, weil ich dich dafür nicht gebraucht habe und dir noch etwas Ruhe gönnen wollte. Du warst die letzte Stunde sehr unruhig und hast im Schlaf vor dich hingemurmelt.“

Sophie fühlte, wie ihr die Röte in die Wangen stieg, als sie sich daran erinnerte, dass sie zuletzt von ihrer gemeinsamen Nacht geträumt hatte. „Was habe ich denn gesagt?“

„Nichts Belastendes.“

Vermutlich sollte sie dafür dankbar sein. „Und wo sind wir?“

„Etwa fünfundzwanzig Kilometer vor New Haven. Darf ich jetzt endlich mal erfahren, wo wir hinwollen?“

Sie schaute auf die Uhr und konnte kaum glauben, dass es bereits kurz nach sechs war. Wo war nur der Tag geblieben? Sie waren irgendwann nach zehn vom See aufgebrochen und hatten anscheinend acht Stunden damit verbracht, die Berge und zwei Bundesstaaten zu durchqueren. Die kleinen Seitenstraßen hatten möglicherweise verhindert, dass ihnen jemand gefolgt war, leider aber auch dafür gesorgt, dass sie ihr nächstes Ziel nicht mehr vor Geschäftsschluss erreichen würden. Wenn sie weiterhin die Autobahn mieden, bräuchten sie noch eine gute Stunde bis New Haven.

„Wir können erst morgen hin“, erklärte sie ihm. „Bis wir dort ankommen, haben sie nicht mehr offen.“

„Also sprechen wir nicht von einem geheimen Unterschlupf?“

„Nein, leider nicht. Wir brauchen also eine Übernachtungsmöglichkeit.“

„Einverstanden. Zuerst müssen wir aber mal dein Auto loswerden, und dieser Ort scheint mir passend dafür.“

„Hier?“ Verwirrt blickte sie sich auf dem Parkplatz um. „Was soll daran gut sein?“

„Hier parken jede Menge anderer Fahrzeuge. Dort drüben gibt es einen Spirituosenladen, der die ganze Nacht über geöffnet hat, sodass der Parkplatz wahrscheinlich nie völlig leer sein und unser Fahrzeug nicht herausstechen wird.“

Damon war sehr gut darin, eine Situation zu analysieren. „Okay, aber wie kommen wir dann nach New Haven?“

„Darüber zerbrechen wir uns morgen den Kopf.“

„Wie bitte?“ Diese Vorstellung gefiel ihr ganz und gar nicht.

„Wir nehmen uns ein Taxi, lassen uns irgendwo zwischen hier und dort an einem Motel absetzen und bleiben bis morgen Früh in Deckung. Dann schauen wir, wie wir an ein anderes Auto kommen.“

„Glaubst du nicht, dass das FBI jeden Taxifahrer über unsere Flucht in Kenntnis gesetzt hat?“

„Bestimmt nicht in Connecticut“, entgegnete er und wählte eine Nummer.

Sie lehnte sich gegen den Wagen, während er das Taxi bestellte, und fühlte sich jetzt, dank der frischen Luft, schon wesentlich klarer im Kopf. Außerdem war es gut, sich nach den vielen Stunden des Sitzens endlich einmal die Füße vertreten zu können.

„Fünf Minuten“, informierte Damon sie. Dann scrollte er durch sein Telefon. „Es gibt einige Motels, circa zehn Kilometer von hier. Eines ist sogar nur ungefähr zwei Kilometer entfernt, aber ich denke, das wäre zu nahe am Parkplatz. Warte mal, ich sehe gerade ... da sind vier Motels/Hotels im Umkreis von drei Blocks, etwa dreizehn Kilometer entfernt. Die sollten wir anpeilen. Falls sie das Auto finden und versuchen, uns zu einem der nahe gelegenen Motels zurückzuverfolgen, müssen sie erst mal herausfinden, in welchem wir abgestiegen sind."

„Dein Verstand ist magisch" merkte sie an. „Sehr clever."

„Nicht wirklich magisch, aber gut ausgebildet", grinste er. „Ich versuche, stets einen Schritt vorauszudenken."

„Das wäre eine echte Meisterleistung, denn ich glaube, wir liegen eher zehn Schritte zurück."

„Was nicht der Fall wäre, wenn du mit ein paar weiteren Infos rausrücken würdest."

„Das würde auch nichts ändern."

„Darf ich das vielleicht selbst beurteilen?"

„Darfst du nicht, also …"

„Schon gut, lassen wir das für den Moment. Wo ist deine Tasche? Ich möchte von diesem Auto weg sein, bevor das Taxi kommt."

Sophie holte ihre Handtasche aus dem Wagen und vergewisserte sich noch einmal, dass sie nichts darin vergessen hatte. Dann folgte sie Damon quer über den Parkplatz. Sie hatten schon fast die Zufahrt erreicht, als ein Taxi einbog. Damon winkte es heran.

Abgesehen davon, dass sie dem Fahrer eine Adresse nannten, sprachen sie auf dem gesamten Weg zum Motel kein einziges Wort miteinander.

Als sie ihr Ziel erreicht hatten, bezahlten sie in bar und warteten, bis das Fahrzeug um die Ecke gebogen war. Danach liefen sie die zwei Blocks bis zu einem anderen Motel.

Es war ein billiges, heruntergekommenes Gebäude mit Korridoren, die auf den Parkplatz hinausgingen, und machte nicht unbedingt einen positiven Eindruck.

„Hier willst du übernachten?", fragte sie und rümpfte vor Ekel die Nase.

„Ja. Es ist die Art von Ort, an dem die Leute keine Fragen stellen."

„Es sieht aus wie eine Unterkunft, wo die Zimmer stundenweise vermietet werden."

„Gut möglich, aber das sollte uns nicht weiter stören." Er reichte ihr die Tüte mit chinesischem Essen. „Du wartest hier, während ich uns einchecke. Ich denke, mein Gesicht ist weniger einprägsam als deines."

Sie war sich nicht sicher, ob das ein Kompliment war, blieb jedoch folgsam außerhalb des Empfangsbereichs stehen, während Damon ihnen ein Zimmer organisierte.

Kaum hatte er die Lobby betreten, bog ein Lastwagen mit zwei Kerlen auf den Parkplatz ein. Sie erinnerte sich daran, dass Damon ihr erzählt hatte, der Schütze am See wäre in einem Laster geflohen, und plötzlich wurde sie extrem nervös. Schnell verschwand sie in einen Durchgang und hinter einer Tür mit der Aufschrift *Eismaschine*. Als sie jedoch feststellen musste, dass der kleine Raum nur einen Ausgang hatte, schnellte ihr Puls in die Höhe. Hatte sie einen taktischen Fehler begangen?

Sie hätte ins Büro gehen sollen, wo sich Leute befanden – wo auch Damon stand –, aber dafür war es jetzt zu spät.

Als sie draußen Schritte vernahm, blickte sie sich nach einer Art Waffe um, aber hier gab es nichts außer dem Getränkeautomaten, der Eismaschine und einem Plastikeimer.

Sie trat zur Seite, als die Tür sich öffnete und atmete erleichtert auf, als sie Damon erkannte.

„Wolltest du was zu trinken besorgen?", fragte er und zog eine Augenbraue hoch.

„Nein. Gerade eben sind zwei Männer auf den Parkplatz gefahren. Ich wollte nicht, dass sie mich sehen. Sie saßen in einem Sprinter. Möglicherweise war es der Laster des Killers?"

„War es nicht. Ich habe die Typen gesehen – ein älterer Mann um die fünfzig mit einem Teenager-Sohn und einem räudigen Hund."

Sie war erleichtert, das zu hören.

„Ich denke nicht, dass die uns Schwierigkeiten machen werden“, fügte er noch hinzu.

„Okay, gut. Wo ist unser Zimmer?“

„Oberstes Stockwerk. Ich habe dir ein Zimmer mit Aussicht organisiert, Prinzessin.“

Sophie schnitt eine Grimasse. „Ich bin keine Prinzessin! Schmutz macht mir normalerweise nichts aus – bis auf den, den man in dieser Art von Motelzimmern vorfindet.“

„Es wird schon nicht so schlimm sein. Lass uns gleich was zu trinken mitnehmen, wenn wir schon mal hier sind.“

Nachdem sie sich mit Limonade und Wasser aus dem Automaten eingedeckt hatten, machten sie sich auf den Weg in den zweiten Stock.

Das Zimmer roch nach Bier und Zigaretten und war genauso mies, wie sie es erwartet hatte, mit abblätternder Farbe an den Wänden, einem uralten Fernseher und durchgelegen aussehenden Matratzen. Der einzige Silberstreif am Horizont war, dass es getrennte Betten gab. Neben der Gefahr, auf Schritt und Tritt verfolgt zu werden, stellte die gemeinsame Nacht mit Damon eine weitere Herausforderung dar.

Dieser stellte gerade die Tüte mit Essen auf einem kleinen Tisch ab und schaltete die uralte Klimaanlage ein, die sich klappernd und qualmend darum bemühte anzuspringen.

„Verdammt heiß hier drinnen“, murmelte er. „Die Klima fühlt sich an wie eine Heizung.“

„Wer ist jetzt die Prinzessin?“, neckte ihn Sophie, während sie sich einen Stuhl heranzog.

Er runzelte die Stirn und nahm ihr gegenüber Platz. „Ich hasse die Hitze.“

„So schlimm ist es nun auch wieder nicht. Vielleicht wird es kühler, wenn sie erst mal eine Weile läuft.“ Sie öffnete die Tüte und begann, diverse Schachteln herauszuziehen, wobei ihr Magen bei all den würzigen Gerüchen zu knurren begann. Abgesehen von den Snacks aus dem Supermarkt hatte sie seit Tagen nichts mehr Vernünftiges gegessen, und das war ebenfalls schon wieder einige Stunden her.

„Da ich nicht wusste, was dir schmeckt, habe ich ein wenig von Allem genommen“, erklärte Damon. „Blöd, dass wir keine Mikrowelle haben. Wahrscheinlich ist es mittlerweile schon etwas kalt.“

„Das ist mir egal, und ich mag so ziemlich alles. Außerdem bin ich am Verhungern. Gestern dachte ich noch, ich könnte nie mehr essen, aber jetzt könnte ich all das hier allein verdrücken.“

„Tu dir keinen Zwang an.“

Das tat sie auch nicht, griff nach einer der Plastikgabeln und versenkte sie in der Box mit Hühnchen Kung Pao. Damon entschied sich für das Schweinefleisch süß-sauer. Fünf Minuten später tauschten sie, und als sie mit diesen Kartons fertig waren, stürzten sie sich auf den gebratenen Reis Chow Mein mit Rindfleisch.

Zwanzig Minuten später lehnte Sophie sich mit einem zufriedenen Seufzer zurück. „Das war ausgezeichnet. Ich habe viel zu viel gegessen.“

„Es ist gut, wenn du was isst. Du brauchst Kraft für was auch immer uns noch erwartet.“

Angesichts dieser Aussage runzelte sie die Stirn. „Vielen Dank für die Erinnerung. Ich hatte gerade einen kurzen Moment, wo ich alles verdrängt habe, und du hast ihn ruiniert.“

„Tut mir leid. Vielleicht hilft dir das.“ Damon schob eine Tüte mit Glückskeksen über den Tisch zu ihr hinüber.

Sie nahm einen heraus und drehte ihn zwischen den Fingern. „Ich kann mir, ehrlich gesagt, nichts vorstellen, was in diesem Keks stecken könnte, das ich gerne hören würde.“

„Etwas Erbauliches und Positives“, schlug er vor.

„Oder etwas, das trivial und sinnlos klingt.“ Plötzlich lächelte sie.

„Was ist?“, fragte er neugierig.

„Jamie pflegte sich diese Glückskekssprüche immer selbst

auszudenken. Während unserer Sommer am See haben wir uns immer chinesisches Essen bei der Pinken Pagode geholt – die übrigens gelb angestrichen war, was aber niemanden zu stören schien. Wie auch immer, Jamie mochte seine Sprüche nie; er bekam auch wirklich immer so merkwürdige. Also fing er an, seine eigenen zu erfinden."

Eine Erinnerung blitzte in Damons blauen Augen auf. „Stimmt! Das hat er bei mir auch mal gemacht, nur waren wir damals zusammen in Shanghai."

„Es war also ein echter chinesischer Glückskeks?"

„Nehme ich mal an. Wir befanden uns in einem Restaurant für Touristen, hatten nur noch ein paar wenige Stunden Ausgang, und Jamie war hungrig."

„Er hatte einen gesunden Appetit", murmelte sie und fragte sich wieder einmal, ob irgendjemand, den sie liebte, sie jemals überleben würde, was ein sehr deprimierender Gedanke war. „Erinnerst du dich noch an den Spruch, den er sich hat einfallen lassen?"

Damon dachte einen Moment lang nach. „Es war so etwas wie: *‚Hilfe! Ich bin ein weiser Mann, der in einem Cookie gefangen ist'."*

Sie grinste. „Das klingt ganz nach ihm. Mein Favorit von ihm war: *‚Du möchtest dein Leben ändern? Hör auf, Kekse zu essen'."*

Ein Lächeln breitete sich auf Damons Zügen aus und erhellte seine sonst so stoische, etwas harte Miene, was ihr gut gefiel – viel zu gut.

„Das tust du nicht sehr oft", kommentierte sie seine Gefühlsregung. „Nur ab und zu, und du kämpfst dagegen an, bis es dich irgendwann doch übermannt."

Bei dieser Feststellung hob er eine Augenbraue. „Wovon redest du?"

„Dein Lächeln. Du zeigst es selten."

Er zuckte mit den Schultern. „Ich lächle nur dann, wenn es einen Grund dafür gibt."

„Tatsächlich? Du scheinst mir nicht der Mann zu sein, der gerne seine Gefühle preisgibt, egal, ob sie gut oder schlecht sind."

„Bei meiner Art von Job sind Gefühle ein Zeichen von Schwäche."

„Das merkt man dir an. Ich habe mich oft gefragt, wie mein Dad das mit seiner Arbeit hinbekommen hat, denn wenn er bei mir war, war er stets so offen und liebevoll. Deshalb konnte ich mir auch nie richtig vorstellen, wie er verdeckt ermitteln und vorgeben konnte, jemand anderes zu sein. Er schien mir nicht der Mann zu sein, der so etwas zustande brachte." Sie hielt inne, als ihr erneut die letzten Worte ihres Vaters durch den Kopf gingen. „Aber offensichtlich konnte er es. Vielleicht hat er mir all die Jahre etwas vorgespielt, mich nie sein wahres Ich sehen lassen."

„Das hat er nicht. Hör auf, eure Beziehung in Frage zu stellen."

„Ich kann nichts dagegen tun. Ich soll niemandem außer ihm vertrauen, aber was, wenn ich ihn nie wirklich gekannt habe? Was, wenn ich nur den Mann sah, den er mich sehen lassen wollte?" Sie dachte erneut über alles nach, was geschehen war. „Vor zwei Tagen noch hatte ich eine Art von Leben und jetzt ein komplett anderes, und all das nur seinetwegen. Irgendwie kommt es mir so vor, als gäbe es noch viel mehr Dinge, über die ich nichts weiß."

„Ich bin mir sicher, dass dem so ist", stimmte Damon ihr zu.

Seine Antwort gefiel ihr ganz und gar nicht. „Ich hatte gehofft, du würdest mich beruhigen."

„Ich finde nicht, dass wir einander anlügen sollten, Sophie, nicht bei allem, was gerade vor sich geht."

Natürlich hatte er recht, aber die Wahrheit schien im Moment schwer fassbar zu sein. Sie brach einen Keks auf und las ihren Spruch. „Das ist nicht gerade hilfreich."

„Was steht drauf?“

„In zwei Tagen wird morgen gestern sein.“

„Faszinierend.“ Ein weiteres seltenes Lächeln machte sich auf seinen Zügen breit. „Vielleicht bedeutet das ja, dass morgen alles besser wird.“

„Da ist ja endlich dieser Optimismus, auf den ich vorhin gehofft hatte. Und es hat doch tatsächlich nur eines Kekses bedurft, dich so weit zu bringen. Ich hoffe nur, damit ist nicht gemeint, dass es morgen noch schlimmer wird.“

„Apropos morgen …“, begann Damon.

„Ich habe dir doch gesagt, dass ich es dir verraten werde, wenn wir unser Ziel erreicht haben, und das gilt immer noch.“

„Warum dieser Aufschub? Hast du Angst, ich könnte jemandem einen Tipp geben?“

„Dieser Gedanke kam mir kurzzeitig in den Sinn. Als ich vorhin aufgewacht bin und du nicht im Auto warst, war ich einen Moment lang richtig panisch. Keine Ahnung, warum. Was dich anbelangt, sollte ich mich inzwischen daran gewöhnt haben, allein aufzuwachen.“

„Autsch, sagte er und schnitt eine Grimasse. „Das war ein Schlag unter die Gürtellinie. Aber dieses Mal bin ich nicht abgehauen; ich habe lediglich Essen und ein Telefon besorgt.“

„Ich weiß.“ Sie atmete tief durch. „Entschuldige die spitze Bemerkung. Du hast recht, das war gemein.“

„Ich habe es ja verdient. Irgendwann einmal werde ich dir erzählen, warum ich mich noch vor Sonnenaufgang aus dem Staub gemacht habe.“

„Ich weiß bereits warum – die Nacht war vorbei und du hattest bekommen, was du wolltest.“

Sein Blick verfinsterte sich. „Wie gesagt, wir werden irgendwann darüber sprechen.“

„Irgendwann … warum nicht jetzt?“

„Weil du mir ebenfalls etwas verschweigst. Ich werde meine

Karten nicht auf den Tisch legen, es sei denn, du tust es ebenfalls."

„Die persönlichen Dinge habe ich dir alle erzählt."

„Trotzdem hältst du noch etwas zurück ..."

Sie konnte sich nicht vorstellen, dass es irgendein großes Mysterium geben könnte, das er noch nicht bereit war preiszugeben. „Also gut. Du behältst dein Geheimnis, und ich behalte meines. Ich bin sowieso nicht wirklich interessiert."

Ein Funkeln trat in seine Augen. „Ich denke, das bist du doch – auch wenn du es nicht zugibst."

„Und du leidest an Wahnvorstellungen. Mein Dad wurde gerade getötet. Ich bin auf der Flucht. Da verschwende ich doch keinen Gedanken an die Nacht, die wir miteinander verbracht haben. Das befindet sich so weit unten auf der Liste der Dinge, über die ich mir Sorgen machen muss, dass es nicht einmal mehr draufsteht. Es war in einem anderen Leben. Keine Ahnung, warum wir überhaupt darüber reden."

„Weil du mit deiner spitzen Bemerkung das Thema erneut zur Sprache gebracht hast", erinnerte er sie. „Von daher glaube ich nicht, dass es so weit unten angesiedelt ist."

Sie hasste es, wie oft er recht behielt. „Vergessen wir es einfach." Im Moment kämpfte sie mit den unterschiedlichsten Gefühlen, und diese Nacht ausgerechnet mit dem Mann zu diskutieren, den sie vier Jahre lang zu vergessen versucht hatte, würde die Dinge nur noch verschlimmern.

„Einverstanden", stimmte er zu, schob seinen Stuhl zurück und stand auf. „Ich hole mir noch ein Wasser. Möchtest du auch noch etwas aus dem Automaten?"

„Nein, danke."

„Schließ die Tür hinter mir ab und vergewissere dich, dass auch wirklich ich es bin, bevor du wieder öffnest."

Obwohl ihr sein befehlender Ton nicht gefiel, schob sie, nachdem er gegangen war, brav den Riegel vor und atmete erst einmal tief aus.

Es tat gut, ein wenig Abstand zwischen sich zu bringen – wenn auch nur für ein paar Minuten.

Aber als sie sich in dem zwielichtigen Motelzimmer umsah, schien die Stille sie plötzlich zu erdrücken. Den Großteil des Tages hatte sie sich gewünscht, Damon würde verschwinden, und jetzt hoffte sie, er würde zurückkommen – und zwar so schnell wie möglich.

ACHT

DAMON WOLLTE NICHT WIRKLICH etwas aus dem Automaten holen, sondern lediglich Sophies Gegenwart entfliehen. Er hätte sich nie auf die Diskussion über ihre gemeinsame Nacht einlassen sollen, aber etwas in ihm wünschte sich, er könnte ihr begreiflich machen, dass sein heimliches Verschwinden nichts mit ihr zu tun gehabt hatte. Es lag nur an ihm – an ihm ganz allein.

Einsatz zeigte er nur dann, wenn es um seinen Job ging, um die Soldaten, mit denen er zusammen diente, um seine Mitagenten, um die Menschen, die er zu eliminieren versuchte oder um die, die seinem Schutz unterstellt waren. Wenn es um seine Karriere ging, setzte er alles aufs Spiel. Frauen hingegen waren ein anderes Thema.

Beziehungen waren noch nie sein Ding gewesen. Er wollte nichts Festes. Er machte keine Versprechungen. Er glaubte weder an Seelenverwandtschaft noch die wahre Liebe. Und an *auf immer und ewig* schon gleich zweimal nicht. Für gewöhnlich hielt er sich von Frauen fern, die anders dachten als er.

Sophie hätte eine dieser Frauen sein sollen, die er nicht an sich heranließ, aber vor vier Jahren hatte er das nicht geschafft.

Finsternis hielt ihn gefangen und sie hatte ihm geholfen, aus diesem dunklen Tal herauszukommen. Er dachte, er hätte ihr ebenfalls geholfen, aber nach dieser Nacht bei ihr zu bleiben, war keine Option gewesen. Allerdings tat es ihm leid, dass er sie verletzt hatte, denn offensichtlich war das der Fall.

Auch wenn sie nur das Nötigste dazu sagte und vorgab, es wäre keine große Sache gewesen – ihre Augen verrieten sie. Wenn sie Schmerz verspürte, zeigte sie es auch, und zu wissen, dass ein Teil dieses Schmerzes auf sein Konto ging, nagte an ihm. Das hatte er nie beabsichtigt und wollte es ihr sagen, wollte ihr verständlich machen, dass es nichts mit dem zu tun hatte, was sie gesagt oder getan hatte. Aber wahrscheinlich würde es sowieso nichts bringen, diese Nacht nochmals bis ins Detail zu zerpflücken, und sie hatten weiß Gott dringlichere Probleme.

Er drehte eine Runde um die Hotelanlage, um die innere Unruhe und die aufgestaute Energie loszuwerden, versuchte, sich zumindest ein wenig auszupowern, bevor er zu Sophie und in das winzige Zimmer zurückkehren musste. Statt an sie zu denken, sollte er besser den morgigen Tag planen. Auch wenn er ihr Ziel nicht genau kannte, konnte er sich schon mal einige Notfallpläne überlegen. Beispielsweise könnte er sein Handy hervorholen und über New Haven recherchieren, versuchen herauszufinden, wie sie dorthin kämen und geeignete Hotels ausfindig machen, für den Fall, dass sie länger als ein paar Stunden in der Stadt bleiben mussten.

Jetzt, da er einen gezielten Plan hatte, bei dem es nicht um Sex mit ihr ging, fühlte er sich besser und ging nochmals zum Automaten, um weitere Getränke und ein paar Schokoriegel zu holen. Dann lief er zurück zum Zimmer, klopfte einmal an und sah, wie sie durch die Jalousien lugte, bevor sie ihm öffnete.

Er meinte, Erleichterung in ihren braunen Augen aufblitzen gesehen zu haben, wusste aber nicht, ob das an seiner Rückkehr oder den Dingen lag, die er in Händen hielt.

„Ich liebe Almond Joy!“, rief sie aus und griff nach dem

Riegel. „Kokosnuss, Mandel und Schokolade ist meine Lieblingskombination.“ Beim Auspacken der Süßigkeit hielt sie plötzlich inne. „Oder hast du den für dich gekauft?“

„Du kannst ihn gerne haben. Ich bin nicht so scharf auf Schokolade.“

„Ich verstehe gar nicht, wie jemand keine Schokolade mögen kann!“

Er war froh, dass sie sich wieder auf unverfänglichem Terrain bewegten.

So setzte er sich an den Tisch und griff nach dem Telefon, das er vorhin gekauft hatte. Auf der langen Fahrt durch die Berge und abgeschnitten vom Rest der Welt war seine einzige Sorge die Tatsache, Wyatt nicht erreichen zu können. Er sollte ihn heute Abend treffen, doch er würde nicht da sein können. Also musste er sicherstellen, dass Wyatt das erfuhr und hoffte, dass er Bree dazu bringen konnte, sich an seiner Stelle mit ihm zu treffen.

„Was tust du da?“, fragte Sophie und spähte über seine Schulter, während sie an ihrem Schokoriegel kaute.

„Ich überprüfe nur was.“

„Und was? Deine E-Mails?“

„Nein.“

„Sportergebnisse? Aktienkurse? Die neuesten Nachrichten?“, erkundigte sie sich frech.

„Der Zucker hat anscheinend deine Lebensgeister geweckt.“

Sie schnitt eine Grimasse. „Komm schon, Damon, erzähl es mir. Ich muss wissen, ob du uns auf irgendeine Art und Weise gefährdest. Du wärst sicher genauso aggressiv, wenn ich was am Handy machen würde.“

„Entspann dich, Sophie, ich weiß genau, was ich tue.“

„Ich werde mich entspannen, wenn du mir sagst, *was* genau das ist.“

„Vor einigen Jahren, als ich in Quantico war, haben ein paar von uns ein privates Chat-Forum gegründet, einen Ort, an dem wir codierte Informationen austauschen konnten, wenn es uns nicht möglich war, miteinander zu telefonieren oder uns persönlich zu treffen. Ursprünglich war es Bestandteil eines Einsatzes, ein Protokoll für die Kommunikation einzurichten, aber wir haben es auch nach unserer abgeschlossenen Ausbildung beibehalten, sozusagen eine Art Sicherheitsnetz."

„Wie viele Personen wissen davon?"

„Sechs – genauer gesagt fünf, jetzt, wo Jamie nicht mehr da ist."

„Und warum checkst du es gerade heute Nacht?"

„Weil ich gestern Morgen von einem der Mitglieder der Gruppe einen SOS-Ruf erhalten habe. Wir haben uns getroffen und er hat mir erzählt, dass er nur knapp einem Anschlag auf sein Leben entkommen ist. Er bat mich um Hilfe, aber bevor ich nähere Einzelheiten in Erfahrung bringen konnte, bekam er es mit der Angst zu tun und rannte weg. Letzte Nacht hat er sich dann erneut gemeldet und gefragt, ob wir uns heute Abend nochmals treffen könnten. Unglücklicherweise schaffe ich das nun nicht. Das muss ich ihm mitteilen und auch versuchen, jemand anderes zu finden, der für mich einspringen kann."

„Ist er in Gefahr?"

„Ja."

„Vielleicht solltest du dich mit ihm treffen, anstatt hier bei mir rumzusitzen."

Ihm war der gleiche Gedanke gekommen, aber auf keinen Fall würde er Sophie allein lassen. Wyatt konnte sich um sich selbst kümmern. „Das ist keine Option."

Er öffnete das Forum, wo Wyatt zwar nichts weiter geschrieben hatte, doch er fand Brees Antwort an Wyatt vor.

Bree hatte sich den Spitznamen Knight zugelegt, nach dem zweiten Baseman der Mets, Ray Knight, weil sie fand, es sei an der Zeit für einen weiblichen Ritter. Bree und Parisa, die andere Frau in ihrer Gruppe, waren von dem Testosteron-Überschuss dieses Baseballforums noch nie sonderlich begeistert gewesen, aber keine von ihnen verschwendete ihre Energie auf Dinge, die nicht wirklich wichtig waren, insbesondere, da beide wussten, dass sie genauso gut waren wie ihre männlichen Kollegen, wenn nicht sogar besser.

Brees Botschaft lautete: *Ich würde heute Abend ebenfalls gerne ein paar Schläge üben. Hoffe, du bist dabei, Carter. Hast dich schon ewig nicht mehr blicken lassen. Team möchte dich austauschen.*

Erleichtert nahm er zur Kenntnis, dass Bree sich mit Wyatt treffen würde. Das nahm einiges an Druck von ihm. Aber der zweite Teil ihrer Botschaft erfreute ihn nicht sonderlich, da dieser bestätigte, dass Peter und Karen klar war, dass er nach Sophie suchte. Möglicherweise wussten sie noch nicht, dass er sie gefunden hatte, waren aber bestimmt längst misstrauisch, was seine Motive und seine Geheimniskrämerei anbelangte.

Er tippte eine Antwort: *Schaffe Training heute Abend nicht. Übe mit einem anderen Spieler, der Unterstützung braucht, an dessen Schlagtechnik.* Er zögerte und wünschte, er könnte direkter sein, was aber zu riskant wäre. *Wer übernimmt die Verhandlungen für das Team? Bester Freund vom Coach oder Stellvertreter? Könnte versteckte Agenda sein.*

„Was in aller Welt soll das denn bedeuten?“, fragte Sophie.

Er löste den Blick vom Display und bemerkte ihre Verwirrung. „Ich habe sie gerade wissen lassen, dass ich das Treffen nicht schaffe.“

„Für mich klingt das so, als ob ihr euch über Baseball unterhalten würdet.“

„Soll es ja auch. Das Forum wurde als Baseballchat über die 1986er World Series des Mets-Teams eingerichtet.“

Sie schien zu verstehen. „Weil Jamie von den Mets besessen war.“

„Genau, es war seine Idee“, stimmte Damon ihr zu. „Wir haben uns alle einen bestimmten Spieler ausgesucht und verwenden dessen Namen als Decknamen. Ich bin Gary Carter. Er war einer der Fänger.“

„Und Fernandez? Wer ist das im wahren Leben?“

Damon zögerte. „Das spielt keine Rolle.“

Sophie machte große Augen. „Also willst du es mir wirklich nicht sagen? Du erwartest, dass ich dir vertraue, aber du vertraust mir ganz offensichtlich nicht. Das hier ist keine Einbahnstraße, Damon.“

„Meine Verschwiegenheit hat nichts mit dir zu tun. Ich bin diesen Leuten gegenüber eine Verpflichtung eingegangen, die ich nicht brechen kann.“

Zwar blickte sie bei dieser Erklärung nicht unbedingt glücklich drein, schien sie jedoch zu akzeptieren.

„So viel kann ich dir erzählen“, fuhr er fort. „Die Person, die jetzt in Schwierigkeiten steckt, hat Undercover für deinen Vater gearbeitet. Er sollte sich am Montag mit ihm treffen, aber Alan kam nicht. Mein Freund wurde angegriffen und entkam nur knapp dem Tod.“

Sophie wurde blass. „Hat der Angriff auf deinen Freund etwas mit meinem Dad zu tun?“

„Das schien er zu denken, wusste aber bei unserem Treffen noch nichts von dessen Unfall. Keine Ahnung, was er jetzt glaubt.“

„Wenn der Anschlag auf ihn irgendwie mit meinem Vater in Verbindung steht, sollte das dem FBI einen Hinweis liefern, wer hinter all dem steckt.“

„Mein Freund hat dem FBI gegenüber nichts darüber verlauten lassen, was ihm passiert ist. Er wollte abwarten, bis Alan – seine Kontaktperson – sich bei ihm meldet. Ich habe ihm erst gestern Abend von den tragischen Ereignissen berichtet, und daraufhin hat er dieses Treffen vorgeschlagen. Das ist der aktuelle Stand der Dinge.“

„Ich verstehe das nicht. Warum informierst du dann das Büro nicht über das, was du von ihm in Erfahrung bringen konntest?“

„Weil er vermutet, dass es dort einen Maulwurf gibt und jemand ihn hat auffliegen lassen.“ Damon hielt inne und erinnerte sich wieder, wie schlecht Wyatt ausgesehen hatte. „Er war in einem schrecklichen Zustand, Sophie. Noch nie zuvor habe ich ihn so gesehen. Früher war er ein Draufgänger, ein Charmeur, ein Typ, der niemals aufgibt, aber gestern kam er mir vor wie ein überdrehter Drogenjunkie, der seinen nächsten Schuss braucht – paranoid, nervös, verängstigt – so, als ob er mit den Fingerspitzen an einer Klippe hinge."

„Dieses Gefühl kenne ich." Sie nahm ihm gegenüber Platz. „Wenn dein Freund für meinen Dad gearbeitet hat, muss dieser großes Vertrauen in ihn gehabt haben, denn er hat nur Leute in sein Team aufgenommen, die er respektierte. Vielleicht sollten wir gemeinsam hinfahren und ihn treffen? Möglicherweise war es nicht unsere beste Idee, uns hier zu verkriechen. Wir können morgen früh wieder herkommen, oder zumindest ich."

„Es würde etliche Stunden dauern, bis wir zurück in New York wären, und bis dahin hätte unser Treffpunkt geschlossen. Außerdem müssen wir morgen Früh in New Haven sein. Eine Freundin wird das für mich übernehmen. Ich hoffe, es gelingt ihr, ihn an einen sicheren Ort zu schaffen. Dann können wir weitersehen."

„Was bedeutet diese andere Zeile – über das Team, das über Carter verhandeln möchte?"

„Sie warnt mich, dass ich unter Verdacht stehe, wahrscheinlich, weil man mein zerschossenes Auto an der Blockhütte gefunden hat. Jetzt wissen sie nicht mehr, auf wessen Seite ich stehe."

„Deine Entscheidung, nach mir zu suchen, hat dein Leben offensichtlich ziemlich verkompliziert."

„Damit habe ich gerechnet."

Ihre Blicke trafen sich. Sophie fuhr sich mit der Zunge über die trockenen Lippen, was umgehend sein Blut in Wallung brachte.

Er räusperte sich und blickte zurück auf das Handy. „Wie auch immer, heute Abend können wir nicht mehr viel tun."

„Nochmals zu deiner Gruppe“, hakte Sophie nach. „So wie das klingt, ist eines der Mitglieder eine Frau. Also könnte ich ja herausfinden, wer zu dieser Gruppe gehört, wenn ich an Jamie und seine Zeit in Quantico denke und mir wieder einfällt, von wem er gesprochen hat ...“

„Spar dir die Mühe.“

„Immerhin besser, als ständig darüber nachzugrübeln, warum mein Vater ein Treffen mit einem Undercover-Agenten angesetzt hat und nicht aufgetaucht ist, und dieser Mann beinahe getötet wurde.“

„Wir wissen ja gar nicht, warum er nicht erschienen ist.“

„Was glaubt denn dein Freund?“

Er wollte ihr nicht erzählen, was Wyatt gesagt hatte, solange er nicht wusste, was Fakt war und was Theorie, und insbesondere nicht jetzt, wo ihr Schmerz noch so frisch war und der Stachel des Verlusts so tief saß. „Keine Ahnung.“

„Du hast mir doch versprochen, dass wir uns nicht mehr anlügen würden, Damon. Ist dein Freund der Meinung, dass es sich bei dem Maulwurf um meinen Vater gehandelt hat?“

„Er hielt es zumindest für eine Möglichkeit“, entgegnete er vorsichtig.

Sie atmete scharf ein. „Ich wusste, dass du das sagen würdest, aber es ist nicht leicht zu ertragen.“

„Und außerdem wissen wir ja gar nicht, ob dem so war.“

„Jemand hat meinen Dad auf dem Gewissen, also hört es sich für mich nicht so an, als wäre er dafür verantwortlich. Vielleicht war er ebenfalls ein Opfer.“

„Das wäre durchaus möglich, aber wir können spekulieren, soviel wir wollen ... ohne Fakten kommen wir zu keinem Ergebnis.“

Sophie stieß einen frustrierten Seufzer aus. „Du bist immer so verdammt logisch, Damon.“

„Was mir normalerweise zugutekommt.“

„Darauf wette ich, aber es irritiert mich einfach.“

„Weil ich deshalb öfters richtig als falsch liege?“

„Und weil du dir so viel darauf einbildest“, erwiderte sie. „Aber vor allem, weil es mir das Gefühl gibt, dass ich all dem nicht gewachsen bin. Ich handle emotional. Das war schon immer so, aber aufgrund dieser Emotionen steht mir das Wasser jetzt bis zum Halse. Selbst wenn ich strample so schnell ich kann, wird es nicht mehr lange dauern, bis ich ertrinke. Und zwischendurch denke ich, dass es einfacher wäre loszulassen.“

Diese Bemerkung gefiel ihm ganz und gar nicht. „Ich werde dich nicht ertrinken lassen, Sophie. Und du wirst auch nicht aufgeben, denn egal, ob du dich von deinen Gefühlen treiben lässt, du bist immer noch eine Kämpferin. Das ist mir seit dem Vorfall in der Hütte klar geworden.“

„Natürlich versuche ich zu kämpfen, aber manchmal kommt mir das so sinnlos vor. Ich habe mit ansehen müssen, wie meine Mutter gegen den Krebs ankämpfte. Es dauerte ewig und sie versuchte ihr Möglichstes, aber am Ende konnte sie ihn doch nicht besiegen. Ich habe sie verloren, als ich sechzehn war. Und jetzt auch noch meinen Dad. Ich bin allein. Und als ob das nicht schon schlimm genug wäre, finde ich womöglich auch noch heraus, dass er nicht der Mann war, für den ich ihn immer gehalten habe. Wie ist es möglich, dass ich in weniger als vierundzwanzig Stunden den Glauben an die wichtigste Person in meinem Leben verliere?“

„Niemand erwartet von dir, dass du den Glauben an ihn verlierst. Warten wir doch erst mal die Fakten ab, bevor wir uns unnötig den Kopf zerbrechen.“

Sie schluckte hart, ihr Blick war noch immer rastlos. „Was meinst du, Damon? Ich weiß, dass du ihn gemocht und respektiert hast. Hältst du es für denkbar, dass Vater etwas Unehrenhaftes getan hat? Dass er ein Verräter gewesen sein könnte?“

Ihre Fragen trafen ihn hart, zwangen sie ihn doch, sein Augenmerk auf etwas zu richten, das er nicht sehen wollte. „Das fiele mir sehr schwer zu glauben“, sagte er langsam. „Ich kann mir nicht vorstellen, dass Alan sein Land oder einen seiner Agenten verraten würde. Das FBI war sein Leben."

„War es auch. Er lebte für seinen Job", stimmte Sophie zu. „Er war ein Patriot, sprach stets darüber, wie wichtig es wäre, das Richtige zu tun. Waren das nur leere Worte?"

Er war ein wenig überrascht, dass sie so viele Zweifel an der Unschuld ihres Vaters hegte. „Was versuchst du mir zu sagen, Sophie?"

„Ach, nichts."

„Du hast gerade gefragt, wie du in weniger als vierundzwanzig Stunden den Glauben an eine Person verlieren konntest, die du dein ganzes Leben lang geliebt hast, und das würde mich auch interessieren. Ich glaube nicht, dass deine Zweifel nur darauf basieren, was mein Undercover-Freund über deinen Vater denkt. Was also verschweigst du mir?"

In ihren Augen konnte er den innerlichen Kampf erkennen, den sie ausfocht. Endlich jedoch gab sie nach: „In seinen Sprachnachrichten entschuldigte er sich wieder und wieder und sagte, dass er nicht erkannt hätte, wie tief er schon im Dreck steckte, bis es zu spät war. Für mich klingt das so, als ob er einen Fehler gemacht hätte. Allerdings weiß ich nicht, wie groß dieser Fehler war, aber offensichtlich groß genug, dass man ihn dafür ermordete." Sie stand von ihrem Stuhl auf und tigerte durch den kleinen Raum. „Ich wünschte, ich könnte mir die Voicemails noch einmal anhören. Vielleicht erinnere ich mich nicht mehr deutlich genug an sie."

Dann blieb sie vor ihm stehen und schaute ihn mit einem dermaßen traurigen, hilflosen und frustrierten Blick an, dass ihm das Herz schwer wurde. Am liebsten hätte er sie in die Arme genommen und ihr versichert, dass alles wieder in Ordnung käme, dass ihr Vater kein schlechter Kerl gewesen war und sie Mittel und Wege finden würden, um das zu beweisen. Aber woher sollte er wissen, was davon der Wahrheit entsprach? Außerdem hatte er ihr bereits geschworen, dass er sie nicht anlügen würde. Und sich selbst hatte er das Versprechen abgenommen, dass er sie nicht berühren würde.

„Vielleicht sollten wir den Fernseher einschalten“, schlug er vor.

„Echt jetzt? Das ist alles, was du dazu zu sagen hast?“

„Ich wüsste nicht, was sonst noch. Ich habe die Sprachnachrichten nicht gehört. Du gibst mir nur bruchstückhafte Informationen. Keine Ahnung, ob du mir nicht noch mehr verschweigst, da ich ja immer noch nicht weiß, wo wir morgen hinmüssen. Du erwartest von mir, dass ich mit diesen wenigen Informationen einen vernünftigen Plan ausarbeite. Was nicht funktionieren wird, es sei denn, du bist endlich bereit, weitere Details mit mir zu teilen.“

Sophie presste die Lippen aufeinander. „Vielleicht sollten wir wirklich den Fernseher einschalten. Dieses Gespräch führt zu nichts.“

„Könnte es aber, wenn du endlich den Mund aufmachen würdest.“

Sie ging jedoch schweigend hinüber zur Kommode und griff nach der Fernbedienung. Dann setzte sie sich aufs Bett und zappte durch die Kanäle.

„Schau mal, ob du irgendwo Nachrichten findest“, wies er sie an. „Vielleicht gibt es ja ein Update, was die Ermittlungen anbelangt.“

„Wir bekommen gerade mal zehn Kanäle rein, Damon. Du hättest wirklich ein komfortableres Motel aussuchen können“, murrte sie.

Er hätte so einiges anders machen können.

Als er zurück auf das Display seines Telefons blickte, entdeckte er, dass Bree seine Frage beantwortet hatte. *Bester Freund vom Coach und Stellvertreter ziemlich angespannt. Manager ebenfalls wütend über deine Aktionen. Könntest deinen Job verlieren, wenn du zu lange wegbleibst. Irgendeine Idee, wer versucht hat, dich zu schlagen?*

Er tippte seine Antwort. *Kann ich nicht sagen. Muss mir den Kopf über wichtigere Dinge als den Job zerbrechen. Hoffe, du kannst Fernandez wieder ins Spiel bringen. Glaube, zwischen uns besteht eine gewisse Verbindung. Lasst mich wissen, wann das nächste Mal Training ist und lass dich nicht rauskicken. Denke, wir brauchen dich noch.*

Am Donnerstagabend saß Bree in ihrer Bürozelle und las mit wachsendem Unbehagen Damons Nachricht auf ihrem privaten Telefon. Nachdem sein Auto vor einer Hütte in den Adirondacks entdeckt worden war, auf einem Grundstück, das angeblich Alan Parker gehörte, hatte dies jede Menge Fragen über ihn aufgeworfen. Es gab unzählige Meetings, gedämpfte Gespräche und sogar einige misstrauische Blicke in ihre Richtung, da mehrere Leute wussten, dass sie und Damon seit Quantico befreundet waren.

Falls jemand nachfragen sollte, konnte sie wahrheitsgemäß antworten, dass Damon sie am Abend zuvor, als sie sich unterhalten hatten, nicht in seine Pläne eingeweiht hatte, gen Norden zu fahren. Als er weder zur Arbeit erschienen war noch auf ihre Nachricht zwecks Mittagessen antwortete, hatte sie angenommen, er wäre unterwegs, um Wyatt zu finden. Nie im Leben hätte sie erwartet, dass er nach Sophie Parker suchen würde.

Sie erinnerte sich daran, Sophie bei Jamies Beerdigung gesehen zu haben. Jamie hatte sie ein paar Mal im Gespräch erwähnt und sie als seine streberhafte, aber attraktive Freundin aus der Kindheit bezeichnet, die besessen davon war, nach Reliquien aus der Vergangenheit zu graben. Es war offensichtlich, dass zwischen den beiden eine tiefe Zuneigung bestand, so tief, dass sie einmal sogar ein wenig eifersüchtig geworden war … *wie dumm war das denn?* Sie war nur kurz Jamies Freundin gewesen. Ehrlich gesagt wusste sie nicht einmal genau, ob er sich selbst je als ihren Freund gesehen hatte.

Sie schüttelte diese quälenden Gedanken ab und konzentrierte sich wieder auf die Gegenwart.

Zweifellos bestand da ein Zusammenhang zwischen Alans Tod, dem Angriff auf Wyatt und Sophies Verschwinden, und Damon schien sich im Zentrum der drei Ereignisse zu befinden. Jetzt aber, da Damon untergetaucht und Wyatt so gut wie nicht zu erreichen war, lag es an ihr herauszufinden, was da vor sich ging. Wenn es einen Verräter im Gebäude gab, musste sie in Erfahrung bringen, um wen es sich handelte.

„Agentin Adams?"

Überrascht schaute sie auf und sah die stellvertretende Sonderermittlerin, Karen Leigh, neben ihrem Schreibtisch stehen. Seit sie vor drei Monaten in das New Yorker Außendienstbüro gewechselt hatte, hatte sie mit ihr nur sehr wenig Kontakt gehabt, da sich die Wege ihrer Teams selten kreuzten. Aber Karen hatte einen ausgezeichneten Ruf und galt beim FBI als der neue Stern am Himmel.

Sie stand auf. „Agentin Leigh. Was kann ich für Sie tun?"

„Ich wollte gerade nach unten gehen und mir einen Kaffee holen. Da wir beide so spät noch arbeiten, dachte ich, Sie würden vielleicht gerne mitkommen?"

Sie erkannte die Absicht in Karens Blick und ihr war klar, dass es sich eher um einen Befehl als um eine Einladung handelte. Und auch wenn sie deren Anweisungen nicht befolgen musste, war sie doch interessiert daran, was sie zu sagen hatte. „Gerne, das hört sich gut an. Ich könnte ebenfalls einen Koffeinschub gebrauchen."

„Ausgezeichnet."

Auf dem Weg aus den Büros wie auch im Aufzug in den ersten Stock sprachen sie kein Wort. In der Cafeteria in der Lobby holten sie sich ihre Getränke und nahmen dann an einem abgelegenen Tisch an der Wand Platz.

Genau genommen war sie sehr froh über den Kaffee. Die vergangene Nacht mit kaum Schlaf aufgrund ihres aktuellen

Falls steckte ihr noch immer in den Knochen, und auch dieser Abend versprach lang zu werden.

„Haben Sie etwas von Damon gehört?“, fragte Karen und hielt sich gar nicht erst mit höflichem Vorgeplänkel auf.

„Nein, habe ich nicht.“ Sophie bemühte sich, neutral dreinzublicken, die Schultern zu entspannen und gleichmäßig zu atmen. Nach all den Lügendetektortests, die sie über sich ergehen lassen musste, wusste sie genau, wie man am besten log. „Und Sie? Ich mache mir Sorgen um ihn und hoffe nur, dass es ihm gut geht.“

„Ich bin ebenfalls beunruhigt. Hat er Ihnen erzählt, dass er nach Sophie Parker suchen würde?“

„Das ist es, was er gerade macht?“, konterte Bree.

„Zumindest nehmen wir es an, da sein Auto vor einer Blockhütte in den Adirondacks entdeckt wurde, die Alan gehörte“, entgegnete Karen scharf.

„Wenn Sie doch wussten, dass Alan dort ein Häuschen besaß, warum haben Sie nicht jemanden zum See geschickt, um nach Sophie zu fahnden? Als ich gestern Abend im Büro war, machte es nicht den Anschein, als ob irgendjemand etwas über ihren Verbleib wüsste. Aber eine Hütte, die ihrem Vater gehörte, scheint doch ein wichtiger Hinweis zu sein.“

Es könnte ein Fehler sein, Karen zu konfrontieren, aber Angriff war ihr schon immer besser gelegen als Verteidigung.

„Wir wussten nichts davon, bis uns die Polizei mitteilte, dass Damons Auto auf dem Grundstück entdeckt wurde“, antwortete Karen. „Es hat einige Zeit gedauert, bis wir uns durch die Informationen über die Immobilie gewühlt hatten und eine Verbindung zu Alan herstellen konnten. Anscheinend musste Damon das nicht tun, und ich frage mich, warum.“

„Vielleicht hat Alan ihm einmal davon erzählt?“, mutmaßte Bree.

„Dann hätte er uns informieren müssen.“

„Keine Ahnung, warum er das nicht getan hat, aber wenn ich

raten müsste, dann möglicherweise deshalb, weil er neu im Team ist und nicht weiß, wem er vertrauen kann."

„Alle Mitarbeiter in Alans Team sind vertrauenswürdig. Er hat jeden von uns sorgfältig ausgewählt. Wir alle sind ihm gegenüber äußerst loyal. Hat Damon das in irgendeiner Weise bezweifelt?"

„Ich weiß es wirklich nicht, und ich habe ihn gestern Abend auch nur ungefähr fünf Minuten lang gesprochen. Wir haben uns seit Monaten nicht mehr gesehen. Alles, was er sagte, war, dass er seit einer Woche hier ist und noch nicht informiert wurde, woran Alan überhaupt arbeitet."

„Das war Absicht. Er hatte ein spezielles Projekt für Damon im Sinn, worüber ich aber ebenfalls nicht Bescheid weiß."

Das war ja interessant. Karen konnte nicht verbergen, dass sie über Alans Geheimhaltung, was Damons Auftrag anbelangte, verärgert war. Und warum hatte er ihr nicht gesagt, wofür er ihren Freund eingeplant hatte? Womöglich war das der Fall gewesen, der ihm das Leben gekostet hatte.

„Haben Sie irgendwelche Theorien, wer Alan getötet haben könnte?", fragte sie und trank einen weiteren Schluck ihres Kaffees. Da Karen dieses Gespräch vorgeschlagen hatte, wollte sie die Gelegenheit nutzen, um so viel wie möglich herauszufinden.

„Nichts, worüber ich sprechen darf. Im Moment bemühen wir uns, den Kreis der Verdächtigen kleinzuhalten." Karen trommelte mit ihren blau lackierten Fingernägeln auf dem Tisch und wechselte das Thema: „Was ist mit Wyatt Tanner?"

„Was soll mit ihm sein?"

„Sie kennen ihn doch ebenfalls, oder? Haben Sie in letzter Zeit etwas von ihm gehört?"

„Ich kenne ihn, habe ihn aber nicht mehr gesprochen, seit er vor gut einem Jahr in die verdeckte Ermittlung gewechselt hat. Warum fragen Sie?"

„Er ist zu einem Treffen nicht erschienen, und aufgrund von

Alans Unfall mache ich mir um ihn ebenfalls Sorgen. Ich möchte einfach, dass alle, die sich momentan draußen im Einsatz befinden, sicher sind, bis wir Alans Mörder vor Gericht gestellt haben. Ich weiß, dass Sie, Damon und Wyatt gemeinsam in Quantico Ihren Abschluss gemacht haben, und Alan hat stets in den höchsten Tönen von Ihnen Dreien gesprochen."

„Wir sind zwar noch befreundet, haben uns aber aufgrund unserer Einsatzgebiete etwas entfremdet."

„Ja, ich weiß. Alan wollte Sie eigentlich für unser Team, erzählte mir aber, Ihre Leidenschaft wäre die Suche nach vermissten Kindern."

„Ja, so ist es", gab sie zu.

„Das ist ein Knochenjob. Viel Herzschmerz."

„Ich bin eine harte Agentin, ebenso wie Sie. Sie haben einen exzellenten Ruf."

Bei diesem Kompliment schien Karen sich ein wenig zu entspannen. „Ich tue mein Möglichstes. Alan war ein hervorragender Lehrer."

„Wie lange haben Sie für ihn gearbeitet?"

„Zwei Jahre – seit er Quantico verlassen hat und nach New York kam. Ich werde ihn sehr vermissen. Er war nicht nur mein Chef, sondern auch mein Mentor und Freund."

Ihr Blick drückte aufrichtige Gefühle aus und Bree kam nicht umhin, sich zu wundern, wie eng Karens Freundschaft mit Alan gewesen sein mochte. Das konnte sie sie aber natürlich nicht fragen.

„Er war ein guter Mann", fügte Karen hinzu. „Und er hatte es nicht verdient zu sterben."

„Nein", murmelte sie und bemerkte den abwesenden Blick der Kollegin, der irgendwo in die Ferne gerichtet war.

Plötzlich richtete Karen sich auf, straffte die Schultern und hob das Kinn. „Sollten Sie etwas von Damon oder Wyatt hören, bitten Sie sie, sich mit mir in Verbindung zu setzen. Jetzt, da

Alan nicht mehr da ist, obliegt mir die Aufgabe, dafür zu sorgen, dass sich alle Agenten unserer Abteilung in Sicherheit befinden."

„Ich erwarte zwar nicht, dass sie sich bei mir melden, aber falls doch, werde ich die Botschaft gerne weitergeben. Außerdem würde ich eher davon ausgehen, dass Wyatt sich direkt an seine Kontaktperson wendet. War Alan diese Person?"

„Ja, war er. Ich habe versucht, Wyatt über unser Notfallprotokoll zu kontaktieren, aber er hat nicht geantwortet."

„Vielleicht wird er das noch."

„Das will ich doch hoffen."

„Ich ebenfalls", murmelte Bree. Als sie einen Blick auf ihre Armbanduhr warf, bemerkte sie, wie spät es schon war. Sie musste sich auf ihr eigenes Treffen vorbereiten. „Ich sollte wieder nach oben gehen. Auf mich wartet noch einiges an Arbeit. Kommen Sie mit?"

„Um ehrlich zu sein, würde ich gerne noch ein paar Minuten hierbleiben. Ich bin heute den ganzen Tag nicht aus dem Büro herausgekommen und habe eine Pause bitter nötig", entgegnete Karen.

Bree stand auf. „Dann sehen wir uns später."

Nachdem sie die Cafeteria verlassen hatte, hielt sie kurz in der Lobby inne und schaute durch die Glastüren zurück zu Karen. Diese telefonierte, und Bree fragte sich, wen sie wohl anrief und ob es etwas mit ihrem Gespräch zu tun haben mochte. Die Frau hatte definitiv versucht, sie auszuhorchen, jedoch nichts in Erfahrung bringen können. Wem und was sollte sie also zu berichten haben?

Sie drehte sich um und lief in Richtung Aufzüge. Als sich die Türen öffneten, trat sie zur Seite, um die Leute aussteigen zu lassen. Überrascht entdeckte sie Peter Hunt mit einer Person, die sie nur dem Namen nach und aus den Nachrichten kannte: Senator Greg Raleigh aus Connecticut.

Peter nickte ihr kurz zu, und die beiden Männer verließen gemeinsam das Gebäude.

Während sie wieder nach oben fuhr, kam sie nicht umhin festzustellen, dass Senatoren selten zum FBI kamen; normalerweise war es umgekehrt der Fall.

Das mochte nichts zu bedeuten haben –, aber im Moment erschien einfach alles potenziell verdächtig.

NEUN

Damon hatte das Internet nach Nachrichten über Alans Tod, Sophies Verschwinden und der Schießerei in der Hütte durchforstet, allerdings kaum Informationen gefunden. Die Polizei suchte noch immer nach Unfallzeugen. Sophie wurde nach wie vor vermisst und war möglicherweise in Gefahr, und in der Nähe einer Blockhütte, die manchmal von den Parkers benutzt wurde, hatte man Schüsse gehört. Von seiner Anwesenheit in dem Haus war nirgends die Rede und er war sich ziemlich sicher, dass jemand beim FBI diese Tatsache unter Verschluss hielt.

Frustriert darüber, völlig im Dunkeln zu tappen und von den Ressourcen des Präsidiums abgeschnitten zu sein, legte er das Telefon beiseite und schaute zu Sophie hinüber, die alle paar Minuten den Kanal wechselte. Während der letzten Stunde hatte sie ihm nichts zu sagen gehabt, was wahrscheinlich gar nicht schlecht war. Trotzdem konnte er sich des Gefühls nicht erwehren, dass ihr eine Menge Ideen im Kopf herumspukten.

Er musste in Erfahrung bringen, was sie zu tun gedachte, bevor sie es tatsächlich tat.

„Findest du nichts, was dir gefällt?“, erkundigte er sich.

Sie schüttelte den Kopf. „Nein. Was bei der Auswahl aber

auch kein Wunder ist: Eine Spielshow, eine Wiederholung von *I Love Lucy*, eine Episode der *Real Housewives of wo-auch-immer* und einige Sitcoms mit Lachsalven, die so laut sind, dass sie an die hundert Leute reingebracht haben müssen, die vortäuschen, sich zu amüsieren."

Ihr entrüsteter Tonfall entlockte ihm ein Lächeln. „Du schaust nicht viel fern, oder?"

„Ich mag den History Channel, Reisedokumentationen und Shows, die inhaltlich etwas hergeben. Wen bitte kümmert es denn schon, wie sich diese Frau die Lippen hat aufspritzen lassen?" Sie deutete mit der Fernbedienung auf den Bildschirm, der eine Brünette mittleren Alters im Büro eines Schönheitschirurgen zeigte.

„Mich ganz bestimmt nicht", sagte er, erhob sich von dem harten, unbequemen Stuhl, durchquerte den Raum und setzte sich auf das andere Bett. Gott sei Dank hatte das Motel Zimmer mit zwei Einzelbetten. Es war so schon heiß genug hier drinnen; da wollte er sich nicht auch noch mit der Hitze zwischen ihm und Sophie befassen müssen. Zumindest konnten sie so einen guten Meter Abstand zwischen sich bringen.

Gerade stellte sie den Ton des Fernsehers ab und sagte: „Ich würde gerne jemanden anrufen, Damon."

„Und wen?", fragte er misstrauisch.

„Meine Tante Valerie, die Schwester meiner Mutter. Sie lebt in Australien, in Sydney. Möglicherweise ist die Nachricht über meinen Vater dort noch nicht angekommen oder sie ist vielleicht nicht wichtig genug, dass die lokale Presse sich dafür interessieren könnte ... aber das weiß ich eben nicht, und es beunruhigt mich."

„Du kannst sie nicht anrufen."

„Sie ist die einzige Familie, die mir noch geblieben ist, Damon. Es ist eine Sache, meine Freunde hängenzulassen, aber Tante Valerie war ab dem Moment, als meine Mutter krank wurde, immer für mich da. Wie kann ich sie da in dem Glauben lassen, mir könnte ebenfalls etwas passiert sein?"

„Genau das könnte geschehen, *wenn* du sie anrufst", sagte er energisch. „Das dürfen wir nicht riskieren. Das FBI könnte ihr Telefon angezapft haben."

„In Australien?", fragte Sophie zweifelnd.

„Dank der heutigen Technologie ist unsere Welt ein Dorf. Außerdem ist es doch erst einen Tag her. Du solltest noch ein wenig warten."

Sie seufzte tief auf. „Ist das alles wirklich erst gestern passiert? Für mich fühlt es sich schon so viel länger an."

Für ihn ebenfalls. „Erzähl mir etwas von deiner Tante, eurer Beziehung", forderte er sie auf, weil er hoffte, sie damit von dem tatsächlichen Telefonat mit ihr abhalten zu können.

„Valerie ist die sieben Jahre jüngere Schwester meiner Mutter. Als ich elf war, kam sie zu uns, um bei uns zu leben. Damals wurde bei meiner Mom Krebs diagnostiziert. Sie war gerade mal fünfunddreißig Jahre alt."

„Das ist heftig."

„Es war einfach nur schrecklich. Die anderen Mütter joggten, nahmen Yogaunterricht und halfen ihren Kindern bei den Hausaufgaben und Kunstprojekten, bildeten Fahrgemeinschaften und taten all die Dinge, die Mütter halt so tun. Meine jedoch kämpfte mit ihrer Chemo und dem permanenten Erbrechen. Eigentlich kam Valerie nur zu Besuch, erkannte aber, dass wir Hilfe brauchten. Natürlich war mein Vater für meine Mutter da, aber er musste eben auch arbeiten. Also zog sie bei uns ein. Sie gab mit achtundzwanzig ihr Single-Leben auf, um sich um uns zu kümmern, und blieb fünf Jahre bei uns. Ich weiß nicht, was ich ohne sie getan hätte. Sie gab mir das Gefühl, dass es okay sei zu lachen, auch wenn alles so schlimm war."

„Ich bin froh, dass du jemanden wie sie in deinem Leben hattest."

„Ich auch. Ein Jahr, bevor meine Mutter starb, verliebte

Valerie sich in einen Australier und führte bis nach der Beerdigung eine Fernbeziehung mit ihm. Dann jedoch beschloss sie, wieder ihr eigenes Leben zu leben. Sie heiratete ihn und bekam drei Mädchen. Ich habe die Kleinen nicht mehr gesehen, seit sie Babys waren, stehe aber nach wie vor durch Textnachrichten und Mails in Kontakt mit ihnen." Sie warf ihm einen flehentlichen Blick zu. „Ich muss einfach mit ihr sprechen."

„Erzähl mir von deiner Mutter", schlug er vor und versuchte damit ein weiteres Ablenkungsmanöver. „Dein Vater hat immer beinahe ehrfürchtig von *seiner* Maggie gesprochen. Sie war bestimmt eine großartige Frau."

„Das war sie, und später wurde sie in seinen – und wahrscheinlich auch meinen – Augen zu einer Heiligen. Nicht, dass sie nicht wunderbar war, aber ich denke, wir haben sie nach ihrem Tod irgendwie auf ein Podest gestellt."

„Wie haben deine Eltern sich kennengelernt?"

„Sie trafen sich in ihrem ersten Studienjahr in Yale. Mom studierte Geschichte und Dad hatte gerade mit Jura angefangen. Damals wollte er noch Rechtsanwalt werden. Beide haben immer gesagt, es sei Liebe auf den ersten Blick gewesen. Gleich im ersten Jahr nach dem College haben sie geheiratet. Keiner der Großelternteile war glücklich darüber. Die Eltern meiner Mom waren wohlhabend und fanden, dass mein Vater, der aus der Arbeiterschicht stammte, nicht gut genug sei für ihre blaublütige Tochter. Sie hatten einen heftigen Streit und sagten meiner Mutter, sie solle sich zwischen ihnen und ihm entscheiden, und sie hat ihn gewählt."

„Das klingt furchtbar."

„Sie waren keine netten Menschen; erfüllt von störrischem, arrogantem Stolz und unaufhörlich darum besorgt, was die Welt über sie denken könnte. Als Mom krank wurde, bemühten sie sich um Wiedergutmachung, aber es war zu wenig und zu spät. Nach der Beerdigung habe ich sie nie wiedergesehen. Mein Großvater ist vor ein paar Jahren gestorben, und meine Großmutter zog daraufhin nach Australien, um in der Nähe von Valerie zu sein. Dort treibt sie wahrscheinlich meine Tante in den Wahnsinn, obwohl Valerie einen Mann geheiratet hat, den meine Großmutter stets guthieß. Also ist es vielleicht doch nicht ganz so schlimm."

„Ich kann gar nicht verstehen, wie jemand deinen Vater ablehnen konnte. Gut, er hatte nicht viel Geld, aber doch immerhin einen Abschluss aus Yale vorzuweisen."

„Er konnte dort nur studieren, weil er ein Stipendium bekam, und sie taten stets so, als ob er sein Diplom geschenkt bekommen hätte, was absolut lächerlich war."

„Was war mit seinen Eltern? Warum haben sie die Ehe ebenfalls nicht akzeptiert?"

„Ich denke, die Familie meiner Mutter und deren Snobismus haben sie abgeschreckt. Als ich klein war, kamen sie gelegentlich zu Besuch, sind aber jung gestorben. Mein Großvater hatte einen Herzinfarkt, als ich etwa fünf war, und meine Großmutter kam ein paar Jahre später bei einem Autounfall ums Leben." Sophie hielt inne. „Was ist, wenn ich meiner Tante nur eine WhatsApp oder E-Mail schicke?"

„Nein!"

Sie seufzte. „Also gut, dann lass uns über deine Familie reden. Leben deine Eltern noch?"

Das war eigentlich das Letzte, was er wollte, aber wenn es Sophie von einer Dummheit abhielt, musste er wohl oder übel mitspielen. „Ja", antwortete er knapp.

„Geht es ihnen gut?"

„Soweit ich weiß schon. Schmeiß mir doch mal die Fernbedienung rüber. Ich schaue, ob ich eine bessere Show finde."

„Wie bitte? Damon, wir unterhalten uns gerade."

„Ich spreche nicht gerne über meine Familie."

Sie warf ihm einen abschätzenden Blick zu. „Warum nicht? Wo ist das Problem?"

„Es gibt kein *Problem.* Wir stehen uns nicht sonderlich nahe.“

„Jetzt erst, oder war das schon immer so?“

Es war klar, dass Sophie nicht lockerlassen würde, bevor sie nichts Näheres darüber erfahren hatte. Sie schien wirklich gerne in allem Möglichen herumzustochern, selbst wenn es kein tatsächlicher Dreck war. Unglücklicherweise war seine Familiengeschichte nicht unbedingt sein Lieblingsthema.

„Schon immer“, gab er zu. „Aber können wir jetzt vielleicht über etwas anderes sprechen?“

„Nachdem wir hiermit fertig sind.“ Sophie blieb hartnäckig. „Komm schon, Damon. Wir haben Stunden, die es totzuschlagen gilt. Wie heißen deine Eltern?“

„Mein Vater ist Cameron Wolfe und Entertainment-Anwalt in Beverly Hills.“

„Das klingt nobel.“

„Kann es durchaus sein. Er arbeitet mit vielen Prominenten zusammen.“

„Und deine Mutter? Erzähl mir etwas über sie.“

„Ihr Name ist Suzanne Cummings. Sie hat nie seinen Namen angenommen, da sie in ihren Zwanzigern eine bekannte Seifenopern-Schauspielerin war. So haben sie sich auch kennengelernt.“

„Im Ernst?“, fragte sie überrascht. „In welcher Soap hat sie denn mitgespielt?“

„Ich glaube, die hieß *Now and Forever* und lief ungefähr fünf Jahre lang. Jedenfalls war die Beziehung meiner Eltern genauso falsch wie dieses seichte Drama, voller Geheimnisse, Lügen und Verrat – eben alles, was eine gute Show ausmacht. Nur, dass es eben keine Show war, sondern mein Leben.“ Als er bemerkte, wie verbittert er klang, räusperte er sich. „Sie haben sich getrennt, als ich neun war. Ich bin überzeugt, mein Vater hat akribisch darauf geachtet, dass die Scheidung vor ihrem zehnjährigen Hochzeitstag über die Bühne ging, weil meine Mutter danach laut Ehevertrag eine großzügige Abfindung erhalten hätte."

„Das ist traurig und zynisch."

„Aber leider die Wahrheit. Ihre Scheidung wurde von den Boulevardblättern groß herausgebracht. Meine Mutter war eine Drama-Queen, und mein Vater der Deal-Maker Hollywoods schlechthin. Und zudem ein richtiger Mistkerl. Es gab Gerüchte über meine Mom und andere Männer, ihn und andere Frauen, Alkoholismus, Drogen ... eben alles, was eine gute Story so braucht. Immer mal wieder beanspruchte einer von ihnen das volle Sorgerecht für mich, indem er behauptete, dass der andere ein schlechtes Elternteil wäre. Ich wurde vor Gericht geschleppt oder zu meinen Großeltern abgeschoben, bis sie sich wieder beruhigt hatten. Lange Zeit dachte ich, dass sie nur um mich kämpften, weil sie mich so sehr liebten und es nicht ertragen könnten, mich aufzugeben."

„Vielleicht war das wirklich der Grund", sagte Sophie leise.

„Nein! Ich war lediglich ein Bauer in ihrem Scheidungsschachspiel."

„Ich bin mir sicher, dass sie dich beide geliebt haben."

„Sich selbst haben sie mehr geliebt."

„Bei wem hast du dann letzten Endes gelebt?"

„Ich wurde hin und hergeschoben. Im Sommer war es am schlimmsten. Ich konnte nie einfach an einem Ort sein und mit meinen Freunden abhängen, saß immer in einem Auto oder einem Flugzeug, unterwegs nach Irgendwo, meist an einen heißen und stickigen Ort. Apropos, die Klimaanlage in diesem Zimmer ist echt übel."

„Stimmt, sie funktioniert nicht wirklich", stimmte sie zu. „Wir hätten uns ein besseres Hotel leisten sollen."

„Und damit mit Sicherheit mehr Aufmerksamkeit erregt."

„Haben deine Eltern wieder geheiratet?"

„Sind wir immer noch nicht fertig mit ihnen?", stöhnte Damon auf.

„Gleich durch.“

„Ja, meine Mutter hat wieder geheiratet, als ich zwölf war. Mein Stiefvater war der Vizepräsident irgendeines Studios. Wir sind zu ihm in eine Villa nach Beverly Hills mit einem großartigen Pool gezogen.“

„Und einer noch besseren Klimaanlage, wette ich.“

„Auch das. Aber das Haus war so groß, dass ich mir manchmal gar nicht sicher sein konnte, ob sie ebenfalls da waren. Dann bekamen sie drei Mädchen, eines nach dem anderen, und alles drehte sich nur noch um die Babys.“

„Und dein Vater? Hat er sich auch eine neue Frau genommen?“

„Das erste Mal, als ich etwa dreizehn war, beim zweiten Mal war ich zwanzig. Letztes Jahr wurde er zum dritten Mal geschieden. Falls du es nicht erraten haben solltest, er hat nicht unbedingt einen Preis als bester Vater und Ehemann verdient. Aber er ist charmant, und jeder mag ihn.“ Damon schwieg, überrascht über sich selbst, weil er ihr so viel von sich erzählt hatte. „Jetzt, wo ich dich genug gelangweilt habe – kann ich bitte die Fernbedienung haben?“

„Du hast mich überhaupt nicht gelangweilt.“ Sophie fuhr sich mit der Zunge über die Lippen. „Dieses gegenseitige Kennenlernen haben wir bei unserem ersten Treffen übersprungen.“

„Irgendwie schon“, stimmte er zu und hielt ihrem Blick stand. Als er die Erinnerungen in ihren Augen aufblitzen sah, dieselben Erinnerungen, die auch ihm im Kopf herumspukten, versteifte er sich. „Bitte, die Fernbedienung.“

Erneut ignorierte sie ihn.

„Wie bist du eigentlich zur Armee gekommen? Hast du dich mit achtzehn anwerben lassen?“

„Nein, ich war auf dem College. Was genau ich tun wollte, wusste ich nicht, aber es sollte so weit wie möglich weg sein von Hollywood und der Filmindustrie. Dann kam der 9. September, und das hat mich verändert. Nach diesem schrecklichen Ereignis hat das Militär mich magisch angezogen. Ich bin dem Reserveoffizier-Ausbildungskorps beigetreten, was beide Elternteile für die fünf Minuten, in denen sie sich entschieden, sich zur Abwechslung mal für ihr Kind zu interessieren, total entsetzte."

„Vielleicht waren sie einfach um deine Sicherheit besorgt?"

„Das bezweifle ich, aber ich habe ihnen weiter keine Aufmerksamkeit geschenkt. Ich machte meinen Abschluss, trat als Offizier in die Army ein und habe schließlich etwas Reales gefunden – manchmal fast zu real", murmelte er, denn der Weg von Hollywood ins Trainingslager erschien ihm auch heute noch, als wäre er von der Erde zum Mars gereist. Er war in keinster Weise auf diese Entbehrungen vorbereitet gewesen, auf die körperlichen und geistigen Prüfungen, aber diese Erfahrungen hatten aus ihm einen besseren und stärkeren Menschen gemacht.

„Jamie hast du in der Army kennengelernt, stimmt's?"

„In meinem dritten Jahr. Wir waren im gleichen Team und beinahe wie Brüder. Als unsere Einsätze vorbei waren, war er es, der vorschlug, wir sollten uns doch das FBI mal näher ansehen."

„Ich hätte nie gedacht, dass er in die Fußstapfen seines Vaters treten würde", sagte Sophie erstaunt. „Als Kind war er noch absolut dagegen."

„Das hat er mir auch erzählt. Er wollte seinen eigenen Weg gehen, aber als sein Vater pensioniert wurde, sagte er, jetzt könne er dem Büro beitreten, ohne befürchten zu müssen, dass die Leute ihm Vetternwirtschaft unterstellen oder denken könnten, er hätte Vorteile, die ihm nicht zustehen würden." Er hielt kurz inne. „Hast du jemals in Erwägung gezogen, beruflich das Gleiche zu machen wie dein Dad?"

„Nicht mal eine Sekunde lang."

„Okay, das ist ein klares Nein."

Sie warf ihm einen verlegenen Blick zu. „Es ist nicht so, dass ich nicht bewunderte, was mein Vater tat. Er war ein wahrer Patriot, glaubte an sein Land, an Treue und Pflichtbewusstsein, und das Wohl aller Menschen lag ihm am Herzen. All dem widmete er sein Leben, und ich war so stolz auf ihn. Manchmal kam ich mir selbstsüchtig vor, weil ich nicht dasselbe tun wollte wie er, aber ich war immer schon mehr an der Antike interessiert als an aktuellen Ereignissen. Ich finde es faszinierend, die Lebensgeschichte einer Person aus dem zusammenzusetzen, was von ihrem Zuhause, ihrer Stadt oder ihrem Grab übriggeblieben ist."

Damon gefiel es, wie das Gold in ihren braunen Augen schimmerte, wenn sie sich für etwas begeisterte, aber noch mehr gefiel es ihm, wenn er der Mittelpunkt ihrer Leidenschaft war.

„Einmal habe ich einen kleinen, gravierten Goldring gefunden", fuhr Sophie fort. „Ich habe fast zwei Jahre gebraucht, um herauszufinden, dass er einem sehr jungen Prinzen aus einem sehr alten Land gehörte. Er starb an seinem Hochzeitstag, erschossen von einem Rivalen, der um die Aufmerksamkeit seiner Frau buhlte. Er wurde nur siebzehn Jahre alt."

„Was ist mit seinem Mörder passiert?"

„War ja klar, dass du das fragen würdest", sagte sie lachend. „Das liegt einem Sonderermittler wohl im Blut. Ich war eher daran interessiert, wie es danach mit seiner Frau weiterging."

„Und wie?"

„Sie war gezwungen, den Mörder ihres Mannes zu heiraten. Aber interessanterweise wurde dieser einige Jahre später vergiftet. Niemand konnte je in Erfahrung bringen, wer dafür verantwortlich war. Ich persönlich denke, es war sie."

„Klingt wie eine dieser Seifenopern meiner Mutter. Wie hast du all das anhand eines simplen Rings herausgefunden?"

„Ich habe den Ring anhand der Gravur bis zur Familie des Prinzen zurückverfolgt, mich dann durch alte Manuskripte und Erzählungen jener Zeit gewühlt und alle Puzzleteilchen zusammengefügt. Das mag einfach klingen, aber das war es nicht."

„Das ist wirklich beeindruckend. Anscheinend bist du gut im Rätsel lösen."

„Ich liebe Herausforderungen. Wenn ich so etwas wie ein Schmuckstück oder einen Knochen finde, entwickle ich eine geradezu zwanghafte Besessenheit, die mich nicht eher ruhen lässt, bis ich alles darüber weiß. Jeder Mensch hat seine eigene Geschichte, und so viele davon wurden nie erzählt, aber ab und zu kann ich eine davon beitragen. So versuchen wir, die Vergangenheit lebendig werden zu lassen und daraus zu lernen." Sie atmete tief aus. „Und ich schweife mal wieder ab ..."

„Du liebst das, was du tust. Das ist großartig. Das kann nicht jeder von sich behaupten."

„Ja, das tue ich. Schon mit ungefähr sechs wollte ich Archäologin werden. Du kannst dir nicht vorstellen, wie oft ich in unserem Garten herumgebuddelt habe."

„Hast du jemals etwas gefunden?"

„Nur die Knochen eines Haustieres. Danach haben meine Eltern weitere Grabungen auf unserem Anwesen untersagt. Immerhin haben sie mich für ein Sommer-Abenteuercamp angemeldet, was auch nicht schlecht war."

„Dein Vater hat mir erzählt, dass du auch unterrichtest. Stimmt das?"

„Ja. Im Herbst und Winter. Im Sommer leite ich Ausgrabungen. Eigentlich sollte ich nächsten Monat in Ägypten sein."

Plötzlich blitzte Besorgnis in ihren Augen auf.

„Was ist los?", fragte Damon.

„Mir ist nur gerade wieder eingefallen, dass nächste Woche die Abschlussprüfungen stattfinden. Ich wollte dieses Wochenende dazu hernehmen, die Tests für meine Kurse auszuarbeiten. Am Montag sollte ich Sprechzeiten anbieten, und die Examen sind für Mittwoch angesetzt. Stattdessen bin ich hier in einem schäbigen Motelzimmer, ohne mit irgendjemandem kommunizieren zu können. Was wird nun aus meinen Studenten? Werden sie deshalb durchfallen? Einige von ihnen machen gerade ihren Abschluss, andere wiederum haben zwei Jobs nebenbei angenommen, um es sich leisten zu können, mich im Juli nach

Ägypten zu begleiten. Ich enttäusche so viele Leute, Damon, und fühle mich schrecklich deshalb. Bin ich egoistisch?“

„Nein, nur klug. Du hättest heute Morgen umgebracht werden können oder sogar schon letzte Nacht, wenn du, anstatt unterzutauchen, in deine Wohnung gegangen wärst. Das ist kein Spiel. Dein Vater ist tot und wir versuchen, dich am Leben zu erhalten. Vergiss das nicht. Ich bin mir sicher, dass die Universität über dein Verschwinden informiert wurde. Jemand wird für dich einspringen und sich um deine Kursteilnehmer kümmern.“

„Wahrscheinlich hast du recht“, erwiderte sie. „Ich will nur nicht, dass irgendjemandem dadurch Nachteile entstehen.“

Ihr Edelmut und ihr weiches Herz berührten ihn tief. Ihre Mitmenschen waren ihr wichtig, was heutzutage selten zu finden war. Er selbst besaß nur diesen harten Kern an Freunden, Menschen, denen er sein Leben anvertraut hätte, und die Gefahr, der sie ständig ausgesetzt waren, schweißte sie noch enger zusammen. Sophie hingegen fühlte sich ihren Studenten, Arbeitgebern, Freunden und sogar einer Tante gegenüber verpflichtet, die sie seit ihrem sechzehnten Lebensjahr nicht mehr gesehen hatte.

Er fragte sich, wie es wohl wäre, wenn sie das Gleiche für ihn empfände ...

Aber eigentlich wollte er diese Art von fürsorglicher Beziehung gar nicht. Er wollte nicht, dass es jemanden gab, bei dem er sich regelmäßig melden und um den er sich Sorgen machen musste, und der sich gleichwohl um ihn sorgte. Deshalb hatte er sie vor all den Jahren verlassen. Er hatte erkannt, dass sie, wenn er nach jener Nacht geblieben wäre, ein Netz um ihn herum gesponnen hätte, aus dem er sich nicht mehr hätte befreien können ... oder wollen. Und außerdem hatte er sich schon vor langer Zeit geschworen, es nie zuzulassen, dass jemand sein Leben kontrollierte, was er tat, wen er traf oder wohin er ging.

An dieses Versprechen hatte er sich gehalten, auch wenn es sich manchmal einsam anfühlte. Aber er hatte für sich entschieden, dass es besser sei, derjenige zu sein, der ging, und nicht derjenige, der zurückgelassen wurde.

„Du bist plötzlich recht schweigsam“, merkte Sophie an. „Woran denkst du, Damon?“

„An deine Studenten“, log er. „Die einzige Möglichkeit, sie zu schützen, ist, sich von ihnen fernzuhalten.“

„Das stimmt. Man sieht es daran, was dir passiert ist, als du dich mir genähert hast – du bist beinahe erschossen worden.“

„Und dabei bin ich dir nicht mal recht nahegekommen, was mich am meisten ärgert“, fügte er hinzu und dachte an das Feuergefecht in der Hütte.

„Es ärgert dich, dass du nicht getroffen wurdest?“, fragte sie erstaunt.

„Nein. Ich habe mich nur gefragt, warum unser Angreifer nicht auf eine bessere Gelegenheit gewartet hat, um zu schießen – oder warum es nicht zwei Leute waren, die uns eingekreist haben.“

Sophie runzelte die Stirn. „Du bist mit der Fähigkeit unseres Angreifers unzufrieden?“

„Sophie, du standest direkt vor dem Fenster und wurdest nicht getroffen. War das Absicht? Lediglich ein Warnschuss?“

„So habe ich das noch gar nicht gesehen“, sagte sie verwirrt. „Aber warum sollte er mich warnen wollen?“

„Keine Ahnung. All das ist reine Spekulation.“

„Eine meiner liebsten Freizeitbeschäftigungen“, neckte sie ihn. „Ich bin gut darin, Puzzle zusammenzusetzen, Damon, aber ich befürchte, wir haben noch nicht genug Teile.“

„Ein paar weitere werden wir morgen bekommen.“

„Ich hasse es zu warten.“

„Ich auch, vor allem wegen der fehlenden Details, wo es morgen hingeht“, fügte er spitz hinzu.

„Das erfährst du noch früh genug.“

Diese Antwort stellte ihn nicht zufrieden. Eine lange, heiße Nacht lag vor ihnen, und das Gespräch mit Sophie hatte nur dazu geführt, dass er sie noch mehr wollte. Allerdings hatte ihn auch einiges von dem, was sie ihm erzählt hatte, beunruhigt.

„Sophie“, sagte er abrupt, schwang die Beine aus dem Bett und blickte sie an.

„Was?“, fragte sie, alarmiert angesichts seines veränderten Tonfalls.

„Du hast gesagt, wir würden nirgendwo hingehen, wo man auf deinen Vater oder deine Vergangenheit schließen könnte, aber das stimmt nicht. Unser Ziel ist New Haven, wo sowohl deine Eltern als auch Peter Hunt zur Schule gegangen sind. Ich vermute mal, Alan hatte dort früher eine Wohnung. Oder ein Haus. Oder ein Leben.“

Sie atmete tief ein. „Wir gehen nicht direkt nach New Haven. Am Ortsrand befindet sich so eine Art Lagerhalle.“ Sie griff in ihre Tasche und förderte einen Schlüssel zutage.

„Wusste ich es doch, dass du dir in der Hütte nicht nur die Waffe besorgt hast. Warum sind wir nicht direkt zu dem Lager gefahren? Normalerweise schließen die doch nicht so früh.“

„Dieses leider schon um sieben Uhr. Ich habe das nachgeprüft, bevor ich mein Telefon vernichtet habe, um herauszufinden, ob ich es an einem Tag zur Hütte und nach New Haven schaffen würde. Es hätte funktionieren können, wenn ich den Schlüssel früher gefunden hätte beziehungsweise, wenn du nicht gekommen wärst und jemand versucht hätte, uns umzubringen und wir dadurch diesen riesigen Umweg machen mussten.“

„Warum hast du mir das nicht gesagt? Wir hätten unsere Route anpassen können und wären rechtzeitig dort gewesen.“

„Es war wichtiger, dass wir uns abseits der Hauptverkehrsstraßen gehalten haben“, argumentierte sie.

Sicherlich hatte sie damit recht, aber er war immer noch sauer, dass sie ihm diese Information vorenthalten hatte. „Was befindet sich in diesem Lagerraum?“

„Keine Ahnung. Dad hat mich lediglich angewiesen, den Schlüssel zu holen und dorthin zu fahren.“

„Hat er in seiner Sprachnachricht detailliert erwähnt, wo du hingehen sollst? Es könnte nämlich der Fall sein, dass das FBI diese Voicemails beim Telefonanbieter abrufen konnte. Vielleicht sind sie dir so zur Hütte gefolgt."

„Nein, hat er nicht, sondern verschlüsselt gesprochen, so in der Art, wie ihr es in eurem Baseballforum tut, und er hat lediglich Verweise auf Orte verwendet, die nur ich kenne."

„Welche zum Beispiel? Drück dich bitte etwas präziser aus."

„Ehrlich gesagt gefällt es mir nicht, wie du mich herumkommandierst", fuhr sie ihn an.

„Und mir gefällt es nicht, erschossen zu werden. Also lass uns bitte zusammenarbeiten."

„Er hat mich angewiesen, zu meinem absoluten Lieblingsort zu gehen – das war die Hütte – und einen Schlüssel zu holen. Dann fragte er, ob ich mich noch an die Geschichte mit seiner Bierflaschensammlung erinnerte und dass er dort etwas für mich hinterlegt hätte – damit meinte er den Lagerraum."

„Bierflaschensammlung?", hakte Damon nach.

„Schon im College hat er damit angefangen, Bierflaschen zu sammeln, und diese Tradition bis in seine späten Zwanziger fortgeführt. Nachdem er jedoch meine Mutter geheiratet hatte und ich auf die Welt kam, entschied Mom, dass diese Sammlung verschwinden müsse. Sie liebte ihren Frühjahrsputz. Zweimal im Jahr zwang sie mich dazu, meine Schränke zu stöbern. Einmal war ich richtig wütend, weil sie darauf bestand, dass ich etwas weggeben sollte, was ich unbedingt behalten wollte. Da erzählte Dad mir von dem geheimen Lagerort, wo er all die Dinge aufbewahrte, von denen er sich nicht trennen konnte. Also tat ich, wie mir geheißen, und packte all meine Sachen in eine Schachtel, die Dad und ich anschließend bei einer Wohltätigkeitsorganisation abgeben sollten. Nur sind wir nicht dorthin gefahren, sondern nach New Haven, und haben meine Box ebenfalls dort eingelagert, wo sich schon seine Bierflaschen befanden."

„Habt ihr damals in New Haven gewohnt?"

„Nein, in Woodbridge, was aber nicht weit weg ist. Wie auch immer, das war das einzige Mal, an dem ich dieses Lager zu Gesicht bekam. Nachdem meine Mutter gestorben war, tauchte eines Tages mein Vater mit all meinen Kisten auf und sagte, er wolle mir einige meiner Erinnerungen zurückbringen, damit ich mich besser fühle." Sophie hielt inne. „Ich hatte keine Ahnung, ob er den Lagerraum aufgegeben hatte und habe auch nie großartig darüber nachgedacht. So wie es jetzt aussieht, hat er ihn über all die Jahre behalten. Vielleicht brauchte er einfach den Platz, nachdem er das Haus verkauft hatte, in dem ich aufgewachsen bin."

So allmählich vermutete Damon, dass Alan weit mehr Geheimnisse hatte als angenommen. „Das war also die ganze Geschichte? Oder enthielt die Sprachnachricht noch andere wichtige Details?"

„Nein, ansonsten nur noch vage Entschuldigungen. Er sagte, ich solle so schnell und so weit weglaufen wie möglich, sobald ich seine Anweisungen befolgt habe – den Schlüssel zu besorgen und zum Lagerraum zu fahren."

„Es gefällt mir nach wie vor nicht, dass sich dieses Lager in New Haven befindet, wo er zur Uni gegangen ist. Vielleicht wusste Peter Hunt über seine Bierflaschensammlung Bescheid und auch darüber, wo er sie aufbewahrt?"

„Ich kann mir nicht vorstellen, dass mein Vater mich ins offene Messer laufen lassen würde."

„Nun, das mit der Hütte hat ja auch nicht wirklich funktioniert." Er stand auf, lief im Zimmer auf und ab und spielte im Geist all die verschiedenen Szenarien durch. Sein Magen war ein einziger Knoten, seine Instinkte sagten ihm, dass sie möglicherweise direkt in eine Falle tappten.

„Worüber denkst du nach?", fragte Sophie besorgt.

„Dass wir die Idee mit dem Lagerraum verwerfen und einfach in Deckung bleiben sollten, bis wir herausgefunden haben, was da abgeht."

„Aber ich muss dorthin. Dad meinte, es wäre wichtig. Ich sollte seiner Anweisung Folge leisten. Immerhin war es das Letzte, worum er mich gebeten hat.“

„Aber als er das tat, wusste er nicht, dass dich jemand in der Hütte finden würde. Er würde auf keinen Fall wollen, dass du dich in Gefahr bringst.“

Sie starrte ihn mit entschlossenem Blick an. „Darüber können wir die ganze Nacht diskutieren, aber ich werde morgen früh dorthin fahren. Mein Vater hat etwas für mich hinterlegt, und ich muss wissen, was es ist.“

„Ich könnte dich daran hindern.“

Sie erhob sich ebenfalls und trat auf ihn zu. „Das könntest du wohl, wirst es aber nicht.“

Sein Herz machte einen Satz. „Und warum nicht?“

Sie antwortete nicht sofort, und die Spannung zwischen ihnen stieg dermaßen, dass es sich anfühlte, als ob jede Minute etwas explodieren würde – wahrscheinlich er. Also schob er die Hände in seine Taschen, um dem Drang zu widerstehen, nach ihr zu greifen. Mittlerweile standen sie sich so nahe, dass er sich kaum noch daran erinnern konnte, worüber sie eigentlich stritten.

„Weil du genauso scharf darauf bist wie ich, zu erfahren, was dort auf uns wartet“, sagte sie schließlich.

Er blinzelte und zwang sich, sich wieder auf das Gespräch zu konzentrieren.

„Und weil dir außerdem klar ist, dass es für immer verloren sein könnte, wenn wir es nicht zuerst finden“, fügte sie hinzu.

„Möglicherweise ist das schon geschehen. Wir wissen ja nicht, ob wir ihnen voraus sind oder hinterherhinken.“

„Das werden wir morgen erfahren. Du solltest duschen gehen, Damon. Du siehst völlig überhitzt aus.“

Ihm war höllisch heiß, aber nicht nur aufgrund der verdammten Sommerhitze, sondern auch wegen ihr und der Situation, in der sie sich befanden. „Endlich mal ein Vorschlag von dir, der mir gefällt.“

Er ging ins Bad, schloss die Tür und atmete tief durch. Eigentlich hatte er nie Probleme, sich auf eine Mission zu konzentrieren, aber Sophie machte es ihm nicht gerade leicht, logisch zu denken und zu handeln. Im Gegensatz zu ihr konnte er sich nicht von Gefühlen leiten lassen, sonst wären sie beide bald tot.

Schnell zog er seine Kleidung aus, drehte das kalte Wasser an und fühlte sich augenblicklich besser.

Allerdings dämmerte ihm, dass die Hitze zurückkehren würde, sobald er die Dusche verließ. Immerhin galt es, die Nacht mit ihr zu überstehen.

ZEHN

Als Sophie hörte, wie er das Wasser unter der Dusche andrehte, setzte sie sich wieder auf die Bettkante. Sie atmete einige Male tief durch und versuchte, ihren rasenden Puls zu beruhigen. Damon hatte es wieder einmal geschafft, sie aus der Ruhe zu bringen. Sie kam sich vor wie nach einem Zehn-Kilometer-Lauf. Zwar joggte sie nicht regelmäßig genug, um zu wissen, wie genau man sich danach fühlte, aber wahrscheinlich so, wie sie gerade im Moment.

Also stand sie wieder auf. Adrenalin und etwas Undefinierbares zwangen sie, sich zu bewegen.

Dieses *Undefinierbare* war natürlich Damon.

Einen Moment lang hatte sie erwartet, er würde sie küssen, und sie hätte es sich sogar gewünscht. Wie gerne würde sie zurückkehren zu dieser Nacht, die sie gemeinsam verbracht hatten, in der sie alles Schlechte ausblenden konnte und nur noch die guten Gefühle zuließ, in der sie sich begehrt, geliebt und verbunden gefühlt hatte ...

Aber man hatte ja gesehen, wie das endete ...

Sie war allein aufgewacht. Obwohl sie ihr Zusammensein nicht bereute, wünschte sie, er hätte ihnen eine Chance gegeben herauszufinden, ob es zwischen ihnen mehr als eine Nacht geben konnte.

Darauf sollte sie jetzt allerdings keinen Gedanken verschwenden.

Ihre Probleme waren schwerwiegenderer Natur.

Sie war nicht dumm, und von daher war ihr klar, dass auch andere über den Lagerraum Bescheid wissen könnten. Aber irgendjemandem musste sie doch glauben, und die einzige Person, die ihr absolutes Vertrauen besaß, war nun mal ihr Vater.

Dennoch, wie Damon ihr schon vor Augen geführt hatte, war die Hütte angegriffen worden, und damit hatte ihr Vater sicher nicht gerechnet. *Würde sie sich mit der morgigen Aktion erneut in Gefahr begeben?* Wenn sie allerdings nicht hinging, würde sie nie erfahren, was dort auf sie wartete, und das stand nicht zur Diskussion.

Also würde sie ihren Plan durchziehen und hoffen, dass Damon sie nicht davon abhielt.

Einen Moment lang überlegte sie tatsächlich, ob sie nicht einfach verschwinden sollte, während er unter der Dusche stand. Sie könnte einfach ein Taxi nehmen und es ihm überlassen, den Weg nach New York zurückzufinden. Allerdings würde er die Lagerhalle sicherlich aufspüren, so viele davon gab es nicht in New Haven. Sie hätte diese Information besser für sich behalten, aber dafür war es jetzt zu spät.

Davonlaufen oder bleiben – die Entscheidung erschien ihr plötzlich riesig.

Dann jedoch öffnete sich die Badezimmertür und Damon trat ins Zimmer. Er trug lediglich Jeans; sein Oberkörper war nackt. An seinen Schultern perlten noch vereinzelte Wassertropfen, und seine Brust und die harten Bauchmuskeln waren mit der perfekten Menge an dunklem Haar bedeckt. In diesem Moment glich er weniger einem FBI-Agenten als dem unglaublich heißen Kerl, mit dem sie vor vier Jahren Sex gehabt hatte.

Sie schluckte hart, als er den Raum durchquerte, vor der

Klimaanlage stehenblieb und sich mit den Fingern durch sein feuchtes Haar fuhr.

Tja, verschwinden war nicht wirklich eine Option.

Sie setzte sich auf ihr Bett und begann, die klumpige, unbequeme Matratze als ihre Insel der Vernunft inmitten ihres turbulenten Lebens zu betrachten.

Dann schnappte sie sich erneut die Fernbedienung und drehte den Ton des Fernsehers lauter. Es liefen die lokalen Nachrichten, und diese brachten als Erstes einen Bericht über eine Protestaktion in Yale wegen einer erneuten Erhöhung der Studiengebühren. Nichts Weltbewegendes, was ihr ganz recht war. Sie versuchte, sich zu beruhigen, nicht, sich weiter über die landesweiten Horrormeldungen aufzuregen. Hoffentlich kämen als Nächstes das Wetter oder die Sport-News, alles Sachen, die keinen Einfluss auf ihr Leben hätten.

„Wir haben gerade eine Eilmeldung reinbekommen", sagte die Sprecherin und unterbrach damit ihre Co-Moderatorin, die soeben über ein anstehendes Kunstfestival berichten wollte. „Aus New York", fügte sie hinzu, hielt dann inne und lauschte demjenigen, der ihr die Neuigkeiten ins Ohr zu flüstern schien.

Damon wandte sich von der Klimaanlage ab und richtete seine Aufmerksamkeit ebenfalls auf den Fernseher.

Auf dem Bildschirm erschien ein Foto, und für den Bruchteil einer Sekunde befürchtete sie, es könnte das Bild ihres Vaters oder ihr eigenes sein. Glücklicherweise war es ein Mann, den sie nicht kannte. Sie atmete scharf aus. „Gott sei Dank, es ist weder mein Vater noch wir", murmelte sie.

„Freu dich lieber nicht zu früh", entgegnete Damon angespannt.

„Wie meinst du das?"

Er antwortete nicht, während die Nachrichtensprecherin ihren Bericht fortsetzte. „Der Leichnam, der heute Abend aus dem Hudson River geborgen wurde, war der sechsunddreißig Jahre alte Lorenzo Venturi, jüngster Sohn des berüchtigten

Mafia-Bosses Giancarlo Venturi, der letztes Jahr im Gefängnis verstarb, nachdem er bereits die Hälfte seiner lebenslangen Haftstrafe wegen Mordes, Erpressung, Geldwäsche und einer langen Liste anderer krimineller Aktivitäten verbüßt hatte. Er hinterlässt seinen älteren Bruder Stefan und seine Mutter, Venetia."

„Verdammt", knirschte Damon zwischen zusammengebissenen Zähnen hervor. „Das ist übel."

„Und was hat dessen Tod mit uns zu tun?"

„Dein Vater hat die Abteilung für organisiertes Verbrechen geleitet, Sophie."

„Das ist mir bekannt. Gehörte dieser Typ zu einem seiner Fälle?"

„Ja. Und ich bin mir ziemlich sicher, dass mein Freund, der gerade in Schwierigkeiten steckt, im letzten Jahr bei der Venturi-Familie eingeschleust wurde."

„Was hat das zu bedeuten? Ist es denn so schlecht, wenn einer der Bösen tot ist?"

„Hängt davon ab, wer ihn getötet hat und warum. Und ob sie möglicherweise auch für den Tod deines Vaters verantwortlich waren."

„Ich kann mir nicht vorstellen, dass es ein und dieselbe Person war. Dieser Mann war ein Verbrecher, Dad hingegen ein Gesetzeshüter."

„Dein Vater hätte ihn zu einem seiner Informanten machen können, der ihm entscheidende Informationen zuspielte."

„Und deshalb sind sie jetzt beide tot?", fragte sie erstaunt.

„Möglicherweise. Es könnte aber auch mit einer Machtübernahme zwischen den Venturi-Brüdern zu tun haben, die die Geschäfte nach dem Tod ihres Vaters wiederaufleben ließen."

„Das ergibt mehr Sinn. Wenn man in der Geschichte zurückblickt, ist Brudermord eine gängige Vorgehensweise, um an die Macht zu kommen."

„Das ist eine einleuchtende Theorie", entgegnete Damon. „Aber alles, was wir gerade mit Sicherheit wissen, ist, dass die

Anzahl der Mordopfer enorm schnell in die Höhe steigt und wir nicht auch noch dazugehören möchten, oder?“

„Definitiv nicht“, stimmte sie zu, und seine Worte erinnerten sie wieder daran, in welch heikler Situation sie sich gerade befand.

„Du wolltest ein weiteres Puzzleteil, Sophie. Das haben wir gerade bekommen. Jetzt müssen wir nur noch herausfinden, wo es hingehört.“

„Vielleicht finden wir morgen im Lager eine Antwort darauf.“

Er erwiderte ihren Blick. „Ich bin nach wie vor der Meinung, dass das keine gute Idee ist. Vielleicht sollte ich lieber allein hingehen?“

„Auf keinen Fall! Vergiss es.“

„Ich könnte dir den Schlüssel entwenden und würde bestimmt herausfinden, wozu er passt.“

„Könntest du, wirst du aber nicht, weil wir beide in dieser Sache drinstecken. Du hast mich gebeten, dir zu vertrauen, was ich auch getan habe – jetzt wirst du mich doch nicht etwa enttäuschen?“

Sein Gesichtsausdruck verhärtete sich. „Nein, das werde ich nicht.“

„Gut.“ Sie zappte durch die Kanäle, bis sie auf eine Sitcom-Wiederholung stieß. Eingespieltes Gelächter und fröhliche Musik waren gerade eine willkommene Ablenkung.

„Ich schau mal, ob ich online noch mehr über Lorenzo Venturis Tod in Erfahrung bringen kann“, sagte Damon und griff nach seinem Telefon.

„Bist du sicher, dass du damit nicht das FBI auf unsere Fährte lockst? Immerhin nutzt du das Motel-WLAN. Kann das nicht auch zurückverfolgt werden?“

„Theoretisch schon, aber aufgrund der zahlreichen Berichterstattungen über seinen Tod werden heute Nacht Hunderttausende im Netz unterwegs sein. Wir werden nicht weiter auffallen.“

„Du hast echt auf alles eine Antwort.“

Er blickte von seinem Telefon auf und sie bemerkte, dass seine blauen Augen ungewöhnlich dunkel waren. „Nicht auf alles, Sophie.“

„Welche Frage kannst du denn nicht beantworten?“, erkundigte sie sich wagemutig, obwohl sie das besser nicht getan hätte.

„Wie wir es schaffen sollen, heute Nacht die Hände voneinander zu lassen.“

Ihr stockte der Atem. „Nun, zweifellos wäre das einfacher, wenn du dir endlich wieder dein Shirt anziehen würdest.“

Ein sexy Lächeln breitete sich auf seinen Zügen aus. „Aber es ist doch so heiß hier drinnen.“

„Ja, und du tust noch dein Übriges dazu.“ Sie drehte den Ton noch lauter, bis die Stimme aus dem Lautsprecher beinahe brüllte.

Damon holte sein Hemd aus dem Badezimmer und zog es an, so wie sie ihm geheißen hatte. *Sie wünschte nur, sie hätte ihn nicht darum gebeten ...*

„Du musst dir keine Sorgen machen, Sophie“, beruhigte er sie, wobei seine Augen verdächtig funkelten. „Es wird nichts passieren, was du nicht willst.“

Was ihr nur noch mehr Kopfzerbrechen bereitete ...

Ab wann war sein Leben nur dermaßen aus dem Ruder gelaufen? Wyatt durchquerte schnellen Schrittes die Spielhalle in einem alten Lagerhaus in der achten Straße. Überall waren Kinder, was ihn an die Zeit erinnerte, als es noch sein größtes Ziel war, den Rekord jeglichen Videospiels zu brechen. Aber das fühlte sich an, als ob es Ewigkeiten zurückliegen würde und es war sinnlos, sich dahin zurückzusehnen. Von daher ging er weiter bis zur Rückseite des Gebäudes, wo sich fünf Schlagkäfige befanden. Die ersten beiden waren von Highschool-Jungs belegt; im letzten stand Bree.

Er hielt inne und beobachtete, wie sie den Helm über ihrem Pferdeschwanz zurechtrückte und ihre Schlaghaltung einnahm, während sie darauf wartete, dass die Ballmaschine startete. Der erste Pitch kam hart und schnell. Sie konzentrierte sich, traf exakt mit dem Sweetspot ihres Schlagstocks und feuerte den Ball in das Netz hinter der Maschine. Wären sie auf einem Baseballfeld gewesen, wäre er wahrscheinlich weit über den Zaun geflogen.

Das war typisch Bree – sie kämpfte immer wie ein Löwe.

Erneut spürte er eine seltsame Nostalgie in sich aufsteigen. Bree zu beobachten erinnerte ihn daran, als sie sich alle zum ersten Mal in Quantico getroffen hatten, wie voller Hoffnung, Optimismus und Energie sie damals gewesen waren. Sie wollten die Welt beherrschen, jetzt allerdings beherrschte diese sie – oder zumindest ihn. Und möglicherweise auch Damon. Er hatte die Nachrichten im Forum gelesen und wusste, dass sein Freund in Schwierigkeiten steckte. Auf Hilfe von ihm konnte er nicht zählen.

Und auf Bree?

Er war nie wirklich eng befreundet mit ihr gewesen. Sie hatte eine kurze Affäre mit Jamie gehabt und bei den meisten Teameinsätzen war sie Damon zugeteilt worden, weshalb sie den beiden sehr nahestand. Was jedoch ihn und sie betraf, war der Kontakt eher oberflächlich geblieben. Allerdings wusste er, dass sie klug, furchtlos und absolut loyal war, alles Eigenschaften, die er jetzt dringend brauchte.

Noch einmal blickte er sich verstohlen um und als er niemanden entdecken konnte, bei dem seine Alarmglocken geschrillt hätten, ging er hinüber zum Zaun und stellte sich hinter sie.

„Du hast aber lange gebraucht“, sagte Bree, ohne ihn anzuschauen. „Mir sind schon langsam die Münzen ausgegangen.“

Er wusste nicht, warum, aber die Normalität ihrer Worte linderte die Bürde, die in den letzten Tagen auf ihm gelastet hatte. „Sieht so aus, als wärst du bereit für Sommersoftball."

„Keine Zeit für Spiele." Sie schlug einen letzten Ball ins Netz, legte dann ihren Schläger nieder und kam zu ihm herüber. Als sie sich ihm näherte, runzelte sie die Stirn. „Du siehst schrecklich aus."

„Gut, dass ich keinen Spiegel besitze."

„Damon hat gesagt, du wärst völlig fertig."

„Du hast ihn gesprochen?"

„Gestern – bevor er loszog, um nach Sophie Parker zu suchen und in einen Kugelhagel geriet. Aber es geht ihm gut ... zumindest fürs Erste. Hast du seine Nachrichten gelesen?"

„Vor ein paar Minuten. Er hat nichts erwähnt, aber ist er bei Parkers Tochter?"

„Ich bin mir nicht sicher, denke aber schon. Offiziell gilt sie noch als vermisst." Bree hielt inne, ihre blauen Augen blickten noch ernster drein. „Damon hat niemanden beim FBI darüber informiert, dass er nach Sophie suchen wollte, und weil er niemanden eingeweiht hat, befindet er sich jetzt in einer Scheißlage. Peter Hunt war stinksauer, als sein zerschossenes Auto in der Nähe einer Blockhütte entdeckt wurde, die offensichtlich Alan Parker gehörte, obwohl die Besitzverhältnisse schwer aufzudecken waren. Heute im Büro hat Peter allen zu verstehen gegeben, dass die nächste Person, die etwas im Alleingang unternimmt, sofort und ohne weitere Fragen gefeuert wird. Ich habe ihn noch nie so aufgebracht erlebt, aber andererseits hat er gerade einen seiner besten Freunde verloren."

„Was die Frage aufwirft: Wenn sich Peter und Alan so nahegestanden haben, warum wusste ersterer dann nichts von dieser Hütte?"

„Eine gute Frage. Vielleicht war sie Parkers geheimer Unterschlupf?"

„Wie konnte Damon dann davon wissen?"

„Wahrscheinlich von Jamie. Der hat früher immer die Sommer in den Adirondacks verbracht. Deshalb hat seine Schwester auch seine Trauerfeier dort abgehalten. Ich schätze mal, Damon hat Sophie an diesem Wochenende am See kennengelernt."

„Da könntest du recht haben. Du warst nicht auf dieser Trauerfeier, oder?"

„Nein, nur beim Begräbnis", sagte sie, und kurz legte sich ein Schatten über ihre Augen. „Jedenfalls sind Damon und Sophie von dort geflohen und ich habe keine Ahnung, wo sie sich inzwischen aufhalten, aber Peter hat jede Menge Leute auf sie angesetzt."

„Was hältst du von Hunt?"

„Er hat einen guten Ruf und viele mächtige Freunde. Heute erst habe ich gesehen, wie er mit Senator Greg Raleigh das Büro verließ."

„Das ist ja interessant", murmelte Wyatt. „Senatoren kommen normalerweise nicht beim FBI vorbei."

„Genau das war auch mein Gedanke. Ich habe ihn überprüft. Raleigh war zur gleichen Zeit in Yale wie Alan und Peter. Von daher glaube ich, er kam einfach vorbei, um sich zu erkundigen, wie die Ermittlung vorangeht."

„Um sicherzustellen, dass der Gerechtigkeit Genüge getan wird – oder auch nicht."

„Du bist ziemlich zynisch geworden, Wyatt."

„Kann ich nicht leugnen. Hab wohl zu lange Undercover gearbeitet."

„Apropos, ich habe gerade gehört, dass Lorenzo Venturis Leiche aus dem Fluss gefischt wurde. Sagt dir das etwas?"

Wusste sie, dass er mit den Venturis zusammenarbeitete? Plötzlich kamen ihm Zweifel. *Hatte er einen taktischen Fehler begangen?* „Sollte es das?", fragte er herausfordernd.

„Nun, Alan arbeitete am organisierten Verbrechen, und du warst einer seiner Männer. Er ist tot, und ein bekannter Mafioso jetzt ebenfalls. Da könnte es eine Verbindung geben“, entgegnete sie mit kühler, selbstbewusster Stimme. „Ich bezweifle, dass ich die Einzige sein werde, die das so sieht. Schon eine Vermutung, wer Venturi getötet haben könnte?“

„Nein, aber es war wahrscheinlich dieselbe Person, die Alan auf dem Gewissen hat und auch mich ausschalten wollte.“

„Das klingt nach einem weiteren Venturi. Warum hast du so viel Angst, ins Büro zu kommen, Wyatt? Wenn du so gut wie geliefert bist, brauchst du Schutz.“

„Ich weiß nicht, wem ich beim FBI noch trauen kann.“

„Warum? Was ist passiert?“

„Alan hatte sich für Montag mit mir verabredet. Jemand wartete am Treffpunkt auf mich, allerdings nicht er. Es ist quasi unmöglich, dass jemand davon gewusst haben konnte, außer er hat diese Info von Alan selbst bekommen oder kannte sich damit aus, wie das System zu hacken ist. Es war ein Insider-Job, dessen bin ich mir jetzt sicher.“

Bree runzelte die Stirn und sah nicht wirklich überzeugt aus.

„Du willst weitere Fakten?“, fragte er. „Dann füge das noch deiner Gleichung hinzu: Der Angriff auf mich fand am Montag statt, zwei Tage vor Alans Tod. Wo zum Teufel war er, als ich um mein Leben kämpfte? Warum hat er nicht auf das Notfallprotokoll reagiert, das ich danach abgeschickt habe?“

„Wäre es möglich, dass er die Nachricht nicht bekommen hat?“

„Wenn dem so war, geht das auf das Konto einer Person, die ihm nahestand.“

„Wie Karen Leigh?“

„Immerhin ist sie seine rechte Hand.“

„Okay. Was kannst du mir sonst noch sagen? Ich werde versuchen, dir von intern herauszuhelfen, aber ich brauche mehr Informationen, Wyatt. Du wirst jemandem vertrauen müssen, und ich bin im Moment alles, was du hast.“

Sie hatte recht, aber dennoch gefiel ihm diese Vorstellung

nicht. „Bei den Venturis mischt seit Kurzem jemand Neues mit. Vor zwei Wochen habe ich zufällig eine Auseinandersetzung zwischen Lorenzo und Stefan mitbekommen. Lorenzo hat seinen Bruder beschuldigt, er würde die Familie verkaufen und dass sein Vater sich im Grab umdrehen würde, wenn er mitbekäme, dass er für seine Feinde arbeite. Stefan sagte ihm, es sei eine neue Welt. Er solle das akzeptieren oder aussteigen." Wyatt hielt inne. „Es wäre möglich, dass der neue Spieler daraufhin entschied, Lorenzo zu eliminieren."

„Aber welche Rolle spielt Alan dabei? Abgesehen davon, dass er nicht zu dem Treffen erschienen ist – warum misstraust du ihm?"

„Ich habe ihm seit Monaten Beweise geliefert, aber er sagte immer wieder, er hätte noch nicht genug in der Hand. Er bekam auch ausreichend Informationen von mir, um eine kleinere Seitengruppe zu zerschlagen, die wahrscheinlich weitere Indizien gegen die Venturis hätte vorlegen können. Irgendwann hat er dann zugestimmt, eine verdeckte Ermittlung einzuleiten, aber irgendjemand gab der Gruppe einen Tipp und der Schuss ging nach hinten los."

„Das muss nicht Alans Schuld gewesen sein."

Er atmete tief ein. „Okay, ich weiß nicht, ob Alan ein doppeltes Spiel getrieben hat, aber ich muss es herausfinden. Leider habe ich keine Ressourcen, und so wie es aussieht, steckt Damon gerade genauso tief in der Scheiße wie ich."

„Nun, zum Glück gibt es da eine Frau, die euch aus der Patsche helfen kann", antwortete Bree mit einem verschmitzten Lächeln. „Aber das Wichtigste zuerst – wo lebst du zurzeit?"

„Auf der Straße."

„Das muss der Grund dafür sein, dass du riechst wie eine Mülldeponie. Du wirst bei mir einziehen."

„Nein. Du könntest beobachtet werden."

„Warum sollten sie das tun? Ich bin weder Karen unterstellt, noch arbeite ich mit dir oder Damon zusammen."

„Aber du warst mit uns in Quantico. Alan war auch dein Ausbilder. Er hat dich ins New Yorker Büro gebracht, genau wie mich und Damon."

Sie kniff die Augen zusammen. „Glaubst du, das hat etwas zu bedeuten? Er hat viele Leute rekrutiert, und alle waren früher in Quantico."

„Es gibt da eine Verbindung. Noch weiß ich nicht, was es ist, aber mein Bauchgefühl sagt mir, dass wir drei nicht zufällig in New York sind."

„Du kannst nicht auf der Straße schlafen, Wyatt. In meinem Wohnkomplex gibt es eine Tiefgarage. Durch die kann ich dich reinschmuggeln. Niemand wird es bemerken. Wir müssen gemeinsam an diesem Fall arbeiten."

Er war versucht, ihr Angebot anzunehmen. Wie verzweifelt wünschte er sich ein Bett und eine Dusche, wollte Bree aber nicht in Gefahr bringen.

„Ich kann auf mich selbst aufpassen", sagte sie und las offensichtlich seine Gedanken. „Außerdem ist mein Kühlschrank voll. Du siehst aus, als hättest du seit Wochen nichts mehr Vernünftiges gegessen."

„Ich könnte wirklich was im Magen vertragen", gab er zu.

„Dann ist es beschlossene Sache. Geh zu den ersten beiden Gebäuden an der Ecke 53ste und Hayes. Da siehst du eine Seitentür, die in die Garage führt. Wir treffen uns dort in zwanzig Minuten, okay?" Sie hielt inne. „Du kannst mir vertrauen, Wyatt."

Als er durch die Spielhalle zurück zur Straße ging, hoffte er inbrünstig, dass er nicht im Begriff stand, einen großen Fehler zu begehen.

ELF

Am Freitagmorgen wachte Damon vor Sophie auf. Es war seine zweite unruhige Nacht in Folge und seine Stimmung von daher nicht die beste, vor allem, da die Klimaanlage wieder ausgefallen war. Die Sonne ging gerade erst auf und er sprang erneut kurz unter die Dusche, bevor er leise wieder das Zimmer betrat.

Sophie schlief noch. Ihr goldenes Haar fiel in Wellen über das weiße Kissen, und eine Hand hatte sie unter das Kinn gestützt. Ihre Bettdecke war zurückgeworfen und ihr Shirt an ihrem Oberkörper hochgerutscht, was ein gutes Stück ihrer seidigen Haut preisgab.

Sofort wurde seine kalte Dusche zu einer weit zurückliegenden Erinnerung.

Er schnappte sich sein Telefon und suchte nach einer Mietwagenfirma. Es gab tatsächlich eine, nur vier Blocks entfernt – das waren mal gute Nachrichten –, und sie öffnete um sieben, also in fünf Minuten. Er würde ein Auto besorgen und Frühstück organisieren, und wenn er zurückkäme, wäre Sophie auch auf, bekleidet, hellwach und vielleicht auch wieder ein wenig nervig, sodass er endlich dieses lästige Verlangen loswerden würde, das er für sie empfand.

Keine Ahnung, wie es ihm gelungen war, diese Nacht zu überstehen, aber endlose Comedy-Episoden hatten sie beide irgendwann abstumpfen lassen. Nachdem er ihr versichert hatte, dass nichts passieren würde, was sie nicht auch wollte, hatte er darauf gewartet, dass sie den ersten Schritt machte … leider vergeblich. Wobei das wahrscheinlich in den letzten beiden Tagen ihre cleverste Entscheidung gewesen war.

Jetzt war es an der Zeit, sich Gedanken über ihre nächsten Schritte zu machen.

Er überprüfte den Parkplatz, was nicht lange dauerte, da nur wenige und durchwegs leere Autos herumstanden. Im Büro saß ein älterer Mann hinter seinem Schreibtisch. Durch die Jalousien am Fenster konnte er sehen, dass der Fernseher lief.

Schnell lief er die Straße hinunter. Hoffentlich würde nichts schiefgehen, bevor er zurückkam.

Damon war weg – wieder einmal.

Sophie ging zum Fenster und schaute hinaus. Weit und breit keine Spur von ihm.

Einerseits verlangte er, dass sie ihm vertraute, ließ sie jedoch an keinem seiner Entschlüsse teilhaben, und so allmählich wurde sie dieses Verhaltens überdrüssig, dass immer er das Sagen haben musste.

Wo zum Teufel war er hingegangen? Sie hatten nicht einmal einen Wagen. Hatte er sich ein Taxi gerufen? War er zu Fuß unterwegs? Hatte er die Adresse der Lagerhalle herausgefunden und war ohne sie dorthin gegangen?

Schnell steckte sie die Hand in ihre Tasche und war erleichtert, als ihre Finger den Schlüssel berührten. Wenn er ohne sie zu der Lagerhalle aufgebrochen wäre, hätte er ihn sicherlich mitgenommen. Obwohl er ja nicht einmal wusste, welches Abteil das ihre war. Diese Information hatte nur sie im Kopf.

Irgendwie wollte sie nicht glauben, dass er sie zurückgelassen hatte. Er schien so entschlossen, in ihrer Nähe bleiben zu wollen.

Es sei denn, ihr persönliches Gespräch am Abend zuvor hatte ihn nervös gemacht?

Bei dieser Vorstellung musste sie lächeln. Damon war ein zäher, furchtloser Kerl – ein Soldat, ein Spezialagent, ein Mann, der zweifellos bereit dazu war, bei der Ausübung seiner Pflicht zu sterben. Aber wenn es darum ging, etwas Persönliches von sich preiszugeben, war er ziemlich schnell verunsichert.

Nachdem sie nun mehr über seine Familie, seine selbstsüchtigen Eltern und seine lieblose Kindheit erfahren hatte, verstand sie besser, warum er lieber keine Beziehung eingehen wollte. Er hatte als Heranwachsender keine guten Vorbilder gehabt. Die Liebe in seinem Leben glich wahrscheinlich eher einem Schlachtfeld, auf dem er unter keinen Umständen sterben wollte. Also hielt er sich von ihr fern.

Zumindest nahm sie das an.

Er hatte auch keine Frauen in seinem Leben erwähnt. Und er hatte gesagt, es gäbe niemanden, der sich um ihn Sorgen machen würde, aber vielleicht stellte sie auch nur Vermutungen an.

Sie wandte sich vom Fenster ab und ermahnte sich aufzuhören, über sein Liebesleben nachzudenken und sich lieber auf das zu konzentrieren, was vor ihnen lag. Das Lager öffnete in einer Stunde. Schon bald wüsste sie, was ihr Vater ihr hinterlassen hatte. Hoffentlich könnte ihr das eine Art Frieden vermitteln, damit der Heilungsprozess beginnen konnte. Es wäre sogar noch besser, wenn diese Sache Informationen und Hinweise darüber liefern würde, wer ihren Vater getötet haben könnte.

Sie nutzte Damons Abwesenheit, ging unter die Dusche und spülte mit reichlich Wasser und Shampoo zumindest etwas von dem Schmutz der vergangenen zwei Tage ab. Das letzte Mal geduscht hatte sie am Mittwochmorgen, bevor sie zur Arbeit gegangen war, und es war angenehm, endlich wieder frisch und sauber zu sein.

Außerdem gab ihr diese Handlung das Gefühl, als würde sie den ersten Schritt zurück in ihr Leben machen, obwohl dieser Gedanke wahrscheinlich übertrieben optimistisch war. Für sie würde es keine Rückkehr zur Normalität mehr geben, denn selbst wenn sie herausfanden, wer ihren Vater getötet und versucht hatte, sie ebenfalls umzubringen, wäre er trotzdem nicht mehr bei ihr. Letztlich wäre sie doch allein. Es gäbe niemanden mehr, den sie anrufen konnte, etwa nach einer aufregenden Entdeckung während einer Ausgrabung, nach einem schlechten Tag in der Arbeit oder wegen einer lustigen Geschichte, die ihr einer der Studenten erzählt hatte. Kein Vater mit einer Schulter, an die sie sich anlehnen konnte, wenn ihr Leben aus dem Ruder lief oder sie sich traurig fühlte. Kein Vater, der sie zum Traualtar geleiten, ihr erstes Kind halten, ihrem zukünftigen Ehemann sagen würde, er solle sie besser gut behandeln, denn sonst …

Ihr Mund zitterte, als die Verzweiflung, die sie bisher erfolgreich in Schach gehalten hatte, mit aller Kraft aus ihr herausbrach. Sie biss sich auf die Lippen, unterdrückte ein Schluchzen und sagte sich, es sei immer noch nicht der richtige Zeitpunkt, ihrer Trauer nachzugeben. Aber der Damm brach und hier, unter der dampfenden Dusche mit dem Wasser, das an ihr herabrann, war es einfacher, den Tränen freien Lauf zu lassen.

Sie weinte um ihren Verlust, schrie ihre Angst heraus, verfluchte die Ungerechtigkeit des Schicksals. Und als ihr schließlich die Emotionen ausgingen, hielt sie ihr Gesicht unter den Strahl und wusch alles weg.

Als sie fertig war, war das heiße Wasser aufgebraucht und sie empfand die einsetzende Kälte beinahe als Erleichterung, brachte sie doch die schützende Taubheit zurück, die sie all dies durchstehen lassen und ihr helfen würde, zu tun, was sie tun musste.

Sie griff nach einem Handtuch, trocknete sich ab, föhnte ihre

Haare, legte etwas Rouge und Lippenstift auf, die sie zufällig in ihrer Handtasche fand, und schlüpfte wieder in ihre verschwitzte Kleidung. Ein anderes Outfit zu besorgen war ein Punkt, der dringend irgendwo in ihren Zeitplan hineingequetscht werden musste.

Als sie aus dem Badezimmer kam, saß Damon mit weiteren Essenstüten am Tisch, und der Geruch von gebratenem Speck stimmte sie etwas versöhnlicher. „Bist du doch zurückgekommen."

„Du kannst unmöglich richtig wütend auf mich sein", sagte er mit einem flehenden Lächeln. „Ich habe dir Speck, Pfannkuchen, Waffeln und Eier mitgebracht."

„Und was isst du?", fragte sie und nahm ihm gegenüber Platz.

Er lächelte erneut. „Heute nicht in der Stimmung zu teilen?"

„Du hättest mich aufwecken und mir sagen sollen, wohin du gehst, Damon. Du hast mich hier zurückgelassen, ohne eine Nachricht oder ein Telefon."

„Tut mir leid. Ich konnte nirgends einen Zettel finden und dachte mir, du bräuchtest deinen Schlaf. Ich war auch nur zwanzig Minuten weg. Iss, dann wirst du dich besser fühlen."

Sie runzelte die Stirn, entschied dann aber, dass das Frühstück sie weiterbringen würde als ein Streit. Sie öffnete den Karton mit den drei Buttermilchpfannkuchen, bestrich alle mit einem großen Stück Butter und goss etwas Ahornsirup darüber. Als sie den ersten Bissen nahm, seufzte sie beinahe auf vor Entzücken. „Das schmeckt himmlisch."

„Ausgezeichnet", freute sich Damon und nahm sich ein Stück Speck.

Sie bemerkte seinen besorgten Blick und wischte sich mit den Fingern über den Mund. „Was ist? Habe ich etwas zwischen den Zähnen?"

„Geht es dir gut, Sophie?"

„Sehe ich nicht gut aus?", konterte sie schnippisch.

„Ich dachte, ich hätte dich weinen gehört."

„Das war nur die Dusche", log sie und hoffte, dass ihre roten Augen sie nicht verraten würden. „Es geht mir gut. Ich bin bereit, in den Tag zu starten. Meinst du, wir sollten uns ein Taxi zur Lagerhalle nehmen?"

„Ich habe uns bereits ein Auto besorgt."

„Was? Das hast du auch schon erledigt?"

„Es gab eine Mietwagenfirma gleich um die Ecke und ich hatte noch genügend Geld, um es in bar bezahlen zu können."

„Aber es läuft auf deinen Namen. Wie können wir es da nutzen?"

„Wir werden es nicht lange behalten, aber ich war mir nicht sicher, wie weit weg dieser Ort ist. Außerdem bin ich gerne mobil, für den Fall, dass wir schnell verschwinden müssen oder dein Vater noch einen weiteren Trip für dich vorgesehen hat."

„Also gut." Sie fragte sich ebenfalls, ob es nach diesem einen weiteren Stopp geben würde, ob ihr Vater ihr weitere Anweisungen hinterlassen hatte, aber das würde sie bald genug herausfinden. „Hast du heute Morgen dein Forum gecheckt? Gibt es Neuigkeiten von deinen Freunden?"

Er nickte. „Ja. Bree schrieb, dass sie sich gestern Abend getroffen haben. Im Moment sind alle in Sicherheit. „Bree?", fragte sie stirnrunzelnd. „Sie gehört zu der Freundesgruppe." Er hielt kurz inne. „Kennst du Senator Raleigh?"

„Er ist mit meinem Vater zur Schule gegangen. Warum?"

„Er hat sich gestern mit Peter in dessen Büro getroffen."

„Sicher versucht er herauszufinden, was passiert ist." Da war etwas in Damons Blick. „Warum beunruhigt dich das?"

„Es beunruhigt mich nicht; mir ist nur nicht klar, ob das ein wichtiges Detail ist oder nicht. Was weißt du über ihn?"

„Nicht viel. Mein Vater traf ihn nur einmal im Jahr bei einem Golfturnier für die ehemaligen Yale-Studenten. Darüber hinaus hatten sie glaube ich nicht viel Kontakt." Sie zermarterte sich das Hirn, ob es noch weitere wichtige Infos gäbe. „Er ist verheiratet und lebt irgendwo in Connecticut. Das ist alles, was mir zu ihm einfällt."

„Wer nimmt sonst noch an diesem Turnier teil?"

„Peter Hunt. Er ist ein hervorragender Golfer. Harrison Delano und Michael Brennan normalerweise ebenfalls."

„Delano – dem gehört diese Hotelkette, oder?"

„Delano Hotels, ja. Ich glaube, Harrison besitzt auch viele andere Dinge – Boote, Flugzeuge, kleine Inseln. Karen hat mir erzählt, dass mein Vater für diese Woche ein Abendessen mit Harrison in seinem Kalender stehen hatte, was er natürlich nicht einhalten konnte. Sie wollte wissen, worum es ging, aber ich hatte keine Ahnung und ihr das so auch gesagt. Eigentlich war ich ein wenig überrascht, weil ich weiß, dass mein Vater sich vor geraumer Zeit mit Harrison in die Haare bekommen hat, was mit einem verpfuschten Hochzeitstags-Wochenende in einem seiner Hotels zu tun hatte. Dad wollte Mom mit etwas Besonderem überraschen, bevor sie starb, und Harrison hat ihm Unsummen dafür abgeknöpft. Es gab definitiv eine Art Missverständnis zwischen ihnen und ich weiß noch, dass Harrison nicht zur Beerdigung meiner Mutter kam. Aber irgendwann müssen sie sich wohl wieder vertragen haben."

„Interessant. Und wer ist Michael Brennan?"

„Michael ist ein Hedgefonds-Manager. Ein Finanztyp, aber einer von der verlässlichen Sorte. Er hat eine Tochter in meinem Alter und einen Sohn, der ein paar Jahre älter ist. Früher haben wir uns oft in den Ferien zu Partys getroffen. Meine Mutter und Michaels Frau waren lange Zeit sehr eng befreundet." Sophie schwieg und dachte darüber nach, wie weit dieses Leben zurückzuliegen schien. „All diese Freundschaften sind nach dem Tod meiner Mom zerbrochen, was irgendwie seltsam ist, weil es durchwegs Freunde meines Vaters waren. Aber ich denke, sie war diejenige, die die Kontakte pflegte, da er ja ständig arbeitete. Sie musste ihn zwingen, sich ab und zu mal freizunehmen. Von allein wäre er nie auf diese Idee gekommen."

„Dein Vater bewegte sich in illustren Kreisen“, kommentierte Damon.

„Er hat seinen Abschluss an einer Elite-Universität gemacht. Was erwartest du denn? Aber nicht alle sind reich. Peter ist es sicherlich nicht, und Diane ebenso wenig.“

„Diane?“

„Diane Lewis. Sie ist eine langjährige Freundin und mittlerweile Professorin in Yale. Als ich mir unsicher war, welche Studiengänge ich belegen und ob ich die Dozentenstelle an der NYU annehmen sollte, stand sie mir mit Rat und Tat zur Seite. Sie war mir eine große Hilfe.“ Sie hielt erneut inne, als sie sich vorstellte, wie traurig all die Freunde ihres Vaters sein mussten, ganz besonders Diane, die so ein großes Herz hatte. „Ich wünschte, ich könnte auch mit ihr sprechen. Sie ist eine liebenswerte Person und ich weiß, dass sie sich bestimmt große Sorgen um mich macht.“

„Du wirst mit ihr sprechen können, wenn das hier vorbei ist.“

„Werde ich das?“, forderte sie ihn heraus. „Die Botschaften meines Vaters hörten sich so an, als ob ich für eine lange Zeit verschwinden müsste.“

Damon runzelte die Stirn. „Wie in aller Welt hat er sich das vorgestellt, wo doch das gesamte FBI und Gott weiß, wer sonst noch hinter dir her ist.“

„Das verstehe ich auch nicht. Vielleicht finden wir die Antwort darauf in dem Lagerraum.“ Sie wischte sich den Mund ab und stand auf. „Lass uns gehen.“

Je näher sie ihrem Ziel kamen, desto nervöser wurde Sophie. Tatsächlich war sie froh, heute Morgen nicht fahren zu müssen, da sie von einer nicht enden wollenden Woge der Unruhe erfasst wurde. War das wirklich eine gute Idee? War sie verrückt, einen weiteren Stopp an einem Ort einzulegen, der ihrem Vater gehört hatte? Hatte Damon möglicherweise recht?

Dieser legte ihr plötzlich eine Hand auf den Oberschenkel, und ihr blieb beinahe das Herz stehen.

„Tief durchatmen", sagte er und warf ihr einen flüchtigen Blick zu.

„Ich habe einfach dieses ungute Gefühl, dass sich mein Leben erneut um hundertachtzig Grad wenden wird. Obwohl ich mir beim besten Willen nicht vorstellen kann, wie es noch schlimmer werden sollte."

„Stell dir doch so etwas gar nicht erst vor."

Sie nickte, kam aber nicht umhin zu bemerken, dass er ihr dieses Mal nicht versichert hatte, es würde alles gutgehen.

„Ist es das?", fragte er nur einen Moment später.

„Ja", bestätigte Sophie, und er reduzierte die Geschwindigkeit.

Das Lagerhaus war umgeben von circa einem halben Hektar Land. Ein großes, zweistöckiges Gebäude beherbergte das Büro und eine einstöckige Konstruktion mit etwa fünfzig Einheiten, jede etwa zweieinhalb-mal-drei Meter groß, schloss sich U-förmig an das Haupthaus an. Das Anwesen lag am Stadtrand nahe der Autobahn und war von Maschendrahtzaun umgeben. Es war kurz nach acht und das vordere Tor stand offen, aber Damon bog nicht hinein, sondern fuhr ein paar Blocks weiter.

„Was tust du da? Das war der richtige Ort."

„Ich will mich einfach kurz umsehen."

„Nach was suchst du denn?"

„Nach allem Möglichen, das ich hier lieber nicht sehen möchte", antwortete er vage.

„Vor dem Büro stand ein weißer Jetta. Der könnte dem Manager gehören. Weitere Fahrzeuge konnte ich nicht entdecken."

„Ich ebenfalls nicht. Wo ist euer Lagerraum?"

„Hinten um die Ecke. Die Tür weist zur Autobahn."

„Gut.“ Er machte eine Kehrtwende und fuhr zurück zum Gebäude, durch das Tor und dann nach rechts in Richtung ihrer Zelle.

„Da ist es“, sagte Sophie und deutete auf das dritte Abteil.

Damon parkte direkt davor. „Dann mal los.“

Sie stieg aus dem Auto aus und gesellte sich an der Tür zu ihm. Ihre Finger zitterten wieder so stark, dass sie den Schlüssel kaum ins Schloss stecken konnte. Zu ihrer Bestürzung passte er nicht.

„Versuch es noch einmal“, ermunterte Damon sie.

Sie atmete durch und probierte es erneut, und dieses Mal klappte es. Sie entfernte das Schloss und legte es beiseite.

Damon zog das Rolltor hoch und gemeinsam betraten sie die Lagerzelle. Darin standen ein paar große Boxen sowie ein Fahrrad, das sie an die kurzlebige Faszination ihres Vaters für Radrennen erinnerte, was wahrscheinlich seine Art und Weise gewesen war, mit der Trauer über den Tod ihrer Mom fertigzuwerden. Die Bierflaschensammlung, einst eine Quelle ewigen Streits zwischen ihm und ihrer Mutter, befand sich in einer offenen Kiste auf dem Boden. Außerdem waren da noch ein Aktenschrank, der einmal im Arbeitszimmer ihres Vaters gestanden hatte, sowie ein kleiner Tisch aus ihrem Wohnzimmer. Ein signierter Schläger von Barry Bonds, einem der Lieblings-Baseballspieler ihres Vaters, lehnte an der Wand. Es war jedoch der silberne Aluminiumkoffer neben dem Tisch, der ihre Aufmerksamkeit erregte, das einzige Objekt, das Sophie nicht bekannt vorkam.

Sie bewegte sich darauf zu, und Damon folgte ihr auf dem Fuß. Sie wollte ihn hochheben, aber er war schwerer als erwartet. Damon packte ihn und legte ihn auf den Tisch.

„Willst du ihn öffnen, oder soll ich das für dich tun?“, fragte er.

Plötzlich fühlte sie sich wie gelähmt. „Ich weiß nicht, ob ich hineinschauen kann.“

In seinen tiefblauen Augen funkelte Verständnis, aber ebenso Entschlossenheit „Ich tue es, wenn du möchtest."

„Nein", sagte sie schnell und erkannte, dass dies keine Option war. „Mein Vater hat ihn hier für mich aufbewahrt. Ich muss diejenige sein, die als Erste einen Blick hineinwirft."

Damon trat einen Schritt zurück und winkte sie nach vorne.

Sophie fuhr sich mit der Zunge über die Lippen, ließ das Schloss aufschnappen und öffnete vorsichtig den Deckel, nicht wissend, was sie erwarten würde.

„O mein Gott", murmelte sie erschüttert.

Im Inneren befanden sich stapelweise Hundert-Dollar-Scheine.

„Scheiße!", fluchte Damon. „Was zur Hölle hast du dir nur dabei gedacht, Alan?"

In Gedanken stellte Sophie ihrem Vater genau die gleiche Frage. Dann bemerkte sie die Netztasche auf der Innenseite des Deckels. Sie zog den Reißverschluss auf und holte diverse Pässe und Führerscheine heraus. Ihr Schock wurde immer größer, als sie auf jedem der Papiere ihr Foto entdeckte, jedoch mit unterschiedlichen Namen. „Ich verstehe das nicht. Was soll das alles?"

„Dein Paket für ein neues Leben", entgegnete er knapp. „Er wusste, dass du es brauchen würdest, um irgendwo von vorne beginnen zu können."

Sie erwiderte seinen Blick. „Wo ... wo hat er all das Geld her?"

„Erwartest du auf diese Frage tatsächlich eine Antwort von mir?"

Sie konnte den Zorn in seiner Stimme hören, den Verrat …

„Nein. Nein." Sie warf die Pässe und Ausweise zurück in die Tasche und verschloss den Koffer. „Lassen wir ihn einfach hier."

„Das können wir nicht", sagte er und griff danach.

„Ich will ihn aber nicht."

„Dein Vater hat ihn hier für dich aufbewahrt und wir können

nicht einfach nochmals herkommen, falls du deine Meinung änderst. Los jetzt, lass uns von hier verschwinden."

Bevor sie die Zelle verlassen konnten, stürmten zwei Männer herein. Sie trugen schwarze T-Shirts, schwarze Jeans sowie Skimasken, die ihre Gesichter verdeckten, und jeder hielt eine Pistole in Händen.

Ihr Herz machte einen Satz.

Es gab keinen Ausweg. Sie saßen in der Falle.

ZWÖLF

Er hätte die Tür schließen sollen, während sie drinnen waren.

Er hätte Sophie im Auto warten lassen sollen.

Er hätte so einiges tun sollen.

Stattdessen hatte er zugelassen, dass sie wie Mäuse in eine Falle tappten.

„Gib uns den Koffer“, sagte einer der Männer mit tiefer, harscher Stimme.

Zwar konnte er ihre Gesichter nicht erkennen, aber anhand ihrer durchtrainierten Körper schätzte er sie auf Mitte dreißig.

„Mach schon, oder wir knallen sie ab“, sagte der zweite Mann und zielte mit seiner Waffe auf Sophie.

Er konnte spüren, wie sie sich verängstigt an ihn drückte. *Gut.* Er wollte sie hinter sich haben, wenn er zur Tat schritt. Und das musste er auch, denn es gab keinen Zweifel, dass diese Männer sie töten würden, egal ob er ihnen den Koffer aushändigte oder nicht.

Es wäre riskant. Er war schnell, aber möglicherweise nicht schnell genug, um zwei Schüsse abzufeuern, bevor eine von deren Kugeln Sophie traf.

Als er die Position des Koffers in seiner Hand änderte, wurde ihm aufgrund des Gewichts und des Materials klar, dass auch dieser eine mächtige Waffe darstellte. Oder zumindest eine Ablenkung. Das war alles, was er brauchte – ein Sekundenbruchteil könnte den Unterschied machen.

„Her damit“, befahl der erste Mann.

„Schon gut“, sagte Damon und hob beschwichtigend die freie Hand. „Ihr bekommt ihn ja. Aber bitte nicht schießen.“

Er trat einen Schritt nach vorne.

„Bleib dort stehen und lass ihn fallen. Dann schieb ihn mit dem Fuß hier rüber“, befahl der Typ, der ihm am nächsten stand.

„Kein Problem.“

Er lehnte sich nach vorne, als ob er ihrer Anweisung Folge leisten wollte, änderte dann aber blitzschnell die Richtung und schleuderte den schweren Gegenstand auf sein direktes Gegenüber. Er traf ihn an den Beinen und brachte ihn zu Fall.

Dann zog er seine Waffe heraus und schoss dem zweiten Mann in die Brust.

Dieser ließ seine Pistole fallen und ging zu Boden.

Im Hintergrund hörte er, wie Sophie aufschrie und betete, dass sie nicht getroffen sein möge, hatte aber keine Zeit, um sich zu ihr umzudrehen. Der Mann, den er vorübergehend mit dem Koffer außer Gefecht gesetzt hatte, stand gerade wieder auf.

Sein nächster Schuss traf ihn direkt ins Herz. Er taumelte, stürzte und verlor ebenfalls seine Waffe.

Der Klang der Schüsse hallte lautstark von den Wänden der Lagerzelle wider. Mit Sicherheit würde gleich jemand angerannt kommen.

Endlich wandte er sich Sophie zu, die ihn, den Baseballschläger ihres Vaters in Händen haltend, aus vor Angst und Schock weit aufgerissenen Augen anstarrte. Gott sei Dank konnte er kein Blut an ihr entdecken. „Bist du okay?“

Sie nickte.

„Dann lass uns von hier verschwinden.“ Er packte den Koffer und sie sprinteten zum Auto. Nur zu gerne hätte er die

Männer nach Ausweisen durchsucht, aber dafür blieb keine Zeit. Schnell warf er das Teil auf den Rücksitz und sprang hinein. Sophie tat es ihm gleich.

Während sie noch ihren Sicherheitsgurt anlegte, schoss er bereits zum Tor hinaus.

Als sie das Grundstück verließen, hörte er schon die Sirenen und nahm die nächste Ecke auf zwei Rädern. Sie mussten so schnell wie möglich von hier verschwinden, denn von den Cops mit einem Koffer voll Geld ungeklärten Ursprungs und zwei Leichen als Hinterlassenschaft gefasst zu werden, würde sie beide auf direktem Weg in einen Verhörraum bringen, ohne weitere Chance darauf herauszufinden, wer Alan getötet hatte oder hinter ihnen her war. Klar würde das FBI ihren Fall übernehmen, aber das könnte sie in nur noch größere Gefahr bringen, falls es dort tatsächlich einen Maulwurf gab.

Sophie stützte sich mit der Hand an der Mittelkonsole ab, als er in einem Affentempo eine weitere Kurve nahm und über eine Kreuzung raste. Glücklicherweise befanden sie sich in einem Industriegebiet, mit jeder Menge großen Lagerhäusern und Sattelschleppern, hinter denen sie nicht zu sehen waren.

Die Sirenen schienen sich immer weiter zu entfernen, aber noch waren sie nicht in Sicherheit.

„Glaubst du, sie sind tot?“, fragte Sophie.

Er blickte in ihr schockiertes, fahles Gesicht. Ihre braunen Augen waren riesig und verängstigt. „Vermutlich.“

„O Gott, o Gott“, murmelte sie. „Ich glaube, mir wird übel.“ Sie ließ ihr Fenster herunter und fächelte sich Luft zu.

Eigentlich wollte er ihr sagen, sie solle sich ducken und ihr hübsches Gesicht nicht aus dem Wagen stecken, sah aber ein, dass er ihr eine Minute geben musste, um wieder zu sich zu kommen.

„Wie geht es jetzt weiter? Du hast gerade zwei Menschen erschossen?“, fragte sie, nachdem sie das Fenster wieder geschlossen hatte.

„Entweder sie oder wir, Sophie. Sie hätten uns nicht am Leben gelassen.“

„Aber wie geht es jetzt weiter? Die Person im Büro könnte unser Auto gesehen haben. Mit Sicherheit hat jemand die Schüsse gehört. Sie werden die Leichen entdecken. Und sie werden die Spur von der Lagerhalle zu meinem Vater beziehungsweise zu mir zurückverfolgen. Wie kommen wir aus dieser Sache je wieder raus?“

Sie stand komplett neben sich. Und auch er hatte gerade keine Ahnung, wie es weitergehen sollte, würde aber Schritt für Schritt vorgehen.

„Als allererstes müssen wir dieses Auto loswerden“, sagte er.

„Wie denn? Und was werden wir dann tun? Mit Zug, Bus oder Taxi weiterfahren? Wird die Polizei nicht unsere Fotos ins Internet stellen oder sonst was in der Art? Wie sollen wir da die öffentlichen Verkehrsmittel benutzen?“

Sie hatte natürlich recht; die Öffentlichen waren keine Option, ebenso wenig wie weiter mit diesem Wagen herumzufahren, da anzunehmen war, dass die Sicherheitskameras an der Lagerhalle ihr Kennzeichen festgehalten hatten. Zumindest etwas mehr oder minder Positives gab es: Die Leichen der beiden Männer mochten bei der Überprüfung Aufschluss darüber geben, wer hinter ihnen her war, und mit etwas Glück konnte Bree Zugang zu diesen Informationen erhalten. Aber damit würde er sich später befassen.

Er inspizierte eine Reihe von Bürogebäuden, fuhr dann auf einen Parkplatz voller parkender Autos und stellte sich in eine Lücke zwischen einer Limousine und einem älteren SUV-Modell, das hoffentlich keine Alarmvorrichtung haben würde.

„Was tun wir hier?“, fragte Sophie skeptisch und drehte den Kopf, um zu sehen, ob jemand ihnen gefolgt war. „Wollen wir uns verstecken? Wir sind noch zu nah. Lass uns noch ein Stück weiterfahren.“

„Ich habe nicht vor hierzubleiben. Wir leihen uns lediglich ein Auto aus.“

Verwirrt starrte sie ihn an. „Ausleihen – im Sinne von *stehlen*? Weißt du denn, wie man so was macht?“

„Ja, tue ich.“

„Aber jemand wird die Bullen rufen, wenn er bemerkt, dass sein Wagen weg ist.“

„Es ist noch früh am Morgen. Ich vermute, wer auch immer hier geparkt hat, wird nicht vor Mittag oder sogar erst am Spätnachmittag nach der Arbeit nach seinem Auto schauen. Das verschafft uns ein paar Stunden, um irgendwo anders hinzukommen. Dort stellen wir es dann ab und früher oder später bekommt der Besitzer es zurück. Mach dir keine Sorgen.“

„Keine Sorgen?“, quietschte sie. „Wir haben zwei Menschen auf dem Gewissen und jetzt stehen wir im Begriff, ein Auto zu klauen. Oh, und wir haben einen Koffer bei uns mit einem scheiß Haufen Kohle und gefälschten Papieren. Alles kein Grund zur Sorge. Für mich ist das ein ganz normaler, durchschnittlicher Tag.“

Damon packte sie am Arm. „Stopp! Ich verspreche dir, dass du noch die Chance bekommst auszuflippen. Du darfst schimpfen, schreien und heulen, so viel du willst ... aber nicht jetzt. Wir müssen zusehen, dass wir uns in Sicherheit bringen können. Hast du das verstanden?“

Sie starrte ihn an. „Ja“, antwortete sie gepresst. „Aber wie wirst du in dieses Auto einbrechen? Einen Stein durchs Seitenfenster werfen?“

„Viel zu laut.“ Er zog seine Schlüssel aus der Tasche und schloss die Finger um ein kleines, schwarzes Gerät. „Das hier wird uns helfen, ins Fahrzeug zu gelangen und den Motor anzulassen.“

„Wirklich? Es gibt Dinge, die das können?“

„Beim FBI schon. Ich habe es bei meinem letzten Job gebraucht und einfach behalten. Also los.“

Er stieg aus dem Auto aus und holte den Koffer vom Rücksitz. Dann ließ er den Blick erneut aufmerksam über das Gelände wandern und öffnete den SUV neben ihnen. Wie er vorhergesagt hatte, konnte das Gerät das Auto problemlos starten. Nur wenige Minuten später waren sie schon wieder unterwegs.

Trotz seiner äußerlich zur Schau gestellten Zuversicht hielt Damon den Atem an, bis sie auf der Autobahn waren und sich in den Verkehr einfädelten. Auf den nächsten fünf Kilometern ruhte sein Blick wie der eines Falken auf dem Rückspiegel und dem Verkehr hinter ihnen, aber niemand schien sie zu verfolgen.

Sophie starrte ebenfalls schweigend in ihren Seitenspiegel.

Nach weiteren fünf Kilometern wurde der Verkehr dichter, und sein Puls fing erneut an zu rasen. In einem Stau zu stecken war nicht Teil des Plans.

„Da ist ein Polizeiauto", sagte Sophie plötzlich. „Es fährt direkt hinter uns."

„Ich habe es ebenfalls gesehen." Er bemerkte das blinkende Blaulicht und die immer lauter werdenden Sirenen.

„Das gilt uns. Sie haben uns gefunden. Was machen wir jetzt?"

Er hörte die Panik in ihrer Stimme und hatte keine beruhigende Antwort darauf. Sie konnten nicht fliehen, nicht in diesem Verkehr, der jetzt schon zum Stillstand kam. „Rutsch so weit wie möglich runter", wies er sie an. „Sie werden nach zwei Personen suchen."

Sophie löste ihren Sicherheitsgurt und glitt in den Fußraum hinab. „Was passiert gerade?", fragte sie ängstlich. „Kannst du nicht die Fahrspur wechseln oder abfahren?"

„Ich möchte gerade nichts machen, was ihr Misstrauen erregen könnte." Er hielt kurz inne. „Das Polizeiauto nähert sich auf der linken Seite. Die anderen Fahrzeuge machen ihm Platz."

Die Sirene brüllte ihm ins Ohr, als sich der Wagen auf gleicher Höhe mit ihrem befand. Er warf einen verstohlenen Blick hinüber und stellte erleichtert fest, dass er vorbeifuhr. Die Beamten im Inneren lauschten einem Funkspruch.

„Sie sind nicht hinter uns her", sagte er zu Sophie. „Sie sind vorbeigefahren. Wahrscheinlich ist weiter vorne ein Unfall passiert, was auch der Grund für den stockenden Verkehr sein könnte."

„Sie sind wirklich weg?"

„Ja. Du kannst wieder hochkommen."

Erleichtert ließ sie sich wieder in ihren Sitz zurücksinken und schloss den Gurt. „Ich dachte, das wäre es jetzt gewesen."

„Wahrscheinlich wäre es besser, wenn ich abfahre und wir eine Zeit lang die Nebenstraßen nehmen."

Etliche Kilometer folgten sie der Straße neben der Autobahn und bemerkten Feuerwehr- und Einsatzfahrzeuge auf einer Brücke, auf der sich tatsächlich ein Unfall ereignet hatte.

Dann schaltete er das Radio ein und suchte nach einem Nachrichtensender. Er wollte wissen, ob jemand über die Schießerei in der Lagerhalle berichtete, aber dem Wetter- und Verkehrsbericht folgten lediglich die politischen Nachrichten aus Washington. Also schaltete er wieder ab, erleichtert darüber, dass sie bereits gute dreißig Kilometer zwischen sich und den Schauplatz gebracht hatten und sich hoffentlich in einem Fahrzeug befanden, nach dem noch niemand suchte. „Ich glaube, wir sind in Sicherheit – zumindest für den Moment."

Sein Blick wanderte hinüber zu Sophie. So langsam kehrte die Farbe in ihr Gesicht zurück, aber sie schien noch immer unter Schock zu stehen, was er ihr nicht verdenken konnte. Sie war Zeugin davon geworden, wie zwei Männer direkt vor ihren Augen getötet wurden. Seit ihrer Flucht hatten sie noch keine Sekunde Zeit gehabt, um über den Koffer, den ihr Vater für sie deponiert hatte, zu sprechen oder sich mit dessen Inhalt zu beschäftigen, der ja doch eine Reihe weiterer Fragen aufwarf. Aber darauf wollte er im Moment auch gar nicht eingehen.

„Ich kann immer noch nicht glauben, dass wir entkommen

konnten“, sagte sie gerade. „Alles ist so schnell passiert. Du hast in weniger als einer Minute zwei Männer erschossen, bevor sie uns umbringen konnten. Wie hast du das geschafft?“

„Training und ein bisschen Glück.“

Verblüfft schüttelte sie den Kopf. „Ich dachte, sie hätten uns erwischt und es gäbe keinen Ausweg mehr. Du jedoch schon. Du hast mir das Leben gerettet.“

„Unser beider Leben.“

Sie starrte ihn an. „Dort waren Überwachungskameras – glaubst du, die haben das Geschehen eingefangen?“

„Mit Sicherheit zumindest unsere Flucht.“

„Also könnte die Polizei uns jetzt wegen Mordes verhaften.“ Sie warf einen kurzen Blick auf den Rücksitz. „Und wegen Besitzes von mehreren hunderttausend Dollars in bar.“

„Wir müssen auf jeden Fall darüber reden, aber lass uns das für den Moment zurückstellen, bis wir uns an einem sicheren Ort befinden.“

„Gibt es den überhaupt noch?“, fragte sie verzweifelt.

„Irgendwo bestimmt. Wir müssen ihn nur finden.“

„Und was dann? Verstecken wir uns dort für einen Tag, eine Woche, einen Monat?“

„Du denkst viel zu weit voraus, Sophie. Bleib einfach im Hier und Jetzt. Gerade im Moment ist alles gut. Wir leben, und das ist das Einzige, was zählt.“ Er blickte sie an und bemerkte, wie sie sich bemühte, sich zusammenzureißen. „Ich werde dich beschützen. Das verspreche ich dir.“

In ihren braunen Augen glitzerten die unvergossenen Tränen. „Ich weiß, dass du es versuchen wirst“, flüsterte sie.

„Nicht nur versuchen. Ich schaffe das, und gemeinsam werden wir die Wahrheit herausfinden. Allerdings brauche ich dazu auch deinen brillanten, messerscharfen Verstand.“

„Im Moment fühle ich mich alles andere als clever ... eher wie betäubt.“

„Das vergeht wieder. Einfach immer weiter atmen. An manchen Tagen ist das alles, was man tun kann.“

Mit jedem Kilometer, den sie hinter sich brachten, wurde Sophie ruhiger, und nach eineinhalb Stunden war sie überzeugt, den drohenden Herzinfarkt abgewendet zu haben. Trotzdem machte sie sich nach wie vor Sorgen, und obwohl sie versuchte, sich auf den Moment zu konzentrieren, wie Damon es vorgeschlagen hatte, wusste sie doch, dass sie ihre nächsten Schritte planen mussten, um ihren Vorsprung gegenüber den Behörden und den bösen Jungs, die es auf sie abgesehen hatten, zu halten.

„Wo fahren wir hin?“, fragte sie. Damon hatte die Seitenstraßen genommen, sich zwar immer parallel zur Autobahn gehalten, schien aber irgendwie willkürlich abgebogen zu sein.

„Ich bin mir nicht ganz sicher, aber in ungefähr fünfzehn Kilometern geht uns das Benzin aus, sodass wir einen Stopp einlegen müssen. Das wäre wahrscheinlich auch ein günstiger Zeitpunkt, um dieses Auto loszuwerden.“

„Um ein anderes zu stehlen? Das fühlt sich so riskant an, selbst mit deinem handlichen kleinen Gadget.“

„Natürlich ist das auch nicht meine erste Wahl, aber die öffentlichen Verkehrsmittel können wir vergessen.“

„Ich weiß.“ Sophie überlegte kurz. Sie fuhren nach Süden in Richtung New York, und obwohl sie froh darüber war, Connecticut zu verlassen, erschien ihr die Stadt nicht unbedingt sicherer, solange die Situation so brenzlig war. „Ich finde, wir sollten für ein paar Stunden untertauchen. Vielleicht einfach das Auto abstellen und uns eine Bibliothek oder einen Buchladen suchen, irgendeinen Ort, an dem wir uns ein bisschen hinsetzen können, ohne dass es jemandem auffällt“, schlug sie vor.

„Solche Örtlichkeiten sind zu überlaufen.“

„Aber wenn Menschen um uns herum sind, könnte das

jemanden abhalten, erneut auf uns zu schießen. Mitten im Nirgendwo fühlt es sich auch nicht sicher an.“ Sie atmete frustriert aus. Die Tatsache, von ihrem bisherigen Leben komplett abgeschnitten zu sein, begann sie zu zermürben. „Wir brauchen einen Freund.“ Ihr war nicht bewusst, dass sie die Worte laut ausgesprochen hatte, bis Damon sie scharf ansah.

„Wir können auf keinen Fall irgendwelche Freunde mit hineinziehen“, erwiderte er. „Zumindest nicht deine Freunde. Wenn wir wieder in New York sind, kann ich meine um Hilfe bitten.“

„Das wird bei der Geschwindigkeit, mit der wir unterwegs sind, Stunden dauern, und auf die Autobahn zurückzukehren könnte gefährlich werden. Ganz zu schweigen davon, dass wir ein weiteres Auto stehlen müssen und dieser Diebstahl gemeldet werden könnte.“

„Was also schlägst du vor? Ich bin offen für alles.“

Sie dachte einige Minuten lang nach und war froh darüber, dass ihr Gehirn wieder halbwegs zu funktionieren schien. Als sie ein Ortsschild entdeckte, kam ihr eine Idee. „Greenwich, Connecticut, ist nur ungefähr fünfundzwanzig Kilometer von hier entfernt.“

„Und?“

„Die Rowlands besitzen dort ein Haus. Jamie und Cassie sind dort aufgewachsen. Weißt du nicht mehr– dort hat nach Jamies Beerdigung der Leichenschmaus stattgefunden, bevor wir alle für die Trauerfeier hinauf zum See gefahren sind.“

„Ich erinnere mich an das Haus, aber warum sollten wir ausgerechnet dorthin gehen? Vincent ist ehemaliger FBI-Agent und damit ebenfalls jemand, der mit deinem Dad in Verbindung gebracht werden könnte.“

„Ja, aber wahrscheinlich ist er gar nicht da. Er besitzt noch eine Wohnung in Manhattan, wo er sich normalerweise aufhält, wenn er nicht gerade auf Reisen ist. Zwar hat er das Haus behalten, weil sich Jamies Sachen noch dort befinden, hat aber meinem Vater irgendwann mal erzählt, dass es ihm schwerfallen würde, dort zu sein." Langsam nahm die Idee in ihrem Kopf Form an. „Cassies Mutter lebt seit dem Tod ihres Sohnes in Kalifornien; die ist schon mal sicher nicht hier. Cassie selbst ist letztes Jahr nach London gezogen und nutzt das Haus ebenfalls nicht. Möglicherweise steht es leer, Damon." Mit einem Anflug von Optimismus schaute sie zu ihm hinüber. „Dort könnte auch ein Auto rumstehen. Ich weiß, Vincent wollte Jamies Wagen nicht verkaufen. Vielleicht ist er noch da." Je mehr sie darüber nachdachte, desto mehr fand sie, dass das Anwesen der Rowlands die perfekte Lösung für all ihre Probleme wäre. „Was meinst du?"

„Es klingt besser, als ich zuerst gedacht hatte", gestand er. „Allerdings müssen wir abklären, ob Vincent auch wirklich nicht zu Hause ist. Außerdem befürchte ich, dass es ein Überwachungssystem gibt. Die meisten FBI-Agenten, sogar ehemalige, haben so etwas."

Bei diesem Gedanken wurde ihr das Herz schwer. „Auch wieder wahr. Ich nehme nicht an, dass du ein passendes Gerät hast, um uns auch daran vorbeizubringen, oder?"

„Das nicht, aber ich könnte es schon schaffen, es zu deaktivieren, je nachdem, wie anspruchsvoll es ist. Wie war das doch gleich – ist die Garage angebaut oder separat?"

„Sie ist separat. Auch wenn wir es nicht ins Haus schaffen, dann vielleicht da rein."

„Trotzdem müssen wir erst mal in Erfahrung bringen, ob Vincent da ist."

„Da hast du recht." Sie dachte noch einen Moment nach und sagte dann: „Wahrscheinlich wird dir mein nächster Vorschlag nicht gefallen, aber denk erst mal darüber nach, bevor du gleich wieder Nein sagst."

„Du möchtest Cassie anrufen", sagte er und erwiderte ihren Blick.

„Ja. Du glaubst doch nicht, dass sie ihr Telefon überwachen, oder? Ich habe sie seit Jahren nicht mehr gesehen. Sie lebt in London. Sie können unmöglich sämtliche Handys meiner Freunde anzapfen, oder?“

Damon zuckte mit den Schultern. „Was mich mehr stört, ist, dass Cassie in Verbindung mit Vincent steht. Auch wenn er mittlerweile pensioniert ist, hat er doch bestimmt noch Freunde beim FBI. Peter Hunt könnte einer von ihnen sein. Ich bin mir sicher, dass Peter ihn angerufen und gefragt hat, ob er irgendetwas über deinen Verbleib weiß. Und wenn nicht vor deinem Auftauchen in der Blockhütte, dann gewiss danach.“

„Und ich bin mir sicher, dass er gesagt hat, er habe keine Ahnung, weil es genauso ist.“

Während Damon die Vor- und Nachteile eines Anrufs bei Cassie abwog, stellte Sophie genau die Frage, die ihr schon die letzten dreißig Minuten im Kopf herumspukte. „Glaubst du, dass die Männer in dem Lagerraum vom FBI angeheuert wurden, um uns zu töten? Oder dass sie zu einer der kriminellen Gruppen gehören, über die mein Dad recherchiert hat?“

„Ich weiß es nicht, Sophie“, antwortete er ehrlich. „Ich wünschte, ich hätte Zeit gehabt, ihnen die Gesichtsmasken auszuziehen, ein Foto zu machen oder nach ihren Ausweisen zu suchen. Vielleicht hätten wir dann meine Freundin dazu bringen können, sie zu identifizieren.“

„Das wird doch bestimmt die Polizei erledigt haben.“

„Schon, aber wer weiß, wie lange es dauert, bis wir ebenfalls an diese Information kommen? Es hängt davon ab, wann Bree sich Zugriff verschaffen kann.“

Die Bilder der Männer blitzten in ihrem Kopf auf. „Der, der mir am nächsten stand, hatte ein Tattoo im Nacken. Eines mit Schlangen und Ranken und einem seltsamen Symbol in der Mitte.“ Sie stockte. „Irgendwie seltsam – ich glaube, es schon mal gesehen zu haben, weiß allerdings nicht mehr wo. Ich könnte versuchen, es zu zeichnen, wenn ich Papier hätte. Wäre das hilfreich?“

„Unbedingt“, entgegnete er und nickte zustimmend. „Gut, dass dir das aufgefallen ist.“

„Ich habe gar nicht bewusst darauf geachtet, aber es hat einfach meine Aufmerksamkeit erregt, weil es so unter seiner Gesichtsmaske hervorgekrochen kam und ich nicht wegschauen konnte.“ Sie spürte, wie die Anspannung zurückkehrte, als sie erneut über diese beängstigenden Momente nachdachte. „Ich hätte meine Pistole ebenfalls aus der Tasche nehmen sollen, bevor wir das Lager betreten haben. Warum nur habe ich nicht daran gedacht?“

„Wahrscheinlich, weil du es nicht gewohnt bist, eine Waffe zu tragen. Ich hätte dafür sorgen sollen, dass du sie bei dir hast. Damit hättest du eine bessere Chance gehabt zu überleben.“

„Das bezweifle ich. Du warst effizienter als jegliche Waffe, die ich in meinen zittrigen Händen gehalten hätte.“ Damon in Aktion zu sehen – so schnell, so zielgerichtet, so tödlich – hatte ihren Eindruck von ihm definitiv verändert. Und während die Tatsache, dass er zwei Männer so schnell und so leicht hatte töten können, sie eher erschrecken sollte, fühlte sie sich jetzt in seiner Gegenwart sogar noch sicherer.

„Du hast dich ebenfalls wacker geschlagen, Sophie, bist nicht in Panik geraten.“

„Dafür hatte ich keine Zeit. Ich weiß nicht mal, ob ich überhaupt noch geatmet habe.“

„Und doch ist dir ein Tattoo aufgefallen, das einen wertvollen Hinweis liefern könnte.“

„Wenigstens etwas. Also, was ist mit Cassie? Soll ich sie anrufen? Ich weiß ihre Nummer auswendig und kann sie über den Aufenthaltsort ihres Vaters aushorchen, ohne etwas zu verraten.“

Er zögerte, nickte dann jedoch zustimmend. „In Ordnung, aber fasse dich kurz. Du rufst an, um ihr die tragischen Neuigkeiten über deinen Vater mitzuteilen. Das ist alles.“

„Sie könnte Fragen stellen, falls sie bereits erfahren hat, dass ich verschwunden bin."

„Sag ihr, du brauchst Zeit für dich. Das FBI hat jede Menge Fragen gestellt, die du momentan nicht beantworten möchtest. Von daher bist du erst mal untergetaucht." Er zog das Telefon aus seiner Tasche und reichte es ihr.

Obwohl es ihre Freundin war, die sie anzurufen gedachte, und es ihre Idee war, diesen Anruf zu tätigen, war sie plötzlich nervös. Sie war es nicht gewohnt, Menschen anzulügen, vor allem nicht diejenigen, die ihr wichtig waren. Aber es musste sein, wenn sie überleben wollten.

Also tippte sie die Nummer ein und stellte das Telefon auf Lautsprecher. Es klingelte einmal, zweimal, dreimal … und dann hob Cassie ab.

„Hallo?", meldete sie sich knapp, da sie die Nummer nicht kannte und den Anruf eines Telefonverkäufers befürchtete.

„Ich bin es, Sophie."

„O mein Gott, Sophie." Sofort änderte sich ihr Tonfall. „Ich habe mir solche Sorgen um dich gemacht. Mein Vater hat mir erzählt, dass dein Dad bei einem Autounfall ums Leben kam und du als vermisst giltst, und dass alle nach dir suchen. Wo bist du? Geht es dir gut?"

„Ich bin okay. Nun, nicht wirklich, aber ich halte durch. Mir war nicht klar, dass du schon darüber Bescheid weißt. Ich wollte dich direkt anrufen und es dir persönlich mitteilen, aber in den letzten Tagen ist so viel passiert."

„Mein Vater sagte, jeder nimmt an, dass du von den Personen, die deinen Dad auf dem Gewissen haben, gekidnappt wurdest. Ich hatte wirklich Angst um dich, Sophie." Cassies Stimme klang erstickt und sie war kaum fähig, den Satz zu Ende zu sprechen.

Sophie war beinahe versucht, ihr alles zu erzählen, was sie natürlich nicht durfte.

„Was ist denn überhaupt passiert?", fuhr Cassie fort.

Damon kniff sie ins Bein, eine stille Ermahnung, nicht zu viel zu verraten.

„Ich habe beobachtet, wie einige Männer in meine Wohnung eingedrungen sind“, sagte sie und beschloss, so nahe wie möglich an der Wahrheit zu bleiben. „Von daher bekam ich es mit der Angst zu tun und bin davongelaufen. Eigentlich sollte ich gar nicht mit dir sprechen, aber ich musste einfach mal eine freundliche Stimme hören. Und außerdem habe ich gehofft, dein Vater könnte mir vielleicht helfen. Leider habe ich keine Telefonnummer von ihm und wusste von daher nicht, ob er sich gerade in Manhattan oder Greenwich aufhält.“

„O nein. Das ist ja furchtbar. Er ist leider weder in New York noch in Greenwich, sondern sitzt gerade in einem Flieger nach Paris. Da treffen wir uns morgen anlässlich meines Geburtstags. Es wird das erste Mal seit langer Zeit sein, dass wir gemeinsam feiern, aber er hat momentan keine Partnerin und ich bin ebenfalls Single – von daher haben wir uns kurzfristig auf ein Treffen dort geeinigt.“

Von Cassies Plan zu hören, den Geburtstag zusammen mit ihrem Dad zu feiern, brach ihr beinahe das Herz. „Das klingt wunderbar.“

„Aber wenn du uns brauchst, Sophie, werden wir dir helfen. Vielleicht solltest du ebenfalls herkommen? Ich kann dir Geld überweisen, dir ein Ticket kaufen, was auch immer nötig ist.“

Nur zu gerne würde sie nach Frankreich verschwinden, aber das war momentan leider keine Option. „Ist schon okay. Es gibt jemanden, der mir zur Seite steht und mir hilft. Aber vielleicht kann ich dich morgen nochmals anrufen und mit euch beiden sprechen?“

„Jederzeit. Wir können uns aber auch melden, sobald er bei mir ist. Ist das deine aktuelle Nummer?“

„Ich melde mich bei dir, da ich noch nicht weiß, ob ich die Nummer morgen auch noch haben werde.“

„Was soll das denn bedeuten?“

„Das ist eine zu lange Geschichte, um dir auf die Schnelle alles zu erklären.“

„Sophie, ich mache mir wirklich Sorgen um dich. Warum wendest du dich nicht ans FBI? Sie könnten dich beschützen.“

„Ich kann im Moment niemandem vertrauen.“

„Du vertraust nicht mal den Menschen, mit denen dein Vater über zwanzig Jahre zusammengearbeitet hat?“, fragte Cassie zweifelnd. „Das ergibt doch keinen Sinn.“

„Im Moment ergibt nichts einen Sinn, aber da muss ich durch.“

Damon kniff sie erneut, um ihr zu bedeuten, Schluss zu machen.

„Wir sprechen uns morgen“, sagte sie abschließend. „Mach dir bitte keine Sorgen um mich. Und bitte, erzähl niemandem von diesem Anruf.“

„Werde ich nicht, das verspreche ich dir. Pass auf dich auf.“

„Ich werde es versuchen.“ Sophie legte auf und blickte Damon an. „Ich hätte nicht erwartet, dass es so hart sein würde, ihre Stimme zu hören, aber das war es. Wie auch immer, das Haus in Greenwich sollte leer stehen. Wollen wir hinfahren?“

„Klingt für mich nach der besten Option. Aber erst mal müssen wir uns ein neues Telefon besorgen. Schau bitte mal auf die Karte, ob du einen entsprechenden Laden findest, bevor wir dieses Auto loswerden.“

„Warum denn bitte ein anderes Handy?“

„Weil du gerade mit der Tochter eines ehemaligen FBI-Agenten telefoniert hast.“

„Cassie hat doch null Ahnung davon, wie man einen Anruf zurückverfolgt.“

„Ich sage ja nicht, dass *sie* es versuchen würde. Schau bitte einfach, ob du was Entsprechendes findest.“

Sie öffnete die Karte auf dem Telefon und durchsuchte die Umgebung. „Ungefähr eineinhalb Kilometer von hier gibt es ein großes Einkaufszentrum.“

Er folgte ihrer Wegbeschreibung, und nur wenige Minuten später bogen sie in ein geschäftiges Einkaufszentrum ein, in dem sich neben einem Supermarkt, einer Drogerie und diversen kleinen Geschäften auch ein Telefonladen befand.

„Ich brauche etwas Bargeld", sagte er.

„Davon haben wir ja wohl mehr als genug dabei", entgegnete sie zynisch.

„Auf keinen Fall dieses Bargeld."

Also wühlte sie in ihrer Handtasche und zog einige Scheine hervor.

„Bin gleich wieder da", versicherte er ihr. „Lass die Türen verriegelt."

Sophie tat, wie ihr geheißen, fühlte sich jedoch wie leichte Beute, kaum, dass er das Fahrzeug verlassen hatte. Sie rutschte in ihrem Sitz nach unten und betete, dass niemand bemerken würde, dass sie in einem gestohlenen Fahrzeug saß. Es schien Ewigkeiten zu dauern, bis Damon das Geschäft abgewickelt hatte, aber schließlich kam er doch wieder aus dem Laden heraus. Er entfernte die Verpackung des neuen Telefons und schmiss sie, zusammen mit dem bisher genutzten Handy, in den nächstgelegenen Mülleimer.

Als er sich dem Wagen näherte, deutete er ihr an auszusteigen. Dann schnappte er sich den Koffer von der Rückbank und schlug ihr vor, zum anderen Ende des Parkplatzes zu laufen und sich dort ein Taxi zu rufen.

„Also klauen wir nicht noch ein Auto?", fragte sie erleichtert.

„Nein. Mir gefällt die Idee, Jamies Wagen zu benutzen, sollte er noch bei den Rowlands stehen. Erst mal nehmen wir uns ein Taxi und lassen uns ein paar Blocks vom Anwesen entfernt absetzen."

„Okay. Gute Idee." Während sie den überfüllten Parkplatz überquerten, fühlte sie sich absolut auffällig und es gefiel ihr ganz und gar nicht, so im Freien unterwegs zu sein, obwohl niemand sie zu beachten schien. Trotzdem kam es ihr so vor, als ob alle Augenpaare auf sie gerichtet wären. Natürlich hatten sie sich bemüht, ihre Spuren zu verwischen, aber war ihnen das auch tatsächlich gelungen?

Vor dem Eingang einer Boutique für Damenbekleidung blieben sie stehen, und Damon orderte ein Taxi. „Fünf Minuten“, erklärte er, nachdem er das Gespräch beendet hatte.

„Das kommt mir gerade wie eine Ewigkeit vor.“

„Es wird schon nichts passieren“, versicherte er ihr.

Sie fragte sich, ob er das wirklich glaubte oder nur so daher sagte, um sie zu beruhigen, beschloss dann aber ersteres, weil sie sich so sehr wünschte, dass alles gut würde. „Meinst du nicht, dass der Koffer die allgemeine Aufmerksamkeit erregt?“

„Nur weil du weißt, was sich darin befindet“, entgegnete er. Trotzdem schob er ihn etwas hinter eine Mülltonne neben sich, wo er nicht so auffiel.

„Über den Inhalt möchte ich gar nicht nachdenken.“

Er nickte grimmig. „Ich ebenfalls nicht.“

Ungeachtet dieser Aussage kam sie nicht umhin, sich wieder und wieder an das Geld, die gefälschten Ausweise und die bewaffneten Männer zu erinnern, die ihnen beinahe das Leben gekostet hätten. Was eine andere Frage aufwarf.

„Wie, glaubst du, haben die uns überhaupt gefunden? Woher wussten die, dass wir diesen Lagerraum aufsuchen wollten?“

„Möglicherweise hat der Manager dort jemanden angerufen, als er uns reinfahren sah.“

„Hätte das dann nicht länger gedauert, bis jemand aufgetaucht wäre, wenn sie erst den Anruf abgewartet hätten?“

„Vielleicht befanden sie sich schon in der Nähe.“

„Aber wenn der Manager eingeweiht war, hätte er die Zelle doch jederzeit öffnen können. Wenn sie nur hinter dem Geld her waren ...“ Sie unterbrach sich, als sie die Wahrheit in seinem Blick erkannte. „Es war nicht nur das Geld. Sie wollten mich.“

„Oder, unter diesen Umständen, uns beide. Wenn sie es nur

auf den Koffer abgesehen hätten, hätten sie uns erschossen, ohne erst die Übergabe zu verlangen."

Das verursachte ihr ein mulmiges Gefühl, aber sie konnte nicht leugnen, dass es Sinn ergab. „Wenn der Manager den Anruf nicht getätigt hat, hältst du es dann für möglich, dass wir verfolgt werden? Wir waren doch so vorsichtig. Aber erst die Hütte, dann der Lagerraum ..."

„So vorsichtig waren wir nun auch wieder nicht", erwiderte Damon und schüttelte den Kopf. „Wir waren in New Haven, Sophie, in der Nähe des Ortes, wo dein Vater zur Schule ging und seit Jahren dieses Lager besaß. Selbst wenn es nicht auf seinen Namen lief, lässt das Rückschlüsse zu. Ich habe dir bereits letzte Nacht gesagt, dass mich das beunruhigt. Wie auch immer, wir müssen einen Ort finden, an dem wir in Ruhe nachdenken können, ohne jede Sekunde über die Schultern schauen zu müssen."

Dem konnte sie nur zustimmen. „Da kommt das Taxi", sagte sie und hoffte, dass ihre Idee, dieses Haus zu nutzen, wirklich so gut war, wie sie dachte, denn sicherlich gab es auch eine Verbindung zwischen ihrem Vater und den Rowlands.

DREIZEHN

Sie ließen sich von dem Taxi ein paar Blocks vom Haus der Rowlands entfernt absetzen und gingen den Rest des Weges zu Fuß. Damon war nur ein einziges Mal hier gewesen, damals zu Jamies Beerdigung, und hatte dem Haus nicht viel Aufmerksamkeit geschenkt. Jetzt bemerkte er, um welch ein beeindruckendes Anwesen es sich handelte: ein zweistöckiges, gemauertes Haus im Kolonialstil mit Schindeldach, auf einem circa 2000 Quadratmeter großen Areal, mit einer geschwungenen Auffahrt und einer etwas zurückgesetzten Dreifachgarage. Es passte perfekt zu den anderen großen und stattlichen Häusern in der gehobenen Nachbarschaft, von denen die meisten durch hohe Bäume und undurchdringliche Hecken voneinander getrennt waren.

„Mir gefällt die Privatsphäre", murmelte er Sophie zu, während sie die Zufahrt hinaufliefen. Zwar war er ein wenig überrascht, dass das Grundstück nicht durch elektronische Tore gesichert war, aber da die Rowlands offensichtlich nicht mehr viel Zeit dort verbrachten, waren sie in Bezug auf die Alarmmaßnahmen womöglich etwas nachlässig geworden.

Sie stiegen die Stufen hinauf und blieben vor der Haustür stehen.

„Meinst du, wir sollten klingeln?“, fragte Sophie nervös.

„Ja. Mal sehen, ob jemand rauskommt. Wir wissen ja, dass es weder Cassie noch Vincent sein können.“

Sophie drückte die Glocke, und sie warteten. Als niemand antwortete, probierte sie es erneut. Damon blickte sich um und stellte erleichtert fest, dass der Eingang von der Straße aus nicht zu sehen war. An der Tür befand sich ein kodiertes Schloss, das er leicht hätte knacken können, aber dafür war er noch nicht bereit.

„Lass uns erst mal hinters Haus gehen“, sagte er, „und uns in der Garage umsehen.“

Im Gegensatz zur Haustür besaß diese Tür nur ein einfaches Schloss, und mit Hilfe eines weiteren kleinen Werkzeugs, das er ebenfalls bei sich trug, gelang es ihm, den Mechanismus auszutricksen.

„Du bist drauf wie Inspektor Gadget“, neckte sie ihn.

„Ich bin mir nicht sicher, ob das ein Kompliment sein soll, aber okay“, entgegnete er trocken und verschaffte ihnen Einlass.

Gemeinsam betraten sie die große Garage. Drinnen parkten zwei Autos: eines war ein silberner BMW-SUV und das andere ein dunkelroter Chevy Camaro mit einem Cabrio-Verdeck. Beim Anblick dieses Wagens zog sich ihm der Magen schmerzhaft zusammen und die Erinnerungen an die Fahrt nach Quantico kamen zurück, mit Jamie am Steuer, offenem Verdeck, brüllend lauter Musik und der endlosen Straße voller Möglichkeiten vor sich. Dieser Tag schien wie aus einem anderen Leben.

„Jamies Auto“, sagte Sophie und ging zu dem Fahrzeug hinüber. Sie legte ihre Hand auf die Motorhaube und eine wehmütige Traurigkeit machte sich auf ihren Zügen breit. Damon konnte dieses Gefühl nur zu gut nachvollziehen. Jamie war in ihrer beider Leben ein Lichtblick gewesen und er bezweifelte, dass diesem je bewusst gewesen war, welchen Einfluss er auf sie hatte.

„Jamie liebte es, Cabrios zu fahren“, sagte sie mit einem

melancholischen Lächeln. „Nachdem er die Army verlassen hatte und kurz bevor er zum FBI-Training nach Virginia gegangen war, kam er bei mir vorbei und wir düsten die Küste von Jersey hinunter. Wir hatten uns seit Jahren nicht mehr gesehen und ich fand, er hatte sich in gewisser Weise verändert – er hatte Schatten unter den Augen, mehr Falten im Gesicht, sogar schon einige graue Haare –, aber andererseits war er genau der gleiche Jamie wie immer – optimistisch, sorglos, glücklich. Ich dachte immer, die Ausbildung zum Soldaten würde aus ihm einen ernsthaften Menschen machen, da auch er mit Sicherheit Schreckliches erlebt haben musste, aber er sprach nie darüber."

„Er war stets gut darin, diese Dinge auszublenden und die schlimmen Erinnerungen loszulassen."

„Du aber ebenfalls."

„Das hängt mit unserem Job zusammen. Man kann nicht überleben, wenn man gewisse Erlebnisse nicht aus seinem Kopf verbannt."

„So allmählich fange ich an, das zu verstehen. Ich bin zwar gefühlsmäßig total durch den Wind, darf aber nicht zulassen, dass die Trauer über den Tod meines Vaters die Oberhand gewinnt, dass die Angst vor dem, der versucht, uns zu töten, mich lähmt. Ich sollte mir keine Gedanken darüber machen, wo mein Vater all das Geld herhat, weil ich mich sonst in all den Fragen verliere und nicht bereit bin für das, was als Nächstes kommt. Im Moment gleicht mein Leben einem Karussell und wenn ich aufhöre, mich zu drehen, könnte ich umfallen und am Ende an einem noch übleren Ort aufkommen." Sophie hielt inne. „Und dann bist da auch noch du."

Als sie sich ihm zuwandte, fing sein Puls an zu rasen. „Was ist mit mir?"

„Das weißt du doch", entgegnete sie hilflos. „Ich hatte wirklich geglaubt, ich wäre über dich hinweg."

Bei diesen Worten wurde Damons Kehle trocken. Er hatte es ebenfalls angenommen. Bevor er darauf antworten konnte, drangen Stimmen aus dem Garten zu ihnen herüber. Er ergriff Sophies Hand und zog sie auf die andere Seite von Jamies Auto, wo sie zwischen Wagen und Wand in die Hocke gingen.

„Der Koffer“, flüsterte sie.

Panisch fiel ihm auf, dass er noch dort stand, wo auch sie eben gestanden hatten. Also schlich er sich aus dem Versteck, um ihn zu holen, und ließ sich dann wieder neben ihr nieder.

Die Stimmen wurden lauter. Sie klangen weiblich.

„Wer, denkst du, ist da draußen?“, fragte Sophie flüsternd.

Er lauschte. Die Frauen sprachen Spanisch – oder möglicherweise Portugiesisch. „Bleib hier. Ich werde mich mal umsehen.“

„Mach das lieber nicht. Was, wenn sie dich sehen? Was, wenn sie hereinkommen?“

„Ich bin gleich wieder da. Rühr dich nicht weg von hier.“

Damon schlich zur Seitentür der Garage. Die obere Hälfte bestand aus einem Fenster, das von einem dekorativen Stoffvorhang verdeckt wurde. Er hob ihn leicht an und sah zwei Frauen, die auf der hinteren Terrasse arbeiteten. Eine von ihnen kehrte, die andere schüttelte gerade einen kleinen Teppich aus. Kurz darauf gingen beide zurück ins Haus, ließen jedoch die Hintertür offen.

Wenn sie dort drüben hineinwollten, war das die optimale Gelegenheit. Schnell ging er zurück zu Sophie.

„Reinigungskräfte“, erklärte er und kniete sich erneut neben sie. „Zwei Frauen. Entweder es sind noch weitere drinnen oder aber nur die beiden.“

„Warum haben sie dann nicht auf unser Klingeln reagiert?“

„Vielleicht sind sie gerade erst gekommen.“

„Glaubst du, sie putzen auch in der Garage?“

Er sah sich um und bezweifelte, dass die Reinigung hier drinnen zu ihrer Routine gehörte. „Das kann ich mir nicht vorstellen. Sie haben die Hintertür offengelassen. Ich werde versuchen, irgendwie ins Haus zu kommen.“

„Wie bitte?“, fragte sie scharf. „Du willst dich da hineinschleichen, während Leute drinnen sind? Bist du verrückt?"

Klar war es ein Risiko, aber eines, das er in Kauf nehmen musste. Sie brauchten eine Unterkunft, und diese Garage wäre spätestens nach ein paar Stunden unbequem. „Es ist ein großes Anwesen und ich bezweifle, dass das Team aus mehr als zwei oder drei Personen besteht. Ich werde schon einen Platz finden, wo ich mich verstecken kann, und wenn sie weg sind, hole ich dich nach."

„Was, wenn sie dich entdecken und die Polizei rufen?"

„Ich weiß, wie man so was anstellt, Sophie."

Sie starrte ihn unglücklich an. „Lass dich nicht erwischen. Ich – ich brauche dich, Damon. Ich weiß, ich habe mich stets so verhalten, als ob das nicht der Fall wäre, aber es ist so."

Ihr aufrichtiges Eingeständnis rührte ihn. Zwar meinte sie es nicht auf sexuelle Weise, aber dennoch gingen seine Gedanken in genau diese Richtung.

Spontan lehnte er sich nach vorne und küsste sie auf die Lippen. Ihr süßer, heißer Geschmack brachte all die Erinnerungen an ihre gemeinsame Nacht zurück. Er nahm ihr Gesicht zwischen seine Hände, wollte sie nicht mehr loslassen, die warmen Tiefen ihres Mundes erkunden, seine Zunge mit der ihren vereinen, ihre Rundungen mit den Fingern erspüren und sich in ihr verlieren, so wie er es schon einmal getan hatte.

Die Temperatur in der Garage stieg um gefühlte zwanzig Grad an. Schon damals war es so zwischen ihnen gewesen – heiß, leidenschaftlich, verwegen.

Er musste all seine Willenskraft aufwenden, um sich von ihr zu lösen.

Ihre Augen funkelten vor Verlangen und ihre Wangen waren gerötet, eine nette Abwechslung zu der Blässe, die sie den ganzen Tag über zur Schau gestellt hatte. Ganz offensichtlich pulsierte ihr Blut wieder, und das seine ebenso.

„Ich komme wieder", versprach er.

„Beeil dich", murmelte sie.

Nur zu gerne wollte er sich vorstellen, dass sie sich eine schnelle Rückkehr wünschte, um den Kuss fortzusetzen, aber wahrscheinlich hatte sie einfach nur Angst, alleingelassen zu werden. Das allerdings würde nicht geschehen. Er würde bei ihr bleiben, zumindest, bis sie in Sicherheit war.

Aber als er aus der Seitentür schlüpfte, kam er nicht umhin festzustellen, dass es selbst dann schwierig werden würde.

Sophie setzte sich auf den Boden, lehnte sich gegen die Garagenwand und war in dieser Position durch Jamies Auto vor Blicken geschützt. Sie atmete schnell und unregelmäßig, und während sie sich einzureden versuchte, dass es die Angst war, wusste sie doch, dass da noch etwas anderes dahintersteckte – nämlich Damon.

Das Letzte, das sie von ihm *erwartet* hätte, war, dass er sie küssen würde. Das Letzte, das sie sich von ihm *gewünscht* hätte, war, dass er sie küssen würde.

Nein, das stimmte so nicht.

Sie wollte, dass er sie küsste, seit er zum ersten Mal nach all den Jahren in der Hütte aufgetaucht war.

Erschöpft schloss sie die Augen, ließ den Kopf gegen die Mauer sinken und gab sich den Gefühlen hin, die er geschürt hatte.

Es war wie damals – ein Kuss, gefolgt von diesem glühenden, unerwarteten, überwältigenden Verlangen.

Aber dieses Mal war es auch anders. Sie konnten nicht die Nacht miteinander verbringen und am folgenden Morgen getrennte Wege gehen. Sie waren auf unbestimmte Zeit aneinander gekettet, kämpften gemeinsam ums Überleben. Jetzt darüber nachzudenken, mit Damon zu schlafen, war Irrsinn. *Aber wäre es nicht schön, für eine kurze Weile alles zu vergessen?*

Sie hatte ihm gesagt, dass sie anfing, die Wichtigkeit der Abschottung zu verstehen, und das entsprach der Wahrheit. Warum aber nicht alles andere hinter mentalen Türen wegschließen und einfach die eine für ihn offenhalten? Sie war es leid, verwirrt, traurig, verängstigt und wütend zu sein … sie wollte wieder Glück und positive Emotionen empfinden, die Anspannung loswerden, sich in den Wogen der Sinnlichkeit verlieren.

Und genau das könnte sie mit Damon. Es war schon damals großartig zwischen ihnen gewesen. Vom ersten Kuss und der ersten Berührung an hatten sie auf der gleichen Wellenlänge gelegen. Es war, als ob ihre Körper aufeinander gewartet hätten – füreinander gemacht schienen. Wenn je eine Nacht beinahe perfekt gewesen war, dann die mit ihm.

Bis er verschwand.

Sie öffnete die Augen und ermahnte sich, dass sie besser im Dunkeln, im Schatten blieben und sich von der Realität und dem kalten Licht des Tages fernhielten, was wahrscheinlich auch der Grund gewesen war, warum Damon den Kuss, den er impulsiv begonnen hatte, so abrupt enden ließ.

Sich in ihrer Situation den Kopf über Sex mit ihm zu zerbrechen, war lächerlich. Sie sollte sich eher Sorgen darüber machen, ob er sich im Haus verstecken konnte, bis die Reinigungskräfte wieder gingen. Das Letzte, was sie brauchten, war, dass die Frauen die Polizei verständigten und sie wegen Hausfriedensbruch festgenommen würden. Wenn das passierte, würde man sie mit Sicherheit trennen, und wer konnte schon wissen, welcher Taten man sie sonst noch beschuldigen würde?

Als ihr Blick auf den Koffer fiel, den ihr Vater für sie zurückgelassen hatte, wusste sie, dass sie auch wegen des Geldes beunruhigt sein sollte. Die letzten Stunden hatte sie sich nach Kräften bemüht, nicht daran zu denken.

Sie hatte keine Ahnung, wie viel genau sich darin befand, wusste aber, dass es sehr viel sein musste. *Wo hatte er es her?*

Sie hoffte inbrünstig, dass er lediglich seine Bankkonten leergeräumt, alles in diesen Koffer gepackt und ihn in dem Lagerraum versteckt hatte, bevor er nach New Jersey aufbrach. Allerdings erschien ihr das mehr als zweifelhaft. Zwar hatten sie stets ein komfortables, jedoch kein reiches Leben geführt, und ihr Vermögen war während der Krankheit ihrer Mutter zusehends geschrumpft.

Auch ihre Ausbildung hatte ihren Vater einiges gekostet. Er hatte ihr immer gesagt, dass er für die College- und Studiengebühren aufkommen würde, weil er nicht wollte, dass sie mit einem Berg Schulden in ihr berufliches Leben starten müsse – und das hatte er auch geschafft. Jetzt allerdings fragte sie sich, wie. Sie wusste nicht, wie hoch sein Gehalt gewesen war, nahm aber an, dass es kein exorbitanter Betrag gewesen sein konnte. *Woher also stammte diese horrende Summe? Hatte er einige Investitionen veräußert, von denen sie nichts wusste?*

Sie musste wieder an seine abgehackten Sprachnachrichten denken … seine ersten Worte hatten gelautet: *Es tut mir leid.* Er hatte gesagt, er habe Fehler gemacht und sei in einer Sackgasse gelandet. Zwar wolle er noch versuchen, die Dinge geradezubiegen und vielleicht gelänge ihm das auch, aber falls nicht, solle sie untertauchen. Er wünschte sich, dass sie ein glückliches Leben führen möge, in Sicherheit sei. Andererseits hatte er ihr auch aufgetragen, sich den Schlüssel zu holen und zu dem Lager zu fahren. Er wollte, dass sie das Geld fand. Dessen war sie sich hundertprozentig sicher. Er wollte, dass sie es und auch die Pässe an sich nahm und ein neues Leben anfing – als ob das so einfach wäre.

Ohne ihre wahre Identität und ihre echten Abschlüsse und Zeugnisse konnte sie zukünftig weder unterrichten noch Ausgrabungen leiten.

Aber sie könnte leben. Und möglicherweise war das alles, was er für sie noch in die Wege hatte leiten können.

Sie legte den Koffer flach hin, öffnete erneut den Deckel und betete inbrünstig, dass sie sich die Menge an Geld im Inneren nur eingebildet haben mochte. Leider war das nicht der Fall.

Als sie einen Stapel mit Hundert-Dollar-Scheinen herauszog, zählte sie hundert Scheine. Und es gab mindestens fünfzig solcher Stapel, vielleicht sogar mehr. Ihr Vater hatte anscheinend eine halbe Million in bar auf die Seite geschafft.

Dann betrachtete sie erneut den ersten Pass. Er hatte ihren Pseudo-Namen vom See verwendet – Rebecca Framingham. Ihr Bild sah aus, als wäre es erst kürzlich aufgenommen worden. Mit zusammengekniffenen Augen versuchte sie sich zu erinnern, wann er sie das letzte Mal fotografiert hatte.

An Weihnachten hatte er seine Kamera herausgeholt, und ja, das war der dunkelrote Pullover, den sie sich speziell für Heiligabend gekauft hatte. Hatte er all dies bereits vor sechs Monaten geplant? Der Führerschein passte zum Reisepass, und es gab auch noch eine Kreditkarte mit Rebeccas Namen darauf.

Das andere Trio, bestehend aus Ausweis, Führerschein und Kreditkarte, gehörte einer Charlotte Bennett und zeigte ein anderes Foto von ihr. Darauf trug sie das Haar zu einem Pferdeschwanz zurückgebunden und hatte ein dunkelgrünes Oberteil an. *Wollte er ihr zwei Möglichkeiten geben, wie sie aussehen konnte?*

Als sie die Pässe studierte, fiel ihr auf, dass die Adresse auf beiden identisch war – eine Wohnung in Brooklyn. *Ob diese Adresse wohl existierte? Was war dort? Ihr Vater würde doch nicht einfach irgendeine x-beliebige Anschrift angegeben haben, oder?*

Ihr Verstand rang mit diesen Details. Es wäre möglich, dass es sich um eine zufällige Adresse oder ein leeres Gebäude handelte. *Aber war es das wirklich? Und spielte das überhaupt eine Rolle?*

Die Tür zur Garage öffnete sich.

Sophie ließ erschrocken die Ausweise fallen und klappte den Kofferdeckel zu. Dann sprang sie auf die Füße und erkannte erleichtert, dass es Damon war. Sie wusste nicht, was sie getan hätte, wenn es jemand anderes gewesen wäre. Sie war so in Gedanken versunken, dass sie komplett vergessen hatte, wo sie sich befand.

„Die Putzfrauen sind weg", berichtete er. „Sieht so aus, als hätten sie nur schnell durchgesaugt und abgestaubt."

„Und niemand hat dich gesehen?"

„Nein. Ich habe bemerkt, dass sie das Badezimmer im Erdgeschoss feucht gewischt hatten, also dachte ich mir, dass sie da drinnen fertig sind. Ich hielt mich hinter dem Duschvorhang versteckt, bis ich hörte, wie sie die Tür von außen schlossen. Dann habe ich den Alarm ausgeschaltet und bin gekommen, um dich zu holen."

„Dieses Geheimagentenmasche hast du echt gut drauf."

„Das ist nun mal mein Job. Lass uns reingehen!"

Sie beugte sich nach vorne, um den Koffer wieder zu schließen und Damon kam um das Auto herum, um ihn an sich zu nehmen. „Ich habe angefangen, das Geld zu zählen. Scheint eine halbe Million oder mehr zu sein."

Er nickte, die Lippen fest zusammengepresst. „Dachte ich mir fast."

Sophie fiel auf, dass er keinen weiteren Kommentar dazu abgab, wo oder wie ihr Vater das Geld bekommen haben könnte, vermutete aber, dass ihr dieses Gespräch noch bevorstand. Schnell schnappte sie sich ihre Handtasche und folgte ihm aus der Garage.

Das Haus war noch genauso, wie sie es in Erinnerung hatte: exquisit eingerichtet, mit teuren Möbeln, schöner Kunst und einem sehr steif gehaltenen Wohn- und Esszimmer. Sie bildete sich ein, dass es früher mehr persönliche Gegenstände hier gegeben hatte, aber diese schienen verschwunden zu sein.

Sie bestand darauf, jedes Zimmer im Haus zu überprüfen, obwohl Damon ihr versicherte, dass er das bereits getan hatte, aber sie musste sich einfach selbst davon überzeugen, dass sie allein waren, bevor sie wieder frei atmen konnte ... was nach all dem, was früher am Tag geschehen war, schon sehr optimistisch klang.

In den oberen Schlafzimmern, die einst Cassie und Jamie gehört hatten, wurde ihr das Herz schwer. Obwohl beide mittlerweile so gut wie leer waren, befanden sich darin noch Überreste der Vergangenheit: Brettspiele in Cassies Schrank, Baseballplakate der Mets an Jamies Wänden. Auch Damon schienen die Poster an die Nieren zu gehen.

Sie bemerkte, dass sein Kiefer steinhart wurde, wenn er über Jamie sprach, seine blauen Augen sich verdunkelten und seine Stimme abgehackt und scharf klang. Bestimmt fiel ihm das selbst nicht auf, aber er tat es, und in den letzten Tagen hatte sie ihn genau genug beobachtet, dass ihr solche Details ins Auge fielen. Ironischerweise hatten sie beide dieselbe Person geliebt, und genau diese hatte sie zusammengebracht, aber erst im Tod, nicht im Leben.

Sie fühlte sich besser, als sie in das Erdgeschoss zurückkehrten, wo es weniger Erinnerungen gab, aber dieses gute Gefühl verschwand in dem Moment, als sie Vincents Arbeitszimmer betraten. In den meisten anderen Zimmern waren die Fotos abgenommen worden, hier jedoch nicht. An einer Wand befand sich ein riesiger, integrierter Bücherschrank mit TV- und HiFi-Anlage. Neben einem kleinen Fernseher schmückten ein Dutzend gerahmter Fotos die Regale. Es waren meist Familienbilder von Vincent und seiner Frau sowie Cassie und Jamie. Eines jedoch stach ihr ins Auge und ließ ihr erneut das Herz schwer werden.

Es war eine Fotografie ihrer Eltern mit den Rowlands, aufgenommen am See, und dem Aussehen ihrer Eltern nach zu urteilen, waren sie wahrscheinlich in ihren frühen Dreißigern gewesen. Vincent und ihr Vater standen am Steuer eines Bootes, während die Frauen auf einer Bank im Hintergrund saßen.

Die Männer sahen stattlich und jung aus. Ihr Vater trug ein

kurzärmeliges Hemd, das offen über seiner Badehose hing. Sein hellbraunes Haar wehte im Wind und er lächelte. In Vincents schwarzem Haar war noch keine Spur von grau zu erkennen, ebenso fehlte dieser Ring um die Taille, der sich erst in späteren Jahren eingeschlichen zu haben schien.

Ihre Mom konnte sie nicht so gut erkennen, aber das blonde Haar und das verschwommene Lächeln ähnelten vage dem Bild, das sie von ihr in Erinnerung hatte. Jamies Mutter trug einen großen Strohhut auf dem Kopf, um ihr rotes Haar und ihren blassen Teint zu bedecken.

„Da hatten sie noch keine Ahnung von dem, was sie erwarten würde“, murmelte Sophie.

Damon trat neben sie, um ebenfalls einen Blick darauf zu werfen. „Gut aussehende Truppe.“

„Damals waren sie alle glücklich“, fuhr sie fort. „Die Rowlands waren noch zusammen, meine Mom noch nicht krank und mein Dad noch am Leben.“ Sie schüttelte den Kopf und blickte Damon hilflos an. „Ich weiß nicht, wann es je aufhören wird, weh zu tun.“

„Es liegt ja noch nicht so lange zurück und wird wahrscheinlich nie ganz verschwinden, Sophie. Aber das weißt du ja bereits. Du hast den Verlust deiner Mutter noch lange mit dir herumgeschleppt.“

„Das ist wahr.“

„Du wirst einen Weg finden, mit deinem Leben weiterzumachen, wieder zu lächeln, glücklich zu sein.“

„Nur zu gerne würde ich das glauben. Im Moment ist das nicht gerade leicht.“

„Ich weiß.“ Er legte ihr einen Arm um die Schultern. „Vielleicht sollte dieses Bild dich an das erinnern, was ich dir versucht habe, begreiflich zu machen.“

„Ich soll mich auf das Hier und Jetzt konzentrieren?“

„Genau.“

„Leichter gesagt als getan, aber ich werde mich bemühen.

Ich muss nur aufhören zu glauben, dass die guten Dinge andauern werden, weil das normalerweise nicht der Fall ist. Vielleicht würden mich die ewigen Enttäuschungen nicht so runterziehen, wenn ich weniger optimistisch wäre."

„Es ist doch keine schlechte Sache, dass du Optimistin bist."

„Aber die Realität schlägt einem ständig ins Gesicht. Ich fühle mich wie eine der Zeichentrickfiguren, die immer wieder einen Kuchen ins Gesicht geklatscht bekommt, weil sie nicht zu kapieren scheint, wann es Zeit ist, sich zu ducken."

Damon lächelte. „Du scheinst das schon ziemlich gut zu beherrschen. Und wie hättest du je ahnen sollen, wie sich die Dinge entwickeln?"

„Denkst du das wirklich?", hakte sie nach. „Irgendwie glaube ich, dass ich gewisse wichtige Zeichen übersehen habe, was meinen Vater anbelangt." Sie stellte das Foto zurück ins Regal. „Eigentlich möchte ich gerade nicht über ihn sprechen. Klar, irgendwann müssen wir das tun, aber im Moment bin ich noch nicht bereit dafür."

„Warum gehen wir dann nicht in die Küche und schauen nach, was die Speisekammer so zu bieten hat?"

„Ich bezweifle, dass wir viel Essbares finden werden. Wer weiß, wann zuletzt jemand hier war? Das kann Monate zurückliegen."

„Vielleicht gibt es ja einige Konserven, aus denen wir eine Mahlzeit zaubern können."

„Wir hätten uns in dem Einkaufszentrum, wo wir das Auto zurückgelassen haben, noch etwas mitnehmen sollen."

„Das wäre keine schlechte Idee gewesen, aber ich habe mich mehr darauf konzentriert, einen gewissen Abstand zwischen uns und den gestohlenen Wagen zu bringen."

„Ich ebenfalls." Als er sich abwenden wollte, legte Sophie ihm eine Hand auf den Arm. „Willst du hierbleiben, Damon? Ich dachte eigentlich, wir würden uns nur eines der Autos schnappen und weiterfahren."

„Das war mein ursprünglicher Gedanke, aber ich finde, wir sollten die Nacht hier verbringen. Cassie und Vincent sind in Europa. Cassies Mutter lebt in einem anderen Bundesstaat. Das Reinigungspersonal war bereits da. Ich glaube, wir sind in Sicherheit – zumindest für den Moment."

„Es könnten aber noch andere Leute vorbeischauen und uns sehen – ein Nachbar, ein Zusteller."

„Ich habe nicht vor, an die Tür zu gehen, wenn jemand klingelt. Und wenn wir uns im rückwärtigen Teil des Hauses aufhalten und nach Anbruch der Dunkelheit kein Licht anmachen, wird niemand unsere Anwesenheit bemerken. Glücklicherweise genießen die Rowlands eine gewisse Privatsphäre."

Dieses Argument überzeugte sie, vor allem, weil sie nicht wirklich bereit war für eine weitere Nacht dort draußen auf den ungeschützten Straßen, wo ihnen jederzeit jemand folgen oder sie anhalten konnte. „Es wäre schön, wenn wir hierblieben. Es ist bequem."

„Und kühl", fügte er grinsend hinzu. „Auch ohne, dass die Klimaanlage läuft."

Diese Bemerkung entlockte auch ihr ein Lächeln. „Du und Hitze – das ist eine Hassliebe-Beziehung, nicht wahr?"

„Eher eine Hass-Hass-Beziehung. Alles Schlechte in meinem Leben hat sich während einer Hitzeperiode ereignet, und dieses Wochenende stellt da keine Ausnahme dar."

„Welche Art von schlechten Dingen?", fragte sie neugierig.

„Das ist eine lange Geschichte."

„Dann erzähl mir die Kurzversion davon. Das schuldest du mir, nachdem ich mir jeden Tag dein Gemeckere über die Temperaturen anhören muss."

Er senkte schuldbewusst den Kopf. „Ich verspreche, mich zu bessern."

„Nenn mir doch einfach ein Beispiel."

Er stieß einen tiefen Seufzer aus. „Also gut. Mein Vater hat meine Mutter in einer der heißesten Nächte des Jahres verlassen.

Damals wohnten wir direkt am Strand, aber es gab keine Meeresbrise und keine Klimaanlage, um die ungewöhnlichen Temperaturen von über fünfunddreißig Grad zu mildern. Die Hitze war unerträglich. Meine Eltern fingen an, sich gegenseitig anzuschreien. Dieses Gezanke wiederholte sich Nacht für Nacht. Irgendwann floh ich hinaus auf die Terrasse und bemühte mich, meine Ohren davor zu verschließen. Aber da die Fenster offen waren, bekam ich alles mit – jedes ihrer hasserfüllten, grausamen Worte. Als er endlich ging, war ich überglücklich, weil damit endlich wieder Ruhe einkehrte."

Sophie war überrascht von seinen Worten, von dem Bild, das Damon von sich selbst als kleinem, verängstigtem Jungen heraufbeschwor. Nur selten ließ er sie eine Seite von sich sehen, die nicht stark und mächtig war. „Wie schlimm", erwiderte sie leise.

„Ja, es war nicht prickelnd."

„Ich vermute aber, dass es noch weitere schlimme, heiße Nächte gab?"

„Zwischen den beiden – ja."

„Und mit anderen Leuten?", hakte sie nach.

„Ein paar mehr – einige, als ich in Afghanistan war, was sich oft wie die Hölle auf Erden anfühlte – und die letzte, als Jamie starb." Er räusperte sich. „Und mehr werde ich dazu jetzt nicht sagen. Lass uns lieber schauen, ob wir etwas Essbares auftreiben können."

„Okay." Was Damon und seine persönlichen Enthüllungen anbelangte, fühlte es sich stets an wie ein Schritt vorwärts und zwei Schritte zurück, aber sie hatte verstanden, wann sie den Mund halten musste.

Während er die begehbare Speisekammer inspizierte, öffnete sie den Kühlschrank. Darin befand sich ein Sechserpack mit Softdrinks, der wahrscheinlich von Cassies letztem Besuch übriggeblieben war. Sie hatte bereits zu Teenager-Zeiten ein Faible für Diät-Cola entwickelt. Außerdem entdeckte sie diverse

Würzmittel: Mayo, Ketchup, Senf, Gurken-Relish und Salatdressings, aber nichts, wozu man diese hätte essen können.

Also schnappte sie sich zwei Coladosen, als Damon wieder zu ihr stieß und seinen Fund präsentierte: Suppen, Reis, Dosengemüse und Kartoffelchips.

„Bingo“, sagte sie und nahm ihm die Chipstüte aus der Hand. „Möchtest du eine Cola?“

„Na klar, einen Moment. Zwar haben wir kein frisches Obst und Gemüse zur Hand, aber zumindest werden wir nicht verhungern.“

„Das sieht doch gut aus.“ Sie öffnete die Tüte mit Chips, griff hinein und genoss den salzigen Geschmack. Dann schnappte sie sich ihr Getränk, während er noch einmal in die Speisekammer ging, um nach weiteren Zutaten zu suchen. „Die Suppe ist bestimmt noch gut“, sagte sie.

Er kam mit Olivenöl und Crackern zurück.

„Was willst du mit denen anstellen?“, fragte sie

„Ich habe mich noch nicht entschieden, aber irgendwas werde ich schon daraus machen.“

„Und ich habe immer angenommen, ich wäre die Optimistischere von uns beiden. Für mich sieht das aus wie Olivenöl und Cracker.“

Er lächelte. „Streng mal deine Fantasie ein wenig an.“

Seine lockere Haltung trug dazu bei, dass auch Sophie sich entspannte, obwohl sie es verwunderlich fand, wie schnell sich seine Stimmung ändern konnte. Sie brauchte immer wesentlich länger, um abzuschalten.

„Irgendwie fühlt sich dieser ganze Tag so unwirklich an“, sagte sie. „Im Moment zwar beinahe normal, aber wenn ich ein paar Stunden zurückdenke ...“

Er hob seine Hand und schnitt ihr das Wort ab. „Tu das nicht. Verbann es aus deinem Kopf. Was vor Stunden war, ist vorbei.“

„Du hast zwei Menschen getötet und ein Auto geklaut. Wir könnten Bonnie und Clyde sein.“

„Nur, dass wir die Guten sind."

„Sind wir das?"

„Ja." Er legte die Lebensmittel nieder und packte sie an den Armen. „Diese Männer wollten uns töten, Sophie, und wenn wir das Auto nicht gestohlen hätten, wären wir von der Polizei erwischt und verhaftet worden. Wir würden jetzt in einer Gefängniszelle sitzen, ohne die Möglichkeit herauszufinden, wer deinen Vater getötet und versucht hat, uns abzuknallen."

„Vielleicht wären wir in einer Gefängniszelle sicherer."

„Keine Sekunde lang. Wir haben es mit dem organisierten Verbrechen zu tun und wahrscheinlich sogar mit mehr als einer Person, die getarnt im FBI, dem NYPD, der Drogenbehörde und wer weiß wo sonst noch arbeiten. Im Gefängnis wären wir nie sicher. Es ist schrecklich, dass ich jemanden töten musste, aber es tut mir nicht leid, dass wir deswegen noch am Leben sind."

„Mir ebenfalls nicht. Ich habe nur noch nie zuvor einen Menschen sterben sehen. Es ging so schnell und schien irgendwie nicht real zu sein, obwohl ich natürlich weiß, dass dem so war." Sie hielt inne, fuhr sich mit der Zunge über die Lippen und blickte ihn direkt an. „Damon ..."

„Was?"

„Kommen wir aus dieser Sache je wieder raus? Können wir damit leben?" Es war dumm, sich bei ihm rückzuversichern, wo er es doch auch nicht wusste, aber sie musste diese Worte von ihm hören.

„Das werden wir bestimmt", erwiderte er zuversichtlich. „Aber bevor sich alles zum Guten wendet, könnte es erst mal noch schlimmer werden, Sophie."

„Geht das denn überhaupt?"

„Das ist keine Frage, die du ernsthaft stellen möchtest."

Ein Schauer lief ihr den Rücken hinunter. Er hatte recht. Sie hätte nicht fragen sollen, weil sie angesichts der Möglichkeiten erneut die Angst packte.

„Ich verspreche, dass ich alles tun werde, um dich zu beschützen“, fügte er hinzu.

Sie blickte ihm in die tiefblauen Augen und sah darin nichts als aufrichtige Entschlossenheit. „Das weiß ich doch.“ Sie atmete erneut tief ein und begann aus einem noch ganz anderen Grund zu zittern. Damon musste diesen Stimmungswechsel gespürt haben, denn sein Blick verdunkelte sich und seine Finger umschlossen ihre Arme nur noch fester. Dann jedoch ließ er sie abrupt los und trat einen Schritt zurück. „Ich werde mal schauen, was ich uns zu essen machen kann. Wenn du duschen oder dich etwas hinlegen möchtest ...“

„Willst du mich loswerden?“

„Ich muss mich konzentrieren und das ist schwierig, wenn du mir so nahe bist.“

„Du bist doch derjenige, der in der Garage wieder damit angefangen hat.“ Erneut fuhr sie sich mit der Zunge über die Lippen und spürte, wie dieses altbekannte Gefühl von Leichtsinn sie erneut übermannte. „Vielleicht sollten wir später essen ...“

„Nein, und das in der Garage war ein Fehler“, erwiderte er und schüttelte vehement den Kopf.

„Es hat sich aber nicht wie einer angefühlt.“

„Trotzdem war es einer. Ich hätte das nicht tun sollen. Tut mir leid.“

„Mir nicht! Ich hatte mich schon gefragt, ob es sich jetzt genauso anfühlen würde wie damals.“

Sie konnte sehen, wie er dagegen ankämpfte nachzuhaken, ob sie schon eine Antwort darauf gefunden hatte.

„Lass uns nicht diesen Weg einschlagen, Sophie. Los, geh duschen. Das ist definitiv sicherer.“

Die Ironie seiner Worte brachte sie zum Lächeln. „Sicherer? Ich kann mir nicht vorstellen, dass es etwas gibt, das unser Leben noch unsicherer machen könnte, als es eh schon ist.“

„Wir sollten besser gar nicht erst versuchen, das herauszufinden.“

VIERZEHN

Etwas ist vorgefallen, dachte Bree, als sie um kurz vor zwei einem Befehl nachkam, der alle Agenten umgehend in den Konferenzsaal im dreiundzwanzigsten Stock der FBI-Außenstelle beorderte. Es gab nur Stehplätze, und bereits jetzt drängten sich mindestens dreißig Leute auf engstem Raum zusammen. Sie quetschte sich an einem anderen Agenten vorbei, um Peter Hunt und Karen Leigh im vorderen Bereich des Zimmers sehen zu können. Beide machten ernste Gesichter und schienen im Begriff zu stehen, schlechte Nachrichten zu verkünden.

Bree war nervös. Den ganzen Tag hatte es kein Lebenszeichen von Damon gegeben, obwohl sie mehrmals das Forum überprüft hatte. Sie konnte nur hoffen, dass es ihm gut ging.

„Wir haben neue Informationen", sagte Peter grimmig. „Heute Morgen wurden in New Haven, Connecticut, ein Lagerraum ausgeraubt und zwei Männer getötet. Wenn Sie Ihre Aufmerksamkeit bitte auf den Bildschirm richten würden ..." Er deutete auf den großen Monitor hinter sich.

Sie sah zwei Autos vor einer offenen Tür. Innerhalb des Gebäudes, leider außerhalb ihres Blickfeldes, blitzte plötzlich Gewehrfeuer auf. Ganz am Rand jedoch konnte sie erkennen, dass jemand auf dem Boden lag. Dann kamen ein Mann und eine Frau herausgerannt.

Ihr Herz machte einen Satz.

Damon!

Er warf einen silbernen Koffer auf die Rückbank eines Fahrzeugs. Eine blonde Frau sprang auf den Beifahrersitz, und das Auto verließ mit halsbrecherischer Geschwindigkeit den Parkplatz.

An dieser Stelle stoppte Peter die Aufnahme. „Wie die meisten von Ihnen erkannt haben mögen, sind das Special Agent Damon Wolfe und Sophie Parker, die Tochter von Alan Parker. Am Tatort wurden zwei männliche Leichen gefunden."

Peter drückte eine Taste auf dem Computer, um die Bilder der lagerinternen Sicherheitskamera auf dem Monitor durch Fotos der Verstorbenen zu ersetzen.

„Der Mann auf der linken Seite", fuhr er fort, „wurde als der zweiunddreißig Jahre alte Carl Rucker aus Queens identifiziert. Rucker besitzt ein langes Vorstrafenregister, unter anderem Bandenkriminalität und bewaffnete Raubüberfälle. Vor acht Monaten wurde er aus dem Gefängnis entlassen und arbeitet seitdem als Automechaniker in einer Werkstatt, die der Venturi-Familie gehört. Die Fingerabdrücke des zweiten Mannes sind nicht im System. Er hatte keinen Ausweis bei sich und wir konnten ihn auch anhand der Gesichtserkennung nicht identifizieren. Wie Sie bemerkt haben werden, hat er im Nacken ein unverwechselbares Tattoo, über das unsere Analysten bereits recherchieren. Beide Männer trugen Skimasken, und am Tatort wurden Waffen sichergestellt."

Die Tatsache, dass Damon beide Männer umlegen und Sophie Parker sicher dort herausbringen konnte, war beeindruckend. Trotzdem kam sie nicht umhin, sich zu fragen, wo die beiden jetzt sein mochten und in welchen Schwierigkeiten sie steckten.

„Agent Wolfe und Sophie Parker befinden sich auf der

Flucht“, erklärte Peter weiter. „Ihr Fahrzeug wurde verlassen auf einem mehrere Kilometer entfernten Parkplatz aufgefunden. Wir haben keine weiteren Informationen über ihren aktuellen Aufenthaltsort.“ Er hielt kurz inne. „Dieser Fall wurde zum abteilungsübergreifenden Unterfangen erklärt. Wie Sie sich bestimmt vorstellen können, ist die Lage, in der wir uns momentan befinden – ein Agent, der in einen Doppelmord verstrickt ist, ungeachtet der Umstände –, nicht unbedingt erstrebenswert. Wir würden es daher sehr schätzen, wenn auch Personen aus anderen Abteilungen uns bei der Aufklärung des Falls unterstützen könnten und werden diesbezüglich auf Sie zukommen. Karen wird mit jedem Einzelnen von Ihnen persönlich sprechen, inwieweit Sie uns hier helfen können.“

Peter trat zurück und Karen nahm mit einem kurzen Dankesnicken seinen Platz an der Stirnseite des Raumes ein.

Ihre Stellung beim FBI hatte sich seit Alans Tod definitiv verbessert. Zuvor war sie lediglich sein Schützling gewesen, sein aufsteigender Stern. Mittlerweile leitete sie die gesamte Division.

Sie räusperte sich. „Bevor ich gezielt auf Ihre Einsatzbereiche eingehe, möchte ich Sie über einen weiteren Aspekt unserer Ermittlungen in Bezug auf die Mafia-Familie Venturi und deren mögliche Beteiligung an den Ereignissen der letzten Tage informieren.“ Ein neues Foto erschien auf der Leinwand – *Wyatt*!

Bree war überrascht, sein offizielles FBI-Bild zu sehen. *Was hatte Karen vor?* Wenn er nicht vorher schon aufgeflogen war, dann spätestens jetzt. Es ergab doch keinen Sinn, ihn vor einer Gruppe zu outen, die nicht nur Alans, sondern auch noch zwei weitere Abteilungen umfasste, aber möglicherweise wusste auch sie inzwischen, dass es einen Verräter in ihren Reihen gab. Dennoch stellte dieser Zug ein großes Risiko für sie dar.

„Das ist Spezialagent Wyatt Tanner“, erklärte Karen. „Vor zehn Monaten hat Alan ihn zu Ermittlungszwecken bei der

Venturi-Familie eingeschleust. Seitdem hat er undercover als Bauarbeiter für das Immobilienunternehmen der Venturis gearbeitet. Ein Agent hat uns gesteckt, dass Tanners Tarnung aufgeflogen ist und man ihm nach dem Leben trachtet. Er ist nicht zu seinem letzten Treffen erschienen und antwortet auch nicht auf Notfallprotokolle.“ Sie machte eine Pause und ihre Coolness geriet leicht ins Wanken. „Wir müssen die Agenten Tanner und Wolfe sowie Sophie Parker so schnell wie möglich finden. Sollte irgendjemand von Ihnen etwas über deren Verbleib wissen, kommen Sie bitte umgehend zu Peter oder mir. Das könnte den Unterschied zwischen Leben und Tod ausmachen. Wir werden nicht zulassen, dass noch jemand auf eigene Faust ermittelt. Es steht einfach zu viel auf dem Spiel. Wir sind ein Team und können nur etwas erwirken, wenn wir zusammenarbeiten.“

Irgendwie hatte Bree das Gefühl, dass Karen bei ihren abschließenden Worten direkt zu ihr herüberblickte.

Allerdings zuckte sie weder zusammen noch geriet sie ins Wanken. Unter keinen Umständen würde sie Damon oder Wyatt hängen lassen, und sie hatte auch nicht die Absicht, etwas über ihr geheimes Kommunikationsprotokoll freizugeben. Im Moment war das die einzige Rettungsleine, die den beiden geblieben war. Was sie außerdem nicht verstand … wie konnte Karen der Gruppe erzählen, dass Wyatt nicht auf Notfallprotokolle reagierte, wo dieser es doch völlig anders dargestellt hatte.

Bevor er in der Nacht zuvor auf ihrer Couch eingeschlafen war, hatte er ihr gesagt, dass er die Protokolle initiiert hatte, sobald er am Montag, also zwei Tage vor Alans Tod, seinen Angreifern entkommen war. Hatte Alan Wyatts dringende Notwendigkeit, ein Treffen anzusetzen, ignoriert? Oder hatte Karen oder jemand anderes die Nachricht abgefangen?

Sie hatte noch mehr Informationen aus ihm herauskitzeln wollen, aber er war zu erschöpft gewesen. Also hatte sie ihm lediglich eine Mahlzeit zubereitet sowie eine Decke und ein Kissen für ihre Couch gegeben und ihm gesagt, er solle sich etwas ausruhen. Als sie kurz nach sieben aufgestanden war, war er verschwunden, und seitdem hatte sie nichts mehr von ihm gehört. Das Prepaid-Telefon, das sie ihm hingelegt hatte, war ebenfalls weg, jedoch hatte er bisher weder auf ihren Anruf noch auf ihre Textnachricht reagiert. Sie konnte nur hoffen, dass es ihm gut ging.

„Was hat es mit diesem Lager auf sich?“, fragte Seth Hanford. Seth war ein weiterer Agent aus Karens und Alans Abteilung, und er schien mit Karen um mehr Verantwortlichkeit zu wetteifern.

Bree machte sich im Geist eine Notiz, seinen Hintergrund zu durchleuchten.

„Wer hat den Raum angemietet?“, wollte er wissen. „Haben wir eine Idee, was Agent Wolfe und Ms Parker dort gesucht haben? Und weiß jemand, was sich in dem Koffer befand, den Wolfe trug?“

Peter Hunt trat vor, um die Fragen zu beantworten. „Der Lagerraum wurde vor fünfzehn Jahren von einem gewissen Justin Lawrence angemietet. Wie wir jetzt herausgefunden haben, war Lawrence ein weiterer Alias von Alan Parker. Und wir haben leider keine Ahnung, was den Inhalt des Koffers betrifft, aber er war offensichtlich wichtig genug für Agent Wolfe und Sophie Parker, um ihn zu holen.“

Plötzlich ergab alles einen Sinn. Alan hatte in dieser Lagerzelle etwas für seine Tochter hinterlassen … oder für Damon. Etwas, das in diesem silbernen Koffer war.

Was sie allerdings nicht verstand, war, warum Alan sie vor fünfzehn Jahren unter einem Pseudonym angemietet und niemand davon gewusst hatte, einschließlich seines guten Freundes Peter.

Es sei denn, Hunt hatte davon gewusst.

Hatte er das Lager beobachten lassen? Hatte er jemanden geschickt, der Damon und Sophie auflauern sollte? Hatte er in der Hütte das Gleiche getan? War Peter derjenige, der den Venturis Informationen zukommen ließ?

„Das wäre für den Moment alles“, schloss Peter. „Lassen Sie uns wieder an die Arbeit gehen.“

Da sie der Tür am nächsten stand, war sie eine der Ersten, die den Konferenzraum verließ. Aber kaum hatte sie drei Schritte den Flur hinunter gemacht, hörte sie Peter Hunt ihren Namen rufen.

„Agentin Adams!“

„Ja?“ Fragend drehte sie sich zu ihm um.

„Wie mir erzählt wurde, sind Sie mit Wolfe und Tanner befreundet.“

„Wir waren zusammen in Quantico.“

„Und wurden alle drei von Alan für diese Außenstelle rekrutiert.“

„Ja. Aber wie Sie sicherlich wissen, habe ich nicht für ihn gearbeitet.“

„Das ist mir bekannt.“ Sein Blick wanderte prüfend über ihr Gesicht. „Stehen Sie mit Damon oder Wyatt in Kontakt?“

„Nein“, sagte sie und bemühte sich, neutral dreinzublicken. „Ich wünschte, ich wäre es, weil ich mir große Sorgen um sie mache, vor allem angesichts dieser neuen Informationen.“

„Wenn Sie von ihnen hören, müssen Sie mir unverzüglich Bescheid geben.“

„Natürlich. Aber es gibt da etwas, was mir sonderbar erscheint.“

„Begleiten Sie mich zum Aufzug“, forderte er sie auf. „Ich habe Termine außerhalb des Büros.“

„In Ordnung.“

Nachdem sie den Fahrstuhl betreten hatten, drückte Peter den Knopf für das Foyer im Erdgeschoss. Aber kaum waren sie zwei Stockwerke nach unten gefahren, betätigte er den Notfallknopf und der Aufzug kam bebend zum Stehen.

Bree stolperte und musste sich mit der Hand an der Wand

abstützen. „Warum haben Sie das getan?“, fragte sie, plötzlich alarmiert über die Isolation und die Möglichkeit, dass Peter Hunt der FBI-Maulwurf sein könnte.

„Weil Sie mich etwas fragen wollten, das, so glaube ich zumindest, nicht für fremde Ohren bestimmt ist“, entgegnete er, und sein ohnehin schon harter Blick verwandelte sich in Stahl.

Sie kannte Agent Hunt überhaupt nicht. Er stand weit über ihrer Gehaltsstufe, hatte jedoch den Ruf, äußerst scharfsinnig und sehr engagiert in seinem Job zu sein. Gerade jetzt jedoch kam er beinahe bedrohlich rüber. Sie würde sich allerdings nicht einschüchtern lassen. Alan Parker hatte sie gelehrt, unerbittlich zu sein, und seit sie Quantico verlassen hatte, war sie sogar noch tougher geworden.

„Also, raus damit“, befahl er.

„Sie waren mehr als zwanzig Jahre mit Alan Parker befreundet und wussten weder etwas über seine Blockhütte in den Adirondacks noch über den Lagerraum in New Haven? Das kommt mir seltsam vor.“

„Tut es das? Alan war sehr darum bemüht, die Existenz dieser Immobilien geheim zu halten.“

„Aber der See – Sophie und ihr Vater waren immer gemeinsam mit den Rowlands dort. Wie hatten Sie keine Kenntnis davon? Sogar mir war das bekannt.“

„Sie wussten von der Hütte am See?“, unterbrach er sie. „Warum haben Sie nichts gesagt?“

„Ich hatte keine Ahnung, dass es dort ein Haus gibt, aber die Rowlands haben dort vor einigen Jahren die Trauerfeier für ihren Sohn Jamie abgehalten, und Sophie war dabei.“

Ein Funkeln trat in seine Augen. „Also hoffte Agent Wolfe, sie dort zu finden. Allerdings hat er bei unserem letzten Gespräch nichts darüber erwähnt.“

Bree ignorierte den Kommentar über Damon. „Haben Sie schon mit Vincent Rowland gesprochen? Ich würde annehmen, er war einer der Ersten, die Sie kontaktiert haben, da er und Alan

Freunde waren. Mit Sicherheit hätte er Ihnen mehr dazu sagen können."

„Ich konnte ihn bisher nicht erreichen. Und während mir bekannt war, dass Alan und Vincent manchmal zusammen Urlaub machten, war mir nicht bewusst, dass es einen bestimmten Ort gab, an dem sie sich aufhielten. Ich war nie Teil dieser Gruppe. Und ich hatte auch keine Ahnung, dass Alan dort unter falschem Namen Eigentum erworben hat."

Sie mochte das nicht so recht glauben. Unkenntnis über einen Standort vorzutäuschen, war eine Sache – bei zweien war das suspekt. „Der Lagerraum in New Haven liegt in der Nähe von Yale, dem College, das Sie und Alan besucht haben. Das wussten Sie ebenfalls nicht?", forderte sie ihn heraus.

Durch ihre Kühnheit setzte sie gerade ihre Karriere aufs Spiel, denn dieser Mann konnte ohne Weiteres dafür sorgen, dass sie gefeuert wurde. Falls aber Hunt der Maulwurf war, musste sie ihm ausreichend Druck machen, damit er seine Deckung fallen ließ und dabei möglicherweise einen Fehler beging. Das könnte ihre einzige Chance sein, ihn zu überführen.

„Warum sagen Sie nicht klipp und klar, was Sie denken, Agent Adams?", schlug er vor.

„Ich glaube, dass jemand beim FBI Informationen an die Venturis durchsickern lässt. Wohin auch immer Damon und Sophie gehen, kurz darauf taucht jemand dort auf."

„Und Sie vermuten, dass ich dieser gewisse Jemand bin?"

Sie starrte ihn unverwandt an. „Ich hoffe nicht. Was mich außerdem beunruhigt, ist, dass Agent Leigh Agent Tanners Foto auf dem Monitor gezeigt hat. Wenn es beim FBI tatsächlich eine undichte Stelle gibt, hat sie Wyatt damit noch mehr in Gefahr gebracht."

„Agent Tanners Tarnung ist ohnehin schon aufgeflogen. Angesichts seiner beruflichen Beziehung zu Alan und der Tatsache, dass er bereits vor dessen Tod unerreichbar war, wäre es möglich, dass er schon nicht mehr am Leben ist."

Bei diesen harten Worten sog sie scharf den Atem ein. Sie wusste ja, dass dem nicht so war, musste aber so tun, als wäre sie ahnungslos. „Wie können Sie so eiskalt sein? Er ist einer von uns."

„Und wir geben unser Bestes, um ihn zu finden. Wenn Sie Beweise für ein Leak innerhalb der Organisation haben, müssen Sie mir diese liefern. Aber im Moment sind da drei wichtige Personen, die als vermisst gelten, und meine erste Priorität ist es, sie zu finden." Er schwieg und drückte wieder auf den Aufzugknopf. „Sie haben mehr Mut als Verstand, Agent Adams. Jetzt ist mir klar, warum Alan Sie rekrutiert hat. Er mochte diese Kombination und Mitarbeiter, die ihre Grenzen austesten. Ich allerdings nicht. Ich will Agenten, die meine Anordnungen befolgen, denn diese Regeln halten uns alle am Leben und gewährleisten, dass unsere Fälle vor Gericht nicht eingestellt werden. Möglicherweise haben Sie recht, was diese undichte Stelle anbelangt, aber solange sie mir keine Namen und Beweise liefern können, die diese Annahme untermauern, ist es nur eine Theorie, und mit Theorien beschäftige ich mich nicht. Dafür habe ich keine Zeit."

Als sie das Erdgeschoss erreichten, verließ Peter den Aufzug und schritt auf den Ausgang zu. Kurz überlegte sie, wieder nach oben an ihren Schreibtisch zurückzukehren, war aber zu neugierig zu erfahren, wo er wohl hinwollte. Er hatte etwas von einem Termin außerhalb des Büros erwähnt. *Mit wem? Worum ging es?*

Wieder einmal siegte ihr Mut über ihren Verstand, und impulsiv folgte sie ihm zur Tür hinaus. Das war zwar alles andere als clever, aber zwei Leute, die ihr wichtig waren, steckten in Schwierigkeiten, und sie wollte nicht untätig danebenstehen. Sie konnte nur hoffen, dass sie die Dinge dadurch nicht noch schlimmer machte.

„Du erstaunst mich immer wieder, Damon.“ Sophie legte die Gabel neben ihren leeren Teller und stützte die Arme auf dem Küchentisch ab. Jetzt fühlte sie sich so viel besser. Sie hatte geduscht, ihre Haare gewaschen und in Cassies früherem Schlafzimmer eine schwarze Leggings und ein T-Shirt entdeckt. Gott sei Dank konnte sie endlich die Kleidung loswerden, die sie am Mittwoch angezogen hatte, bevor sie zur Arbeit losmusste und ihr komplettes Leben den Bach runterging. Es war schwer zu glauben, dass das erst vor drei Tagen gewesen war.

Damon schob sich den letzten Löffel Reis in den Mund. „Es gibt tatsächlich noch etwas, womit man dich überraschen kann?“, fragte er trocken.

„Ja. Du kannst sogar kochen. Und das nicht nur durchschnittlich, sondern richtig gut.“

„Und das hat nach allem, was in den letzten Tagen passiert ist, den größten Schockfaktor?“

„Allerdings. Du hast aus einer Schachtel Reis, etwas Olivenöl, geschmorten Tomaten und Erbsen aus der Dose eine köstliche Mahlzeit gezaubert. Ganz zu schweigen von der Hühnernudelsuppe als Vorspeise mit den zerkleinerten Crackern obendrauf. Ich bin beeindruckt.“

„Ich habe einfach das hergenommen, was wir hatten. War keine große Sache.“

„Wo hast du gelernt, so zu kochen? Von deinen Eltern?“

„Von ihnen definitiv nicht! Ich hatte mal ein Kindermädchen aus El Salvador, und die kochte auch für die Familie. Sie schaffte es, aus buchstäblich Nichts eine schmackhafte Mahlzeit zuzubereiten. Nicht, dass das bei der gut gefüllten Speisekammer meiner Eltern nötig gewesen wäre, weil wir wirklich alle erdenklichen Zutaten hatten, aber sie hat mir oft Geschichten darüber erzählt, wie sie ihr eigenes Gemüse züchtete, um ihre Kinder mit praktisch Nichts durchzubringen. Manchmal, während sie das Abendessen kochte, gab sie mir drei Zutaten und sagte mir, ich solle mir damit etwas einfallen lassen.“

„Das klingt nach Spaß."

„War es auch, bis meine Mutter hereinkam, meinen Toast mit Tomate und Avocado entdeckte und sie anschrie, weil sie mir kein richtiges Essen zubereitet hatte."

„Toast mit Tomate und Avocado klingt umwerfend, vor allem mit ein wenig Olivenöl darauf."

„Und schwarzem Pfeffer. Ich durfte immer Salz und Pfeffer zum Würzen meiner drei Zutaten verwenden."

Der stolze Blick in seinen Augen entlockte ihr ein Lächeln. „Du gewinnst gerne, nicht wahr?"

„Kann ich nicht leugnen."

„Leider muss ich sagen, dass deine Mutter keine nette Person gewesen zu sein scheint."

„Dem Personal gegenüber war sie knallhart", gab er zu, „aber bei mir nicht. Sie wollte nicht riskieren, dass ich einem Richter sagen könnte, ich würde lieber bei meinem Vater leben. Also bekam ich normalerweise immer alles, was ich wollte, es sei denn, sie hatte gerade gewisse Launen und gab vor, so zu tun, als müsse sie mich züchtigen. Es spielte ohnehin keine Rolle. Welche Strafe auch immer sie sich überlegt hatte, war fünf Minuten später bereits wieder vergessen."

„Und du hast das ausgenutzt?"

„Manchmal, besonders als ich älter wurde und erkannte, welche Macht ich über sie besaß."

„Ich habe so eine Ahnung, als hättest du noch viel schlimmer sein können, wenn du es denn gewollt hättest. Aber du besitzt einen ausgeprägten Gerechtigkeitssinn. Woher nur, frage ich mich."

„Keine Ahnung. Keiner meiner Eltern hat sich jemals an Regeln gehalten. Sie waren immer die Ausnahmen."

„Du aber nicht. Du hältst dich immer daran."

„*Immer* würde ich nicht sagen, aber so, wie ich aufgewachsen bin, ist es nur normal, dass ich Wert auf klare Strukturen lege. Es fühlte sich gut an zu wissen, wo die Grenzen lagen. Deshalb mochte ich auch das Militär. Es war geradlinig. Keine Spielchen. Keine Manipulation von Gefühlen. Ich wusste stets, was mein Job war, und den habe ich erledigt."

„Auch beim FBI gibt es jede Menge Regeln."

„Nicht so viele wie in der Army, aber grundsätzlich ja."

Sie legte den Kopf schief und betrachtete ihn genauer. „Ich verstehe durchaus, warum dir diese Strukturen so wichtig sind, nachdem deine Kindheit so chaotisch verlaufen ist. Allerdings muss ich dich darauf hinweisen, Damon – seit du von dem Tod meines Vaters erfahren hast, tust du nichts anderes, als die Regeln zu brechen. Warum hast du niemandem von deiner Vermutung erzählt, ich könnte am See sein? Warum bist du allein gekommen? Sag ehrlich?"

„Das habe ich dir doch schon erklärt: Ich habe mir Sorgen um dich gemacht. Außerdem wusste ich nicht, ob ich dich dort vorfinden würde. Es war eine lange Fahrt, um das herauszufinden."

„Trotzdem hättest du Karen oder Peter darüber informieren können, wohin du fährst, auch wenn es sich hinterher als sinnloses Unterfangen herausgestellt hätte. Es wäre besser gewesen, sie einzuweihen."

„Kurz bevor ich vom Tod deines Vaters und der Suche nach dir erfuhr, hatte ich mich mit meinem Undercover-Freund getroffen. Er hatte einige Zweifel in mir geweckt, wem ich vertrauen konnte. Und abgesehen von der kurzen Unterhaltung, die ich mit Peter geführt habe, bevor ich aufbrach, kenne ich ihn überhaupt nicht."

„Worum ging es da?"

„Er wollte wissen, ob ich dich oder deine Freunde kenne. Das habe ich verneint. Er hatte auch noch einige Fragen darüber, warum Alan mich in sein Team geholt hatte, aber auch dazu konnte ich nicht viel sagen."

„Warum hast du gelogen, dass du mich nicht kennen würdest?"

„Den Grund weißt du doch genau. Du hast niemandem von dieser Nacht erzählt, und ich ebenfalls nicht. Das geht nur uns etwas an."

Sie nickte und schätzte seine Verschwiegenheit. „Ja, es war nur etwas zwischen uns."

„Seit meiner Ankunft hatte ich nur sehr wenig Kontakt mit Karen, und das Team kenne ich so gut wie überhaupt nicht", fuhr er fort. „Sie haben mich nicht direkt aufgefordert, mich ihrem inneren Kreis anzuschließen. Also habe ich mich entschieden, erst mal zum See zu fahren, und alles andere auf später verschoben."

„Ich bin froh, dass du das getan hast. Allein wäre ich wahrscheinlich aus dieser Hütte nicht mehr lebend herausgekommen. Schon schräg, sich vorzustellen, dass ich nie etwas über den Koffer oder die gefälschten Papiere erfahren hätte, wenn ich dort gestorben wäre." Sophie seufzte. „Aber vielleicht wäre das sogar besser gewesen."

„Wie kannst du so etwas sagen! Dein ganzes Leben liegt noch vor dir, Sophie. Es gibt noch jede Menge archäologische Ausgrabungen und Entdeckungen, die auf dich warten."

„In den letzten Jahren war mein Job wirklich mein Ein und Alles", gab sie zu. „Jetzt jedoch weiß ich nicht, ob und wann ich ihn jemals wieder werde ausüben können."

„Das wirst du."

„Hoffen wir mal." Sophie hielt inne. „Als ich vorhin oben war, habe ich mich ebenfalls ein wenig umgesehen und entdeckt, dass in Jamies Schrank noch einige seiner Klamotten hängen. Nur für den Fall, dass du dich umziehen möchtest. Für mich fühlte es sich gut an, aus den Klamotten rauszukommen, in denen ich die letzten Tage buchstäblich gelebt habe."

„Das klingt nicht schlecht. Ich bräuchte auch dringend etwas Frisches zum Anziehen."

„Dann mal los. Den Abwasch erledige ich."

Er nickte, machte aber keine Anstalten aufzustehen. „Sophie, wir müssen über das Geld reden.“

Ihr Blick wanderte zum Koffer auf dem Boden. „Ich weiß. Mein Vater hat anscheinend seine Bankkonten leergeräumt oder sich vielleicht sogar Geld geborgt. Oder er hat etwas verkauft, wofür er in bar bezahlt wurde.“

Damons Blick ruhte auf ihrem Gesicht. „Glaubst du das wirklich?“, fragte er leise.

„Mein Vater ist tot und kann sich nicht mehr verteidigen. Das muss ich für ihn übernehmen.“

„Also glaubst du es ebenfalls nicht.“

„Nein“, entgegnete sie verärgert. „Es sieht eher danach aus, als ob jemand ihn bestochen hätte ... oder aber er hat das Geld gestohlen. Eigentlich versuche ich, diese Vorstellung zu verdrängen, muss aber immer wieder daran denken, wie seine erste Sprachnachricht anfing – mit einer Entschuldigung. Leider hat er vergessen zu erwähnen, wie er in Schwierigkeiten geraten ist oder was genau er angestellt hat. Warum nur wollte er mich nicht einweihen? Es ist doch offensichtlich, dass er mich losgeschickt hat, um das Geld an mich zu nehmen. Warum also hat er nicht einfach gestanden, was er verbrochen hat?“

„Möglicherweise konnte er sich nicht überwinden, die Worte auszusprechen? Ich denke, das Letzte, was Alan wollte, war, dich zu enttäuschen.“

„So etwas hätte ich nie für möglich gehalten. Klar, wir hatten unsere Meinungsverschiedenheiten wie andere Töchter und Väter auch, aber das waren belanglose, kleine Diskussionen über Nichtigkeiten. Tief in meinem Herzen hielt ich meinen Vater für den besten Menschen auf der ganzen Welt. Ich habe ihn so sehr geliebt, Damon. Er war mein Fels in der Brandung, hielt mich in seinen Armen, als meine Mutter starb. Bei jeder meiner Abschlussfeiern saß er in der ersten Reihe. Jedes Mal, wenn ein Junge mir das Herz brach, kittete er es wieder mit Unmengen von Eiscreme. Er hat es sogar zugelassen, dass ich ihn am ersten

Halloween nach dem Tod meiner Mutter als Kürbis verkleidete, weil ich so traurig war. Tut ein schlechter Mensch so etwas?“

Damon antwortete nicht, was gut war, weil Sophie gerade keine Antwort von ihm erwartete, sondern einfach nur ihre Gedanken laut aussprach.

„Ich war so stolz auf meinen Dad“, fuhr sie fort. „Er hat schlimme Menschen hinter Gitter gebracht, die Welt sicherer gemacht. Ich will nicht, dass er sich jetzt, wo er nicht mehr da ist, in jemand anderen verwandelt, sondern will weiterhin an den Mann glauben, der mir beigebracht hat, Fahrrad zu fahren und mich stets ermutigte, meine Träume zu leben.“ Sie atmete tief durch. „Aber ich bin auch nicht dumm, Damon. Mir ist klar, dass man als Agent niemals so viel Geld verdient. Ich wünsche mir nur, dass es dafür einen triftigen Grund gibt. Vielleicht hat er es einem Verbrecher abgeknöpft. Oder er wollte es als Druckmittel oder Beweis oder sonst irgendetwas verwenden ...“

„Das wäre natürlich möglich“, antwortete Damon vorsichtig.

Sie lächelte ihn dankbar an. „Danke, dass du mir zustimmst, auch wenn du selbst nicht daran glaubst. Dein logisches Gehirn hat mit Sicherheit bereits eine andere Theorie aufgestellt.“

„Ich habe ihn ebenfalls respektiert, Sophie, und möchte seine Unschuld beweisen. Ob das zu schaffen ist, weiß ich natürlich nicht, aber noch kennen wir nicht die ganze Geschichte. Bis dahin stehe ich all dem unvoreingenommen gegenüber.“ Mit diesen Worten schob er seinen Stuhl zurück. „Dann werde ich jetzt mal duschen gehen.“

„Okay. Bleib aber nicht zu lange weg“, sagte sie impulsiv. „Ich fühle mich wohler, wenn ich dich in meiner Nähe habe.“

„Bin gleich wieder da, aber in der Zwischenzeit ...“ Er deutete mit dem Kopf in Richtung der Waffe, die er auf dem Küchentresen abgelegt hatte. „Entferne dich nicht zu weit davon. Und öffne unter keinen Umständen die Tür.“

FÜNFZEHN

BREE FOLGTE Peter Hunt bis zu einer Bar in Midtown, etwa eine Meile vom Büro entfernt. Offensichtlich hatte er seine Verfolgerin nicht bemerkt. Er schritt in flottem Tempo voran und tätigte unterwegs diverse Anrufe. Nur ein einziges Mal, an einer Kreuzung, blickte er kurz zurück über die Schulter, aber sie schaffte es rechtzeitig, sich hinter anderen Passanten wegzuducken.

Vor der Bar namens *The Golden Goose* blieb er stehen und beendete sein aktuelles Telefonat. Seiner Körpersprache nach zu schließen schien er wütend zu sein. Anscheinend war sie nicht die Einzige, die ihm in diesen Tagen ans Bein pinkelte.

Während er sein Telefon zurück in die Tasche seiner grauen Bundfaltenhose steckte, hielt ein schwarzer Cadillac in zweiter Reihe vor dem Lokal an.

Bree zog ihr eigenes Handy hervor und tat so, als würde sie telefonieren, während sie sich im Eingang eines Bürogebäudes versteckte. Die Wagentür öffnete sich, und Peter trat an die Bordsteinkante.

Ein dünner Mann mit dunklen Haaren und Brille, gekleidet in einen teuren Anzug und Krawatte, stieg aus. Impulsiv schaltete sie ihre Kamera ein und schoss ein Foto. Sie kannte ihn nicht, aber er verließ das Fahrzeug wie ein Mann, der Aufmerksamkeit erwartete.

Ihm folgte Senator Raleigh. Schon wieder ein Treffen mit dem Senator? Ging es um Alan oder etwas völlig anderes? Raleigh und Hunt waren gemeinsam in Yale gewesen. Der andere Typ möglicherweise auch?

Sie schoss noch ein weiteres Foto, als die drei Männer sich die Hand schüttelten. Dann betraten sie die Bar. Ein schneller Blick auf ihre Armbanduhr zeigte ihr die Zeit an, es war viertel vor vier. Ein wenig früh für die Happy Hour, aber mit Sicherheit war die Location um diese Zeit noch sehr ruhig, bevor das After-Work-Publikum einfiel.

Durch die Fenster an der Front konnte sie erkennen, wie sie an einem der Tische Platz nahmen, an dem bereits ein vierter Mann saß. Sie verließ ihr Versteck, wagte sich ein wenig näher heran und schoss diskret noch ein paar Schnappschüsse dieser Person, obwohl sie nicht viel mehr von ihr erkennen konnte als den Hinterkopf und das dichte, weiße Haar.

Dann ging sie die Straße hinunter, überquerte eine Kreuzung und verbrachte einige Minuten damit vorzugeben, an einem Kiosk mit gutem Blick auf die Bar ein paar Zeitschriften durchzublättern. Ungefähr fünfzehn Minuten blieb sie dort und war sich nicht sicher, wie lange sie ihre Observation noch ausdehnen sollte. Möglicherweise würde es mehr Sinn ergeben zu versuchen, die Personen zu identifizieren, die mit Peter und dem Senator auf einen Drink zusammensaßen.

Also wandte sie sich in die entgegengesetzte Richtung und ging zügigen Schrittes zu ihrer Wohnung zurück, die anderthalb Kilometer entfernt lag.

Insgeheim hoffte sie, Wyatt dort vorzufinden. Sie hatte Informationen und auch einige Fragen an ihn. In der Nacht zuvor wollte sie ihn nicht zu sehr unter Druck setzen, aber das sollte sich jetzt ändern, auch wenn es nicht einfach werden würde, ihn zum Sprechen zu bewegen. Im Moment war er nicht nur misstrauisch und schreckhaft – aus gutem Grund –, von all den Jungs aus ihrer Quantico-Gruppe war Wyatt auch der distanzierteste, scheueste gewesen, derjenige, den niemand wirklich zu kennen schien, nicht einmal nach einem langen, persönlichen Gespräch. Bestimmt war er gerade aus diesem Grund der perfekte verdeckte Ermittler. Er gab nichts preis.

Leider würde er so schnell nicht wieder undercover arbeiten können, zumindest nicht in dieser Stadt.

Sie betrat ihren Wohnkomplex und behielt ihre Umgebung genau im Auge. Zwar trug sie in ihrer Tasche stets eine Waffe bei sich und wusste sich auch zu verteidigen, hoffte aber, dass die Schwierigkeiten sie noch nicht eingeholt hätten. Vorsichtig schlich sie die Treppe zu ihrer Wohnung im zweiten Stock hinauf und klopfte dreimal, bevor sie ihren Schlüssel ins Schloss steckte.

Sie wollte nicht, dass Wyatt auf sie schoss, bevor sie sich identifizieren konnte, aber als sie eintrat, erkannte sie sofort, dass er nicht zurückgekommen war. Die Wohnung sah genauso aus, wie sie sie am Morgen verlassen hatte. Sie überprüfte das Schlafzimmer und das Badezimmer, nur um sicherzustellen, dass er sich nicht darin befand und es keine Anzeichen eines Einbruchs gab.

Als sie zu ihrem Küchenfenster hinüberging, warf sie einen schnellen Blick nach unten auf die Seitenstraße zwischen ihrem Gebäude und dem daneben. Dabei bemerkte sie, wie sich jemand im Schatten herumdrückte. *War das Wyatt – oder jemand anderes?*

Sie griff nach ihrer Tasche und zog ihre Waffe heraus. Falls jemand Wyatt zu ihrer Wohnung verfolgt haben sollte oder falls Peter beschlossen hatte, sie zum Schweigen zu bringen, sollte sie besser darauf vorbereitet sein.

Während Damon duschte, trug Sophie das schmutzige Geschirr hinüber zur Spüle. Sie wusch und trocknete alles von Hand, wollte die Küche so makellos verlassen, wie sie sie vorgefunden hatten.

Nachdem das erledigt war, holte sie einen Notizblock und einen Bleistift aus der Küchenschublade und setzte sich an den Tisch.

Sie hatte Damon gesagt, dass sie das Tattoo des Toten möglicherweise zeichnen könnte und wollte es zumindest versuchen. Aber die Beschäftigung damit erinnerte sie auch wieder daran, wie knapp davor sie gewesen war, ihr Leben zu verlieren. Der Schreck saß ihr nach wie vor in den Knochen und ließ sie zittern. Sie versuchte, die Ereignisse der letzten Tage zu kategorisieren, aber das, was sie durchgemacht hatte, lag jenseits von allem, was sie je erlebt hatte.

Dabei waren es die Art von Dingen, mit denen Damon täglich zu tun hatte ... und ihr Vater ebenso.

Als Sophie darüber nachdachte, poppte eine frühe Erinnerung in ihrem Kopf auf – ihre Mutter und ihr Vater, die sich eines Nachts spät über irgendetwas gestritten hatten. Das war ungewöhnlich, denn anders als Damons Eltern hatten ihre selten die Stimmen erhoben. An diesem speziellen Abend jedoch war ihre Mutter aufgeregt und besorgt gewesen und wollte wissen, warum ihr Vater einen so gefährlichen Beruf ausüben musste. Warum er nach all den Jahren, die er dem Wohlergehen der Bevölkerung gewidmet hatte, nicht einfach kündigen konnte. Warum es immer er sein musste, der sein Leben aufs Spiel setzte.

Eigentlich war sie sich dieser Gefahr nie bewusst gewesen. Klar, er arbeitete für das FBI, trug aber einen Anzug, wenn er morgens das Haus verließ. Er kam nie mit Prellungen und Schussverletzungen nach Hause. Er war nie beinahe getötet worden – zumindest nicht, soweit ihr das bekannt war. Aber gerade im Moment war sie sich bei vielem nicht mehr sicher.

Eigentlich hatte sie stets gedacht, sie könnte in Leuten lesen wie in einem offenen Buch und besäße eine gute Menschenkenntnis, aber die Person, die ihr am nächsten stand, verwandelte sich mehr und mehr in einen Fremden und ließ sie ihr bisheriges Leben und ihre komplette Beziehung infrage stellen.

Allerdings würden sie erst dann eine Antwort auf diese Fragen finden, wenn sie herausfanden, wer ihn getötet hatte und wer hinter ihr her war.

Sie griff nach dem Bleistift, schloss die Augen und konzentrierte sich.

So allmählich nahm das Bild in ihrem Kopf Form an.

Also raffte sie sich auf, skizzierte eine Schlange und dann eine weitere, versuchte, sie auf die Weise miteinander zu verflechten, wie sie glaubte, es gesehen zu haben. Leider war das Ergebnis nicht so befriedigend, wie sie es sich vorgestellt hatte.

Sie riss das Blatt heraus und begann von vorne. Nach etlichen weiteren Versuchen war sie mit dem Resultat zufrieden. Dann versuchte sie, die Ranken, die sich darum gewickelt hatten, zu duplizieren. Die Blätter waren winzig gewesen und sie meinte sich zu erinnern, sie hätten ein bestimmtes Aussehen gehabt.

Waren da am Ende Stacheln gewesen? Sie war sich fast sicher. Und sie waren in Zweiergruppen gebündelt gewesen und in einer Traube zusammengewachsen, um die sie sich herumschlangen.

Je weiter die Zeichnung fortschritt, desto aufgeregter wurde sie. Nun, da sie die Schlangen, die Reben und die Blätter hatte, konzentrierte sie sich auf das Design in der Mitte. Es bestand aus sechs Eckpunkten, einem innenliegenden Kreis, einem Dreieck in dessen Mitte und einem Auge darin – einem roten Auge.

Ein Auge, das sie anzustarren schien.

Ein Schauer lief ihr den Rücken hinab, und das nicht nur aufgrund der Elemente, die sie zu Papier zu bringen versuchte, sondern weil das komplette Symbol sie an etwas erinnerte.

Sie war sich sicher, es schon einmal irgendwo gesehen zu haben – nur wo?

Immerhin hatte sie Kunst, Geschichte und Anthropologie studiert, wo in vielen Kulturen Symbole eine wichtige Rolle spielten. Es hätte ihr überall auffallen können, vielleicht nicht unbedingt als Tätowierung, sondern eher eingebettet in ein Gemälde oder Kunstobjekt.

Möglicherweise würde es ihr gelingen, es jetzt, wo sie es vor sich liegen hatte, im Internet zu finden? Sophie sah sich nach dem Telefon um, aber anscheinend hatte Damon es mitgenommen. So musste sie wohl oder übel warten, bis er mit der Körperpflege fertig war, es sei denn, sie konnte irgendwo im Haus einen Computer auftreiben.

Sie legte die Zeichnung beiseite und ging den Flur hinunter in Vincents Arbeitszimmer. Leider befand sich auf dem Schreibtisch kein Computer. Sie durchstöberte die Schubladen und fand nichts außer Briefumschlägen, Büroklammern, Stiften und ein paar weiteren Notizblöcken. Als sie schon im Begriff stand, die letzte Schublade zu schließen, blieb ihr Blick an einem Schwarz-Weiß-Foto hängen. Sie zog es hervor. Es war eigentlich die Fotokopie eines Bildes, auf dem sich sechs Personen befanden. Alle standen vor einem Schild mit der Aufschrift *Quantico*. Jamie war in der Mitte, Damon neben ihm. Die anderen zwei Männer wie auch die beiden Frauen kamen ihr nicht bekannt vor, aber sie vermutete, dass es sich um die Freundesgruppe handelte, die das Baseballforum benutzte.

Irgendjemand, wahrscheinlich Jamie, hatte etwas daruntergeschrieben: *die zukünftigen Superhelden.*

Sophie musste lächeln. Jamie wollte schon immer ein Superheld sein – zuerst in der Armee, dann später beim FBI. War es vielleicht das, was Damon ebenfalls antrieb, über seine Wertschätzung für Strukturen hinaus? Oder ging es ihm doch mehr um Kontrolle als um Struktur? Seine Eltern hatten ihn all die Jahre als Schachfigur in ihrem Spiel benutzt und dabei völlig vergessen, dass sie ein Kind hatten, das sie beide brauchte. Ihnen ging es stets mehr ums Gewinnen als um die Elternschaft, und Damon hatte nicht die Macht besessen, daran etwas zu ändern.

Er hatte ihr erzählt, es wären Patriotismus und der elfte September gewesen, die ihn dazu brachten, der Army beizutreten, und das bezweifelte sie auch nicht. Allerdings vermutete sie, dass er einfach selbst seinen Mann stehen und etwas Wichtiges mit seinem Leben anfangen wollte, etwas zu bewirken versuchte – und möglicherweise anstrebte, selbst ein Superheld zu sein.

Dass er das bereits war, hatte er heute im Lager unter Beweis gestellt, indem er die beiden bewaffneten Widersacher mit zwei in rascher Folge abgefeuerten Schüssen erledigte. Er war so schnell gewesen, dass es nur einem der Männer gelungen war, einen fehlgeleiteten Schuss abzufeuern, der sie glücklicherweise nicht getroffen hatte. Nach wie vor wusste sie nicht, wie er das bewerkstelligt hatte.

Jamie wäre stolz auf seinen Freund gewesen, dachte sie, als sie sich wieder Jamies lächelndem Gesicht auf dem Foto zuwandte. Sein Haar war militärisch kurz geschnitten, und sein Blick drückte geballte Entschlossenheit aus. Die beiden Frauen waren äußerst attraktiv. Eine hatte sehr dunkles Haar und war eine exotische Schönheit, die Zweite erinnerte sie mehr an das nette Mädchen von nebenan, mit hellbraunen Haaren und hellen Augen. Die anderen Männer waren beide gutaussehend, ebenfalls dunkelhaarig und mit schroffen Gesichtszügen. Auf jeden Fall machten alle den Eindruck, als wären sie bereit, die Welt zu erobern, und ganz besonders Damon – seine Augen funkelten sogar auf einer Schwarz-Weiß-Fotografie.

Als sie Schritte vernahm, hob sie den Kopf und war erleichtert, ihn an der Türschwelle zu entdecken.

„Gott sei Dank, du bist es", seufzte sie. Er trug eine saubere Jeans und ein hellblaues Button-Down-Shirt, das seine Augen noch blauer wirken ließ. Sein Haar war noch feucht und er musste irgendwo einen Rasierer gefunden haben, da seine Wangen wieder glatt waren, so glatt, dass sie am liebsten ihre

Finger an seiner Kinnlinie hätte entlangwandern lassen. „Du hast dir aber ganz schön Zeit gelassen.“

„Was suchst du hier drinnen?“

„Einen Computer.“

„Um was zu tun? Wir dürfen hier im Haus nichts benutzen. Viel zu riskant.“

„Wirklich? Würden Vincent oder Cassie das denn bemerken? Egal, ich konnte sowieso keinen entdecken, aber das hier habe ich gefunden.“ Sie reichte ihm das Foto. „Superhelden, was?“

„Den Titel hat Jamie uns verpasst. Dieses Foto wurde ein paar Tage vor seinem Tod aufgenommen.“ Er seufzte, kaum, dass er die Worte ausgesprochen hatte. „Tragisch.“

„Ich habe nie wirklich verstanden, was eigentlich passiert ist. Niemand wollte mit mir darüber reden.“

„Wir waren in geheimer Mission unterwegs.“

„Aber ich dachte, ihr wart noch in der Ausbildung. Gibt es da nicht nur Pseudo-Einsätze?“

„Dieser hier war keiner. Alles, was ich dir darüber erzählen kann, ist, dass sich ein schrecklicher Unfall ereignet hat. Aber was Jamie an diesem Tag getan hat, hat etwas Wichtiges bewirkt, und ich versuche, mir das immer wieder in Erinnerung zu rufen, weil es mich ansonsten innerlich auffressen würde.“

Sie konnte den Schmerz in seinen Augen sehen. „Fühlst du dich in irgendeiner Weise dafür verantwortlich?“

„Ich glaube, das sind wir alle – sogar Jamie selbst. Wenn er noch am Leben wäre, wäre er wahrscheinlich der Erste, der das zugeben würde. Leg das Foto am besten dahin zurück, wo du es herhast.“

„Bevor ich das tue – möchtest du mir nicht sagen, wer die anderen Forenmitglieder sind? Können wir jetzt ihre richtigen Namen benutzen?“

Damon zögerte kurz, nickte dann jedoch zustimmend. „Ja, ich denke, wir sind an dem Punkt angelangt. Das ist Bree Adams. Sie ist meine interne FBI-Kontaktperson.“ Er deutete auf die Frau mit dem hellbraunen Haar und den hellen Augen in der Mitte. „Und das ist Wyatt Tanner, der Undercoveragent, der mit deinem Vater zusammengearbeitet hat.“ Damit meinte er den Mann ganz rechts außen, mit den dunklen Haaren und dem ernsten Blick.

„Und die beiden anderen?“

„Parisa und Diego. Sie arbeiten derzeit außer Landes und haben deshalb auch nicht reagiert.“

„Danke. Es ist enorm hilfreich, wenn man den Gesichtern Namen zuordnen kann. Ich erinnere mich, dass ich einige dieser Leute bei der Beerdigung gesehen habe, aber niemand aus Quantico kam zur Trauerfeier, außer dir.“

„Stimmt. Sie alle fanden, dass nur gute Freunde daran teilnehmen sollten. Jamie und ich waren all die Jahre sehr eng miteinander, von daher war es klar, dass ich dazukam. Bree stand ihm ebenfalls nah, aber nur für kurze Zeit. Während der Ausbildung sind die beiden miteinander ausgegangen. Nach seinem Tod war sie total fertig, war sich allerdings nicht sicher, ob sie willkommen wäre und blieb der Zusammenkunft deshalb fern.“

„Er hat sie mir gegenüber nie erwähnt.“ Sophie hielt inne. „Hattest du auf der Akademie ebenfalls eine Beziehung?“, fragte sie neugierig.

„Nein. Ich vermische Geschäftliches nicht mit Privatem. Die Leute auf diesem Bild sind lediglich meine Freunde, sonst nichts. Man sollte das Leben nicht unnötig verkomplizieren.“

Sie lächelte angesichts seiner Worte, nahm ihm das Foto wieder aus der Hand und legte es zurück in die Schublade. „Während du geduscht hast“, fuhr sie fort und wechselte das Thema, „habe ich mal skizziert, wie das Tattoo meiner Erinnerung nach ausgesehen haben könnte. Das Design kommt mir irgendwie vertraut vor. Ich möchte im Internet nachsehen, ob ich ein Bild dazu finden kann. Das war auch der Grund, warum ich nach einem Computer gesucht habe, da du dein Telefon anscheinend nicht unbewacht herumliegen lassen kannst.“

„Tut mir leid. Ich habe es nicht absichtlich von dir ferngehalten. Es befand sich einfach in meiner Hosentasche.“ Er gab es ihr und folgte ihr dann zurück in die Küche.

Sie reichte ihm die Zeichnung, und er studierte sie einen Moment lang eingehend.

„Und, was meinst du?“, erkundigte sie sich.

„Ich wünschte, ich hätte nur ein Zehntel dessen bemerkt, was dir aufgefallen ist. Das ist wirklich gut, Sophie. Du bist eine Künstlerin, prägst dir nicht nur das Bild in seiner Gesamtheit ein, sondern hast auch ein Auge fürs Detail.“

„Als Künstlerin würde ich mich nicht unbedingt bezeichnen, aber ich zeichne gerne. Und ich habe das Gefühl, dieses Tattoo hat eine bestimmte Bedeutung. Wenn wir die in Erfahrung bringen könnten, sollte es uns gelingen, Rückschlüsse auf die Person zu ziehen.“ Sie schwieg kurz. „Wobei die Behörden das bereits wissen dürften. Kann Bree nicht in Erfahrung bringen, was in dem Polizeibericht steht?“

„Ich habe ihr gerade eben im Forum exakt diese Frage gestellt. Hoffentlich werden wir bald von ihr hören, ob das FBI etwas herausgefunden hat.“

Allein die Erwähnung der Polizei reichte aus, um ihre Nerven wieder blank liegen zu lassen. „Du hast diese Männer aus Notwehr erschossen. Selbst wenn man uns festnehmen sollte, müssen sie das doch glauben, oder nicht? Die Typen trugen Skimasken. Sie hatten vor, uns auszurauben und womöglich anschließend umzubringen.“

„Ich würde mir wünschen, dass sie das berücksichtigen – wenn die Polizei den Tathergang tatsächlich so aufgenommen hat.“

Die Andeutung in seinen Worten gefiel ihr überhaupt nicht. „Wieso sollten sie das nicht tun?“

„Wenn es beim FBI einen Maulwurf gibt, könnte es auch im Connecticut-Police-Department einen geben. Aber darüber sollten wir uns jetzt nicht den Kopf zerbrechen. Ich mache mir weniger Sorgen über die Polizei als darüber, wer uns die Schützen auf den Hals gehetzt hat und was als Nächstes kommen wird. So schnell geben die bestimmt nicht auf."

Bree stellte sich hinter ihre Kücheninsel, die Waffe im Anschlag haltend, als es dreimal scharf an der Tür klopfte. Es war ein Signal aus ihrer Zeit in Quantico. Sie ging hinüber zum Eingang und spähte durch das Guckloch. Es war Wyatt. Also musste er es auch gewesen sein, den sie in der Seitenstraße bemerkt hatte.

Sie senkte die Waffe und ließ ihn hinein. Als er eintrat, sagte sie: „Ich war mir nicht sicher, ob du wiederkommen würdest."

„Hätte ich auch wahrscheinlich besser nicht tun sollen, aber ich wollte wissen, wie der Stand der Dinge ist."

„Wohin bist du heute früh verschwunden?"

„Jemanden suchen."

„Wen?", fragte sie neugierig.

„Eine Freundin."

„Ich dachte, du hättest keine anderen Freunde mehr?"

„Sie weiß nicht, wer ich wirklich bin. Arbeitet als Kellnerin. Wir sind nur ein paar Mal miteinander ausgegangen. Sie hat die Frühschicht in einem Diner."

Bree warf ihm einen abschätzenden Blick zu. Wyatt war attraktiv, wenn sein Gesicht nicht gerade von Blutergüssen in drei verschiedenen Violetttönen überzogen war, und zweifellos konnte er jederzeit eine Frau finden. Dass er sich jedoch während einer verdeckten Ermittlung auf jemanden einließ, war ihr neu. „War das nicht riskant?"

„Sie gehörte zu meiner Tarnung. Ab und zu musste ich jemanden auf Partys mitbringen. Ich konnte nicht immer allein dort aufkreuzen. Das hätte Verdacht erregt."

„Warum wolltest du sie ausgerechnet heute sehen? Du

steckst doch ganz offensichtlich in einem riesigen Haufen Schwierigkeiten. Warum sie da auch noch mit reinziehen?“

„Weil sich ein Teil von mir fragt, ob sie mehr wusste, als ich angenommen hatte.“

„Hast du etwa im Schlaf gesprochen?“

„Wir haben nicht viel geschlafen“, gab er schlagfertig zurück.

„Natürlich nicht. Also, was ist passiert, als du zu dem Diner hingegangen bist?“

„Sie war nicht da. Der Manager sagte, sie hätte sich heute früh krankgemeldet. Also ging ich zu ihrer Wohnung, aber zu Hause war sie ebenfalls nicht.“

Bree bemerkte den grimmigen Ausdruck in seinen Augen und erkannte, dass es weniger Misstrauen war als Sorge um sie. „Du glaubst doch nicht, dass die Venturis ihr nachgestellt haben?“

„Ich weiß es nicht. Sie war zwar nur auf zwei Partys mit mir, aber es wäre definitiv möglich. Ich hätte schon früher nach ihr sehen sollen.“

„Vielleicht hat sie sich einfach eine kurze Auszeit genommen. Wie lange ist es her, seit du sie das letzte Mal getroffen hast?“

„Zwei bis drei Wochen.“ Er setzte sich auf die Couch und legte die Füße auf den kleinen Tisch. „Hast du Neuigkeiten?“

Bree setzte sich auf den Stuhl ihm gegenüber. „Heute Morgen hat Damon in einer Lagerhalle in New Haven zwei Leute erschossen, beide tot.“

Bei dieser Information setzte Wyatt sich wieder aufrecht hin. „Wurde er verhaftet?“

„Nein. Er und Sophie Parker sind auf der Flucht. Die Überwachungskamera des Geländes hat das festgehalten. Keine Ahnung, wie sie es schaffen konnten zu entkommen, aber es ist ihnen gelungen.“

„Sehr gut. Wobei ich nicht weiß, wie unschuldig Sophie Parker ist."

„Sie kommt mir vor wie ein Bauer in einem Schachspiel. Einer der Toten wurde als Carl Rucker identifiziert, der bei einem der Venturi-Unternehmen angestellt war."

Sein Ausdruck verdüsterte sich. „Und der andere?"

„Er hatte keinen Ausweis bei sich, und die Gesichtserkennung war negativ. Allerdings besaß er ein Tattoo. Die Analysten arbeiten daran." Sie schwieg kurz. „Außerdem hat Karen Leigh jedem dein Foto gezeigt. Sie sagte, ein Agent hätte sie informiert, dass du aufgeflogen bist, und forderte uns auf, dass, falls jemand mit dir in Kontakt stünde, derjenige dir ausrichten möge, du sollst dich umgehend beim FBI melden. Bei diesen Worten hat sie mich angeschaut."

„Ich sollte wohl besser nicht hierbleiben", erwiderte Wyatt. „Mir lieber für heute Nacht einen anderen Schlafplatz suchen."

Bree konnte nicht leugnen, dass dies die bessere Entscheidung wäre. „Außerdem hatten Peter Hunt und ich im Aufzug eine kleine Konfrontation. Er versuchte, Informationen über dich und Damon aus mir herauszuquetschen und ich beschloss, den Spieß umzudrehen."

Wyatt zog eine Augenbraue hoch. „Was hast du gemacht?"

„Ins Wespennest gestochen."

Er stöhnte auf. „Das ist typisch für dich, Bree."

„Für dich ebenfalls", entgegnete sie schlagfertig.

„Dem kann ich nicht widersprechen."

„Ich habe ihn direkt gefragt, warum er nichts von dem Haus am See wusste, zu dem Sophie geflüchtet ist, da er doch sowohl mit Alan als auch mit Vincent Rowland befreundet war. Er meinte nur, er hätte Vincent nicht erreicht und murmelte irgendwas darüber, dass er seine Ferien nie mit Alan verbracht hätte. Ich bin mir nicht sicher, ob ich ihm das abkaufe. Außerdem wurde der Lagerraum, wo Damon und Sophie in einen Hinterhalt gerieten, von Alan unter falschem

Namen angemietet. Aber da sich dieser in New Haven befindet, wo sowohl er als auch Peter zur Uni gingen, hat es mich überrascht, dass Peter davon ebenfalls nichts gewusst haben will."

„Ich hege von Tag zu Tag mehr Misstrauen gegen Hunt."

„Gegen Karen ebenfalls. Ich verstehe nicht, warum sie dem kompletten FBI dein Foto gezeigt hat und nicht nur deiner Abteilung. Für mich sieht das so aus, als führe sie was im Schilde, und ich frage mich, ob sie nicht versucht, dir etwas anzuhängen. Wenn die Untersuchung einer möglichen Beteiligung an Alans Tod dem FBI zu nahe kommt, wem könnte man die Sache besser in die Schuhe schieben als jemandem, der von der kriminellen Familie, die er ursprünglich untermauern sollte, manipuliert wurde?"

Wyatt starrte sie aus ernsten, dunklen Augen an. „Da fiele mir auch kein Geeigneterer ein."

„Kennst du Seth Hanford? Er scheint ein wenig angepisst zu sein, dass Karen jetzt so viel Macht hat. Während des Meetings stellte er jede Menge verärgerter Fragen, so als ob er wütend wäre, dass er nicht eingeweiht wurde."

„Ich habe ihn einmal getroffen. Er hat bei einigen Projekten eng mit Alan zusammengearbeitet. Aber nachdem ich untergetaucht bin, hatte ich nie direkten Kontakt mit ihm." Wyatt schwieg kurz. „Nochmals zurück zu dem Lager. Was glaubst du hatte Damon dort zu suchen?"

„Als er rauskam, hatte er einen silbernen Koffer bei sich, also denke ich, es ging ihm um den."

Seine Augen blitzten auf. „Er könnte den Beweis enthalten, den wir brauchen, um den Fall zu knacken."

„Hoffen wir mal. Ich habe Damon gerade mein Update und einige Fotos geschickt, die ich dir auch zeigen möchte." Sie holte ihr Telefon und ging zurück zur Couch. „Nachdem ich mit Peter gesprochen habe, bin ich ihm gefolgt. Er hat sich in einer Bar in Midtown mit drei weiteren Männern getroffen." Sie zeigte ihm das erste Foto von dem großen, dünnen Kerl mit Brille. „Kennst du diesen hier?"

Wyatt schüttelte langsam den Kopf. „Leider nein."

„Macht nichts. Der nächste ist Senator Raleigh. Es ist schon das zweite Treffen der beiden innerhalb weniger Tage." Sie zoomte das letzte Bild heran. „Als sie nach drinnen gingen, wartete da ein weiterer Mann. Leider war es mir nicht möglich, ein besseres Foto zu bekommen, aber er hatte sehr weiße Haare."

„Nein. Den habe ich ebenfalls nicht auf dem Schirm", entgegnete er kopfschüttelnd.

„Sie waren alle in Peters und Alans Alter, also vielleicht einfach nur Freunde?"

„Könnte sein." Er hielt kurz inne. „Wir müssen Damon fragen, was sich in dem Koffer befindet."

„Habe ich bereits getan. Mal schauen, was er antwortet."

SECHZEHN

Sophie hatte über eine Stunde lang am Küchentisch gesessen und im Internet nach Tätowierungen gesucht, die dem auf ihrer Zeichnung ähnelten, war aber nicht fündig geworden. Außerdem hatte sie nicht den besten Empfang und das Laden der Seiten dauerte ewig.

Schließlich erhob sie sich von ihrem Stuhl und ging hinüber ins angrenzende Wohnzimmer, wo Damon auf der Couch saß, die nackten Füße auf dem Couchtisch, und durch die Fernsehkanäle zappte. So entspannt hatte sie ihn noch nie erlebt. Die simple Tatsache, dass er seine Schuhe nicht anhatte, vermittelte ihr das Gefühl, dass sich die Gefahr, in der sie sich permanent befanden, gerade in Grenzen hielt.

„Fertig mit deiner Recherche?“, erkundigte er sich.

„Für den Moment ja. Ich wünschte, ich hätte einen Computer und ein schnelleres WLAN. Das Handy ist einfach zu lahm.“

„Dann nehme ich mal an, du hast nichts gefunden?“

„Keinen direkten Treffer, aber ich habe noch nicht aufgegeben. Die Schlange ist eines der am häufigsten verwendeten Symbole und in vielen verschiedenen Kulturen zu Hause. Weil sie sich häutet, sehen manche in ihr ein Zeichen der Wiedergeburt und Fruchtbarkeit. Andere wiederum nutzen sie als Hüterin wertvoller und kostbarer Artefakte oder um Personen am Eindringen in ihre religiösen Tempel zu hindern. Ihr Gift symbolisiert Gefahr, aber gleichzeitig auch das Göttliche. Einige glauben, dass ein Schlangenbiss ihnen Unsterblichkeit beschert. Es wird eine Weile dauern, bis ich herausgefunden habe, was die Schlange, die sich in den Reben windet, mit diesem seltsamen Symbol und dem roten Auge zu tun hat. Es könnte sich um eine Kombination aus unterschiedlichen Konzepten handeln." Sein Lächeln ließ sie innehalten. „Das war mehr, als du wissen wolltest, stimmt's?"

„Sagen wir mal so – ich bin jetzt schlauer als noch vor fünf Minuten, was Reptilien anbelangt."

„Nun, es war eine lehrreiche Lektion, immerhin bin ich ja Dozentin."

„Siehst du dich so, Sophie? Als Lehrerin? Nicht eher als Archäologin?"

„Eigentlich als beides. Ich liebe es, Wissen zu vermitteln, wie mein jüngster Monolog über Schlangen beweist. Aber es gibt nichts Vergleichbares zu dem Nervenkitzel einer Entdeckung. Wie auch immer, ich werde die Bedeutung dieses Tattoos herausfinden. Auch wenn es uns nicht wirklich weiterhilft, lenkt es mich doch ab. Und, ehrlich gesagt, gebe ich nicht gerne auf, bevor ich die Antwort gefunden habe."

„Dass du niemand bist, der leicht aufgibt, habe ich mittlerweile bemerkt. Du ziehst deine Sachen durch."

„Na ja, es gab schon so einige Momente, wo ich mich gefragt habe, ob ich nicht lieber kapitulieren sollte."

„Aber du lässt nicht zu, dass diese Augenblicke des Zweifels anhalten. Warum gönnst du dir nicht eine kurze Pause? Ich würde gerne im Forum nachsehen, ob es Neuigkeiten von Bree oder Wyatt gibt."

„Klar." Sie setzte sich neben ihn und reichte ihm das Handy. „Es überrascht mich ohnehin, dass du so geduldig warst.

Außerdem ist das Checken deiner Nachrichten wichtiger als meine Recherche.“

„Kann man nie wissen. Du hattest das Tattoo-Design noch frisch im Kopf, da wollte ich dich nicht ablenken.“

„Das weiß ich zu schätzen.“ Sie deutete mit dem Kinn in Richtung Fernseher. „Haben wir es bereits bis in die Nachrichten geschafft?“

„Zumindest nicht bis in die weltweiten. In Nordkorea gab es einen weiteren Raketentest, von daher haben sie über nichts anderes berichtet.“

„Manchmal fühlt es sich so an, als würde sich die Welt in einen Ort des Schreckens verwandeln.“

„Du möchtest nicht mal die Hälfte von dem wissen, was da so vor sich geht“, murmelte er, und ein Schatten legte sich über seinen Blick.

Sie konnte sich tatsächlich nicht vorstellen, was Damon an schlimmen Dingen erlebt haben musste. „Ich glaube nicht, dass ich all das so gut stemmen würde wie du.“

„Doch, würdest du, wenn du es tun müsstest – genau wie heute.“

„Möglicherweise, aber in Wirklichkeit hast du doch den Ton angegeben. Ich habe es dir nur nachgemacht.“

„Immerhin hast du dir den Baseballschläger geschnappt. Ich weiß zwar nicht, was du damit vorhattest, aber die Idee war schon mal gut.“

Sophie musste lächeln. „Das wusste ich ebenfalls nicht. Gegen eine Waffe hätte er nicht viel ausrichten können, aber ich habe einfach instinktiv danach gegriffen.“

„Du bist sehr mutig, Sophie.“

„Das hätte ich auch nie für möglich gehalten, wurde aber bis jetzt auch noch niemals auf die Probe gestellt. Trotzdem hätte ich nichts dagegen, wenn diese Phase so allmählich vorüber wäre.“ Sie legte den Kopf schief und blickte ihn nachdenklich an. „Geht dir das niemals an die Nieren – diese ständige Gefahr? Die Dunkelheit? Die schlechten Menschen?“

Damon antwortete nicht sofort. „Manchmal schon, aber nur kurzzeitig. Ich versuche, mich auf meine aktuelle Mission zu konzentrieren und glaube langfristig an das Gute dessen, was ich tue. Wenn ich etwas bewegen, auch nur ein Leben retten kann, hat es sich bereits gelohnt.“

Sie sah ihn an und dachte bei sich, wie glücklich sich die Welt schätzen konnte, dass es jemanden wie Damon gab, der bereit war, Risiken einzugehen, gegen die Gefahren anzukämpfen und auch dort noch nach vorne zu streben, wo andere längst davongelaufen wären. Und sie hatte ebenfalls Glück.

„Noch etwas, das du mich fragen möchtest?“, neckte er, als er ihren neugierigen Blick bemerkte.

„Nein. Kümmere dich um dein Forum. Ich bin ebenfalls gespannt, ob es Neuigkeiten gibt.“

Während Damon sich einloggte, schaute Sophie zu den Fenstern hinüber.

Die Sonne war vor einer Weile untergegangen und sie hatten alle Vorhänge und Jalousien in dem Teil des Hauses, den sie benutzten, zugezogen, sodass das einzige Licht in diesem Zimmer vom Telefon und vom Fernseher ausging. Außerdem hatten sie die Türen zur Eingangshalle geschlossen, und Damon war sogar nach draußen gegangen, um sicherzustellen, dass man auf der Straße oder im Nachbarhaus nichts sehen konnte.

Ihr war bewusst, dass sie die optimale Location gefunden hatten. Keiner der Rowlands war nahe genug, um unangemeldet aufzutauchen, und an einem Freitagabend würden sich mit Sicherheit auch keine weiteren Serviceleute blicken lassen. Bis morgen sollten sie in Sicherheit sein, obwohl es sich trotz allem ein wenig gruselig anfühlte.

„Bree hat eine Nachricht geschickt“, meldete sich Damon zu Wort.

Sie rutschte näher an ihn heran, sodass sie auf dem Bildschirm mitlesen konnte, aber die Sätze ergaben für sie keinen Sinn. „Du musst deinen Baseballcode in Worte übersetzen, die auch ich verstehen kann."

„Die Sicherheitskameras des Lagergeländes haben unsere Flucht festgehalten."

„Womit wir ja gerechnet hatten", sagte sie, obwohl ihr bei dieser Bestätigung das Herz in die Hose rutschte.

„Außerdem konnten sie den Besitz des Lagerraums deinem Vater zuordnen."

„Was ist mit den Männern, die versucht haben, uns umzubringen? Konnten die identifiziert werden?"

„Einer ist ein bekanntes Mitglied der Venturi-Familie, und so wie es aussieht, haben die wirklich ihre Finger im Spiel. Den anderen – den mit der Tätowierung – bisher nicht, aber sie sind dran zu prüfen, ob sie das Tattoo einer anderen bekannten, kriminellen Organisation zuordnen können."

„Gut, dass das FBI das ebenfalls recherchiert. Immerhin haben die weit mehr Ressourcen als ich."

„Leider aber auch wesentlich mehr Leute, um sämtliche Infos, die sie aufdecken, verschwinden zu lassen."

Bei dieser Erinnerung runzelte sie die Stirn. „Hat Bree etwas in dieser Richtung erwähnt?"

„Sie hat Peter Hunt mit der Möglichkeit konfrontiert, dass es eine undichte Stelle geben könnte, und er hat es nicht geleugnet."

„Konfrontiert? War das klug?", fragte Sophie besorgt.

„Bree kann ihre Mitmenschen ziemlich gut einschätzen. Wahrscheinlich wollte sie ihn einfach unter Druck setzen und sehen, wie er reagiert. Außerdem ist sie ihm gefolgt und hat einige Fotos geschossen. Sie will wissen, ob wir diese Männer kennen." Er rief die Bilder auf. „Hier ist der erste Typ."

„Das ist Michael Brennan", erklärte Sophie, als sie den Freund ihres Vaters erkannte. „Ich habe dir schon von ihm erzählt. Er ist der Hedgefonds-Typ, der zusammen mit meinem Vater in Yale war."

„Okay. Dieser hier, das weiß ich, ist Senator Raleigh.“ Damon zeigte das nächste Foto nur kurz und scrollte dann weiter zu dem dritten Mann. „Die Aufnahme ist leider nicht sehr deutlich, aber hast du eine Idee? Kennst du ihn eventuell?“

„Er sieht aus wie Harrison Delano. Der hat nämlich so weiße Haare. Auch wenn ich sein Gesicht nicht erkennen kann, würde ich wetten, dass er es ist.“ Sie hielt inne. „Das ist die Yale-Gruppe, zu der Peter und mein Vater gehörten, abzüglich einiger Leute. Vielleicht wollen sie einfach in Erfahrung bringen, was mit meinem Vater passiert ist, oder Peter hat sie über die neuesten Erkenntnisse informiert.“

„Wahrscheinlich ist es so“, stimmte Damon zu, als er ihre Erklärungen eintippte und online stellte.

„Wahrscheinlich?“, wiederholte sie. „Wieso klingt das für mich so, als ob du andere Schlüsse gezogen hättest?“

„Das habe ich nicht. Ich weiß eben nicht, ob sich ihre Unterhaltung darum gedreht hat.“

„Du glaubst doch nicht etwa, dass sie sich gegen meinen Vater verschworen haben? Bei diesen Männern handelt es sich um seine besten Freunde.“

„Aber sie sind allesamt einflussreich.“

„Und? Ich wüsste nicht, wie mein Dad eine Bedrohung für irgendeinen von ihnen hätte darstellen können. Warum sollte einer von ihnen ihn umbringen lassen? Nein.“ Sie schüttelte vehement den Kopf. „Ich glaube eher, dass sie über seinen Tod bestürzt sind und sicherstellen möchten, dass ihm Gerechtigkeit widerfährt. Und vielleicht machen sie sich auch Sorgen um mich.“

„Dessen bin ich mir sicher, Sophie.“

Ihr war nicht klar, was er damit auszudrücken versuchte. Waren sie besorgt, weil ihnen ihr Schicksal am Herzen lag oder nur deshalb, weil sie in ihr eine undichte Stelle sahen? „Hat Bree sonst noch etwas herausgefunden?“

„Nein, aber sie hat eine Frage – sie will wissen, was sich in dem Koffer befindet. Offensichtlich war dieser auf der Aufzeichnung der Sicherheitskameras ebenfalls zu sehen."

„Sag ihr das bitte nicht", bat Sophie eindringlich.

Damon blickte sie fragend an. „Wir können Bree vertrauen."

„Ich kenne sie nicht mal."

„Aber du kennst mich, und wenn ich dir sage, wir können ihr vertrauen, dann ist dem auch so."

„Na gut, aber trotzdem möchte ich nicht, dass du sie einweihst – zumindest jetzt noch nicht."

„Okay, dann warte ich damit."

Sophie atmete tief aus und verstand selbst nicht, warum sie nicht wollte, dass das mit dem Geld bekannt wurde, wo es doch früher oder später sowieso an die Öffentlichkeit gelangen würde. „Danke."

„Kein Problem. Bree wird es verstehen." Er schickte seine Antwort ab und legte das Telefon zurück auf den Couchtisch. „Ich habe ihr geschrieben, dass wir uns morgen wieder melden."

„Morgen", wiederholte Sophie tonlos. „Ich möchte mir gar nicht vorstellen, was der morgige Tag bringen wird." Sie fuhr sich mit der Zunge über die Lippen, während die Gedanken in ihrem Kopf Karussell fuhren. „Ich wünsche mir, dass die Mörder meines Vaters hinter Gitter kommen, Damon. Ich möchte mein Leben zurück. Ich möchte, dass du dein Leben zurückbekommst. Aber gleichzeitig habe ich Angst davor, wohin die Wahrheit mich führen wird, Todesangst davor, wie all das enden wird. Was, wenn all meine Anstrengungen, seine Unschuld zu beweisen, nichts als seine Schuld ans Tageslicht befördern? Was dann? Würde ich versuchen, es zu vertuschen, um seinen Ruf und sein Vermächtnis zu schützen?" Sie hielt inne. „Das hätte ich dir gegenüber besser nicht erwähnt. Seine illegalen Handlungen zu verdecken wäre ebenfalls ein Verbrechen. Ich fühle mich so haltlos wie jemand kurz vorm Ertrinken. Auch wenn du der Meinung bist, ich wäre niemand, der schnell aufgibt, fühle ich mich gerade absolut überfordert."

„Ich weiß, Sophie. Das ist eine Menge, was da im Moment auf dich einstürzt. Du hattest noch nicht einmal die Zeit, um deinen Vater zu trauern. Aber eines kann ich dir versichern – du wirst nicht ertrinken, weil ich das nicht zulassen werde. Und du musst auch keine Entscheidung treffen, was zu tun ist, solange wir nicht alle Fakten beieinanderhaben. Ich wünschte, ich könnte dir versprechen, dass du keine Angst vor der Wahrheit zu haben brauchst, aber leider kann ich das nicht. Auch ich möchte nicht glauben, dass Alan sich schuldig gemacht hat, aber ehrlich gesagt sieht es gerade nicht wirklich gut für ihn aus."

Sie wusste seine Ehrlichkeit zu schätzen und fühlte sich gleich weniger schuldig, da auch er seine Zweifel zu haben schien. „Das sehe ich allmählich auch so. Ich denke immer wieder, dass er, wenn Dad unschuldig gewesen wäre, mir Namen oder Einzelheiten genannt hätte, die ich als Beweise hätte vorbringen können. Aber die Menge an Bargeld, die gefälschten Ausweise und seine Sprachnachricht, in der er mir wiederholt versichert hat, wie leid ihm alles täte und dass ich davonlaufen solle, sprechen eine andere Sprache. Auf der anderen Seite kann ich nicht verstehen, warum er stets so bescheiden gelebt hat, wenn er sich bestechen ließ oder Bargeld entwendet hat. Er hatte weder ein großes Haus noch ein Boot oder ein schickes Auto, führte stets ein einfaches Leben." Sie atmete tief ein, als ihr bewusst wurde, wofür er es ausgegeben haben mochte. „Aber er ist für meine Ausbildung und all meine Lebenshaltungskosten aufgekommen. Das hat sich über die Jahre bestimmt ganz schön summiert."

„Das ist aber nicht deine Schuld", entgegnete Damon scharf. „Mit Sicherheit musste er nicht stehlen, um dich zur Schule schicken zu können."

„Aber was, wenn doch? Ich habe ihn nie gefragt, ob er das Geld fürs College aufbringen kann, sondern es einfach vorausgesetzt. Zu welcher Art von Mensch macht mich das?"

„Einem ganz normalen, so wie jedes andere Kind auf der Welt.“

„Und egoistisch.“

„So wie jedes andere Kind auf der Welt“, wiederholte er seine Worte.

„Ich wette, du hast von deinen Eltern kein Geld angenommen.“

„Das war etwas anderes. Es war stets an Bedingungen geknüpft, die ich nicht zu erfüllen gedachte. Von daher wollte ich auch nichts von ihnen haben.“ Er blickte sie vielsagend an. „Sophie, ich bin gerne bereit, diese Fragen mit dir aufzuarbeiten und dir zu helfen, jedes auch noch so kleine Detail zu analysieren. Ich werde mit dir spekulieren und theoretisieren, aber keinesfalls akzeptieren, dass du dir die Schuld dafür gibst, was dein Vater getan haben könnte. Du bist für nichts davon verantwortlich. Hast du das jetzt endlich verstanden?“

Seinem strengen Ausdruck nach zu urteilen, gab es darauf nur eine Antwort. „Habe ich“, antwortete sie und war glücklich über seine Rückversicherung. „Ich muss mich wohl wieder einmal bei dir bedanken.“

„Tu das bitte nicht.“

„Dann mache ich das einfach in Gedanken.“

„Das passt“, entgegnete er erleichtert.

„Apropos Eltern …“

Damon stöhnte auf. „Müssen wir wirklich schon wieder von ihnen sprechen?“

„Ich habe mich nur gefragt, ob du mit ihnen in Kontakt geblieben bist. Siehst du sie zu speziellen Gelegenheiten? Hat sich die Beziehung zu ihnen seit deiner Jugend verändert?“

„Nicht wirklich. Weihnachten vor zwei Jahren habe ich mich zuletzt mit meiner Mutter getroffen und mit meinem Vater, glaube ich zumindest, das Jahr zuvor. Gelegentlich schicken wir uns Textnachrichten oder E-Mails. Von ihnen bekomme ich überwiegend Fotos aus irgendwelchen Urlauben.“

Seine Eltern schienen echte Narzissten zu sein. „Was ist mit deinen Halbgeschwistern? Bist du mit denen in Kontakt?“

„Auch hier nur gelegentlich mal eine Nachricht. Ich bemühe mich, zumindest an ihre Geburtstage zu denken. Das war es aber auch schon. Ich war dreizehn, als meine erste Halbschwester geboren wurde – zwischen uns besteht ein großer Altersunterschied und wir haben, ehrlich gesagt, nicht viel gemeinsam. Mein Leben mit meinen Eltern gehörte zu einem Paralleluniversum, sie jedoch kennen nur die glückliche Welt meiner Mutter und ihres Vaters. Das muss ich nicht zerstören.“

„Würdest du doch sowieso nicht tun.“

„Wie auch immer, es spielt keine Rolle. Alle sind sehr zufrieden mit der Art und Weise, wie die Dinge stehen.“

„Ich könnte wetten, deine Eltern vermissen dich mehr als du denkst.“

„Das liegt daran, dass du gerne an das Gute im Menschen glaubst, Sophie.“

„Durchaus möglich. Aber das wird von jetzt an schwieriger werden.“

Verständnis blitzte in seinen Augen auf. „Zweifellos, aber ich hoffe mal, du wirst jetzt nicht zur kompletten Zynikerin.“

„So wie du?“, forderte sie ihn heraus.

„So wie ich“, gab er zu.

„Ich kann jetzt nachvollziehen, woher dieser Zynismus kommt, zumindest teilweise. Deine Eltern haben dich verletzt, und zwar so tief, dass der Schmerz nie wieder verschwindet.“

„Ich hege keinen tiefen Groll gegen sie, Sophie. Darüber bin ich hinweg.“

„Das glaube ich dir nicht.“

„Ob du es glaubst oder nicht, ist mir egal“, entgegnete er ärgerlich. „Ich kenne die Wahrheit. Hör auf mit deinen Versuchen, mich psychoanalysieren zu wollen.“

„Das tue ich doch gar nicht. Ich versuche lediglich, dich zu verstehen.“

„So kompliziert bin ich nun auch wieder nicht!“

„O bitte, Damon, das ist nicht wahr.“

„Ist es doch. Meine Devise lautet, die Dinge einfach zu halten. Das ist meine Lebensstrategie.“

„Und deshalb bist du auch hier mit mir gelandet?“, forderte sie ihn heraus. „Indem du die Dinge nicht verkomplizierst?“ Sein Stirnrunzeln zeigte ihr, dass sie den Nagel auf den Kopf getroffen hatte.

„Auch wieder wahr“, gab er zu. „Schon als ich dich das erste Mal gesehen habe, war mir klar, dass du mein Leben auf den Kopf stellen würdest, und damit lag ich goldrichtig.“

„Hey, ich habe dich nicht gezwungen, mir nachzustellen. Nach unserer gemeinsamen Nacht habe ich dich nie mehr kontaktiert. Ich bin nicht mal mehr zu irgendwelchen FBI-Anlässen gegangen, wo du auch hättest anwesend sein können.“

„Mit Absicht?“, fragte er neugierig.

„Nun, meistens war ich ohnehin nicht da, aber worauf ich hinauswill, ist, dass ich mich entschieden hatte, dich loszulassen. Du bist derjenige, der daran etwas geändert hat.“

„Daran ist dein Vater schuld.“

„Das würde es natürlich leichter machen.“

Damon lächelte. „Würde es definitiv.“

„Aber wir beide wissen, dass das nicht die ganze Wahrheit ist.“

Seine tiefblauen Augen glühten, was ihr einen Schauer des Verlangens über den Rücken jagte.

„Wir sollten fernsehen“, schlug er vor. „Wo ist die Fernbedienung hingekommen?“

Sophie hob sie vom Tisch auf. „Ich habe sie.“

„Dann stell den Ton an und such uns etwas mit viel Lärm.“

„Etwas zur Ablenkung?“

„Ja, bitte.“

Die Verzweiflung in seinem Blick ließ sie das Gerät wieder

weglegen. „Ich möchte aber nicht fernsehen. Ich will, dass wir den Kuss beenden, den du vorhin in der Garage begonnen hast."

Er presste die Lippen zusammen. „Das war ein Fehler."

„Er hat mich daran erinnert, wie gut es zwischen uns lief. Bist du nicht neugierig, wie es sich jetzt anfühlen könnte?"

„Es würde die Situation nur unnötig verkomplizieren, was wir definitiv nicht brauchen."

„Weil du am nächsten Morgen nicht einfach verschwinden könntest?"

„Ich möchte diese Art von Unterhaltung nicht führen, Sophie."

„Auch gut. Ich wollte sowieso nicht reden. Ich möchte dich küssen. Und dann will ich, dass du mich nach oben ins Bett bringst." Schon stand er im Begriff, den Kopf zu schütteln, als sie sich nach vorne lehnte und sein Gesicht in ihre Hände nahm. „Sag nicht Nein, Damon. Nicht, wenn es das ist, was wir beide wollen."

Sie konnte den innerlichen Kampf sehen, den er ausfocht; das Bedürfnis, das Richtige zu tun gegen sein Verlangen, das zu fühlen, was sie einst gefühlt hatten.

„Ich will dich nicht verletzen", flüsterte er heiser.

„Du wirst mich nicht verletzen."

„Das hast du letztes Mal auch gesagt, und trotzdem ist es geschehen, und es darf sich nicht wiederholen."

„Damals war es etwas anderes. Mittlerweile kennen wir uns besser."

„Das mag ja stimmen, aber da gibt es noch etwas, das du wissen solltest: Mit Liebe habe ich nichts am Hut, sie funktioniert bei mir einfach nicht. Nachts mag ich genau der Mann sein, den du dir wünschst, aber am Morgen sieht das schon wieder ganz anders aus."

„Am Morgen?", wiederholte sie. „Wir wissen nicht einmal, ob es für uns einen weiteren Morgen gibt, Damon. In den letzten drei

Tagen hätte ich mindestens zweimal sterben können. Du warst es doch, der mir gesagt hat, ich solle mich nur auf den Moment konzentrieren, und das ist jetzt der Moment, den ich brauche."

„Das bezog sich aufs Überleben."

„Ich will aber nicht nur überleben, sondern leben. Ich will dich … und du mich doch ebenso. Also, hör auf, dagegen anzukämpfen. Bitte, hör auf damit."

Er atmete scharf ein und sie konnte erkennen, wie er sich verzweifelt an den letzten Rest seiner Kontrolle klammerte. „Du spielst nicht fair."

„Ich spiele überhaupt nicht", entgegnete sie voller Wagemut, drückte ihre Lippen auf die seinen und nahm sich einfach, was sie wollte. Es war ein berauschendes, herrliches, befreiendes Gefühl.

Einen Augenblick lang ließ Damon sie gewähren, dann jedoch schob er sie von sich und stand auf.

Sie starrte ihn schockiert an, unfähig zu glauben, dass er sie wirklich von sich stieß,

doch er reichte ihr die Hand und zog sie auf die Füße.

„Wenn wir es schon tun, dann aber auch richtig", sagte er.

Das Versprechen, das in seinen Worten mitklang, ließ sie erschauern.

Er führte sie die Treppe hinauf und in Jamies Zimmer.

Als sie all die Dinge ihres alten Freundes sah, zögerte sie. „Äh, Damon, ich weiß nicht recht, ob dieses Zimmer ..."

„Eine Sekunde", unterbrach er sie und ging ins angrenzende Badezimmer. Er schaltete das Licht an, gleich darauf wieder aus und kam mit einem Kondom zurück. „Das habe ich vorhin zufällig entdeckt. Nur eines. Wir sollten das Beste daraus machen."

„Aber nicht hier drinnen", entschied Sophie.

„Nein", stimmte er zu und ließ sich von ihr über den Flur zu einem der Gästezimmer führen. Sie wollte keine anderen Erinnerungen außer denen, die sie heute Abend selbst erschaffen würden.

Während das Mondlicht, das durch die Dachluke fiel, den Raum in dunkle Schatten tauchte, ließ sie sich in Damons Arme sinken.

Sein Kuss spiegelte nichts mehr von der ursprünglichen Zurückhaltung wider. Er war hungrig, ungeduldig und fordernd und drückte genau die Gefühle aus, die auch sie empfand. Es gab nichts weiter außer dem Hier und Jetzt – keine Sorgen in Bezug auf morgen, kein Bedauern wegen gestern – nur noch diesen Moment, *diesen Mann.*

Damon entzündete ihre Sinne. Er war die Flamme, sie die Motte, und es war ihr egal, ob sie sich an ihm verbrennen würde. Sie war bereit, sich ihm ganz hinzugeben.

Als seine Lippen sich von den ihren lösten und über ihr Kinn an der Seite ihres Halses hinabglitten, begannen ihre Nerven vor Lust zu prickeln. Dann krochen seine Hände unter ihr T-Shirt, und die Berührung seiner rauen Finger verursachte ihr eine wohlige Gänsehaut.

„Ich will dich sehen", flüsterte er, während er ihr das Oberteil über den Kopf zog. Dann waren seine Finger auch schon am Verschluss an der Vorderseite ihres BHs und er entblößte mit hungrigem Blick ihre Brüste. Sie hatte sich das Kleidungsstück kaum von den Schultern gestreift, als sich sein Mund um eine ihrer Brustwarzen schloss. Er neckte und liebkoste zuerst die eine und dann die andere Brust und sie warf vor Wonne den Kopf zurück.

Sein Mund wanderte tiefer. Jetzt bemühten sich seine Hände, sie aus Leggings und Höschen zu schälen und sie war mehr als bereit, ihm dabei zu helfen, wollte allerdings auch ihn nackt sehen.

„Du hast einiges aufzuholen", merkte sie an und fühlte sich in ihrer Nacktheit ein wenig scheu, da er noch vollständig bekleidet war.

„Bin dabei“, versicherte er ihr lächelnd, zog sein Hemd aus und befreite sich strampelnd aus seiner Jeans.

Sie wünschte, es gäbe Licht, damit sie ihn besser betrachten könnte, aber schon aufgrund dessen, was sie erkennen konnte, musste sie hart schlucken. Er war so gut gebaut: breite Schultern, schlanker Oberkörper, Waschbrettbauch und genau die richtige Menge an sexy, dunkler Behaarung, kurzum, ein Körper wie für sie gemacht.

Sie zogen sich gegenseitig aufs Bett, küssten, schmeckten, berührten sich ...

Alle Erinnerungen an die eine Nacht, die sie gemeinsam verbracht hatten, kamen zurück, aber dieses Mal war es sogar noch besser – leidenschaftlicher, waghalsiger, abenteuerlustiger, liebevoller.

Sie wollte das L-Wort nicht aussprechen und schon gar nicht daran denken, aber als Damon und sie sich vereinten, fühlte sie die tiefe, emotionale Verbundenheit, die nicht nur auf Lust, sondern vor allem auf Vertrauen basierte. Dieser Mann war in ihrem Herzen und in ihrer Seele. Sie konnte ihn überall spüren. Von daher versuchte sie gar nicht erst, gegen ihre Gefühle anzukämpfen, sondern nahm sie mit offenen Armen an.

Wer konnte schon wissen, was der morgige Tag bringen würde?

Ihnen blieb diese Nacht, und sie würde das Beste daraus machen.

Er hatte eine ohnehin schon schlimme Lage noch weiter verkompliziert, all das getan, was er nicht hätte tun sollen. Anstatt zu überlegen und logisch zu reagieren, hatte er sich von seinen Gefühlen übermannen lassen.

Aber als Damons Blick auf die schöne, nackte Frau fiel, die sich neben ihm im Bett an ihn schmiegte, einzelne Strähnen ihres blonden, seidigen Haars auf seiner Brust ausgebreitet, bereute er keine einzige Sekunde.

Es mochte die falsche Zeit und der falsche Ort gewesen sein, aber Sophie war die Richtige. Noch nie zuvor hatte er so perfekt mit einer Frau harmoniert, wollte er so verzweifelt jeden süßen Zentimeter von ihr erforschen und sie auf jede nur erdenkliche Art und Weise befriedigen. Und es schien, als würde sie genauso empfinden.

Bei ihrem ersten Treffen waren sie unbedacht gewesen, lediglich vereint in ihrer gemeinsamen Trauer.

Dieses Mal jedoch war ihr Wagemut gepaart mit einer besseren Kenntnis des jeweils anderen, einem komplexeren Wunsch, einer tieferen Zuwendung. Das fühlte sich beunruhigend und sogar erschreckend an, und der Grund dafür war nicht, dass er am nächsten Morgen nicht verschwinden konnte, sondern es nicht *wollte*.

Sophie ging ihm nicht mehr aus dem Kopf und hatte ihn verhext. Sie war in jedem Atemzug, den er tat. Ihr galt sein erster Gedanke nach dem Aufwachen und sein letzter vor dem Einschlafen. Zwar versuchte er sich einzureden, dass die Gefahr, in der sie sich befanden, diese Gefühle erst hervorgebracht hatte, wusste jedoch, dass dies nicht die ganze Wahrheit war. Auch wenn er sie in all den Jahren nicht angerufen hatte, bedeutete das nicht, dass er aufgehört hatte, an sie zu denken. Sie war immer präsent gewesen; er hatte sie lediglich in ferne Gefilde zurückgedrängt und sich auf das konzentriert, was vor ihm lag. Jetzt jedoch war *sie* vor ihm, und hinter ihm, und neben ihm – überall da, wo er sich ebenfalls befand, und noch immer war es ihm nicht nahe genug.

Erneut wurde er überwältigt von dem unwiderstehlichen Drang, sie ganz für sich haben zu wollen. Es waren nicht nur ihr Gesicht und ihr Körper, die ihn in ihren Bann zogen, sondern der Mensch Sophie selbst – ihr Geist, ihr Mut, ihre Neugier, ihre Loyalität angesichts aller Widrigkeiten.

Wenn er denn lieben könnte, wäre sie seine erste Wahl.

Schnell ermahnte er sich, nicht zu vergessen, dass Liebe eine Einbahnstraße war, ein Einzelticket zur Endstation möglicher Schmerzen. Einige Paare mochten es ja schaffen, aber nicht viele, und in der Regel nicht, ohne jede Menge Kompromisse einzugehen.

Als sie ihren Körper gegen seinen presste, fragte er sich: War diese Reise es wert, auch wenn das Ergebnis letztendlich wenig erstrebenswert wäre?

Diese Überlegungen waren alles andere als logisch. Warum sich auf einen Absturz einstellen, wenn er diesen doch verhindern konnte?

Weil es Sophie war – und wenn es jemals eine Zeit gegeben hatte, seine Regeln zu brechen, dann jetzt.

„Alles wird gut“, sagte sie gerade, und ihre Stimme durchbrach seine turbulenten Gedankengänge. Sie hob ihren Kopf von seiner Brust, um ihn anzublicken, und er sah das Verständnis in ihren Augen. „Ich kann spüren, wie die Anspannung zurückkehrt. Du denkst zu viel nach, Damon. Kein sehr gutes Vorbild, um sich im Hier und Jetzt zu verlieren“, neckte sie ihn.

Diese Erinnerung an seinen eigenen Rat entlockte ihm ein Lächeln. „Tu, was ich dir sage, und nicht, was ich tue.“

„Es ist noch nicht morgen“, fuhr sie fort. „Noch können wir uns in den Schatten der Nacht verlieren, bevor wir uns der Realität stellen müssen.“

„So verlockend das auch klingen mag, habe ich leider keine weiteren Kondome.“

„Dann lass uns doch was anderes machen“, schlug sie vor und lächelte verrucht. „Ich hätte da schon ein paar Ideen.“

„Ach, tatsächlich?“

„Tatsächlich“, bestätigte sie und hielt seinem Blick stand. „Uns bleibt noch ein wenig Zeit, bevor die Sonne aufgeht, und ich finde, die sollten wir gut nutzen, denn … Nun, man weiß ja nie, was als Nächstes passiert.“

Er strich ihr eine Haarsträhne aus ihrem wunderschönen Gesicht. Sie war ein Engel, und kein Engel sollte sich mit dieser Hölle auseinandersetzen müssen, der sie gerade zu entfliehen versuchten. Leider hatte ihr Vater seine Seele dem Teufel verkauft, und jetzt kämpfte Sophie um ihr Leben.

„Ich weiß, was als Nächstes kommt, und zwar das hier“, sagte er und zog ihr Gesicht zu sich heran, um sie erneut zu küssen.

Der Blick, mit dem sie ihn bedachte, drückte so viel Glück aus, dass die Mauer der Verteidigung, die er über Ewigkeiten hinweg aufgebaut hatte, zu bröckeln begann.

Als Kind hatte ihn die Liebe beinahe zerbrochen, und all die Jahre, in denen er Kameraden im Krieg und gute Freunde bei FBI-Einsätzen verlor, hatten ihr Übriges dazu beigetragen, sein Herz in Stücke zu reißen. Er glaubte nicht, dass er noch viel zu geben hatte, und sie verdiente mehr, so viel mehr.

Aber ihr zu verweigern, was sie sich wünschte – was er sich wünschte –, schien unmöglich.

„Damon, hör auf, dir Sorgen zu machen“, sagte sie und blickte ihn streng an. „Das ist mein Job. Wir waren uns doch einig, dass es heute Nacht nur um dich und mich geht, und nicht um die Vergangenheit oder die Zukunft. Nur um das Hier und Jetzt. Mehr will und erwarte ich nicht von dir.“

Leider wollte er viel mehr, und genau das belastete ihn. Allerdings war er nicht so dumm, ihr Angebot auszuschlagen. Mit den Konsequenzen konnte er sich auch noch später beschäftigen. In der Zwischenzeit würde er sein Bestes geben, um sie glücklich zu machen.

SIEBZEHN

DAMON WAR VERSCHWUNDEN – wieder einmal.

Sophie rollte sich herum, starrte auf die leere Seite des Bettes und seufzte. Noch immer konnte sie den Abdruck seines Kopfes auf dem Kissen erkennen, den herben Duft seiner Haut auf den Laken riechen. Aber er war nicht da, und sie hätte das auch nicht erwarten dürfen.

Sie hatte es ihm versichert – keine Versprechungen, kein Bedauern –, aber dennoch hätte sie sich gewünscht, in seinen Armen aufzuwachen. Doch sie war allein, und das Haus fühlte sich zu ruhig an.

Als sie sich im Bett aufsetzte, redete sie sich ein, dass es trotzdem anders war als beim letzten Mal. Es war unmöglich, dass er gegangen war und sie zurückgelassen hatte, solange sie sich in unmittelbarer Gefahr befand.

Wenn all dies einmal ausgestanden war ... nun, dann sah die Sache möglicherweise anders aus. Aber ob sie und Damon sich jemals wiedersehen würden oder nicht, war wahrscheinlich das Letzte, worüber sie sich im Moment den Kopf zerbrechen sollte.

Sie stand auf, sammelte ihre Kleider zusammen und ging über den Flur hinüber zum Gästebad. Eigentlich hätte sie lieber direkt nach ihm gesucht, musste aber erst einmal ihre Gedanken ordnen.

Während sie heiß und ausgiebig duschte, gönnte sie sich den Luxus, einige der schönsten Momente der vergangenen Nacht nochmals auferleben zu lassen. Sie wusste, dass Damon sie mochte, dass da zwischen ihnen eine gewisse Anziehungskraft bestand, aber auch, dass er sich vor der Liebe fürchtete, davor, jemanden zu brauchen und eine feste Beziehung einzugehen.

Was das betraf, hatten seine Eltern ihm übel mitgespielt und sie konnte verstehen, warum er so kopfscheu geworden war. Sie allerdings würde ihn niemals verletzen. Wie könnte sie auch? *Sie liebte ihn.*

Diese Erkenntnis schockierte sie ebenso wie das Wissen, schon die ganzen Jahre über Gefühle für ihn gehegt zu haben und sie sich nur nicht eingestehen wollte, dass sie dumm genug gewesen war, sich in einen One-Night-Stand zu verlieben.

Aber ihre Liebe würde ihm Angst einjagen, sodass sie das besser nicht erwähnen sollte. Er würde sich auf keinen Fall die Last ihrer Gefühle aufbürden wollen, und es würde die Dinge zwischen ihnen nur unnötig verkomplizieren, wofür gerade wirklich nicht der richtige Moment war.

Sie drehte das warme Wasser ab und ließ sich stattdessen von einem kalten Strahl berieseln, um ihre erhitzten Emotionen abzukühlen.

Wenn sie nach unten ging, hätte Damon zweifellos seine Schutzmauern wieder hochgezogen. Also sollte auch sie besser ihre eigene Rüstung anlegen.

Nachdem sie ihr Haar trocken geföhnt und in Cassies Schrank eine Jeans und ein Stricktop entdeckt hatte, das ihr passte, fühlte sie sich bereit für den Tag.

Damon befand sich in der Küche. Anscheinend war auch er in Jamies Zimmer fündig geworden, denn er trug ein hellblaues T-Shirt und eine knappsitzende Jeans, was ihn höllisch sexy aussehen ließ. Im Nu war ihre Entschlossenheit verflogen.

Warum musste er nur so attraktiv sein? Warum nur wollte sie ihn so sehr? Hätte die letzte Nacht nicht vorerst genügen sollen? Leider hatte ihr Zusammensein ihr Verlangen nicht gerade gestillt – ganz im Gegenteil.

Gerade machte er sich am Herd zu schaffen, blickte aber auf, als sie eintrat. Ein Lächeln wollte sich auf seinen Zügen ausbreiten, das jedoch erstarb, als er ihren Gesichtsausdruck bemerkte. Er drehte die Flamme zurück, durchquerte den Raum, zog sie in seine Arme und gab ihr einen heißen Kuss, der sie zu versengen drohte und ihren Vorsatz, wie gehabt weiterzumachen und die gemeinsame Nacht aus ihren Gedanken zu verbannen, im Keim erstickte.

„Guten Morgen“, sagte er, als er sich schließlich von ihr löste.

„Das ist er definitiv“, antwortete Sophie ein wenig atemlos. „Aber eigentlich dachte ich, wir würden das, was gestern zwischen uns war, nicht in den heutigen Tag mit hinübernehmen.“

„Das war der Plan, aber wenn ich dich ansehe, scheint sich dieser in Luft aufzulösen.“

Es gefiel ihr, dass sie diese Wirkung auf ihn hatte und dass er es sogar zugab.

„Komm und setz dich“, lud er sie ein. „Frühstück ist fertig.“

„Es riecht gut. Was ist das denn?“

„Haferbrei mit extra viel Zimt.“

„Perfekt.“

„Ob es perfekt ist, weiß ich nicht, aber zumindest macht es uns satt.“

„Ich muss unbedingt Cassie und Vincent anrufen.“ Sophie schielte auf ihre Armbanduhr. Zwar war es hier erst sieben Uhr morgens, in Paris jedoch schon Nachmittag. „Vielleicht mache ich das gleich, wenn ich gegessen habe.“

„Gute Idee. Lass uns festlegen, was du sagen darfst.“ Damon

zog zwei Schüsseln aus dem Schrank und füllte jede mit Porridge.

Sie holte Löffel aus der Schublade, und gemeinsam ließen sie sich am Tisch nieder, um zu frühstücken. „Das schmeckt köstlich. In der Küche bist du ein wahrer Zauberer. Und im Schlafzimmer auch nicht übel“, fügte Sophie neckend hinzu.

Er grinste sie schelmisch an. „In anderen Räumen bin ich ebenfalls ganz brauchbar.“

Sie war froh, dass nach der Eskapade der letzten Nacht keine peinliche Spannung zwischen ihnen herrschte. „Also ist alles okay zwischen uns?“, fragte sie zögernd.

„Von meiner Seite aus schon. Wie steht’s mit dir?“

„Ebenfalls.“ Sie hielt seinem prüfenden Blick stand.

„Es gibt also nichts, worüber wir reden müssten?“

„Nur darüber, was wir tun werden, um einer Festnahme zu entgehen und wie wir herausfinden können, was meinem Dad zugestoßen ist. Ich hätte da auch schon eine Idee.“

„Raus damit.“

Sie stand auf und ging zu dem Koffer, der noch immer auf dem Boden stand, öffnete ihn, zuckte beim Anblick des ganzen Geldes erneut innerlich zusammen, zog dann die gefälschten Papiere heraus und kam zurück an den Tisch. „Gestern habe ich festgestellt, dass auf beiden Ausweisen die gleiche Adresse steht. Eine Straße in Brooklyn. Ich frage mich, ob das was zu bedeuten hat?“

Damon nahm ihr die Unterlagen aus der Hand und studierte sie genauer. „Interessant. Es könnte sich natürlich um ein leerstehendes Gebäude handeln oder einfach nur um eine Fake-Adresse.“

„Wäre möglich, aber ich schätze meinen Vater nicht so ein, dass er einfach was aus dem Hut gezaubert hat. Ganz offensichtlich verfolgte er einen Plan.“

Damon zog sein Telefon heraus. „Ich werde die Adresse mal auf der Karte überprüfen.“

Sie setzte sich und beendete ihr Frühstück, während er im Internet suchte.

„Ich habe ein Satellitenbild gefunden. Sieht nach einem Apartment-Komplex aus.“ Er hob den Blick. „Wir könnten es uns mal ansehen, was aber bedeuten würde, dass wir zurück nach New York müssten.“

„Ich glaube nicht, dass New York im Moment gefährlicher ist als jeglicher andere Ort.“

„Da ist was dran. Tatsächlich könnte es sogar sicherer sein. Niemand wird damit rechnen, dass du in die Stadt zurückkehrst. Mir gefällt die Idee.“ Er schwieg und blickte sie anerkennend an. „Ich habe nicht einmal auf die Adresse auf den Pässen geachtet, was ich hätte tun sollen. Gut gemacht, Sophie.“

Sein Lob entlockte ihr ein Lächeln. „Ich habe sie mir gestern einmal genauer angesehen, während du dich im Haus versteckt und darauf gewartet hast, dass die Putzkolonne verschwindet, war dann aber so beschäftigt mit dem Schlangen-Tattoo, dass ich es glatt wieder vergessen habe.“

„Gestern wären wir sowieso nicht zurückgefahren. Die Lage war zu heikel.“ Er hielt kurz inne. „Möglicherweise handelt es sich bei dieser Adresse um den geheimen Unterschlupf deines Vaters in der Stadt.“

Sophie lief es kalt den Rücken hinunter. „Das hoffe ich jetzt mal nicht, denn bisher haben sich seine Geheimverstecke nicht unbedingt als gut für uns erwiesen. Vielleicht sollten wir diesen Plan doch wieder verwerfen.“

„Oder …“, sagte er, und seine Augen blitzten auf, „vielleicht sollten wir nicht allein dort hingehen.“

Sie verstand, was er damit sagen wollte. „Du willst deine Freunde um Hilfe bitten?“

„Würde ich gerne, aber es liegt an dir. Wir stecken beide in der Sache drin.“

Die Vorstellung, noch weitere Personen mit einzubeziehen, war sowohl verlockend als auch beunruhigend. Sie persönlich kannte Bree und Wyatt zwar nicht, aber Damon tat es. Wenn sie ihm vertraute, musste sie ihnen ebenfalls vertrauen. „Wenn du es für eine gute Idee hältst, habe ich nichts dagegen.“

„Ich schicke ihnen schnell eine Nachricht. Danach kannst du Cassie anrufen.“

Sie nickte und spürte wieder dieses nervöse Kribbeln am ganzen Körper. *Sollte sie sich wirklich nochmals bei Cassie und Vincent melden? Welche Informationen könnten sie möglicherweise haben, die hilfreich wären?* Und obwohl Vincent sich bereits seit Jahren im Ruhestand befand, war er noch immer ein ehemaliger FBI-Mitarbeiter. *Fühlte er sich Peter Hunt gegenüber nach wie vor irgendwie verpflichtet?* Sie glaubte nicht, dass Karen Leigh schon zu Vincents Zeiten beim FBI gewesen war, wusste aber auch nicht, ob dieser noch mit irgendjemand anderem in engerem Kontakt stand.

Dennoch war es möglich, dass er etwas Licht ins Dunkel bringen könnte, was die Handlungen ihres Vaters betraf. Die beiden waren auch nach der Pensionierung Freunde geblieben. Er könnte einen Tipp für sie haben.

Damon schob das Telefon über den Tisch zu ihr herüber. „Du bist dran.“

„Meinst du, es ist zu riskant, sie anzurufen? Glaubst du, Vincent könnte Informationen haben, die uns weiterbringen?“

Damon zuckte mit den Schultern. „Keine Ahnung. Der Anruf könnte sich entweder als wertvoll oder völlig nutzlos herausstellen, oder uns sogar noch weitere Probleme bescheren.“

Sie runzelte die Stirn. „Das ist nicht wirklich hilfreich.“

Er dachte einen Moment nach. „Wenn du dich kurzfasst, so wenig wie möglich preisgibst und mehr Fragen stellst als Antworten gibst, wäre es schon interessant zu hören, was Vincent zu sagen hat, ob er mit Peter oder sonst jemandem in Kontakt steht.“

Sie nickte zustimmend. „Gut, das macht Sinn. Ich muss zugeben, dass es schon seltsam ist, wenn man erst großartig überlegen muss, ob man jemanden anrufen soll, den man seit Kindesbeinen an kennt."

„Eine gesunde Skepsis ist nie verkehrt. Im Moment können wir es uns nicht leisten, auch nur einen Moment lang unachtsam zu sein."

Sie nickte, tippte dann Cassies Nummer ein und stellte sie auf Lautsprecher.

Die Freundin ging nur Sekunden später ran. „Hallo?"

„Ich bin's, Sophie", sagte sie und fühlte sich beim Klang ihrer Stimme leicht nervös. „Bist du mit deinem Vater zusammen?"

„Wir sitzen gerade im Auto. Ich leg dich auf die Freisprechanlage, okay?"

„Ist sonst noch jemand bei euch?"

„Nein, nur Dad und ich", versicherte Cassie ihr. „Wir fahren gerade zu einer Weinprobe ins Loire-Tal. Geht es dir gut? Bist du in Sicherheit?"

„Ich schlage mich so durch", antwortete sie und empfand bei dem Gedanken an den Vater-Tochter-Trip eine gewisse Wehmut.

„Hallo, Sophie", vernahm sie nun auch Vincents tiefe Baritonstimme. „Ich bin froh zu hören, dass es dir gut geht. Wir haben uns große Sorgen um dich gemacht."

„Nun, ehrlich gesagt stecke ich in einigen Schwierigkeiten."

„Wie kann ich dir helfen?"

„Was weißt du über den Tod meines Vaters? Hast du mit jemandem beim FBI gesprochen?"

„Ja, etliche Male, mit Peter."

Sie warf Damon einen vielsagenden Blick zu. „Was hat er dir erzählt?"

„Dass in deine Wohnung eingebrochen wurde und du zum See geflohen bist, wo auf dich geschossen wurde. Und dass Damon Wolfe bei dir ist – Jamies Freund. Ist er das immer noch?"

Sie versuchte den Knoten, der ihr in der Kehle saß, hinunterzuschlucken, während Damon den Kopf schüttelte. „Nein", log sie. „Ich habe es mit der Angst zu tun bekommen und bin vor ihm ebenfalls davongelaufen. Im Moment weiß ich nicht, wem ich überhaupt vertrauen kann."

„Lass mich etwas arrangieren, um dich aus der Stadt rauszubringen."

„Da, wo ich mich gerade aufhalte, bin ich sicher. Aber ich möchte wirklich wissen, was meinem Vater deiner Meinung nach passiert sein könnte. Hat er dir gegenüber erwähnt, dass er in Schwierigkeiten steckt?"

Am anderen Ende der Leitung entstand eine kurze Pause.

„Vor ein paar Wochen", fuhr Vincent dann fort, „erzählte er mir, dass er erhebliche finanzielle Probleme hätte. Ich bot an, ihm zu helfen, aber er meinte, er hätte es unter Kontrolle. Allerdings habe ich bemerkt, dass er ziemlich besorgt war. Leider ging er nicht weiter ins Detail. Nach dem Gespräch mit Peter vermute ich, dass Alan sich vielleicht Geld von der falschen Person geliehen hat, möglicherweise von jemandem aus einer der kriminellen Organisationen, die er eigentlich zur Strecke bringen sollte."

Bei diesen Worten rutschte ihr das Herz in die Hose. „Glaubst du wirklich, er würde das Gesetz brechen, nur weil er Schulden hatte?"

„Ich möchte es nicht glauben, Sophie, aber Peter hat mir von seiner Vermutung berichtet, dass es beim FBI eine undichte Stelle geben könnte, und Alan stand an der Spitze der Liste seiner Verdächtigen. Für mich ergab das keinen Sinn, denn er war einer der anständigsten Menschen, mit denen ich je zu tun hatte. Ich hätte mein letztes Hemd für ihn gegeben ... er hätte nur fragen müssen." Vincent klang traurig.

„Wie lange ist es her, seit du ihn das letzte Mal gesprochen hast?", hakte sie weiter nach.

„Circa zwei bis drei Wochen. Ich wollte mich wieder melden, war dann aber unterwegs."

Sie runzelte die Stirn, als Damon etwas auf den Notizblock schrieb und zu ihr hinüberschob: *Hat er irgendjemandem von der Hütte am See erzählt?*

„Hast du Peter gegenüber das Haus am See erwähnt? Ich verstehe nicht, wie jemand davon wissen konnte. Es war doch unser Geheimversteck.“ Bei diesen Worten kam ihr in den Sinn, dass Vincent es gewesen sein könnte, der jemanden geschickt hatte, um sie zu töten.

Damon warf ihr einen warnenden Blick zu ... offensichtlich konnte er ihre Gedanken lesen.

Er schrieb erneut etwas auf. *Bleib ruhig. Verrate nichts.*

„Nein, das habe ich nicht“, versicherte Vincent ihr. „Bei seinem ersten Anruf am Mittwochabend erzählte Peter mir von den Geschehnissen und fragte mich, ob ich wüsste, wer deine Freunde seien und ob du mit Cassie in Kontakt stehen würdest. Ich habe ihm wahrheitsgemäß berichtet, dass ich keine Ahnung hätte, mit wem du deine Zeit verbringst und dass meine Tochter in London sei. Dann hat er am Donnerstag nochmals Kontakt zu mir aufgenommen, mir von der Schießerei in der Blockhütte erzählt und wollte wissen, warum ich die ihm gegenüber nicht erwähnt hatte. Ehrlich gesagt habe ich bei unserem ersten Gespräch nicht daran gedacht. Ich war schon so lange nicht mehr dort und so schockiert über die Todesnachricht, dass ich in dem Moment keinen klaren Gedanken fassen konnte. Die Vorstellung, dass Alan umgebracht worden war, erschien mir unglaublich. Es tut mir so leid, Sophie, da ich ja weiß, wie nahe ihr euch gestanden habt. Ich kann einfach nicht glauben, dass ihn jemand getötet hat und jetzt auch noch hinter dir her ist.“

Er klang aufrichtig bestürzt darüber, was ihrem Vater widerfahren war und besorgt, was sie betraf. Noch vor einer Woche hätte sie nie an ihm gezweifelt, aber jetzt wusste sie nicht mehr, was sie glauben sollte.

„Kannst du mir erklären, warum du nicht mit Peter sprechen willst?“, drängte er.

„Dad hat mir eine Nachricht hinterlassen, niemandem zu trauen.“

„Das verstehe ich nicht. Hat er gesagt, warum oder wem?“

„Leider nein. Er klang panisch, so als ob er in Gefahr wäre, was ja offensichtlich der Fall war. Und dir gegenüber hat er auch nichts bezüglich seiner finanziellen Probleme preisgegeben?“

„Nein, hat er nicht. Ich habe nachgefragt, aber er sagte nur, die hätten sich über eine geraume Zeit angehäuft. Mehr nicht. Sophie, wir müssen dich irgendwo in Sicherheit bringen. Ich möchte, dass du nach Paris kommst. Hier können Cassie und ich uns um dich kümmern. Bestimmt hätte dein Vater sich das gewünscht.“

„Damit würde ich euch nur unnötig in Gefahr bringen.“

„Damit kann ich umgehen.“

„Du vielleicht, aber sie nicht. Und außerdem bin ich mir nicht sicher, ob ich es überhaupt in ein Flugzeug schaffen würde. Mein Foto ist überall, jeder sucht nach mir.“

„Wir könnten ein Privatflugzeug chartern. Das ließe sich leicht arrangieren. Ich habe das Geld und die nötigen Beziehungen. Bitte, komm nach Paris. Bleib hier bei uns, bis sich die Lage beruhigt hat. Wir können das Problem von hier aus gemeinsam angehen.“

Sophie zögerte, beinahe versucht, auf sein Angebot einzugehen, aber es klang nicht wirklich realistisch.

Damon schrieb: *Halte ihn hin ... Sag, du wirst es dir überlegen.*

„Vielleicht“, antwortete sie und verstand nicht, warum er wollte, dass sie mitspielte, tat jedoch, wie ihr geheißen. „Ich rufe wieder an, weil ich momentan nicht lange an ein und demselben Ort bleiben kann.“

„In spätestens zwei Stunden könnte ein Flieger für dich bereitstehen. Schaffst du es bis nach Teterboro, New Jersey?“

Sie fuhr sich mit der Zunge über die Lippen, während Damon entschieden den Kopf schüttelte.

„Nein, so schnell nicht“, erwiderte sie.

„Wann könntest du dort sein?“

Damon schüttelte erneut warnend den Kopf.

„Keine Ahnung. Ich muss auflegen. Bitte erzähl niemandem, dass ich angerufen habe.“

„Selbstverständlich nicht“, versicherte Vincent ihr. „Aber ich mache mir Sorgen, weil du versuchst, das allein durchzuziehen. Wenn jemand beim FBI in den Mord an deinem Vater verwickelt ist, wirst du Hilfe brauchen.“

„Ich schaffe das schon.“

„Sophie, warte“, schaltete Cassie sich ein. „Bitte denk über das Angebot meines Vaters nach. Ich habe Angst um dich und möchte dich in Sicherheit wissen.“

„Das weiß ich doch. Auch ich habe Angst, muss es aber auf meine Weise tun. Ich melde mich wieder. Jetzt muss ich Schluss machen – da kommt jemand.“ Sie legte auf, bevor einer der beiden noch etwas sagen konnte, und atmete erst einmal tief aus. „Was meinst du? Glaubst du, er hat mich bezüglich der Hütte ans Messer geliefert?“

„Seine Antwort klang plausibel. Es ist durchaus möglich, dass ihn die Nachricht über den Tod deines Vaters so geschockt hat, dass er in diesem Moment überhaupt nicht an das Haus am See dachte.“

„Aber?“, fragte sie, als sie seinen zweifelnden Blick bemerkte.

„FBI-Agenten vergessen solche Sachen wie Geheimverstecke in der Regel nicht. Wie auch immer, ich wollte verhindern, dass du ihm irgendeinen Hinweis auf unseren aktuellen Aufenthaltsort lieferst. Schon allein die Info, wie lange du brauchen würdest, um nach Teterboro zu kommen, hätte Rückschlüsse darauf zugelassen, wo wir uns gerade befinden.“

„Wenn er wüsste, dass wir uns in seinem Haus befinden, wäre er wahrscheinlich sprachlos.“

„Lange bleiben wir nicht mehr hier. Wir müssen los und uns

vor allem ein neues Telefon besorgen."

„Schon wieder?"

„Es wäre ein Leichtes für Vincent anzuordnen, dass das FBI diese Nummer ortet."

Sie schob das Telefon über den Tisch, als wäre es eine giftige Schlange, die jederzeit zubeißen könnte. „Schwer vorstellbar, dass er so etwas tun würde. Er weiß jetzt, dass mein Vater mich gewarnt hat, niemandem zu vertrauen. Sicher wird er es sich zweimal überlegen, mit wem er spricht. Zumindest hat er mir das zugesichert."

„Dann hoffen wir es mal." Mit diesen Worten drehte Damon das Handy herum und entfernte den Akku. „Wir werden es irgendwo auf dem Weg nach Brooklyn entsorgen."

„Meinst du, ich hätte Vincents Angebot annehmen sollen, um außer Landes zu kommen?"

„Zumindest solltest du es im Hinterkopf behalten. Aber erst, wenn wir auch sicher wissen, dass wir ihm vertrauen können."

Sie nahm die Ausweise vom Tisch und wollte sie gerade zurück in den Koffer stecken, als ihr etwas Glänzendes ins Auge stach. Es befand sich tief unten in dem Netz, in dem auch die Papiere waren. „Ich habe noch etwas entdeckt."

„Was denn?"

Als sie das metallene Objekt herausgezogen hatte, erkannte sie, dass es sich um einen Schlüssel handelte. „Wozu glaubst du gehört der? Zu einem weiteren Lagerraum?"

Er blickte zuerst darauf und dann sie an. „Vielleicht zu der Wohnung in Brooklyn?"

Ihr Puls schnellte in die Höhe. „Glaubst du wirklich?"

„Wäre durchaus möglich. Immerhin war er bei den Pässen. Lass uns hier aufräumen und dann verschwinden."

Sophie verstaute den Schlüssel in ihrer Tasche, ließ jedoch die Ausweise und das Bargeld im Koffer. Dann verschloss sie ihn wieder, während Damon anfing, das Geschirr zu spülen.

Die folgenden Minuten verbrachten sie damit sicherzustellen, dass sie keinerlei Spuren hinterlassen hatten, die auf ihren Aufenthalt schließen lassen könnten. Da sie keine Zeit hatte, die Leintücher abzuziehen oder die Handtücher durchzuwaschen, machte sie zumindest sorgfältig das Bett und bemühte sich, dabei nicht an die vergangene Nacht zu denken, die sie mit Damon hier verbracht hatte, was kein einfaches Unterfangen war. Jetzt aber waren sie wieder beim Geschäftlichen und die Nacht schien eine Ewigkeit zurückzuliegen.

Nachdem sie sich um das Bett gekümmert hatte, glättete sie die Handtücher, die sie in zwei der Badezimmer benutzt hatten, reinigte die Waschbecken und die Ablageflächen und ging dann zurück in die Küche.

„Jetzt müssen wir nur noch hoffen, dass wir mit deinem Gadget Jamies Auto starten können“, sagte sie, als sie das Haus durch die Hintertür verließen.

Damon hielt einen Autoschlüssel hoch. „Nicht nötig. Den hier habe ich im Arbeitszimmer gefunden.“

„Zumindest, was Schlüssel anbelangt, scheinen wir heute erfolgreich zu sein. Endlich mal scheint uns das Glück gewogen zu sein.“

„Auch nicht schlecht, oder?“

Sie folgte ihm in die Garage. Dort verstauten sie ihr Gepäck im Kofferraum und stiegen dann in Jamies Auto ein. Sie benutzten den Garagenöffner, der noch immer im Fahrzeug lag, um hinauszufahren und schlossen dann das Tor hinter sich, bevor sie die Auffahrt hinabfuhren.

Innerhalb weniger Minuten waren sie auf dem Weg zurück nach New York City. Es fühlte sich sowohl eigenartig als auch seltsam beruhigend an, im Auto ihres Freundes zu sitzen.

„Ich bin froh, dass wir mit diesem Wagen unterwegs sind“, merkte Sophie an. „Jetzt kommt es mir so vor, als ob Jamie über uns wachen würde.“

„Das kann ich nur hoffen. Wir können alle Hilfe gebrauchen, die wir kriegen können.“

ACHTZEHN

Die Fahrt von Greenwich, Connecticut nach Brooklyn, New York dauerte aufgrund des starken Verkehrs und den Umwegen, um eventuelle Verfolger abzuschütteln, fast zwei Stunden.

Damon war sich sicher, dass niemand sie auf dem Weg nach Brooklyn hinein entdeckt hatte. Jetzt jedoch, als sie sich ihrem Ziel näherten, war er doppelt wachsam.

Sophie hatte zu Beginn der Fahrt ein wenig geplaudert und überwiegend über Cassie und Jamie sowie ihr Verhältnis zu den Rowlands erzählt. Es war ihm nicht entgangen, dass sie besorgt war, mit dem Anruf bei den beiden einen Fehler gemacht zu haben, obwohl alles gut gelaufen war.

Vincent hatte ihnen Informationen über Alans finanzielle Probleme gegeben, was erklären könnte, warum dieser eine Grenze überschritten hatte – falls dem so gewesen war. Aber woher diese Geldsorgen kamen, war eine andere Frage. Wenn er es nicht einmal einem seiner engsten Freunde hatte beichten wollen, handelte es sich vielleicht um Glücksspiel, Drogen oder Erpressung. Gewiss hätte Alan sich geschämt, das zuzugeben.

Auf keinen Fall glaubte er, dass es Sophies Ausbildung gewesen war, die ihren Vater in den finanziellen Ruin getrieben hatte. Dahinter verbarg sich etwas viel Größeres. Es schien so, als hätte es nicht viele Leute gegeben, die Alan nahestanden. Sophie selbst hatte zugegeben, ihren Vater nur ein paar Mal im Monat zu Gesicht bekommen zu haben und wenig über sein Privatleben zu wissen, was aber nichts Ungewöhnliches war. Sie war erwachsen und führte ihr eigenes, geschäftiges Leben, und Alan hätte ihr mit Sicherheit nichts über seine Frauengeschichten erzählt, außer es hätte sich etwas Ernstes entwickelt.

Auch nach seinem Tod hatte sich keine Frau gemeldet, zumindest nicht gleich in der ersten Nacht. Möglicherweise hatte sich das zwischenzeitlich geändert, er war nicht mehr wirklich auf dem Laufenden. Aber auch Bree hatte nichts dergleichen erwähnt, und Alans Freundin zu finden, falls es eine gab, hätte mit Sicherheit oberste Priorität gehabt.

Wer also war Alan Parker? Offensichtlich trug er eine Maske, hatte andere nur das von sich sehen lassen, was er gewillt gewesen war zu zeigen. Damon befürchtete, dass Sophies Kampf, den Ruf ihres Vaters zu retten, vergeblich sein könnte, aber zumindest im Moment konnte er sie davon nicht überzeugen. Sie würde es bis zum bitteren Ende durchziehen, musste es einfach in Erfahrung bringen, und er ebenso.

Mittlerweile verstand er, warum Alan es für notwendig erachtet hatte, einige Dinge in seinem Privatleben vor der Öffentlichkeit geheim zu halten, die private und die berufliche Persönlichkeit zu trennen. Er selbst war in dieser Hinsicht auch nicht ganz unschuldig, da er kaum jemanden an sich heranließ.

Außer Sophie ...

Verstohlen blickte er zu ihr hinüber. Sie schaute aus dem Fenster und trommelte mit den Fingern nervös auf ihrem Knie herum. Sie war am Ende und hatte auch allen Grund dazu. Er wünschte, er könnte sie an den Ort zurückbringen, wo sie den gestrigen Abend verbracht hatten, an dem ihre Gedanken von Leidenschaft und Vergnügen dominiert wurden und ein Kuss sämtliche Probleme und Ängste verscheuchen konnte.

Wenn er mit ihr zusammen war, dann zu tausend Prozent. Sie beanspruchte den kompletten Raum und Sauerstoff für sich. Sie wurde sein Ein und Alles – ein ziemlich erschreckender Gedanke.

Er musste aufhören, ununterbrochen an letzte Nacht zu denken. Das war Geschichte, und sie befanden sich nicht länger an einem sicheren Ort. Er würde seinen Verstand noch brauchen, um sie beide zu beschützen. Wenn er sich in dieser Situation zu sehr auf sie konzentrierte, wären sie beide verwundbar. Also musste er objektiv, analytisch und vorausschauend sein und durfte nicht zulassen, dass Gefühle sein Urteilsvermögen trübten.

Im Moment sollte Sophie für ihn nichts anderes sein als ein Job, allerdings wusste er nicht, wie er das bewerkstelligen sollte.

Gerade rutschte sie nervös auf ihrem Sitz hin und her und senkte den Blick auf das Display des neu erstandenen Telefons, um sich die Wegbeschreibung anzeigen zu lassen. „Wir nähern uns unserem Ziel. Nur noch ein paar Blocks."

„Sag einfach Bescheid, wann ich abbiegen soll."

„Später dann links rein in die Kent Street. Noch ungefähr einen Kilometer von hier."

„Alles klar. Als ich vor einigen Wochen hierherzog, meinte meine Immobilienmaklerin, ich solle mich für eine Wohnung in Brooklyn entscheiden. Sie sagte, dieser Stadtteil sei total im Kommen, aber ich wollte näher am Büro sein. Mittlerweile denke ich, ich hätte es mir zumindest ansehen sollen."

„Er ist definitiv trendig", stimmte Sophie zu. „Zwei meiner Freundinnen leben hier in der Gegend. Eine ist Künstlerin, arbeitet aber tagsüber in einem Museum in Manhattan, die andere betreibt ein Tanzstudio. Sie beide lieben diesen Bezirk. Man hat einen fantastischen Blick auf die Skyline von Manhattan und sie sind nahe genug an ihrer Arbeit, haben aber viel mehr Platz, was schön ist. Meine Wohnung dagegen ist winzig klein." Sie seufzte. „Ich frage mich, ob ich meine Freunde je wiedersehen werde."

„Davon bin ich überzeugt.“

„Ich eher weniger.“

Er konnte ihre Zweifel nachvollziehen. Ihr jetziges Leben war so weit von ihrem vorherigen entfernt, wie es nur sein konnte. Würde sie zu ihrem normalen Leben zurückkehren? Das hing davon ab, wer hinter ihnen her war und wie mächtig diejenigen waren. Eines wusste er mit Sicherheit: Die beiden Schützen in dem Lagerraum in New Haven waren noch nicht das Ende der Fahnenstange gewesen. Ihnen würden noch weitere folgen. Sie mussten sich wappnen.

„Die nächste Straße ist es“, sagte Sophie.

Er bog ab und fuhr an mehreren spektakulären Graffitis vorbei, die das vielschichtige, künstlerische Ambiente des Stadtteils nur noch unterstrichen.

„Jetzt noch nach links in die Hickerson, und wir sind da“, wies sie ihn an.

„Verstanden.“ Er fand die Adresse, nach der sie suchten, und fuhr am Wohnblock vorbei um den Block herum, um sich erst einmal einen Überblick über die Gegend zu verschaffen. Zwar bezweifelte er, dass irgendjemand nach Jamies Auto suchen würde, aber er konnte nicht vorsichtig genug sein. Schließlich parkte er etwa fünfzig Meter von dem Gebäude entfernt auf der anderen Straßenseite. „Vielleicht sollte ich mich erst mal allein umschauen.“

„Auf keinen Fall! Ich will nicht im Auto warten. Wir sollten zusammenbleiben.“

„Aber wir wissen ja nicht mal, ob jemand in dieser Wohnung lebt.“

„Wenn der Schlüssel passen sollte, gehe ich mal nicht davon aus. Und den trage ich bei mir.“

Er lächelte über ihren selbstsicheren Gesichtsausdruck und musste wieder daran denken, wie sie sich zum ersten Mal in der Blockhütte gegenübergestanden hatten und sie ihm eine Pistole an den Kopf hielt. „Du glaubst immer noch nicht, dass ich dir ohne Probleme etwas entwenden könnte, oder?“

„Dazu wird es nicht kommen, Damon. Ich will nicht allein hierbleiben. Ich bin gestern schon fast ausgeflippt, als du in den Laden gegangen bist, um ein neues Telefon zu besorgen.“

Natürlich verstand er das und konnte auch nicht leugnen, dass er sie lieber in seiner Nähe hatte. „Dann mal los.“

Sie stiegen aus dem Wagen aus, er schnappte sich den Koffer, und sie gingen schnellen Schrittes die Straße hinunter. Auf beiden Seiten reihten sich schlichte, niedrige Gebäude mit mehreren Wohneinheiten aneinander, und die meisten schienen gut instand zu sein. Mit Sicherheit gab es bessere Bezirke, aber auch wesentlich schlimmere Gegenden. Es war die Art von Nachbarschaft, in der niemand auffiel, und er vermutete, dass Alan sie aus genau diesem Grund ausgesucht hatte.

An der Eingangstür stand kein Sicherheitsdienst und offensichtlich gab es nur vier Wohnungen, je zwei im Erdgeschoss und im ersten Stock.

„Was nun?“, fragte Sophie. „Woher sollen wir wissen, welches Apartment es ist?“

Damon studierte die Namen auf den Briefkästen. „Auf welche Namen lauten deine Pässe?“

„Einer auf Framingham – das ist der Name, den wir am Seehaus verwendet haben –, der andere auf Bennett.“

„Ich habe hier einen Bennett in Wohnung Nummer drei. Würde mal annehmen, das sind wir.“ Er ging voraus nach oben und blieb vor der ersten Wohnungstür stehen. Nachdem er den Koffer abgestellt hatte, nahm er ihr den Schlüssel aus der Hand und zog seine Waffe. „Bleib dicht hinter mir“, wies er sie an. Dann steckte er den Schlüssel ins Schloss und drehte an dem Knauf.

Die Tür schwang auf. Damon hob seine Waffe, trat ein, schaute sich um und machte einige Schritte vorwärts. „Hallo, ist hier jemand?“, rief er.

Die einzige Antwort war Stille, und es fühlte sich nicht so an, als ob sich jemand in der Wohnung befände. Es war ruhig und roch muffig, als wäre schon länger nicht mehr gelüftet worden. Im Wohnzimmer gab es lediglich eine Couch, einen Stuhl und einen Fernseher. Neben der schmalen Küchenzeile stand noch ein runder Holztisch. Er ging weiter Richtung Schlafzimmer, entdeckte ein ungemachtes Queensize-Bett und das angrenzende Badezimmer. Auch diese beiden Räume überprüfte er genauestens. Sie waren ebenfalls leer, aber im Schrank hingen einige Hemden und Herrenhosen.

„Die könnten meinem Vater gehören“, sagte Sophie. „Das kastanienbraune Hemd kommt mir bekannt vor.“ Ihr Blick wanderte vom Schrank zum Bett. „Warum sollte mein Vater hier geschlafen haben? Er besitzt doch ein wunderschönes Stadthaus in Chelsea. Mit zwei Schlafzimmern und viel bequemer als das hier.“

Damon steckte die Waffe wieder unter sein Hemd. „Vielleicht war er spätnachts hier oder er musste sich verstecken, als die Dinge sich immer mehr zuspitzten.“

„Zuspitzten?“, fragte sie verwundert. „Er hat mich erst vor einer Woche angerufen und für dieses Wochenende zu sich ins Haus eingeladen, um zusammen mit mir ein Baseballspiel anzusehen. Das klang nicht so, als ob er auf der Flucht wäre oder untertauchen müsste.“

„Dann scheint alles ziemlich schnell gegangen zu sein.“

Er ging hinüber zu der Kommode und zog die Schubladen heraus. In einer befanden sich Unterwäsche und T-Shirts, die restlichen waren leer. Er schob die letzte wieder zu und sah sich dann im Raum um. Sein Bauchgefühl sagte ihm, dass es etwas in dieser Wohnung gab, abgesehen von der Kleidung – und sein Blick blieb an einer Sitzbank in der Fensternische hängen. Schnellen Schrittes durchquerte er das Zimmer und zog das Kissen herunter, das mit Klettbändern an der Holzbank befestigt war. Im Holz war ein großer, horizontaler Ausschnitt, verschlossen mit einem goldenen Riegel. Den schob er nach oben und sah sich einem Safe mit kodiertem Schloss gegenüber.

„Ein Safe?“, fragte Sophie erstaunt.

„Wir müssen ihn öffnen. Kennst du irgendwelche PINs deines Vaters? Es sieht nach einem vierstelligen Code aus.“

Sie runzelte die Stirn, während sie über seine Frage nachgrübelte. „Er hat manchmal den Geburtstag meiner Mutter benutzt – 1012.“

Damon probierte die Kombination, aber sie funktionierte nicht. „Was könnte er sonst noch genommen haben?“

„Ich weiß es nicht.“

„Was ist mit seinem Hochzeitstag, dem Datum der Abschlussfeier, einer alten Adresse, einem unvergesslichen Urlaub?“

Sie starrte ihn an. „Mein Radschloss hatte die Kombination 1492, weil ich mir im Geschichtsunterricht nie merken konnte, wann Columbus Amerika entdeckt hat.“

Er tippte die Kombination ein und das Schloss sprang auf. Als er den Safe öffnete, entdeckte er darin eine Kiste mit Papieren, Akten und Fotos.

Sein Puls schnellte in die Höhe. Er zog mehrere lose Fotos heraus, die obenauf lagen, und breitete sie auf der Bank aus.

„O mein Gott“, murmelte Sophie und griff nach dem ersten Bild. „Das bin ich, als ich gerade mein Bürogebäude an der NYU verlasse.“

Er warf einen Blick auf die anderen Bilder, alles Schnappschüsse von Sophie, in ihrem Alltag, bei der Arbeit, zu Hause, unterwegs mit Freunden. Als ihm bewusstwurde, dass jemand sie verfolgt und beobachtet haben musste, übermannte ihn eine glühende Wut.

„Ich verstehe das nicht“, sagte sie verwirrt. „Warum hat mein Dad so viele Fotos von mir gemacht?“

„Nicht er hat diese Aufnahmen gemacht, sondern jemand anderes“, erwiderte Damon grimmig. Er drehte eines der Bilder um und entdeckte einige gekritzelte Worte auf der Rückseite. *Wann immer wir wollen.* Ihm drehte sich der Magen um.

„Was hat das zu bedeuten?"

Eigentlich sollte er es ihr nicht sagen, aber sie hatte ein Recht darauf, es zu erfahren. Er reichte ihr das Foto. „Irgendjemand wollte deinen Vater wissen lassen, dass sie dich jederzeit in ihre Gewalt bringen könnten – sie wussten, wo du wohnst, wo du arbeitest und wie du deine Freizeit verbringst."

Ihr Gesicht wurde kalkweiß. „Warum hat er mir das nicht erzählt? Warum hat er mich nicht gewarnt, auf der Hut zu sein? Warum ist er nicht zur Polizei gegangen, wenn er dem FBI nicht trauen konnte?"

Sophies Stimme wurde mit jedem Wort lauter und er bemerkte die Hysterie in ihrem Blick. Er stand auf, entriss ihr das Bild und warf es zurück auf die Bank. Dann nahm er ihre Hände in die seinen.

„Schau mich an, Sophie."

Ihr wilder Blick irrte planlos umher, fand jedoch schließlich zurück zu ihm.

„Wir wissen noch lange nicht alles", sagte er energisch. „Zieh bitte keine voreiligen Schlüsse. Wir sollten einen Schritt nach dem anderen tun."

„Jeder weitere Schritt macht mir nur noch mehr Angst. Wie in aller Welt soll es jetzt für mich weitergehen? O Gott! Was werden wir noch alles finden?"

„Keine Ahnung, aber du musst dich zusammenreißen", entgegnete er. „Du musst die Wahrheit herausfinden. Diese Fotos sind ein weiterer wichtiger Hinweis. Dein Vater wurde erpresst und dich hat man als Druckmittel benutzt. Jetzt müssen wir noch herausfinden, wer das war und was er von ihm wollte."

„Ich frage mich, wann er die Fotos bekommen hat." Ihr Blick wanderte zurück zu dem obersten Bild. „Dieses Oberteil hatte ich, glaube ich, letzte Woche erst an. Aber vielleicht ging es schon eine ganze Weile so. Ganz bestimmt habe ich dieses Outfit im letzten Jahr ein Dutzend Mal getragen, wenn ich zur Arbeit gegangen bin. Unfassbar, dass mir jemand gefolgt ist und ich nichts davon mitbekommen habe. Das ist gruselig. Was, wenn er zu Hause durch meine Fenster geschaut hat? Was, wenn ich eines Nachts die Vorhänge offengelassen habe? Wie konnte mir mein Vater das verschweigen, so tun, als wäre alles in bester Ordnung? Er wollte Rippchen grillen und das Baseballspiel mit mir anschauen. Das war das Letzte, worüber wir vor seinen wirren Sprachnachrichten am Mittwoch gesprochen hatten."

Er drückte sacht ihre Finger, sah den Schmerz, die Wut und die Frustration in ihren Augen und wünschte, er könnte ihr sagen, dass Alan einen guten Grund dafür gehabt haben mochte. Zwar war er nie einer gewesen, der falsche Versprechen machte oder zweifelhafte Beteuerungen aussprach, die unmöglich eingehalten werden konnten, aber im Moment war er knapp davor, es zu tun – alles zu tun, was helfen könnte, ihr die Angst zu nehmen.

„Du musst dich an den Tatsachen festhalten. Dein Vater hat dich verehrt. Ich bin mir sicher, er hat alles getan, was in seiner Macht stand, um dafür zu sorgen, dass du in Sicherheit bist."

„Nicht alles. Er mag mir falsche Ausweise besorgt haben, hat aber nicht mit mir über seine Probleme gesprochen. Er hat mir nicht vertraut, Damon. Darauf läuft es hinaus."

„Wahrscheinlicher ist, dass er dich nicht enttäuschen oder noch mehr in Gefahr bringen wollte, indem er dir Sachen verriet, die jemand aus dir hätte herauspressen können."

„Indem er mich ahnungslos ließ, hat er mich in größere Gefahr gebracht", argumentierte sie.

Dem konnte er nicht widersprechen. „Wir müssen sämtliche Unterlagen durchgehen, die sich in dem Safe befinden, und nachsehen, ob wir in der Wohnung sonst noch etwas von Bedeutung finden. Hoffentlich ein paar weitere Hinweise." Er zog die komplette Kiste aus dem Safe und stellte sie auf die Bank. Sofort stachen ihm andere Ordner sowie weitere lose Papiere und

Kontoauszüge ins Auge. Möglicherweise waren sie gerade auf Gold gestoßen. „Ich werde die Box rüber zum Küchentisch bringen. Du kannst schon mal anfangen, alles durchzugehen, während ich Bree und Wyatt im Forum eine Nachricht hinterlasse, in welcher Wohnung wir uns befinden. Ich hatte sie gebeten, uns mittags zu treffen, und das wäre in etwa zwanzig Minuten."

Er trug die Kiste in den anderen Raum und stellte sie dort ab.

„Ich kann nur hoffen, dass ..." Sophie brach ab und warf ihm einen letzten, besorgten Blick zu.

„Was hoffst du?"

„Dass deine Freunde – besonders Bree – nicht dazu gehören. Immerhin arbeitet sie fürs FBI."

„Aber nicht für die Abteilung deines Vaters. Sie hat ihm nie direkt unterstanden. Außerdem würde Bree mich nicht verraten. Darauf verwette ich mein Leben."

„Und meines ebenfalls."

Er presste die Lippen zusammen „Ich weiß, Sophie, aber es ist die beste Lösung." Als sie nickte und sich abwandte, hoffte er, dass er damit recht behalten würde.

Sophie stapelte sämtliche ihrer Fotos auf dem Stuhl neben sich. Sie drehte sie mit dem Gesicht nach unten, sodass sie sich nicht ständig selbst ansehen musste und an die Tatsache erinnert wurde, dass jemand ihr komplettes Leben beobachtet hatte. Diese Vorstellung verursachte ihr Übelkeit.

Neben den Fotografien befanden sich fünf Ordner in der Kiste, die mit Namen gekennzeichnet waren, von denen sie nur einen kannte: *Venturi*. Die anderen vier waren jeweils beschriftet mit *Feuer Restaurant Scusa*, *Entführung Express Package*, *Stahlwerk Maximillian* und der letzte lediglich mit einem Namen – *Donald Carter*.

Sie hatte keine Ahnung, worum es bei diesen Fällen ging und würde es von daher Damon überlassen, das herauszufinden.

Während sie die Akten für ihn beiseitelegte, zog er aus dem Wohnzimmerschrank diverse Brettspiele heraus.

„Ich glaube kaum, dass wir Zeit haben, ein Spiel zu spielen", merkte sie sarkastisch an.

„Dein Vater hat die Spiele darin durch elektronische Geräte ersetzt." Er brachte eine der Schachteln hinüber zum Tisch und zeigte ihr den Inhalt. „Er besaß Abhöranlagen, Mikrokameras, Speichersticks und sogar einen Handyleser", erklärte er ihr und griff nach etwas, das wie eine Radarpistole aussah. „Dieses Teil kann die Handynummer einer Person erfassen, die einhundert Meter entfernt telefoniert oder surft."

„Es gibt wirklich null Privatsphäre mehr, oder?"

„Nun, vergiss nicht, dass all diese Apparate helfen, Kriminelle zu überführen." Er nahm sich einen der beiden Sticks. „Mich würde interessieren, was da drauf ist. Irgendwann müssen wir uns einen Computer zulegen." Er stellte die Box auf dem Boden ab. „Was hast du bisher gefunden?"

„Akten, die mir nichts sagen, aber vielleicht für dich von Bedeutung sind." Sie wandte sich wieder der Kiste zu. „Hier gibt es einen Stapel Kontoauszüge eines Mannes namens Justin Lawrence. Sie zeigen ein paar große Einzahlungen und ebensolch große Abhebungen. Sieht so aus, als befände sich die Bank in Belize."

Damons Ausdruck verdüsterte sich. „Dein Vater besitzt ein Schwarzgeldkonto."

„Nicht er, sondern Justin Lawrence."

„Ich befürchte, sie sind ein und dieselbe Person, Sophie."

„Wirklich?"

„Welcher ist der letzte Auszug, der dir vorliegt?"

Sie griff nach dem obersten. „Dieser hier ist von Mai. Da waren etwas mehr als vierhunderttausend Dollar auf dem Konto." Sie atmete scharf aus, unfähig zu glauben, dass ihr Vater solch einen Betrag auf einem illegalen Auslandskonto versteckt hatte. „Ich fasse es nicht, dass er so viel Geld besaß."

„Es könnte mit dem Betrag im Koffer übereinstimmen", mutmaßte Damon.

Diese Idee war ihr noch gar nicht gekommen, aber wahrscheinlich hatte er recht.

Er nahm ihr den Beleg aus der Hand. „Wir müssen das Geld zurückverfolgen, herausfinden, woher es kam und wohin es ging, nachdem es abgehoben wurde. Und natürlich ermitteln, wer Justin Lawrence ist."

Während Damon sich die Kontoauszüge vornahm, ging sie die restlichen Unterlagen in der Schachtel durch. Sie fand einen Umschlag mit dem Vornamen ihres Vaters – Alan – quer über die Vorderseite gekritzelt. Es gab keine Adresse, keinen Absender und keine Briefmarke. Er war ursprünglich einmal versiegelt gewesen und dann aufgerissen worden. Noch immer steckte ein Stück Papier darin.

„Was ist das?", fragte er und nahm ihn ihr aus der Hand.

„Ich habe kein gutes Gefühl, was diesen Brief betrifft. Er war vor dem Öffnen versiegelt. Es steht kein Empfänger darauf. Sieht persönlich aus."

„Möchtest du, dass ich ihn lese?"

„Nein. Das muss ich selbst tun." Sie zog ein Stück weißes Papier heraus, auf dem lediglich zwei gedruckte Sätze standen: *Letzte Chance oder jemand stirbt. Sie wissen, was zu tun ist.*

Sophie starrte auf diese Worte, bis sie ihr vor den Augen verschwammen und reichte das Blatt an Damon weiter. Dann ging sie hinüber zum Fenster und schaute hinaus, ohne die Straße unter sich wirklich wahrzunehmen. Ihr Vater war erpresst worden. Er hatte eine Grenze überschritten und wegen ihrer Fotos musste sie annehmen, dass sie das Druckmittel war, die Person, die sterben würde, sollte ihr Vater nicht das tun, was von ihm verlangt wurde.

Damon trat hinter sie, legte seine Arme um sie und zog sie an seine Brust, während er sein Kinn leicht auf ihrem Kopf abstützte. Augenblicklich verwandelte sich das Frösteln, das sie erfasst hatte, in eine durch seine Nähe bedingte, wohlige Wärme. In seiner Umarmung fühlte sie sich sicher und beschützt, und ein Teil von ihr wünschte sich, für immer dort bleiben zu können, was natürlich nicht möglich war.

Nichts war vorbei. Der Fall war noch lange nicht gelöst. Zwar hatten sie ein paar weitere Hinweise gefunden, aber die ganze Geschichte kannten sie nach wie vor nicht. Es gab noch viel zu tun, wenn sie die Antworten finden wollte, die sie hören musste. Sie musste in Erfahrung bringen, was mit ihrem Vater passiert war, weil er es ihr nicht mehr selbst gestehen konnte. Wenn sie ihren Frieden finden und mit sich ins Reine kommen wollte, gelänge das nur anhand der Spuren, die er hinterlassen hatte. Es war schwer zu glauben, dass diese wahllosen Dinge alles waren, was von ihm übrigblieb.

Die Endgültigkeit seines Todes traf sie erneut hart – ein heftiger Schlag, der ihr den Atem zu rauben drohte. Weil sie seine Leiche nicht gesehen hatte, sich nicht von ihm verabschieden durfte und auch die Formalitäten eines Begräbnisses oder Trauergottesdienstes nicht abwickeln konnte, fühlte sich sein Tod surreal an, so als ob er womöglich doch noch am Leben wäre. Die Kugeln in der Hütte, die Schützen im Lagerraum, die Sprachnachrichten – all das hätte sie davon überzeugen müssen, was real war und was nicht, aber aus irgendeinem Grund war es erst diese Wohnung, die ihr die schmerzhafte Realität vor Augen führte.

Ihr Vater war tot. Er kam nie mehr zurück.

Er hatte ein Doppelleben geführt, mit Decknamen, Geheimverstecken und einem illegalen Konto im Ausland. Es war ihm gelungen, ihr gefälschte Papiere zu besorgen. Er hatte einen Fluchtplan entwickelt, zumindest für sie, wenn schon nicht mehr für sich selbst. Und dann war da noch das viele Geld – Blutgeld, dessen war sie sich sicher. Allerdings wusste sie nicht, um wessen Blut es sich handelte.

„Bist du okay?“, fragte Damon.

„Nicht wirklich“, antwortete sie seufzend. Sie löste sich von ihm und drehte sich in seiner Umarmung, sodass sie statt der Straße nun ihn ansah. In seinem Blick lag Mitgefühl und noch etwas anderes, so etwas wie Reue. Wahrscheinlich kämpfte auch er mit dem Verlust einiger seiner Illusionen, was ihren Vater anbelangte, auch wenn er das ihr gegenüber nie zugeben würde. Aber sie vermutete, dass die Handlungen ihres Vaters sich auch für Damon wie Verrat anfühlten. Er war eine weitere Person, die ihn enttäuscht hatte.

„Es tut mir leid“, sagte sie.

Er runzelte die Stirn. „Wofür entschuldigst du dich?“

„Für alles, was wir noch herausfinden werden. Es wird mit Sicherheit nichts Gutes sein, könnte dich verletzen und deine Meinung über meinen Vater von Grund auf ändern.“

„Mach dir keine Gedanken um mich. Ich kann ertragen, was auch immer auf uns zukommen mag.“

„Ich wünschte, ich hätte deine Stärke. Leider schaffe ich es kaum, mich zusammenzureißen.“

„Du machst das prima.“

„Ich glaube, irgendjemand hat meinem Dad damit gedroht, dass er mich umbringen würde.“

„Den Fotos und dieser Notiz nach zu schließen, halte ich das ebenfalls für wahrscheinlich.“

„Ich kann ja irgendwie verstehen, dass er mich damit nicht beunruhigen wollte, aber warum hat er nicht mit seinen Freunden gesprochen? Es gab doch sicherlich eine Person beim FBI, der er vertrauen konnte.“ Sie hielt inne und erkannte, dass die Person, der ihr Vater vertraut hatte, direkt vor ihr stand. „Warum hat er nicht mit dir darüber gesprochen, Damon? Ich weiß, welch großen Respekt er für dich empfand. Zwar habe ich meistens nicht zugelassen, dass er das Gespräch auf dich brachte, aber manchmal konnte ich ihn auch nicht stoppen, wenn er anfing, von deinen Fähigkeiten und deinem Charakter zu schwärmen. Er war sehr stolz auf dich."

Ein Schatten legte sich auf seine Züge. „Ich habe mich oft gefragt, ob es ebendiese Schwierigkeiten waren, in denen er steckte, weshalb er mich nach New York kommen ließ. Ob er mich deshalb in seiner Abteilung haben wollte. Ob er aus diesem Grund nicht zuließ, dass Karen Leigh mich anderweitig einsetzte, weil er mir einen besonderen Auftrag übertragen wollte."

„Wäre durchaus möglich", stimmte Sophie ihm zu. „Zumindest würde es Sinn ergeben."

„Schon, oder?" Er atmete tief aus. „Keine Ahnung, warum er sich Peter nicht anvertraute, was diesen zwangsläufig zum Verdächtigen macht. Und was war mit seinem alten Freund Vincent? Ihm hatte er von seinen finanziellen Problemen erzählt. Vincent war ebenfalls lange Jahre beim FBI und hätte gewusst, wie er Alan helfen könnte. Warum hat er ihn nicht eingeweiht?"

„Diese Frage könnten wir uns bei jedem einzelnen FBI-Mitarbeiter stellen, mit dem er befreundet war. Die nächste auf der Liste wäre Karen. Sie hat sehr eng mit ihm zusammengearbeitet. Was weiß sie?"

Er schaute hinüber zum Tisch. „Diese Akten könnten eventuell Aufschluss darüber geben. Wir sollten anfangen, sie durchzugehen, Sophie."

Bevor sie jedoch diesen Vorsatz in die Tat umsetzen konnten, hämmerte jemand dreimal hart gegen die Tür.

Das Herz klopfte ihr bis zum Hals.

Damon zog seine Waffe heraus und schlich zum Eingang, um durch das Guckloch zu schauen. Seine Schultern entspannten sich, als er ihr zurief: „Alles okay, es ist Bree." Dann öffnete er die Tür.

Eine sehr hübsche, mittelgroße Brünette betrat die Wohnung. Sie trug weiße Jeans und einen locker sitzenden, weichen, Pullover, der das Blau ihrer Augen widerspiegelte. Ihr langes Haar hatte sie zu einem Pferdeschwanz zusammengefasst, und an ihren Ohren baumelten große Creolen. Mit der Handtasche über der Schulter glich sie eher einer Frau, die sich gerade auf einer samstäglichen Shopping-Tour befand, als einer FBI-Agentin.

„Gott, bin ich froh, dich zu sehen“, sagte Bree zu Damon und umarmte ihn.

Eine seltsame Welle der Eifersucht überrollte Sophie, als sie bemerkte, dass er Bree auf die gleiche Weise anlächelte wie sie.

„Du musst Sophie sein. Ich bin Bree Adams“, stellte sie sich vor.

Bei ihren Worten richtete Sophie sich auf. Die Frau kam auf sie zu und schüttelte ihr die Hand. „Nett, dich endlich kennenzulernen.“

„Ebenfalls.“

„Vielen Dank, dass du hier bist, um uns zu helfen.“

„Ich hoffe, dass mir das möglich ist.“

„Was ist mit Wyatt?“, fragte Damon. „Hast du was von ihm gehört?“

„Zuletzt gestern Nacht. Er kam kurz in meiner Wohnung vorbei, fand es aber zu unsicher, um bleiben zu wollen. Keine Ahnung, wo er jetzt ist. Ich habe versucht, ihn auf dem Telefon zu erreichen, das ich ihm gegeben habe, aber er hebt nicht ab.“

„Geht es ihm besser?“, erkundigte sich Damon.

„Auf jeden Fall“, nickte Bree. „Am ersten Abend, als ich ihn traf, habe ich mir richtig Sorgen um ihn gemacht, aber mittlerweile hat er sich etwas beruhigt, seine Blutergüsse verblassen und er hat zumindest am Donnerstag bei mir mal ein paar Stunden Schlaf bekommen. Er ist sehr darauf fokussiert herauszufinden, wer ihn zu töten versucht hat und glaubt, es hat etwas mit Alans Tod zu tun.“ Sie lächelte Sophie entschuldigend an. „Das mit deinem Vater tut mir so leid. Ich habe ihn sehr gemocht. Er hat mich ermutigt, in New York zu arbeiten und mir dabei geholfen, den Job zu bekommen, den ich jetzt habe. Dafür bin ich ihm extrem dankbar."

Ihr Vater hatte offensichtlich bei den Agenten, die er an der Akademie unterrichtet hatte, einen positiven Eindruck hinterlassen und es war schön, zur Abwechslung mal etwas Gutes über ihn zu hören und zu wissen, dass andere große Stücke auf ihn hielten. Dadurch fühlte sie sich weniger ahnungslos und dumm, weil ihr die Anzeichen seines Doppellebens nicht aufgefallen waren.

„Also, wie ist der Stand der Dinge?", erkundigte sich Bree. „Ist diese Wohnung in irgendeiner Weise bedeutsam?"

„Sie scheint Alans geheimer Unterschlupf gewesen zu sein", erwiderte Damon. „Im Schlafzimmer haben wir einen Safe entdeckt. Wir fangen gerade an, uns durch die Kiste mit Informationen zu wühlen, die er darin versteckt hatte."

„Das sind ja gute Nachrichten."

„Hoffen wir mal. Bisher haben wir jede Menge Fotos von Sophie gefunden. Es sieht so aus, als ob jemand sie tagelang verfolgt hätte."

„Um sie als Druckmittel gegen Alan einzusetzen", schlussfolgerte Bree.

Sophie war beeindruckt von der Geschwindigkeit, mit der sie die Sachlage erfasste.

„Ja", stimmte Damon ihr zu. „Wir müssen herausfinden, wer davon hätte profitieren können."

„Wie habt ihr diesen Ort überhaupt entdeckt?", erkundigte sich Bree neugierig.

„Alan hat seiner Tochter einen gefälschten Pass mit dieser Adresse hinterlassen. Wir waren uns nicht sicher, ob das etwas zu bedeuten hatte, bis wir hierherkamen."

„Falsche Papiere?", fragte Bree und blickte sie abschätzend an. „Ist das der Grund, warum du zum See geflohen bist?"

„Nein. Ich wollte einen Schlüssel holen, den Dad dort für mich deponiert hatte. Er gehörte zu dem Lagerraum, in dem sich die Pässe befanden. Was dann dort passiert ist, weißt du ja."

„Ja, aber was ich noch nicht weiß, ist, was sich in dem Koffer befindet", sagte Bree und ihr Blick wanderte durch den Raum zu dem silbernen Koffer, der neben dem Sofa auf dem Boden stand. „Ich würde mal annehmen, er enthält mehr als nur die Papiere."

„Das spielt keine Rolle", schaltete Damon sich ein. „Wir sollten uns auf das konzentrieren, was auf dem Tisch liegt."

„In Ordnung", stimmte sie zu. „Es ist euer Spiel. Ihr habt das Sagen."

Brees Billigung löste bei Sophie Schuldgefühle aus. Die Frau riskierte ihren Job und vielleicht ihr Leben, um ihnen zu helfen. Spätestens jetzt benötigte sie alle Informationen, die sie hatten.

„Geld", sagte sie abrupt und zog alle Blicke auf sich. „Sehr viel Geld. Ich weiß nicht, wo mein Vater es herhatte, aber wahrscheinlich ist es illegal."

„Ich verstehe." Bree wirkte wenig überrascht. „Danke, dass du es mir gesagt hast."

„Möglicherweise hat er ein Offshore-Konto abgeräumt", fügte Damon hinzu. „Wir haben Kontoauszüge auf den Namen Justin Lawrence gefunden, wissen aber nicht, wer das ist."

„Das ist Alan", sagte Bree. „Dieser Name steht auch auf dem Mietvertrag für den Lagerraum."

„Damit wäre das schon mal geklärt", stellte Damon fest und warf Sophie einen Blick zu.

„Noch ein Alias", murmelte sie und fragte sich, wie viele es noch geben mochte.

Drei weitere Schläge an der Tür ließen ihren Puls erneut in die Höhe schießen. Die beiden anderen zogen ihre Waffen.

Damon schlich in Richtung Eingang, während Bree einen Schritt näher an sie herantrat, als wolle sie sie beschützen.

„Es ist Wyatt", sagte er erleichtert und öffnete erneut die Tür.

Der Mann, der jetzt die Wohnung betrat, trug ausgewaschene Jeans, ein marineblaues T-Shirt und eine Yankees-Mütze auf dem

Kopf. Sein braunes Haar war länger als das von Damon und lugte unter der Baseballkappe hervor. Ein langer Bart bedeckte Teile seines Gesichts, und seine beiden muskulösen Arme waren mit Tattoos übersät. Auch er hielt eine Waffe in der Hand, und sein schreckhafter Blick huschte von Damon über Bree zu ihr.

Sie fühlte sich mehr als nur ein wenig verunsichert. Obwohl alle drei Personen, die ihr nun gegenüberstanden, FBI-Agenten waren, war Wyatt am düstersten und machte sie am meisten nervös.

„Okay, ich denke, wir können alle unsere Waffen niederlegen", schlug Bree vor und schob ihre Pistole zurück in den Bund ihrer weißen Jeans. Jetzt war Sophie auch klar, warum sie an einem Tag, an dem die Temperatur früh schon beinahe dreißig Grad erreicht hatte, einen weiten, dünnen Pulli trug.

Auch Wyatt und Damon steckten ihre Waffen unter ihre Hemden.

„Sophie Parker – Wyatt Tanner", stellte Damon sie einander vor.

„Hallo", sagte sie zaghaft, da der harte, misstrauische Ausdruck in Wyatts Augen nicht sonderlich einladend war.

Er nickte ihr lediglich kurz zu und wandte sich dann an seinen Freund. „Freut mich zu sehen, dass du noch lebst."

„Kann ich dir nur zurückgeben", sagte Damon. „Du siehst besser aus als bei unserem letzten Treffen. Heute verschwindest du aber nicht wieder einfach so, verstanden?"

„Ich konnte an diesem Tag nicht klar denken", gab Wyatt zu. „Wie sieht unser Plan aus?"

„Wir sind gerade dabei, einen zu schmieden", antwortete Damon. „Diese Wohnung wurde von Alan angemietet. In einem Safe im Schlafzimmer sind wir fündig geworden. Wie wir bisher feststellen konnten, wurde Sophie verfolgt und dazu benutzt, um Alan unter Druck zu setzen. Außerdem sieht es so aus, als ob er unter einem Alias Zugriff auf ein illegales Konto im Ausland hatte."

„Wusste ich es doch, dass er ein doppeltes Spiel treibt“, murmelte Wyatt.

Anders als seine beiden Freunde, die gewillt schienen, ihrem Vater mehrere Chancen einzuräumen, um zu beweisen, dass er kein schlechter Kerl war, schien Wyatt sein Urteil bereits gefällt zu haben. Dadurch fühlte sie sich noch schlechter, immerhin war er ihm im letzten Jahr am nächsten gestanden. Wyatt war der verdeckte Agent, derjenige, der für die Venturis arbeitete, derjenige, den ihr Vater benutzt hatte, um angeblich Beweise gegen die Mafia-Familie zu sammeln. Möglicherweise hatte er das aber gar nicht getan. Möglicherweise hatte er selbst für die Venturis und gegen seinen Agenten gearbeitet. Möglicherweise war ihr Vater der Grund, warum Wyatt fast umgebracht worden wäre.

Bei dieser Vorstellung wurde ihr übel. Sie hasste es, auch nur in Erwägung ziehen zu müssen, dass ihr Vater für den Mob gearbeitet haben und selbst ein Verbrecher sein könnte. Es ging gegen alles, an das er stets geglaubt hatte.

Wyatt trat an den Tisch und griff nach einer der Akten.

„Weißt du, worauf sich diese beziehen?“, fragte sie ihn. „Die Beschriftungen haben Damon und mir nichts gesagt.“

„Donald Carter war als Bauarbeiter bei einem der von den Venturis betriebenen Bauprojekten in Jersey City beschäftigt. Als ein Teil des Fußbodens einstürzte, wurde er schwer verletzt. Er hat die Venturis verklagt und sein Prozess beginnt in zwei Wochen“, klärte Wyatt sie auf. Er legte die Mappe zurück und nahm sich die nächste vor. „Das Maximillian-Stahlwerk hat für dieses Bauprojekt den Stahl geliefert, allerdings nicht den, der bestellt wurde. Sie kauften billigeres Material in China ein und tauschten die Lieferungen aus. Dieser Stahl wurde nicht nur in diesem besagten Gebäude verbaut, sondern auch in sechs anderen, die bereits fertiggestellt sind. Vor ein paar Wochen habe ich herausgefunden, dass die Venturis einen Stadtinspektor bestochen haben, damit dieser einfach wegschaut, um Baukosten zu sparen, aber all diese Gebäude sind möglicherweise einsturzgefährdet und könnten jederzeit zusammenkrachen. All diese Informationen habe ich Alan vor drei Monaten zukommen lassen."

Wieder wurde ihr das Herz schwer. „Was hat mein Vater gesagt?"

„Dass er sich das ansehen würde – die übliche Ausrede."

„Was ist mit den anderen Akten?", wollte Damon wissen.

Wyatt räusperte sich. „Im letzten Monat wurde ein Lieferwagen der Firma Express Package ausgeraubt. Die Spedition ist verantwortlich für den Transport von Drogen und Waffen im gesamten Nordosten, aber jemand hat die Ladung verschwinden lassen. Auch darüber habe ich Alan informiert. Offenbar hat er die Info nicht nur nicht an seine Abteilung weitergeleitet, sondern auch rein gar nichts unternommen. Er und sein Team haben kein Verfahren gegen die Venturis eingeleitet. Alles, was er von mir erfahren hat, wurde einfach unter den Teppich gekehrt."

„Vielleicht haben sie gerade noch daran gearbeitet", schlug Sophie vor. Irgendwie musste sie ihren Vater verteidigen. „Es gibt eine sehr dicke Akte über die Venturi-Familie. Vielleicht hat Dad einfach alles hier zusammengetragen, weil er wusste, dass es im FBI einen Maulwurf gibt?"

Drei Augenpaare ruhten auf ihr. Damons Blick drückte Mitgefühl aus, der von Bree war nachdenklich, und Wyatt sah man seine Skepsis deutlich an.

„Wenn er nicht selbst dieser Maulwurf war, hätte er mich gewarnt, nicht zu diesem Treffen zu erscheinen, wo man mich beinahe umgebracht hätte", sagte letzterer.

„Vielleicht wurde die Nachricht abgefangen und er hat überhaupt nichts von diesem Treffen gewusst? Okay, ich weiß, es sieht nicht gut aus. Ich bin nicht dumm. Aber mein Vater ist tot. Offensichtlich hat er nicht alles getan, was von ihm verlangt wurde."

„Wir sollten uns lieber weiter mit dem beschäftigen, was wir haben", schaltete Damon sich ein. „Für Schuldzuweisungen bleibt später noch genug Zeit." Er blickte seinen Freund an. „Warum erzählst du uns nicht, was du sonst noch weißt?"

„Das ist jede Menge. Die Venturis mischen überall mit. Erpressung – wie zum Beispiel das Feuer im Restaurant Scusa", fügte er hinzu und deutete auf die nächste Akte. „Antonia Scusa weigerte sich, die Venturis weiterhin so zu schmieren, wie es ihr verstorbener Mann getan hatte. Jetzt gibt es ihr Restaurant nicht mehr. Sie kann von Glück reden, dass man sie nicht umgebracht hat, aber das Familiengeschäft ist futsch. Danach schickten sie eine Nachricht an jeden, der möglicherweise ebenfalls Zweifel an den Schutzzöllen haben könnte."

„Unglaublich, dass es so etwas immer noch gibt", murmelte Sophie.

„Es gibt so viel mehr, als du vermuten würdest", gab Wyatt zurück. „Aber die Schutzzölle sind nur eine kleine Nebeneinnahme. Das größte Geld macht die Familie mit Drogengeschäften, insbesondere mit Opioiden, sowie Waffenschmuggel. Sie waschen das illegale Geld auf verschiedene Arten, wie etwa in Casinos, durch Immobiliengeschäfte und Kleinanlagen. Ich sowie viele andere Handlanger waren angewiesen, in so ziemlich allen Banken im Umkreis der Stadt regelmäßig Bareinlagen von knapp zehntausend Dollar zu tätigen."

„Das war dein Job bei ihnen?", fragte Sophie.

„Ich habe auch am Bau gearbeitet und mit Lorenzo gezockt, bis er im Fluss gelandet ist. Gelegentlich fuhr ich einen Lkw, dessen Inhalt ich mir nicht ansehen durfte. Da ich stets mit einem Partner unterwegs war, konnte ich die Fracht, die ich transportierte, auch nie wirklich bestätigen, aber ich war dran. Im letzten Jahr habe ich Alan tonnenweise Informationen zukommen lassen. Das hier ist kaum ein Zehntel davon."

„Es könnte sich noch einiges auf den Sticks befinden", sagte Damon. „Wir haben in einer anderen Schachtel zwei davon gefunden. Aber bevor wir uns damit befassen ... du hast erwähnt, dass sich kürzlich alles geändert hat und jetzt eine dritte Gruppe mitmischt?“

„Ja, vor ein paar Monaten ist mir zu Ohren gekommen, dass sich ein Revierkampf abzeichnet. Stefan war daran interessiert, mit diesem neuen Spieler zusammenzuarbeiten, anstatt ihn, nach alter Familientradition, einfach auszuschalten. Lorenzo war gegen die Idee einer Partnerschaft. Wie ihr wisst, hat ihn sein Veto das Leben gekostet.“

„Glaubst du, sein Bruder hat ihn umgebracht?“, fragte Sophie.

„Wäre gut möglich. Oder aber der neue Spieler, der in ihm ein Hindernis sah.“

„Hast du meinem Vater von diesem neuen Spieler erzählt?“

„Das habe ich“, antwortete Wyatt. „Er war besorgt, meinte, ihm wären schon ähnliche Gerüchte zu Ohren gekommen.“ Kurz hielt er inne. „Ich hätte nie für möglich gehalten, dass Alan mich zum Abschuss freigeben würde, sondern dachte, er bräuchte einfach nur zu viel Zeit, um all das Beweismaterial zusammenzutragen, das ich ihm quasi schon auf einem Silbertablett präsentiert habe. Bis vor Kurzem hatte ich keinen Grund, an seiner Loyalität zu zweifeln.“

„Was hat sich verändert?“, wollte Damon wissen.

„Da war eine gewisse Verzweiflung in seinen Augen. Immer und immer wieder sagte er mir, ich solle noch mehr anbringen, dass wir für einen Prozess noch nicht genug an der Hand hätten. Dass alles bombensicher sein müsse, bevor er sie auffliegen lassen könne. Mittlerweile glaube ich, dass ich seine Niedergeschlagenheit falsch interpretiert habe. Wahrscheinlich wurde er erpresst und hat versucht, sowohl mir wie auch dem Erpresser etwas vorzugaukeln. Als ich anfing, zu viel Druck zu machen, musste er mich loswerden. Entweder hat er meine Deckung auffliegen lassen oder jemanden geschickt, der mich ausschalten sollte. Aber wie auch immer, ich bin hundertprozentig sicher, er hing da mit drin.“

Seine harten, unnachgiebigen Worte schockierten sie. „Nie im Leben würde mein Vater einen Kollegen verraten. Ich kann mir vorstellen, dass er Informationen hat verschwinden lassen, um mich zu schützen, aber jemanden zum Abschuss freigeben – einen Agenten, der für ihn arbeitete? Nein, so etwas würde er nicht tun."

Sie konnte Zweifel in Wyatts Augen sehen, und Bree schien ebenfalls nicht überzeugt. Sie wandte sich Damon zu. „Du glaubst doch nicht auch, dass Dad versucht hat, Wyatt aus dem Weg zu räumen, oder?"

„Ich möchte es nicht glauben, Sophie."

„Das ist keine richtige Antwort."

„Schau, wir wissen es einfach nicht", sagte er. „Wir müssen mit dem arbeiten, was wir haben, und im Moment fehlt uns dieses Teil des Puzzles."

„Möglicherweise haben sie Alan umgebracht, weil ich überlebt habe", überlegte Wyatt. „Weil er den Job nicht korrekt erledigt hat."

Sophie rieb sich die Schläfe, wo sich ein rasender Schmerz breitmachte. Erneut hörte sie im Kopf die Nachricht ihres Vaters: *Dachte, ich könnte mich aus dem Schlamassel raushalten, aber wie es sich herausgestellt hat, stecke ich mittendrin.* Bestätigte das Wyatts Verdacht?

Trotzdem wollte sie nach wie vor nicht glauben, dass ihr Vater einen Mitarbeiter ans Messer liefern würde.

„Ich hätte da mal eine andere Frage", warf sie in die Runde. „Mein Vater ist tot. Das wäre also erledigt. Warum ist es dann nicht auch das Ende meiner Geschichte? Warum verfolgen sie mich noch immer? Was wollen die von mir?"

„Vielleicht das Geld", mutmaßte Bree.

„Außerdem stellst du eine undichte Stelle dar", ergänzte Wyatt. „So etwas mögen die Venturis ganz und gar nicht. Sie wissen nicht, was du weißt. Das macht dich gefährlich."

Es war schlimm, so beschrieben zu werden, aber unleugbar wahr.

„Nochmals zurück zu dem neuen Spieler", sagte Damon. „Hast du das Gefühl, es könnte sich um eine bereits etablierte Gruppe handeln, die ihr Territorium ausbauen möchte, oder um eine völlig neue Organisation?"

„Eine, die ebenfalls schon länger mitmischt. Ich habe eines Nachts einen Streit zwischen Lorenzo und Stefan belauscht. Stefan sagte so etwas wie: *‚Mit ihnen können wir die Welt beherrschen. Bereits jetzt haben wir die Ostküste unter uns; ihnen gehört Osteuropa. Gemeinsam sind wir unschlagbar'."*

„Dann ist es eine osteuropäische Gang", sagte Damon.

Wyatt nickte. „Das wäre meine Vermutung, was die möglichen Kandidaten aber nicht wirklich einschränkt." Nach einem kurzen Schweigen fuhr er fort. „In den letzten Tagen hatte ich viel Zeit zum Nachdenken. Wenn nicht Alan den Anschlag auf mich in Auftrag gegeben hat, dann war es jemand anderes beim FBI. Sollte Alan kalte Füße bekommen haben, und damit will ich nicht ausdrücken, dass es so war ...", sagte er und blickte Sophie an. „Aber falls doch, brauchten die Venturis einen anderen Maulwurf. Jemanden, den sie erpressen konnten – vielleicht genauso wie Alan. Eine von Stefans Stärken ist es, die Schwäche eines Menschen herauszufinden und zu nutzen. Alans Schwachstelle war seine Tochter."

Damon runzelte die Stirn. „Ich weiß nicht. Er war schon immer Vater gewesen, hatte immer eine Familie gehabt. Das, was ihn vom richtigen Weg abbringen konnte, erscheint mir komplizierter als nur Drohungen in Bezug auf Sophies Leben. Er hätte Leibwächter für sie anheuern oder sie außer Landes schicken können. Er hätte jede Menge Dinge tun können, um sie in Sicherheit zu bringen. Ich denke, es gibt noch etwas anderes, das er verheimlicht und das ihn noch verwundbarer gemacht hat." Er warf ihr einen flüchtigen Blick zu. „Sorry, Sophie."

Sie seufzte. „Ihr versucht ja nur, die Wahrheit herauszufinden. Das möchte ich ebenfalls. Vincent Rowland sagte, mein Vater hätte in finanziellen Schwierigkeiten gesteckt. Vielleicht läuft es darauf hinaus. Möglicherweise war er ein Spieler. Als solchen habe ich ihn zwar nie gekannt, aber offensichtlich gab es ja jede Menge Dinge, die ich nicht über ihn wusste. Spielschulden hätten ihn dazu bringen können, jemandem gewisse Gefälligkeiten zu erweisen."

„Lassen wir deinen Dad mal außen vor", sagte Bree. „Alan ist nicht mehr da, aber die Anschläge auf Sophie und Damon halten an. Versuchen die Venturis, an die Informationen zu gelangen, von denen sie glauben, Alan hatte sie? Oder haben sie jemand anderen vom FBI auf ihrer Gehaltsliste, der versucht, Beweise zu vernichten und alle Spuren zu verwischen? Die Venturi-Organisation zu knacken, wird schwierig werden, weil es darin so viele gibt, die kriminelle Absichten hegen, aber in unserer New Yorker Außenstelle? Wen könnten sie sonst noch erpresst haben, damit er mit ihnen zusammenarbeitet? Peter Hunt scheint keine Schwachpunkte zu haben. Ich habe mal ein wenig über ihn recherchiert. Er ist geschieden, hat keine Kinder und steht quasi auf dem obersten Treppchen seiner Abteilung. Der braucht die Mafia definitiv nicht, um seine Karriere zu pushen. Er scheint weder Laster noch Reichtümer zu haben und besitzt außerdem viele mächtige Freunde aus seiner Zeit in Yale."

„Aber die Tatsache, dass Alan Sophie nicht gesagt hat, sie solle sich an Peter wenden, macht ihn für mich zu einem der Verdächtigen", sagte Damon. „Warum nur hat er ihr den pauschalen Befehl erteilt, alle vom FBI zu meiden?"

„Hat er das getan?", fragte Bree verwundert.

Sophie nickte. „Ja, er wies mich an, niemandem zu trauen."

„Dann wusste er vielleicht, dass die Mafia jemand anderen ins Boot geholt hat, jedoch nicht, wer die Person war", spekulierte Wyatt. „Ich wette meinen Kopf, es ist Agentin Leigh. Übrigens habe ich gestern, nachdem ich Bree verlassen habe, Karens Wohnung observiert. Ich hatte angenommen, sie wäre die Nacht über zu Hause, aber gegen zehn ist sie mit einem Taxi weggefahren. Ich bin ihr bis zu einer Bar in der Bronx gefolgt, eine, die von den Venturis betrieben wird, möchte ich nur noch hinzufügen. Dort hat sie sich mit Paul Candilari getroffen, Stefan Venturis rechter Hand. Ich habe ein paar Fotos geschossen.“ Er reichte Damon sein Telefon. „Nach dem ersten Drink gesellte sich eine junge Frau zu ihnen. Leider konnte ich keinen Blick auf ihr Gesicht erhaschen, aber sie hatte dunkle Haare. Es könnte Candilaris Tochter gewesen sein. Oder aber sie hat was mit dem neuen Spieler zu tun.“

„Sie ist leider wirklich nicht gut zu erkennen“, stimmte Damon zu. „Aber sehr alt scheint sie nicht zu sein.“

„Ich bezweifle, dass sie das Sagen hat, aber sie könnte eine Art Mittlerin sein.“

Damon reichte das Telefon an Bree weiter, die ebenfalls einen Blick auf das Foto warf. „Dieses Bild ist für Karen zweifellos belastend. Ein Termin mit einem der bekanntesten Gangsterbosse außerhalb des Büros? Obwohl sie es natürlich so hinstellen könnte, dass sie das Treffen einberief, um an Informationen über Alan zu gelangen, dass sie Candilari benutzte und nicht andersherum.“

„Darf ich auch mal sehen?“, bat Sophie und fühlte sich aus dem Club zur Verbrechensaufklärung ein wenig ausgeschlossen.

„Natürlich. Entschuldigung.“ Bree reichte es ihr.

Sie betrachtete das Foto eingehend. Karen und der ältere Mann schienen ein intensives Gespräch zu führen, während die jüngere Frau fortwährend auf ihr Handy starrte und sich kein bisschen daran beteiligte. Tatsächlich sah sie gelangweilt aus – und ein wenig vertraut. „Ich habe das Gefühl, ich kenne sie“, murmelte sie.

„Diese Frau?“, fragte Damon überrascht. „Woher?“

Sie schüttelte den Kopf und überlegte angestrengt. „Ich bin mir nicht sicher. Sie scheint in ihren Zwanzigern zu sein. Vielleicht war sie in einem meiner Kurse oder einfach nur eine

Studentin an der NYU?“ Sie runzelte die Stirn. „Sie hat etwas an sich ... ich wünschte, ich könnte ihr Gesicht besser sehen.“

„Leider ist das die beste Aufnahme, dich ich bekommen konnte“, sagte Wyatt. „Aber schau dir noch die anderen Fotos an, wenn du möchtest.“

Sie scrollte durch die vier anderen Bilder, aber auf keinem von ihnen war die junge Frau besser zu erkennen. Von daher gab sie Wyatt das Telefon zurück. „Sind alle zusammen gegangen?“, erkundigte sie sich.

„Nein. Karen war die Erste. Und da sie es war, die ich beschatten wollte, bin ich

natürlich ihr gefolgt. Leider ist sie auf direktem Wege nach Hause gegangen. Ich hatte gehofft, sie würde sich noch mit jemand anderem treffen, was aber leider nicht der Fall war.“

„Was werden wir jetzt unternehmen? Karen damit konfrontieren?“

„Auf jeden Fall.“ Damon nickte entschlossen. „Genau das ist der Plan. Wir werden sie irgendwo hinbestellen. Ich denke, wir sollten ihr das Foto schicken. Sie wird sich schützen wollen und von daher allein kommen.“

„Aber wie können wir denn in Kontakt mit ihr treten?“, fragte Sophie.

„Das nehme ich in die Hand“, antwortete Wyatt. „Ich werde das Notfallprotokoll verwenden, das wir für meine Tarnung eingerichtet haben, leite das Bild an sie weiter und nenne ihr Zeit und Ort für ein Treffen.“

„Warum sollte Karen überhaupt kommen?“, fragte Sophie. „Und nicht besser einfach verschwinden?“

„Wenn sie schuldig ist, wird sie wissen wollen, was ich herausgefunden habe“, sagte Wyatt. „Und ich werde noch eines obendrauf setzen. Statt einer simplen Drohung werde ich andeuten, dass ich bei ihrem Spiel mitmachen möchte. Dass die Venturis mir mehr vertrauen als ihr und wir uns daher zusammentun sollten. Ich denke, sie wird kommen. Sie wird zu viel Angst haben, um es nicht zu tun."

„Aber möglicherweise nicht allein", warf Bree ein. „Und außerdem scheinst du dich schon entschieden zu haben, dass sie schuldig ist. Was aber, wenn nicht? Würde das das komplette Szenarium verändern?"

„Glaube ich nicht", sagte Damon. „Sie wird wissen wollen, warum Wyatt denkt, dass sie falschspielt und sich vor dem schützen wollen, was er ihrer Vermutung nach gegen sie in der Hand haben könnte. Wie auch immer, ich bin absolut Wyatts Meinung und überzeugt, sie wollte mit Candilari sprechen, weil sie mit der Familie irgendwie in Verbindung steht."

„Aber es ist doch dumm, sich an einem solch öffentlichen Ort zu treffen, oder nicht?", merkte Sophie an.

„Da hat sie nicht unrecht", sagte Bree.

„Sie hat eine Tarnung", erklärte Wyatt. „Sie kann jederzeit so argumentieren, dass sie nach Informationen über Lorenzos Mörder sucht und sich daher mit diesem Gespräch einverstanden erklärt hat. Das Foto allein reicht nicht aus, um sie zu Fall zu bringen. Wir wollen nur, dass sie denkt, wir hätten mehr gegen sie in der Hand."

„Okay", nickte sie. „Und wie geht es jetzt weiter?"

„Ich werde ihr die Nachricht zukommen lassen", sagte Wyatt.

„Mach das", stimmte Damon zu, „aber ich werde derjenige sein, der sich mit ihr trifft. Du und Bree gebt mir Rückendeckung."

Wyatt runzelte die Stirn. „Auf keinen Fall! Ich stecke tiefer drinnen in dieser Sache als du."

„Das spielt keine Rolle", entgegnete Damon. „Wenn Karen Venturi-Verstärkung mitbringt, werden die nicht wissen, was sie von mir halten sollen. Du wirst nach wie vor mein Ass im Ärmel sein. Wenn sie mich ausschalten, kannst du sie immer noch zur Strecke bringen. Ich kann dich als Druckmittel gegen Karen einsetzen, Wyatt. Wenn sie ihre Unschuld nicht beweisen kann, lässt du sie beim FBI auffliegen."

Sie konnte sehen, wie Wyatt angesichts dieser Logik anfing einzuknicken. So sehr ihr es auch missfiel, dass Damon an vorderster Front stehen sollte, ergab sein Vorschlag doch Sinn.

„Er hat recht", stimmte nun auch Bree zu. „Damon sollte das Treffen übernehmen. Lass Karen im Dunkeln darüber, wo du bist und was du gegen sie in der Hand hast. Was wäre der geeignetste Treffpunkt?"

„Central Park. An dem Ort, den Alan und ich gewählt hatten", bestimmte Wyatt. „Wenn wir diese Location vorschlagen, wird sie sich sicher sein, dass ich es bin, mit dem sie kommuniziert. Wenn sie dann aber Damon erblickt, ist alles möglich. Aber das Gute ist, dass dort jede Menge Bäume und Menschen sind, um in Deckung zu bleiben."

„Ich kann mir nicht vorstellen, dass sie das Sagen hat", sagte Damon. „Wenn wir aufeinandertreffen, werde ich schon sicherstellen, dass sie vor mir genauso viel Angst hat wie vor den Leuten, die sie unter Druck setzen. Sollten wir es schaffen, sie zum Reden zu bewegen, sind wir der Lösung schon einen guten Schritt näher."

Sophie hörte zu, während die drei ihre Strategie entwickelten. Sie wollte ebenfalls dabei sein, Karen gegenübertreten und sie fragen, ob sie es war, die ihrem Vater eine Falle gestellt und ihnen die Killer auf den Hals gehetzt hatte, und das nicht nur einmal.

Sie konnte sich noch daran erinnern, wie mitfühlend sie sich gegeben hatte, als sie ihr die Nachricht von seinem Tod überbrachten. Allerdings zielten ihre Fragen damals nicht darauf ab, den Mörder aufzuspüren; sie wollte herausfinden, was Sophie wusste. Im Nachhinein war sie froh, in der ersten Nacht untergetaucht zu sein.

„Ich möchte daran teilnehmen", brachte sie sich ins Gespräch ein.

„Das ist zu gefährlich“, sagte Damon und schüttelte entschieden den Kopf.

„Ich werde auf keinen Fall allein hierbleiben. Jemand könnte herausfinden, dass diese Wohnung etwas mit meinem Vater zu tun hat. Du hast selbst gesagt, dass wir nicht zu lange an einem Ort bleiben können, vor allem nicht an einem, den mein Vater gemietet hat.“

Er runzelte die Stirn. „Vielleicht sollte Bree ...“, begann er.

„Nein“, unterbrach Sophie ihn. „Du wirst Bree nicht bitten, Babysitterin für mich zu spielen. Du brauchst sie zu deinem Schutz und um Karen zu überführen. Lass mich einfach mit euch gehen. Ich muss ja nicht aktiv mitwirken, sondern werde mich einfach irgendwo in der Nähe verstecken.“

Die drei wechselten einen Blick, dann stimmte er zu: „Du kannst erst mal bis zum Park mitkommen. Dort entscheide ich dann, was wir tun werden.“

„An welchen Treffpunkt im Park hattest du gedacht?“, fragte sie Wyatt. „Er ist ja doch ziemlich weitläufig.“

„Die Alice-im-Wunderland-Statue in der Nähe der Kreuzung Fifth Street und East Fortyseventh Street“, antwortete er.

Als sie das hörte, setzte ihr Herzschlag einen Moment lang aus. „Als ich ein Kind war, ist mein Dad immer mit mir dort hingegangen. Er pflegte zu sagen, dass sein Job ihm manchmal das Gefühl gäbe, er wäre Alice, die im Kaninchenbau verschwindet.“ Sie hielt inne, als ihr unerwartet die Tränen in die Augen traten.

Welche Ironie, dass Damon, Wyatt und Bree möglicherweise den Mörder ihres Vaters an einem Ort stellen würden, der so viele glückliche Erinnerungen für sie barg.

„Es tut mir leid, dass er euch alle im Stich gelassen hat – dass er mich im Stich gelassen hat“, sagte sie. „Aber ich will die Wahrheit in Erfahrung bringen – die ganze Wahrheit. Lockt Karen in den Park und bringt sie zum Reden.“

NEUNZEHN

Um kurz vor drei fuhr Damon über die Brooklyn Bridge zurück nach Manhattan. Während er sich durch die belebten Straßen der Stadt schlängelte, fühlte er sich, als wäre es ein Jahr her, seit er das letzte Mal hier gewesen war. So viel war passiert, seit er sich aus einem Impuls heraus entschlossen hatte, in den Adirondacks nach Sophie zu suchen. Jetzt war er froh, dass er seinen Instinkten gefolgt war und konnte nur hoffen, dass sein Bauchgefühl ihn auch heute nicht im Stich ließ.

Wyatt hatte einen kühnen Plan entwickelt, um Karen aus der Reserve zu locken und er war erleichtert, endlich von einer defensiven in eine offensive Position wechseln zu können. Trotzdem machte er sich Sorgen um Sophie und war hin- und hergerissen zwischen zwei Optionen: Sollte er sie mit in den Park nehmen und zu einer potenziellen Zielscheibe machen oder allein im Auto zurücklassen, wo sonst etwas passieren konnte. Lieber hatte er sie an seiner Seite, sodass er sie sehen und berühren konnte und wusste, dass alles in Ordnung war.

Er warf ihr einen flüchtigen Blick zu. Sie schaute in Richtung Park und dachte wahrscheinlich an die Statue, die sie immer gemeinsam mit ihrem Vater besucht hatte. Seit der Ankunft von

Bree und Wyatt hatten sie keine Zeit gehabt, unter vier Augen miteinander zu sprechen und er vermutete, dass sie sich bei ihrem Plan ein wenig ausgeschlossen fühlte. Allerdings hatte sie sich nicht beschwert und ihm hatte schlichtweg die Zeit gefehlt, sie einzubeziehen.

Nachdem Wyatt das Notfallprotokoll mit dem Foto von Karen in der Bar in der Bronx initiiert hatte, reagierte diese fast umgehend. Ihnen blieben nur knapp neunzig Minuten, um den Lageplan des Parks zu studieren, vier Telefone mit versteckten Ohrhörern zu organisieren, die sie als Notfallkommunikationssystem verwenden konnten, und um nach Manhattan zu gelangen.

Jetzt musste er weitere wertvolle Minuten für die Suche nach einem Parkplatz vergeuden. „Es wird nicht einfach sein, hier zu parken“, murmelte er und hoffte, dass Bree nicht auch ähnliche Probleme haben würde. Sie war gemeinsam mit Wyatt unterwegs, denn sie hatten beschlossen, sich besser aufzuteilen, um weniger Angriffsfläche zu bieten.

„Probier doch eine der Seitenstraßen“, schlug Sophie mit angespannter Stimme vor. „Oder warte mal, ich glaube, da fährt jemand weg.“ Sie deutete mit dem Finger einige Meter den Häuserblock entlang.

Erleichtert atmete er aus. Sie befanden sich etwa fünfundzwanzig Meter von dem der Statue am nächsten gelegenen Eingang zum Park entfernt auf der gegenüberliegenden Straßenseite, wodurch Sophie zwar nahe genug, aber nicht unmittelbar am Schauplatz wäre. Außerdem war direkt vor ihnen eine belebte Kreuzung mit vielen Menschen. Er wusste, dass sie nicht glücklich darüber wäre, im Auto warten zu müssen, aber er würde sie überzeugen, dass es die beste Lösung war.

Damon parkte und zog den Schlüssel aus dem Zündschloss. „Sophie, wir müssen uns unterhalten.“

„Ich weiß schon, was du mir sagen willst.“ Sie blickte ihn unglücklich an. „Ich würde lieber mit dir mitgehen, Damon.“

„Ich weiß, dass du das möchtest, aber die Sache ist die: Wenn du ebenfalls dort bist, gilt meine ganze Aufmerksamkeit dir. Das ist einfach so. Und das kann und wird nicht funktionieren. Ich muss mich auf Karen konzentrieren und auf der Hut sein vor möglichen Gefahren, die von ihr ausgehen. Dieses Treffen ist von entscheidender Bedeutung. Es könnte die einzige Gelegenheit sein, sie auf unsere Seite zu ziehen. Wenn ich ihr begreiflich machen kann, dass es sie letztlich in eine bessere Lage bringt, wenn sie den Mund aufmacht, könnten wir es schaffen, dieses Chaos zu entwirren."

„Sie wird aber keine Immunität bekommen, oder? Wenn sie Mitschuld am Tod meines Vaters trägt, muss sie hinter Gitter."

„Sie wird nicht ungestraft davonkommen, das verspreche ich dir. Aber wir glauben nicht, dass sie hier das Sagen hat, und brauchen den Anführer."

„Vielleicht ist es doch Peter. Bree glaubt zwar nicht, dass er ein Motiv hätte oder angreifbar ist, aber ich vermute mal, die meisten hätten auch nie damit gerechnet, dass mein Vater es war."

„Ich habe bisher weder Peter noch sonst jemanden ausgeschlossen, aber im Moment konzentrieren wir uns auf Karen." Nach einem kurzen Schweigen fuhr er fort. „Ich würde dich nicht hier zurücklassen, wenn ich nicht überzeugt wäre, dass das die bessere und sicherere Wahl ist. Sobald ich ausgestiegen bin, setzt du dich hinters Steuer, und sollte dir irgendetwas verdächtig vorkommen, fahr einfach davon."

„Okay. Ich werde hier warten. Versprochen. Das gefällt mir zwar nicht, aber ich verstehe deine Beweggründe. Du, Bree und Wyatt, ihr seid ein eingespieltes Team … ihr seid gut ausgebildet, wisst, was ihr tut und vertraut einander."

„Bree und Wyatt sind zwei der Besten", stimmte er zu.

„Wyatt allerdings ist ein wenig unnahbar."

„Er arbeitet einfach schon zu lange im Untergrund. So ein

Leben kann einsam machen. Manchmal vergisst man, wer man eigentlich ist."

„Das kann ich gut nachvollziehen. Auch ich habe schon das Gefühl, als ob mein altes Leben eine Million Jahre zurückliegen würde, dabei ist es noch nicht mal eine Woche her. Ich weiß, wenn das alles irgendwann vorbei ist, brauche ich Zeit, um mich mit Dads Tod auseinanderzusetzen."

„Das wirst du auch und ich werde dir helfen, wo immer ich kann."

„Danke", sagte sie leise und blickte ihm in die Augen. „Damon, bitte sei vorsichtig. Versprich mir, dass du wiederkommen wirst."

„Ich verspreche es dir", sagte er und wusste, dass er absolut alles tun würde, um sein Wort zu halten.

Schnell beugte er sich zu ihr hinüber und küsste sie hart auf den Mund. Dann stieg er aus dem Auto aus und schloss die Tür. Er sah, wie sie auf den Fahrersitz krabbelte, sich hinters Steuer setzte und die Verriegelung nach unten drückte.

Kurz blickte er sich um und ging dann auf die Kreuzung zu, um die Straße zu überqueren. Als er den Park betrat, hoffte er, dass sie in wenigen Minuten zumindest einige der Antworten hätten, nach denen sie suchten.

Nach all den Tagen, an denen er sich verstecken musste, fühlte es sich merkwürdig an, wieder so frei herumzulaufen. Natürlich gab es überall in der Grünanlage Überwachungskameras, aber er hatte sich deren Standorte bereits eingeprägt, damit er sich von ihnen fernhalten konnte. Es war absolut unnötig, dass ihnen die Polizei in die Quere kam.

Dann zog er sein Handy hervor und startete eine Vierer-Konferenzschaltung, weil ihm klar war, dass Sophie beruhigter wäre, wenn sie zuhören konnte. „Ich sehe die Statue", berichtete er. „Bin fast da."

„Ich befinde mich auf der Westseite, zwischen den Bäumen",

sagte Bree. „Kann die Statue ebenfalls sehen. Bisher keine Spur von Karen."

„Ich bin am östlichen Ende", ließ sich nun auch Wyatt vernehmen. „Hier ist alles im grünen Bereich."

„Sophie, bist du auch okay?", fragte er und wollte ihre Stimme hören.

„Ich bin hier", antwortete sie. „Ich will nicht unterbrechen, also höre ich einfach zu."

„Wenn du etwas brauchst, melde dich, verstanden?"

„Das werde ich. Hey, Bree", fügte sie hinzu. „Hat das FBI jemals etwas über die Tätowierung des Killers in dem Lagerraum herausgefunden?"

„Nicht, dass ich wüsste", erwiderte die Angesprochene. „In dem Update, das wir gestern Nacht bekommen haben, stand zumindest nichts darüber."

„Vielleicht werde ich das mal recherchieren, während ihr euch auf die andere Sache konzentriert."

Damon war froh, dass Sophie etwas gefunden hatte, um sich zu beschäftigen. Damit würde die Wartezeit schneller vorbeigehen.

Er bewegte sich auf die Statue zu, ein etwa zehn Meter hohes Bronzekunstwerk, das Alice im Wunderland und einige ihrer Freunde darstellte, darunter den verrückten Hutmacher und den weißen Hasen. Es war beeindruckend und skurril zugleich und er konnte verstehen, warum es Sophie gefallen hatte und warum sich auch jetzt so viele Kinder nebst ihren Eltern darum drängten.

Ein wenig abseits, etwas versteckt hinter einem flachen Gebäude mit zwei öffentlichen Toiletten, befanden sich ein Trinkbrunnen und eine Bank. Dorthin begab er sich jetzt. Wyatt sagte, er und Alan hätten die meisten ihrer Gespräche dort geführt, weiter weg von den Massen an Touristen.

Er warf einen Blick auf seine Armbanduhr. Noch fünf Minuten.

Hoffentlich würde Karen kommen. Einen Plan B gab es nicht.

Einige Minuten lang hatte niemand gesprochen und Sophies Puls fing an, schneller zu schlagen. Um sich abzulenken, ging sie ins Internet und suchte nach weiteren Informationen über Schlangen-Tattoos aus Osteuropa, da Wyatt erwähnt hatte, es könne sein, dass der neue Partner der Venturis aus diesem Teil der Welt stammte. Damit kamen zwar mehrere Länder infrage, aber zumindest konnte sie ihre Suche ein wenig eingrenzen.

Während sie über die Schlangen nachlas, fragte sie sich, ob sie möglicherweise in die falsche Richtung dachte. Vielleicht waren es gar nicht die Schlangen oder die Reben, die von Bedeutung waren, sondern das Symbol in der Mitte.

Sie langte in ihre Tasche und holte die Skizze hervor. Als sie diese erneut genauer betrachtete, fühlte sie sich zunehmend unruhig und beklommen. Sie war sich sicher, dieses Zeichen schon einmal gesehen zu haben, aber wo?

Eine alte, mit Spinnweben überzogene Erinnerung begann, in ihrem Kopf Form anzunehmen.

Es war auf einer Party gewesen.

Ihre Mutter wollte unbedingt hingehen. Sie hatte ihre Chemo-Behandlungen gut überstanden und wollte einer Freundin zum Geburtstag gratulieren.

Sie selbst war damals fünfzehn Jahre alt und von der Unterhaltung der Erwachsenen mehr als gelangweilt. Das einzige Kind auf der Party, das sie kannte, war Elena, und die war nirgends zu sehen. Ein Dienstmädchen sagte ihr, dass die Teenager im Poolhaus seien. Sie war dort hinuntergegangen und in eine wilde Party geraten. Nichts als Drogen. Sie konnte nicht glauben, dass diese Orgie so nahe am Haupthaus stattfand und fühlte sich peinlich berührt, fehl am Platz und verängstigt. Das war nicht ihr Ding. Da sie glaubte, sie hätte Elena im Badezimmer verschwinden sehen, ging sie dort hinüber und klopfte an. Sie dachte, sie hörte jemanden darin reden. Da nicht abgeschlossen war, öffnete sie einfach die Tür und schnappte nach Luft, als sie Elena mit einem Jungen entdeckte. Ihre Brüste waren entblößt, seine Hand befand sich unter ihrem Rock.

„Verschwinde!“, brüllte Elena sie wütend an.

Sie machte auf dem Absatz kehrt und rannte aus dem Bad. Auf dem Weg durch das Poolhaus stieß sie mit einem großen Typen zusammen und ihr Haar verfing sich in den scharfen Kanten seines Ringes.

Fast konnte sie den schmerzhaften Ruck an ihrer Kopfhaut spüren.

Sie blieb stehen und der Junge begann zu fluchen, während er sich bemühte, ihre Haare aus dem Schmuckstück zu lösen. Es war ein dicker, maskuliner Ring mit einem roten Stein in der Mitte, der an ein Auge erinnerte.

Ihr Herz schlug schneller, während sie sich bemühte, an der Erinnerung festzuhalten. *Wer war der Typ?*

Er hatte dunkle Haare gehabt und war groß gewesen. Sie hatte zu ihm aufblicken müssen. Er hatte nicht gelächelt.

Plötzlich sah sie wieder seine braunen Augen vor sich, und es machte *Klick*. Es war Michael Brennans Sohn, David, gewesen. Er war fünf Jahre älter als sie und wirkte sehr einschüchternd.

„Halt doch endlich still“, knurrte er und riss die Strähne mit einem Ruck heraus. „Was machst du hier eigentlich? Du und Elena solltet doch im Haus bleiben. Verzieh dich.“

Sie sagte ihm nicht, dass seine Schwester sich im Badezimmer befand. Eilig verließ sie das Poolhaus und rannte los, um ihre Eltern zu suchen.

Eigentlich wollte sie ihnen von den Geschehnissen erzählen, aber ihre Mutter fühlte sich nicht gut und ihr Vater machte sich ihretwegen Sorgen. Also hielt sie den Mund, und kurz darauf gingen sie nach Hause.

Danach waren sie nie wieder bei den Brennans gewesen.

Ihre Mutter war einige Monate später gestorben.

Während die Erinnerung in ihrem Kopf herumspukte, fühlte sie sich, als wäre sie kurz davor, auf etwas Wichtiges zu stoßen.

David Brennan besaß einen Ring mit dem exakt gleichen Design, wie sie es auch im Nacken des Killers gesehen hatte.

War David der Schütze gewesen? Hatte Damon im Lager David Brennan erschossen?

Nein, das konnte nicht sein. Bree hatte berichtet, dass das FBI den Schützen nicht hatte identifizieren können. David war es mit Sicherheit nicht gewesen.

Vielleicht war das einfach ein beliebtes Design und nur ein Zufall, dass er einen Ring mit dem gleichen Symbol besaß.

Entschlossen tippte sie *Michael Brennan Hedgefonds-Investor und Familie* in das Suchfeld des Handys ein. Ein Bild poppte auf, das Michael, seine Frau Katya und ihre beiden Kinder, David und Elena, zeigte. Die Kinder waren Teenager, ungefähr im gleichen Alter wie in ihrer Erinnerung.

David hatte seinen Arm um die Schultern seiner Mutter gelegt und sie entdeckte den besagten Ring an seiner Hand. Zwar war die Aufnahme zu körnig, um Details erkennen zu können, aber sie war sich absolut sicher.

Sie scrollte durch weitere Suchergebnisse und hoffte, irgendwo noch ein klareres Foto zu finden.

Auf dem nächsten Bild waren alle älter – die Kinder wahrscheinlich Mitte zwanzig – und Michael stand neben einer anderen Frau, einer jungen, hübschen Blondine. Sie klickte den Artikel an, der über Brennans neue Freundin berichtete, die Schauspielerin war. Sie erinnerte sich daran, dass ihr Vater irgendwann einmal dessen Scheidung erwähnte, aber sie hatte dem nicht viel Aufmerksamkeit geschenkt. Nach dem Tod ihrer Mutter hatten sie die Brennans nicht wiedergesehen, und nach dieser seltsamen Party war sie definitiv nicht mehr daran interessiert, nochmals mit Elena oder ihrem Bruder abzuhängen.

Sophie hob den Blick, starrte durch die Windschutzscheibe und überlegte, was es bedeuten mochte, dass Michael Brennans Sohn David einen Ring mit dem Symbol besaß, das sich der Killer im Nacken hatte tätowieren lassen.

Wenn dessen Ursprung osteuropäisch war – plötzlich kam ihr der Name von Davids Mutter in den Sinn – *Katya.* Woher stammte Katya gleich noch mal? *Tschechoslowakei? Ukraine? Kroatien?* Irgendwann einmal hatte sie das gewusst, aber es wollte ihr einfach nicht mehr einfallen. Alles, woran sie sich erinnerte, war, dass sie eine süße, ruhige Frau gewesen war, die gerne backte, aber immer ein wenig traurig dreinblickte.

Sie musste mit Michael sprechen, oder vielleicht sogar mit ihr. Wer würde ihr die Wahrheit sagen? Der Freund ihres Vaters oder dessen Ex-Frau? Wahrscheinlich eher die Ex-Frau, zumal Sophie ja auch wusste, dass Michael sich erst kürzlich mit Peter getroffen hatte. Alles, was sie ihm gegenüber ansprach, könnte sofort an Peter weitergegeben werden. Das durfte sie nicht riskieren.

Plötzlich stach ihr eine Frau ins Auge, die im Begriff stand, die Kreuzung zu überqueren. Sie hatte lange, glatte, braune Haare, die ihr fast bis zur Taille reichten, war dünn wie eine Ballerina – und sah genau aus wie Elena Brennan.

Sophie setzte sich aufrecht hin. *Spielte ihr ihre Fantasie gerade einen Streich?*

Die Frau trug enge, weiße Jeans, Bootie-Sandalen und ein enganliegendes, knappes Oberteil, das kaum ihren Bauch bedeckte. Sie sprach am Telefon, und als die Ampel umschaltete, ging sie schnellen Schrittes in genau die gleiche Richtung, die Damon zuvor eingeschlagen hatte.

Als sie sich an das Foto erinnerte, das Wyatt ihr gezeigt hatte, blieb ihr beinahe die Luft weg. War Elena die Frau, die dem gestrigen Treffen zwischen Karen und dem Venturi-Boss beigewohnt hatte? Steckten die Brennans mit den Venturis unter einer Decke?

Plötzlich knisterte es in ihrem Ohrhörer.

„Ich kann Karen Leigh sehen“, sagte Damon. „Es sieht so aus, als wäre sie allein.“

Als Wyatt und Bree seine Feststellung bestätigten, übermannte Sophie die Angst.

Warum war Elena im Park? Wenn sie da war, könnten auch noch weitere Mafia-Gangster in der Nähe sein. War Damon geradewegs in eine Falle getappt?

„Ich glaube nicht, dass Karen allein ist“, sprach sie ins Mikrofon, aber Damon antwortete nicht und sie konnte hören, wie er mit einer anderen Person Worte wechselte.

Karen war da.

Sie durfte ihn jetzt nicht stören.

Wenn sie ihm weiterhin ins Ohr schrie oder in den Park rannte, um ihn zu finden, würde sie ihn nur ablenken und noch mehr in Gefahr bringen. Sie musste einfach an ihn und an seine Freunde glauben.

Vielleicht war es gar nicht Elena gewesen; immerhin hatte sie das Mädchen seit dieser schrecklichen Party nicht mehr gesehen. Sie könnte sich irren, obwohl sie das bezweifelte.

Pass auf dich auf, Damon, betete sie im Stillen. Sie wollte nicht noch eine weitere Person verlieren, die sie liebte.

Damon hörte zwar Sophies hastige Worte, konnte aber nicht mehr darauf antworten, da Karen nur noch wenige Meter von ihm entfernt war. Sein Blick scannte die Umgebung, aber er konnte niemanden entdecken, der verdächtig aussah. Falls sie jemanden mitgebracht hatte, waren die Personen gut versteckt. Hoffentlich hatten sie sie nur begleitet, um sie zu beschützen und nicht, um ihn kaltzumachen.

„Was tust du hier, Damon?“, fragte Karen.

Sie trug Jeans und ein übergroßes Oberteil und es würde ihn nicht überraschen, wenn sich darunter eine Waffe verbarg. Ihr Haar war zu einem Pferdeschwanz zusammengefasst, auf dem Kopf saß eine Baseballmütze, und eine Sonnenbrille bedeckte ihre Augen.

„Wir müssen reden“, sagte er.

„Wo ist Wyatt?“

„In Sicherheit. Er sammelt detaillierte Beweise gegen dich und Alan.“

Zwar zuckte sie nicht zusammen, fuhr sich jedoch nervös mit der Zunge über die Lippen. „Ich habe keine Ahnung, wovon du sprichst. Wyatt muss ins Büro kommen. Er ist in Gefahr. Du übrigens auch. Und wo zur Hölle hält sich Sophie Parker auf?“

„Du bist nicht hier, um Fragen zu stellen, sondern um meine zu beantworten. Sicherlich hast du das Foto gesehen, das Wyatt dir geschickt hat.“

„Das war ein geschäftliches Treffen. Um ehrlich zu sein, habe ich versucht, etwas über Wyatt in Erfahrung zu bringen. Ich mache mir große Sorgen um ihn.“

„Spar dir den Mist, Karen.“ Er sprach sie mit Vornamen an und ignorierte bewusst ihren Status und die Tatsache, dass sie als Agentin weit über ihm stand.

„Ich glaube nicht, dass du unserem Team noch lange erhalten bleiben wirst, Damon“, erwiderte sie scharf. „Eher wirst du wegen Mordes einige Zeit im Gefängnis verbringen.“

„Sicher ist dir bekannt, dass eine der Personen, die ich erschossen habe, für die Venturi-Familie gearbeitet hat, vielleicht sogar beide – also für deinen Auftraggeber.“ Nach kurzem Schweigen fuhr er fort. „Was glaubst du eigentlich, was Wyatt das letzte Jahr über getrieben hat, Karen? Er hat Beweise gegen ihre Organisation zusammengetragen und du steckst da mittendrin.“

„Tue ich nicht. Ich habe nichts gemacht.“

„Hör auf zu lügen. Das Spiel ist vorbei."

„Wenn dem so wäre, wärst du nicht allein hier aufgetaucht. Was willst du von mir?"

Gut. Sie war bereit zu verhandeln. „Ich möchte wissen, wer die Killer beauftragt hat."

„Wenn du nicht mal das herausfinden konntest, hast du wirklich nicht die geringste Ahnung."

„Ich weiß genug, um dir eine Menge Schwierigkeiten zu machen. Aber hey, wenn du unbedingt den Kopf hinhalten willst – mir soll es recht sein. Schon mal eine Figur weniger auf dem Spielbrett."

„Du hast nichts gegen mich in der Hand außer einem Foto, das ich erklären kann. Du bluffst."

„Ich weiß, dass du Dreck am Stecken hast, Karen. Und ich kann es sogar beweisen – selbstverständlich mit Wyatts Hilfe. Er ist nicht gerade glücklich darüber, dass man ihn neulich fast umgebracht hätte."

„Ich habe keine Ahnung, was ihm widerfahren ist, aber wenn jemand ihn hat auflaufen lassen, dann Alan. Diesen Verdacht hege ich schon des Längeren."

„Verdacht, tatsächlich? Und trotzdem hast du nichts anderes getan, als dich bei Alan anzubiedern. Sorry, aber das kaufe ich dir nicht ab. Versuch's mit einer neuen Ausrede."

Karen blickte sich kurz um, als ob sie ihren nächsten Zug abwägen wollte. Damon war sich, ehrlich gesagt, nicht sicher, was sie jetzt tun würde. Dann jedoch weiteten sich ihre Augen vor Schock. Sie fiel auf die Knie, presste eine Hand auf die Brust, aus der das Blut nur so hervorschoss und sackte in sich zusammen.

„Karen!", brüllte er und konnte nicht glauben, dass man sie direkt vor seinen Augen erschossen hatte.

Er ließ sich neben ihr nieder. Sie wand sich auf dem Boden.

„Hilf mir", bat sie stöhnend.

Er hörte eine Frau schreien: „Sie wurde angeschossen!"

Ein anderer Mann rief: „Waffe."

Die Leute stoben auseinander.

Er drückte seine Hände auf ihre Brust und bemühte sich, das Blut, das aus der Wunde sprudelte, zu stoppen. Sie schnappte mit weit aufgerissenen Augen nach Luft.

„Wer ist dafür verantwortlich, Karen? Sag es mir."

„Ich ... ich kann nicht. Bitte hilf mir", flehte sie ihn an.

„Das werde ich." Er konnte sehen, wie ihr Blick den Fokus verlor. „Aber du musst bei mir bleiben." Er verstärkte seinen Druck. „Das ist deine letzte Chance, um reinen Tisch zu machen – um dein Gewissen zu erleichtern."

„Ich wollte nie Teil davon sein", sagte sie atemlos, „aber ich hatte keine andere Wahl."

„Warum nicht?"

„Er hatte Fotos von mir und Alan – zusammen. Man sagte mir, Alan würde seinen Part der Vereinbarung nicht einhalten. Wenn ich nicht übernähme, würden sie die Bilder veröffentlichen und alle wissen lassen, dass ich mit dem Boss schlafe und nur deshalb ..." Sie rang nach Luft. „Und nur deshalb befördert wurde. Meine Karriere ist alles, was ich habe. Alan wollte mich nicht wirklich, er war nur einsam. Hinterher gestand er mir, dass es ein Fehler war. O Gott, es war solch ein Fehler! Und jetzt wird es so enden. Ich will noch nicht sterben."

„Das wirst du nicht. Hilfe ist unterwegs. Wer ist dafür verantwortlich, Karen? Stefan Venturi? Peter Hunt? Wer?"

Ihre Augen schlossen sich.

„Verdammt, wach auf!", brüllte er sie an.

Plötzlich tauchte Bree neben ihm auf. „Damon, hau ab, auf der Stelle", befahl sie ihm. „Ich habe den Notruf verständigt. Krankenwagen, Polizei und FBI sind unterwegs. Ich habe meine Marke bei mir und kann mich herausreden, du aber darfst bei deren Eintreffen nicht hier sein."

„Sie war gerade dabei, mir alles zu erzählen ..."

„Ich habe es gehört“, unterbrach Bree ihn, „und auch alles aufgezeichnet. Geh, Damon.“

Er sprang auf die Füße und sah sich in der mittlerweile menschenleeren Umgebung um. „Wer hat auf sie geschossen? Wer zur Hölle hat sie abgeknallt?“

„Das konnte ich nicht sehen.“

„Wo ist Wyatt?“

Ihr Schweigen sprach Bände.

„Verdammt! War er es? Warum nur? Weil sie bereit war auszupacken?“

„Keine Ahnung“, antwortete Bree mit gequältem Blick. „Ich weiß nur, dass du von hier verschwinden musst. Hol Sophie und geht.“

Sophie!

Eine weitere Welle des Schreckens überrollte ihn. „Sophie?“, fragte er und hoffte, sie konnte ihn hören. „Bist du okay?“

Keine Antwort.

Er raste durch die Bäume, während die Sirenen näherkamen, und hielt nur eine Sekunde inne, um seine blutigen Hände auf dem Rasen abzuwischen. Als er den Bürgersteig erreichte, verlangsamte er sein Tempo. Er wollte keinesfalls die Aufmerksamkeit auf sich lenken, als jemand, der von dem Tatort flüchtete.

Schließlich schaffte er es, sich einen Weg durch die Menge zu bahnen und rannte über die Straße.

Angst schnürte ihm die Brust zu, so heftig, dass er kaum atmen konnte. „Ich komme, Sophie“, flüsterte er. „Bitte sei da. Bitte sei da.“

ZWANZIG

Sophie befand sich im rückwärtigen Teil eines Transporters.

Als sie über ihren Ohrhörer die Schreie vernommen hatte, war ihr klar, dass etwas schrecklich schieflief. Damon und Karen hatten ein angespanntes Gespräch geführt, als plötzlich die Hölle losbrach.

Es klang, als hätte jemand auf Karen geschossen.

Damon hatte sie angeschrien, bei ihm zu bleiben. Jemand im Hintergrund hatte etwas von einer Waffe gebrüllt.

Sie hatte ebenfalls ins Telefon gekreischt, aber niemand hörte sie – oder alle waren zu beschäftigt gewesen, um zu antworten.

Also griff sie nach dem Wagenschlüssel und sprang aus dem Auto. Zur Hölle damit, hinter verschlossenen Türen warten zu müssen. Sie würde keinesfalls hier sitzen bleiben und Däumchen drehen.

Leider hatte sie kaum zwei Schritte gemacht, als sie von hinten geschubst wurde. Telefon und Autoschlüssel flogen ihr aus der Hand, sie krachte seitlich gegen ihr Fahrzeug und fiel auf die Knie.

Ein Mann zog sie wieder auf die Füße, und dann war auch schon der Transporter neben ihr und sie wurde hineingestoßen.

Ihr Kopf prallte an der Innenwand ab und vor ihren Augen explodierten Sterne. Sie glaubte, kurz ohnmächtig gewesen zu sein.

Jetzt jedoch war sie hellwach und musste sich orientieren, einen Weg finden, wie sie aus diesem Chaos wieder herauskam.

Sie blickte sich um. Es gab keine Sitzplätze, offenbar handelte es sich um eine Art Lieferwagen. In einer Ecke unter einigen Planen standen diverse Farbdosen und Walzen. Sie fragte sich, ob sie die Farbe wohl zu ihrem Vorteil nutzen könnte. *Farbe war bekannterweise explosiv. Vielleicht könnte sie ein Feuer entfachen.* Leider hatte sie aber weder ein Feuerzeug noch Streichhölzer bei sich.

Angst übermannte sie, als das Fahrzeug Geschwindigkeit aufnahm. Sie konnte nicht sehen, wer fuhr, meinte sich aber zu erinnern, dass es mindestens zwei Leute waren, und wenigstens einer von ihnen war ein Mann.

War die andere Person Elena?

Eher unwahrscheinlich. Sie hatte sie in den Park laufen sehen.

Hatte Elena Karen erschossen?

Auch dieser Gedanke kam ihr lächerlich vor.

Elena war eine adrette, wohlhabende, junge Frau mit Privatschulausbildung, der die Welt zu Füßen lag. *Warum sollte sie in diese schmutzigen Geschäfte verwickelt sein?*

Sie war sich nicht einmal sicher, dass sie die Frau gewesen war, die sie gesehen hatte. Dennoch, ihr Bruder besaß einen Ring mit dem gleichen Tattoo-Symbol.

Sophie presste eine Hand an ihre pochende Schläfe, nicht sicher, ob sie auf der richtigen oder der falschen Spur war. Sie musste sich darauf besinnen, dass es höchstwahrscheinlich die Venturis waren, die für ihre Entführung verantwortlich waren. Sie standen im Zentrum von allem – oder aber ihr neuer Partner.

War jemand Karen in den Park gefolgt und hatte sie erschossen, bevor sie Informationen preisgeben konnte?

Das würde Sinn ergeben.

Aber warum hatten Wyatt und Bree den Schützen nicht gesehen? Warum hatten sie ihn nicht aufgehalten?

Zumindest war Damon nichts passiert. Sie konnte noch immer seine Stimme in ihrem Kopf hören.

Er war am Leben. Daran musste sie sich festklammern, auch wenn sie nicht wusste, wie lange sie beide es noch sein würden …

Der Autoschlüssel lag auf dem Boden, die Tür war entriegelt, und Sophies Telefon entdeckte er neben dem Vorderrad.

Damon nahm das Handy an sich und durchstreifte die Straße. Polizeiautos und ein Krankenwagen fuhren an ihm vorbei in Richtung des Eingangs zum Park. Hilfe für Karen war unterwegs. Er hoffte, sie würde überleben, weil sie wertvolle Informationen liefern konnte, aber im Moment galt seine Hauptsorge Sophie. Wenn sie es doch nur geschafft hätte, ihr Telefon bei sich zu behalten, könnte er sie jetzt orten.

War sie aus dem Auto gesprungen, als sie die Schreie gehört hatte?

Er erinnerte sich, dass sie noch etwas gerufen hatte, war sich aber nicht mehr sicher, ob er ihr geantwortet hatte.

Er hätte etwas sagen sollen. Er hätte ihr sagen sollen, sie solle verschwinden.

Dafür war es jetzt zu spät.

Ein Auto hielt neben ihm an und schockiert erkannte er Wyatt hinter dem Steuer.

„Steig ein“, befahl dieser.

Für den Bruchteil einer Sekunde zögerte er. *Hatte Wyatt Karen erschossen? War er der Doppelagent?*

„Damon“, fuhr Wyatt ihn scharf an. „Ich weiß, wo sie Sophie hinbringen.“

Oh, verdammt. Wenn Wyatt denn tatsächlich ein Doppelagent war, hatte er gerade genau die richtigen Worte gewählt, um ihn dazu zu bringen, einzusteigen.

Also öffnete er die Tür und setzte sich neben ihn.

„Wo ist Bree?", fragte Wyatt, während er die Straße entlangraste.

„Sie ist bei Karen geblieben – kümmert sich um alles. Hast du auf sie geschossen?"

„Zur Hölle, nein, habe ich nicht!" Er warf ihm einen düsteren Blick zu. „Hältst du mich etwa für den korrupten Agenten?"

„Wenn nicht du, wer war es dann?"

„Mir ist eine Frau mit langen, dunklen Haaren aufgefallen, die durch das Waldstück gerannt ist, kurz, nachdem Karen zu Boden ging. Sie sah aus wie die Frau, die ich gestern Abend in der Bar beobachtet habe. Ich bin ihr gefolgt. Als ich an der Straße ankam, habe ich beobachtet, wie ein Typ Sophie in den hinteren Teil eines Transporters warf. Die Langhaarige sprang in einen schwarzen SUV mit getönten Fenstern. Die Fahrzeuge sind in unterschiedliche Richtungen davongefahren. Keine Ahnung, wohin der SUV will, aber den Transporter habe ich schon mal gesehen, und zwar auf der Venturi-Baustelle. Ganz in deren Nähe befindet sich eines ihrer Lager."

„Und du glaubst, das ist ihr Ziel?"

Wyatt presste die Zähne zusammen. „Allerdings. Es ist privat. Ich habe schon öfters mitbekommen, wie sie Leute dort hingeschafft haben", antwortete er gepresst.

Damon atmete scharf ein. Die brutale Realität von Wyatts Worten verursachte ihm Übelkeit. Er wusste genau, was dieser damit anzudeuten versuchte und hätte seinen Kopf darauf gewettet, dass nicht alle diese Leute das Gebäude wieder lebendig oder im gleichen Zustand verlassen hatten, in dem sie angekommen waren.

Der Gedanke, dass jemand Sophie verletzen könnte, war kaum zu ertragen. Wie sehr wünschte er sich, er könnte mit ihr

Platz tauschen und ihr den Schmerz abnehmen, der ihr möglicherweise bevorstand.

Er hatte sie im Stich gelassen. Er hätte sie in den Park mitnehmen sollen. Er hätte bei ihr bleiben müssen. Sie wollte nicht allein im Auto warten, hatte Angst davor gehabt, und er hatte es einfach ignoriert. Er hatte die Mission über ihr Wohlergehen gestellt.

„Reiß dich zusammen“, befahl Wyatt und blickte ihn erneut prüfend an.

„Es war meine Schuld.“

„Wir holen sie zurück.“

„Das müssen wir!“

„Und das werden wir auch. Ich habe Karens Geständnis gehört – wird sie es schaffen?“

„Keine Ahnung, eher ungewiss. Leider hat sie mir nicht den Namen genannt, den ich hören wollte.“

„Genau deshalb haben sie sie ausgeschaltet. Sie müssen sie beobachtet und bemerkt haben, dass sie einknickte.“

„Ihr war glaube ich nicht bewusst, dass die anderen ihre Schwäche erkannt haben. Bis zu dem Moment, als sie erschossen wurde, hat sie nichts preisgegeben. Dann jedoch traf die Wahrheit sie mit voller Wucht – sie würde für sie sterben. Nur aus diesem Grund fing sie an zu sprechen.“ Er atmete tief aus. „Verdammt. Ich kann nicht glauben, wie übel wir das verkackt haben. Wo hatte sich der Schütze versteckt? Warum hast weder du noch Bree ihn gesehen?“

„Das habe ich mich auch schon die ganze Zeit über gefragt. Ich dachte, wir hätten das Gebiet gut abgedeckt.“

Erneut fragte sich Damon, ob es klug war, Wyatt zu vertrauen, besonders, als dieser jetzt in eine kleine Gasse einbog, die in Richtung Wasser führte.

Es war ihm nie leichtgefallen, sich auf jemanden einzulassen, nicht nach der Nummer, die seine Eltern bei ihm abgezogen hatten. Aber den Männern und Frauen, mit denen er in der

Armee gedient hatte, vertraute er stets voll und ganz, und auch Wyatt und Bree mehr als nur einmal. Er könnte es wieder tun. An diesem Punkt musste er es sogar.

Als sich seine Finger um Sophies Telefon krampften, meinte er, noch immer die Wärme ihrer Hand spüren zu können. Sie musste so verängstigt gewesen sein. Stillschweigend schickte er ihr Kraft und betete, dass Wyatt ihn an den richtigen Ort bringen würde.

Plötzlich kam ihm die Idee, dass sie ihr Handy möglicherweise nicht versehentlich hatte fallen lassen. Vielleicht wollte sie ihm einen Hinweis geben.

Er schaltete es ein. Eine Internetseite poppte auf. Sie hatte sich ein Bild von Michael Brennan, dem Freund ihres Vaters, angesehen, zusammen mit seiner Freundin und seinen erwachsenen Kindern – David und Elena.

Beim Anblick der schönen Brünetten mit den langen, glatten Haaren fing sein Puls an zu rasen. „Ist das die Frau, die du gestern beobachtet hast?“, fragte er und vergrößerte die Aufnahme, sodass nur noch sie darauf zu sehen war.

„In der Tat, das ist sie“, erwiderte Wyatt überrascht. „Wer ist das?“

„Elena Brennan, die Tochter von Michael Brennan.“

„Einer der Yale-Typen, mit denen sich Peter Hunt gestern getroffen hat?“

„Genau. Vielleicht ist Brennan der neue Spieler im Venturi-Clan, und deshalb war seine Tochter auch in dieser Bar mit dabei. Ich frage mich, warum Sophie gerade nach ihr gesucht hat.“ Er ging eine Seite zurück und sah, dass sie außerdem über einen Ring mit Schlangendesign und einem Auge in der Mitte recherchiert hatte. Irgendwie musste sie das Tattoo mit der Familie in Verbindung gebracht haben. Zwar verstand er im Moment den Zusammenhang nicht, aber vielleicht würde es ihnen später helfen, wenn sie alle Fäden zusammenführen mussten.

Zuerst allerdings musste er ihr Leben retten. Die Leute, die sie entführt hatten, wollten wahrscheinlich in Erfahrung bringen, was sie wusste. Nur aus diesem Grund hatten sie sie am Leben gelassen. Lang würde sie es aber mit Sicherheit nicht mehr sein.

„Da ist das Auto“, sagte Wyatt unvermittelt und stoppte abrupt hinter einem Müllcontainer in einer kleinen Seitengasse zwischen zwei großen Lagerhäusern.

Vor einer der Türen parkte der dunkle SUV. Von dem Transporter war nichts zu sehen, aber den konnten sie auch innen abgestellt haben.

„Sieht so aus, als wären die Spieler bereits vor Ort“, sagte Wyatt, und Kampfeslust blitzte in seinen Augen auf. „Bist du bereit, ein paar Leuten in den Arsch zu treten, Damon?“

„Mehr als bereit.“

„Also vertraust du mir wieder?“

Wyatt hatte schon immer diese außergewöhnliche Gabe besessen, in Menschen wie in einem offenen Buch zu lesen. „Das tue ich“, sagte er und zog seine Waffe.

Wyatt nickte zustimmend. „Dann lass uns mal dein Mädchen zurückholen.“

Beinahe hätte er erwidert, dass Sophie nicht sein Mädchen sei. *Aber war sie das nicht doch, und zwar schon die letzten vier Jahre über?*

Sophie kämpfte gegen die Plastikfesseln an, die ihre Hände hinter dem Rücken eines Stuhls zusammenhielten. Sie saß inmitten eines großen Raumes in einem finsteren, höhlenartigen Lagerhaus. Hereingekommen waren sie durch ein Ladedock und es war dunkel gewesen, als man sie aus dem Transporter zog. Also hatten sie offensichtlich in einer Garage geparkt. Einer der Männer brachte sie in diesen Raum und fesselte sie, bevor er wieder verschwand. Sein Gesicht konnte sie nicht erkennen und er hatte kein Wort gesprochen, obwohl sie ihn anflehte, sie gehen zu lassen.

Jetzt wartete sie. Wenn es ihr gelänge, ihre Hände zu lösen und sich vom Stuhl zu befreien, könnte sie vielleicht einen Weg finden, um zu entkommen. Immerhin waren ihre Füße nicht zusammengebunden, sodass sie wenigstens noch um sich treten und damit möglicherweise jemanden verletzen konnte. Aber trotz dieses optimistischen Gedankens wusste sie, dass ihre Chancen, aus diesem Raum herauszukommen, gegen null gingen.

Jemand war schon seit Tagen hinter ihr her, und schließlich hatten sie sie doch noch erwischt.

Hoffentlich bekam sie wenigstens Antworten, bevor man sie tötete.

Bei dieser Vorstellung lief es ihr kalt den Rücken hinunter. Sie war noch nicht bereit zu sterben. Es gab noch so viele Dinge, die sie tun wollte, und sie kam nicht umhin, sich zu fragen, ob ihr Vater ähnliche Gedanken gehabt haben mochte, als jemand sein Auto von hinten rammte und ihn von der Straße drängte. Aber anders als ihr Vater konnte sie keine Sprachnachricht hinterlassen. Sie konnte sich nicht entschuldigen oder jemandem – Damon – sagen, dass sie ihn liebte.

Vielleicht war es auch besser so. Die Botschaften ihres Vaters hatten sie nicht wirklich beruhigt, sondern ihr nur noch mehr Anlass zur Sorge bereitet.

Eine Seitentür öffnete sich, und ihr blieb beinahe das Herz stehen. Zuerst kam ein Mann herein. Er war klein und stämmig, gebaut wie ein Linebacker, jemand, der es verstand zu kämpfen.

Ihm folgte eine Frau – in weißen Jeans und einem kurzen Oberteil, mit langen, dunklen Haaren und vertrauten braunen Augen.

„Sieh mal einer an", sagte Elena, einen spöttischen Ausdruck auf ihrem schönen, kalten Gesicht. „Die kleine Sophie Parker. Du landest immer zur falschen Zeit am falschen Ort, nicht wahr?

Genau wie damals auf dieser Party, als wir noch in der Highschool waren. Nur wirst du dieses Mal nicht davonlaufen können."

„Was hast du getan, Elena? Warum steckst du in dieser Sache mit drin?"

„In welcher Sache? Darin, Geld zu verdienen? Es ist nicht nur ein Geschäft, es geht um das *Familienunternehmen*", erklärte sie. „Wir hatten geglaubt, dein Vater würde verstehen, was Loyalität einer Familie gegenüber bedeutet, aber leider hatten wir uns in ihm getäuscht."

Wut machte sich in Sophie breit. „Er war nicht Teil deiner Familie."

„Mein Vater hat ihn wie einen Bruder behandelt. Meine Mutter hat sich rührend um deine gekümmert, als sie krank war. Aber wie schnell habt ihr beide das vergessen."

„Willst du damit sagen, dass ihr meinen Dad auf dem Gewissen habt?", fragte sie ungläubig.

„Er ist von der Straße abgekommen. So was passiert manchmal, wenn man zu schnell fährt."

„Es war kein Unfall. Jemand war hinter ihm her. Wart ihr das?"

„Spielt das eine Rolle?"

„Für mich schon. Warum nur? Wieso habt ihr das getan und ihn in eure krummen Geschäfte hineingezogen?"

„Ihn hineingezogen?", entgegnete Elena herausfordernd. „Dein Vater hat meinen Vater um Hilfe gebeten, und er hat sie ihm gewährt. Als es dann aber darum ging, dass wir ebenfalls einen Gefallen von ihm einfordern wollten, war er alles andere als entgegenkommend."

Sie hasste Elenas spöttischen, herablassenden Ton, aber sie wollte Antworten, und mitzuspielen schien ihr der einzige Weg, um sie zum Reden zu bewegen. „Warum brauchte mein Vater Hilfe? Geld war ihm doch nie wichtig."

„Damals, als deine Mutter im Sterben lag, schon – als sie

experimentelle Behandlungen brauchte, die die Versicherung nicht zu übernehmen bereit war. Als sie in die Klinik in der Schweiz wollte – erinnerst du dich daran?“

„Natürlich erinnere ich mich.“

„Wie hat er all das wohl bezahlt?“

„Ich weiß es nicht. Er hat nie darüber gesprochen. Ich nahm an, er hätte ein Darlehen auf das Haus aufgenommen oder so was in der Art.“

„Genau. So was in der Art. Mein Vater gab ihm Geld und auch alles, was nötig war, um deine Mutter zu retten. Und dann, als wir an der Reihe waren, erwies sich dein Vater als wenig großzügig.“

„Als ihr an der Reihe wart? Was wolltet ihr denn von ihm? Ich erinnere mich nicht daran, dass jemand von euch krank wurde oder gestorben ist.“

„Wir brauchten jemanden beim FBI, der sich um ein paar Dinge für uns kümmerte – Kleinigkeiten, nichts weiter Schwieriges. Anfangs erklärte er sich noch bereit dazu, aber dann fing er an, sich zu sträuben.“

„Was habt ihr dann getan?“

„Lediglich sichergestellt, dass er wusste, dass er schon zu tief mit drin hing, um da jemals wieder herauszukommen. Danach wurde er ein wenig kooperativer. Er hat sogar Quantico verlassen und ist nach New York gekommen, als wir ihn dazu aufforderten. Lange Zeit dachten wir, er hätte seine Rolle verstanden, aber plötzlich änderte sich alles. Wir mussten feststellen, dass er anfing, gegen uns zu arbeiten. Er hat unsere Freundschaft verraten. Also haben wir ihm klargemacht, dass es nicht mehr nur darum ging, seine Schulden an uns zurückzuzahlen, sondern darum, das Leben seiner Tochter zu retten.“

„Das ist keine Freundschaft, das ist Erpressung.“

„Nenn es, wie du willst, zumindest hat es funktioniert. Du hast uns einen hervorragenden Anreiz geboten, aber dann gab es da diese eine Grenze, die Alan einfach nicht bereit war zu überschreiten."

„Was war das?"

„Wir haben von ihm verlangt, einen Undercoveragenten in der Venturi-Organisation auszuschalten, jemanden, der ihn mit Informationen fütterte, was Alan uns schlichtweg verschwiegen hat."

„Und er hat sich geweigert, das zu tun", sagte sie und war äußerst dankbar dafür, dass ihr Vater dort eine Grenze gezogen hatte.

„Hat er."

„Also seid ihr der neue Partner im Spiel. Euer Familienunternehmen hat sich mit den Venturis verbündet, nicht wahr?"

„Du scheinst ja doch so Einiges in Erfahrung gebracht zu haben, während du mit deinem heißen FBI-Agenten untergetaucht bist", stellte Elena geringschätzig fest. „Zu schade, dass er nicht hier ist. Aber er hat dich im Stich gelassen, war mehr daran interessiert, Informationen aus dieser dummen FBI-Schlampe herauszukitzeln als dich zu beschützen. Ich hätte ihn besser auch gleich umlegen sollen, aber die Gelegenheit ergibt sich auch noch."

Sophie konnte das Böse in Elenas Blick erkennen, und das erinnerte sie wieder an das Schlangen-Tattoo mit dem finsteren, roten Auge. „Du hast Agentin Leigh erschossen? Woher weißt du eigentlich, wie man so etwas macht?", fragte sie verwirrt. „Ich dachte immer, du wärst Modedesignerin."

„Das solltest du auch denken."

„Hängt deine ganze Familie da mit drin? Deine Mutter war stets so nett zu mir, besonders, als meine Mutter starb." Sie konnte einfach nicht glauben, dass Katya sich auf so ein kriminelles Unterfangen einließ.

„Meine Mutter ist nett, aber sie ist auch eine Belenko. Ihre Brüder haben in den letzten Jahren ein sehr profitables Geschäft in der Ukraine betrieben, wollten aber expandieren und baten mich daher, ihnen behilflich zu sein."

„Und die Hedgefonds-Firma deines Vaters?"

„Ist der optimale Ort, um Geld zu verdienen."

„Und schmutziges Geld zu waschen?"

„Mach dich doch nicht lächerlich", entgegnete sie mit einem boshaften Lachen. „Mein Vater ist so sauber wie der reinste Schnee. Deshalb kann er sich auch mit Senatoren und FBI-Direktoren treffen und nützliche Informationen sammeln."

„Aber er weiß, was du damit anstellst. Ist dein Bruder ebenfalls beteiligt?"

„David war kurzzeitig dabei, aber er war zu unberechenbar und bestand auf einschneidende Veränderungen, die nicht realisierbar waren. Er ist schon seit einiger Zeit auf Weltreise. Niemand weiß, wann er zurück sein wird – *ob* er je zurückkommen wird."

Sophie kam die Galle hoch. Noch nie zuvor in ihrem Leben hatte sie es mit dem abgrundtief Bösen zu tun gehabt. Jetzt blickte sie ihm direkt ins Auge.

„Warum tust du das? Ihr seid reich und du hast alles, was man sich nur wünschen kann, Elena."

„Ich will nicht nur Geld, ich will Macht – die totale und absolute Macht! Ich bin es leid, Daddys kleines Mädchen, Davids jüngere Schwester oder die Nichte der Belenkos zu sein. Meine Onkel halten nicht besonders viel von Frauen, aber schon bald werden sie merken, dass ich hier das Sagen habe. Ich ebne ihnen nicht nur den Weg zu einer Partnerschaft mit den Venturis, wie sie es mir aufgetragen haben, sondern übernehme auch gleich deren gesamten Betrieb. Einen von ihnen bin ich bereits losgeworden – Lorenzo Venturi. Stefan wird in Kürze wegen des Mordes an seinem Bruder angeklagt. Diese Information haben wir Peter Hunt bereits zugespielt. Wie du siehst, Sophie, brauchen wir nicht immer einen FBI-Agenten, der etwas falsch macht, um an unser Ziel zu gelangen. Manchmal reicht es völlig aus, wenn wir ihnen dabei helfen, etwas richtigzumachen und sie dabei in die Richtung lenken, in der wir sie haben möchten."

Elenas Gedankengänge waren einfach abscheulich. „Peter Hunt hat also keine Ahnung, dass du, dein Vater und deine ganze Familie einer kriminellen Organisation angehören? Aber wie ist das möglich? Er weiß doch bestimmt über die verwandtschaftliche Beziehung deiner Mutter zum organisierten Verbrechen in der Ukraine Bescheid?"

„Nein, er hat keinen Plan. Niemand hat den. Als meine Mutter in dieses Land kam, hat sie direkt ihren Namen geändert. Sie wollte nicht länger Teil des Belenko-Clans sein und fasste den Vorsatz, einen reichen Amerikaner zu heiraten und ein neues Leben anzufangen. Genau das hat sie dann auch getan. Doch als sie älter wurde, fing sie an, ihre Familie zu vermissen. Sie war einsam und nicht wirklich glücklich mit meinem Vater. Er behandelte sie nicht gut. Also klopfte sie wieder bei ihren Brüdern an und die akzeptierten ihre Entschuldigung. Und sie luden David und mich ein, sie zu besuchen, nachdem wir die Highschool abgeschlossen hatten. Schnell wurde uns klar, dass wir Belenkos und nicht Brennans waren."

Ungläubig schüttelte Sophie den Kopf. „Ich kann mich gar nicht daran erinnern, dass deine Mutter jemals von ihrer ursprünglichen Heimat gesprochen hätte, aber ich habe auch nie wirklich viel Zeit mit ihr verbracht. Und dein Vater hat das Peter gegenüber ebenfalls nie erwähnt?"

„Er hat es niemandem erzählt. Wie ich dir vorhin schon gesagt habe, sein Geschäft ist makellos rein. Leider sind ihm in Bezug auf sein Urteilsvermögen ein paar grundlegende Fehler unterlaufen, die meine Onkel weidlich ausgenutzt haben. Wahrscheinlich hätte er deinen Vater nie dazu gedrängt, eine Gegenleistung zu erbringen, wenn sie ihn nicht gleichfalls unter Druck gesetzt hätten. Aber wenn man Fehler macht, muss man eben manchmal dafür bezahlen."

„Welche Art von Fehlern?"

„Er hat meine Mutter nicht gut behandelt“, wiederholte sie und presste ihre Lippen zu einem harten Strich zusammen.

„Damit werdet ihr nicht durchkommen, Elena.“

„Und ob wir das werden! Vor Kurzem hat Peter Hunt herausgefunden, dass dein Vater den Venturis Beihilfe leistet. Wir haben ihm alles gesteckt, was Alan je für uns getan hat. Nun ist er der Meinung, dass die Venturi-Brüder ihn dafür bezahlt haben, dass er sie deckt. Und bald schon werden auch die Missetaten von Agentin Leigh ans Licht kommen.“

„Und was dann?“, fragte Sophie.

„Da Alan und Karen nun tot sind, wird Peter Hunt bekanntgeben, dass alle undichten Stellen beim FBI versiegelt wurden. Die Venturis werden auffliegen. Anhand der Beweise, die wir ihm noch zuspielen werden, wird er Stefan für den Mord an seinem Bruder hinter Gitter bringen. Das wird ein großer Tag für ihn werden. Und dann, in ein paar Monaten oder einem Jahr, werden wir uns ihn zunutze machen, so wie wir ihn brauchen. Wenn Peter erst mal mitbekommt, dass er unserer Spielball war, kommt er aus dieser Falle, in die er so arglos getappt ist, ebenfalls nicht mehr heraus.“

„Wenn du dein überragendes Gehirn doch nur für gute Dinge nutzen würdest“, murmelte sie.

Elena lächelte. „Glaub mir Sophie, in meinem Leben gibt es genug Gutes. Wenn ich etwas sehe, das ich haben will, ziehe ich los und hole es mir.“

„Eines Tages wirst du für all das bezahlen.“

„Welch ein Jammer, dass *du* diesen Tag nicht mehr erleben wirst.“ Sie zog ihre Waffe hervor. „Eigentlich hatte ich angenommen, dass du mehr wüsstest, dass dein Vater dich eingeweiht hätte. Deshalb haben wir dich auch bisher am Leben gelassen. Jetzt allerdings hast du keinen Nutzen mehr für uns.“

Elena würde sie umbringen! Sie konnte die Absicht in ihren kalten, dunklen Augen sehen. Und es gab rein gar nichts, was sie dagegen tun konnte, außer zu beten, dass die Wahrheit nicht mit ihr zusammen sterben und Damon alles aufdecken und einen Weg finden würde, Elena und ihre Familie vor Gericht zu stellen.

Sie wünschte, sie könnte sich von ihm verabschieden, ihm sagen, dass sie ihn geliebt hatte, ihn ermutigen, einen Weg zu finden, ebenfalls jemanden zu lieben, denn er war nicht für dieses einsame Leben geschaffen, das er sich selbst auferlegt hatte. Er konnte eine Frau finden, die ihn nicht verraten, sondern ihm für den Rest seines Lebens zur Seite stehen würde. Er musste nur offen dafür sein.

Irgendwo aus dem Lager ertönte ein Krachen, gefolgt von Rauchgeruch.

Sophie erstarrte, und Hoffnung machte sich in ihr breit.

Elena wechselte einen Blick mit dem Mann hinter ihr. „Finde heraus, was da draußen los ist", befahl sie ihm.

Als sich der Mann in Richtung Gang davonmachte, konnte sie einen kurzen Blick auf jemanden erhaschen, der sich vorsichtig auf einer erhöhten Plattform direkt hinter Elena bewegte. Sie musste dafür sorgen, dass ihre Gegnerin ihn nicht ebenfalls bemerkte und lenkte deren Aufmerksamkeit deshalb wieder auf sich.

„Bitte, lass mich gehen", flehte sie. Natürlich war diese Bettelei nur gespielt, damit Elena sich weiterhin auf sie konzentrierte. „Ich habe doch mit all dem überhaupt nichts zu tun. Und ich werde nicht reden. Mir ist es egal, was du tust. Ich werde das Land verlassen und du wirst mich nie wiedersehen. Niemand wird nach mir suchen, meine Eltern sind beide tot."

„Du vergeudest deine Zeit, Sophie."

„Was ist mit dem Geld? Willst du das nicht haben? Mein Vater hat mir einen Koffer voller Bargeld hinterlassen. Ich habe ihn versteckt, könnte ihn aber für dich holen."

Elena schien nicht wirklich interessiert. „Ich bin sicher, dass ich ihn sowieso finden werde, wenn du tot bist." Dann legte sie den Kopf schief und blickte sie nachdenklich an. „Oh, jetzt verstehe ich. Du glaubst, dein Prinz ist unterwegs, um dich zu holen, nicht wahr? Leider kommt er zu spät.“ Mit diesen Worten hob sie ihre Waffe.

Sophie kämpfte hart darum, die Augen offenzuhalten und nicht auf dem Stuhl zusammenzusinken. Sie würde bis zum letzten Atemzug kämpfen. Also drehte sie den Kopf nach rechts, sah nichts und niemanden dort, der ihr zur Rettung eilte, tat aber so, als ob da jemand wäre. „Gott sei Dank“, murmelte sie. „Da bist du ja.“

Diese List reichte aus, um Elena ebenfalls in die Richtung blicken zu lassen.

Im Bruchteil dieser Sekunde, in der sie abgelenkt war, erklang ein Schuss, und Elena ging zu Boden. Sie fiel direkt vor Sophie auf den Rücken, mit vor Schock und Unglauben weit aufgerissenen Augen. Mitten auf ihrer Stirn prangte ein kreisrundes Einschussloch. Sie war augenblicklich tot und Sophie ertappte sich dabei, wie sie sich wünschte, sie hätte länger leiden müssen.

Stampfende Schritte brachten die Furcht zurück, was als Nächstes kommen würde.

Dann aber entdeckte sie Damon, der eine Leiter herunterrutschte. Er landete auf den Füßen und rannte auf sie zu, nach wie vor seine Waffe in Händen haltend, Erleichterung in seinem Blick. Kurz stoppte er neben dem leblosen Körper auf dem Boden, um sicherzustellen, dass Elena auch wirklich tot war, und kam dann auf sie zu.

„Sophie!“, sagte er erstickt.

„Es geht mir gut, aber draußen sind noch weitere Männer. Ich weiß nicht genau, wo.“

„Wyatt und ich haben uns bereits um alle anderen gekümmert. Sie war die Letzte.“

„Ich dachte, ich hätte Rauch gerochen.“

„Wyatt hat ein kleines Feuer gelegt, um Elenas Leibwächter anzulocken. Dann hat er ihn ausgeschaltet.“ Er zog seinen Schlüsselbund heraus und benutzte das kleine Taschenmesser daran, um ihre Plastikfesseln durchzuschneiden. Dann küsste er sie auf die Lippen und zog sie eng an sich. Es war die beste Umarmung ihres bisherigen Lebens. „Gott sei Dank ist dir nichts passiert.“

Sophie schlang die Arme um seinen Hals, überwältigt vor Dankbarkeit, dass auch er alles unbeschadet überstanden hatte, dass sie beide sich in Sicherheit befanden. Dann jedoch hörte sie Sirenen, und die Angst kehrte zurück. „Wir müssen hier raus. Die Polizei kommt und ich bin mir sicher, dass auch das FBI nicht lange auf sich warten lassen wird.“

„Nein“, sagte er und schüttelte entschieden den Kopf. „Wir laufen nicht mehr davon.“

„Nicht?“, fragte sie verwirrt.

„Ich konnte dein Gespräch mit Elena aufzeichnen“, erklärte er, griff in seine Tasche und zog sein Telefon hervor. „Nachdem Elena bestätigt hat, dass Peter unschuldig ist, hat Wyatt ihn angerufen. Er ist auf dem Weg. Es ist vorbei, Sophie.“

„Das möchte ich nur zu gerne glauben, aber was ist mit Michael Brennan und den Venturis und ...“

Er legte ihr einen Finger auf die Lippen. „Um die kümmern wir uns als Nächstes.“

„Haben wir genug Beweise?“

„Wenn nicht, bekommen wir die noch.“

„Was ist mit Karen. Ist sie tot? Elena hat es so dargestellt.“

„Sie war am Leben, als ich davongerannt bin, aber ich weiß nicht, ob sie es schaffen wird.“ Er hielt kurz inne. „Hast du gehört, was sie gesagt hat?“

„Dass sie mit meinem Vater geschlafen hat und über die Erpressung? Ja, habe ich. Ich frage mich, ob er ihr jemals etwas bedeutet hat oder ob sie ihn nur benutzen wollte.“

„Bestimmt können wir uns Klarheit darüber verschaffen, sobald wir auch den Rest noch rekonstruiert haben.“

„Was ich einfach nicht verstehe – warum hat Dad mir nicht

erzählt, dass er von Michael und Elena erpresst wurde? Zumindest hätte ich dann schon mal darüber Bescheid gewusst."

„Ja, aber je mehr du gewusst hättest, desto größer wäre die Gefahr gewesen, in der du dich befunden hättest. Er hat lediglich versucht, dich zu beschützen. Und ich denke, in gewisser Weise wollte er auch verhindern, dass du erfährst, was er getan hat. Deshalb hat er auch die Pläne für dein Verschwinden geschmiedet."

Sie stand auf, als Wyatt den Raum betrat, gefolgt von Peter Hunt und einem halben Dutzend Agenten und Polizisten.

Peter kam direkt auf sie zu, in seinem Blick lag nichts als Reue. „Mein Gott, Sophie. Es tut mir so leid."

Seine Worte hatten etwas Ironisches an sich. „Genau das Gleiche hast du mir am vergangenen Mittwoch gesagt, als du mir die Nachricht vom Tod meines Vaters überbracht hast."

„Auch da habe ich es schon so gemeint", entgegnete er schwermütig.

„Und warum hast du mir dann nichts von deinen Vermutungen erzählt, dass Dad ein Doppelagent sein könnte? Elena erwähnte, dass sie dir diese Informationen bereits vor etlichen Wochen hat zukommen lassen."

„Ich war noch dabei, das zu überprüfen, weil ich immer skeptisch bin, wenn Beweise zu offensichtlich sind. Normalerweise versteckt sich dahinter eine bestimmte Absicht."

Vielleicht war Peter doch nicht so dumm, wie Elena ihn darzustellen versucht hatte. „Wusstest du auch über Karen Leigh Bescheid?"

Er schüttelte den Kopf, und Ärger blitzte in seinen Augen auf. „Nein, bis heute nicht. Agentin Adams hat mich im Krankenhaus über alles informiert."

„Ist Karen tot?", fragte Damon.

„Sie befindet sich noch im OP", antwortete er, „aber es gibt eine kleine Chance, dass sie es schaffen könnte. Agentin Adams hat mir die Aufnahme gegeben, die sie von Ihrem Gespräch im

Park gemacht hat. Selbst wenn Karen sich nicht erholen sollte, haben wir zumindest ihr Geständnis.“ Er hielt kurz inne. „Sie hätten zu mir kommen sollen, Damon. In dieser ersten Nacht, als ich Sie in mein Büro bat, hätten Sie mir sagen sollen, dass Sie nach Sophie suchen würden.“

„Zu diesem Zeitpunkt hatte ich mich noch nicht entschieden“, antwortete Damon. „Und ich war auch nicht sicher, ob ich sie in der Hütte vorfinden würde, es war nur so ein Gefühl.“

„Eines, an dem Sie mich hätten teilhaben lassen sollen.“

„Ich werde mich nicht entschuldigen, wenn Gott weiß wie viele Personen in Ihrer Dienststelle ein doppeltes Spiel treiben“, konterte er.

Sophie hielt den Atem an, als sie den Zorn in Peters Blick bemerkte.

„Ich glaube nicht, dass sonst noch jemand darin verwickelt ist“, antwortete er.

„Aber du weißt es nicht mit Sicherheit“, mischte sie sich ein. „Elena hat mir erzählt, dass ihre Verwandten einer mächtigen Mafia-Familie angehören. Wieso wusstest du nicht, dass Michaels Ex-Frau mit dem organisierten Verbrechen zu tun hatte?“

„Ich hatte nie einen Grund, Katyas Hintergrund zu überprüfen. Außerdem sind sie mittlerweile seit fast zehn Jahren geschieden. Und was Michael betrifft, sein Geschäft ist sauber. Ich weiß, dass Hedgefonds zur Geldwäsche verwendet werden können und habe ihn deshalb vor langer Zeit mal genauer unter die Lupe genommen, weil ich sichergehen wollte, dass unsere Freundschaft nie in Frage gestellt wird.“

„Nun, anscheinend hast du nicht tief genug gegraben“, sagte sie zynisch.

„Das wird sich jetzt ändern! Wyatt hat mir die Aufnahme deiner Unterhaltung mit Elena vorgespielt. Ich bin auf dem Weg zu ihm. Wenn wir ihn dazu bringen können zu kooperieren – und ich denke, das wird er, angesichts des Todes seiner

Tochter –, können wir die Belenkos und die Venturis verhaften."

„Ich möchte mitkommen", forderte Sophie. „Sag mir nicht, dass das nicht möglich ist, Peter. Ich muss den Mann sehen, der meinem Vater Geld geliehen hat, um das Leben meiner Mutter zu retten, obwohl er wusste, dass die Belenkos ihn dann zwingen würden, zum Verräter zu werden. Wusstest du, dass sie es waren, die mir nach dem Leben getrachtet haben? Dass sie meinem Vater Fotos von mir geschickt und ihm gesagt haben, dass sie mich jederzeit in ihre Gewalt bringen könnten?"

„Das wusste ich nicht", gestand er kleinlaut.

„Mein Vater saß in der Falle. Er konnte entweder tun, was sie von ihm verlangten, oder mir beim Sterben zusehen. Aber er hat es nicht über sich gebracht, Wyatt zu töten, das war die einzige Sache, bei der er sich weigerte. Also haben die Belenkos ihn umgebracht, und Michael Brennan wusste davon. Er soll es mir ins Gesicht sagen, wie er seinem Freund so etwas antun konnte. Das schuldet er mir, und du ebenfalls."

„Dann lass uns gehen", sagte Peter grimmig.

EINUNDZWANZIG

Trotz ihres eindringlichen Plädoyers war Sophie doch ein wenig überrascht, dass Peter so ohne Weiteres zugestimmt hatte, sie mitzunehmen. Inzwischen befanden sie sich in einer schwarzen Panzerglas-Limousine auf dem Weg zu Michael Brennans Haus. Wyatt und Peter saßen in der mittleren Reihe und diskutierten verschiedene Aspekte des Falls, während sie und Damon sich auf den hinteren Plätzen an den Händen hielten.

Sie konnte und wollte ihn nicht mehr loslassen, und ihm schien es ebenso zu ergehen. Das würde sich wahrscheinlich wieder ändern, sobald der Schock nachließ, aber im Moment war sie einfach nur glücklich, ihn festhalten zu dürfen.

„Danke, dass du mich wieder einmal gerettet hast", sagte sie leise. „Ich dachte schon, nach dem dritten Strike wäre Schluss."

Er lächelte sie an. „Hast du dich mit dieser Baseballmetapher von Jamie inspirieren lassen?"

„Das habe ich", gab sie zu. „Übrigens, woher wusstest du, wo du mich finden würdest?"

„Wyatt hat zufällig mit angesehen, wie sie dich geschnappt haben. Er verfolgte Elena aus dem Park, nachdem sie Karen erschossen hatte. Als er den Venturi-Transporter erkannte, ahnte er, wohin sie dich bringen würden. Er wusste, wie die Dinge dort ablaufen, kannte den Grundriss, hatte Informationen darüber, wo die Wachen sich aufhielten. Wir haben erst die beiden Typen am Eingang überwältigt und sind dann ins Innere vorgedrungen. Normalerweise wären wir schon früher dazwischengegangen, aber du warst gerade dabei, Elena ein paar wichtige Informationen zu entlocken. Von daher dachten wir uns, wir sollten sie erst mal reden lassen."

„Sie hat sich nur deshalb mit mir unterhalten, weil sie prahlen wollte und sowieso nicht vorhatte, mich am Leben zu lassen, sodass ich etwas davon hätte ausplaudern können. Als ich auf dem Vorsprung hinter ihr einen Schatten entdeckte, habe ich natürlich gehofft, das würdest du sein, aber sicher war ich mir nicht."

„Ich habe mich in Position gebracht. Tausend Dank übrigens, dass du sie abgelenkt hast."

„Das war das Einzige, was mir in dem Moment eingefallen ist. Du hast einen ungeheuer guten Treffer gelandet – eine Kugel mitten in die Stirn." Als sie sich wieder an dieses Bild erinnerte, bekam sie eine Gänsehaut. „Ich glaube, sie konnte es nicht fassen, dass man sie erwischt hatte. Zumindest drückte ihr Blick das aus, als sie zu Boden fiel. Aber ich bin froh, dass sie es noch mitbekommen hat. Sie war so von sich selbst überzeugt und dachte, sie könne die Welt regieren."

„Nicht, solange es uns gibt", sagte Damon.

Sophie musste lächeln. „Zumindest nicht, solange es dich gibt."

„Du hast ebenfalls deinen Teil dazu beigetragen. Ich hätte ihr wahrscheinlich besser in den Arm schießen sollen, konnte aber nicht riskieren, dass sie einen Schuss auf dich abfeuert. Sie am Leben zu lassen, hätte uns weitere Beweise geliefert."

„Ich bin froh, dass sie tot ist. Wahrscheinlich sollte ich das nicht zugeben, aber es ist die Wahrheit. Sie war ein schlechter Mensch. Schon als Teenager wusste ich, dass sie wild war, aber diese Grausamkeit hätte ich ihr nie zugetraut. Sie hatte weder ein Herz noch eine Seele. Es war erschreckend, nichts von alledem in ihren Augen zu sehen. Und ich befürchte, sie hat auch ihren Bruder umgebracht. Die Familie glaubt, dass er um die Welt reist, aber bei ihr klang es so, als würde er nie mehr wiederkommen."

„Das habe ich mitbekommen. Sie wollte ihre Macht nicht teilen."

„Er war aber auch kein guter Mensch." Sie hielt inne und ihr fiel wieder ein, warum sie eigentlich über die Brennans recherchiert hatte. „David hatte einen Ring mit dem gleichen Design wie das Tattoo. Ich wusste ja, dass ich es vorher schon mal gesehen hatte. Während ich im Auto gewartet habe, dachte ich darüber nach, um mich ein wenig abzulenken, und dann fiel mir diese Party wieder ein, die ich als junges Mädchen besucht hatte. Dort bin ich mit einem Kerl zusammengestoßen, meine Haare haben sich in seinem Ring verfangen und ich bekam es mit der Angst zu tun, als ich sah, wie dieses rote Auge mich anstarrte. So wie es aussieht, stammt das Symbol aus der ukrainischen Kultur und hat mit den Belenkos zu tun."

„Der Mann, der uns in dem Lagerraum angegriffen hat, war anscheinend ebenfalls einer von ihnen, da es hierzulande keine Akte über ihn gibt." Damon hielt kurz inne. „Ich habe dein Telefon gefunden und die Fotos der Brennans entdeckt. Als ich Wyatt das Bild von Elena gezeigt habe, bestätigte er, dass sie die Frau war, die gestern Abend bei dem Treffen mit Karen dabei war."

„Ich hatte mir eingebildet, gesehen zu haben, wie Elena in den Park ging, aber diese Vorstellung erschien mir so absurd, dass ich dachte, meine Fantasie spielt mir einen Streich. Eigentlich wollte ich dir das noch sagen, aber da warst du bereits im Gespräch mit Karen."

Die Erinnerung blitzte in seinen Augen auf. „Du hast etwas in der Art erwähnt, dass noch jemand da sei."

„Wahrscheinlich hätte ich lauter sprechen sollen." Sie atmete tief durch. „Ich bin froh, dass du Elena erledigen konntest, befürchte aber, dass uns die restlichen Ratten durch die Lappen gehen werden."

„Wahrscheinlicher ist, dass sie reden werden. Wenn der Boss tot ist, bekommen die ersten Leute, die den Mund aufmachen, normalerweise mildernde Umstände."

„Aber bisher ist nur einer tot. Stefan Venturi ist noch am Leben, und Elenas Onkel ebenfalls."

„Wir werden sie alle schnappen", versprach er ihr. „Ich werde nicht lockerlassen, bis alle hinter Schloss und Riegel sitzen."

„Derjenige, den ich am meisten will, ist Michael. Kann gut sein, dass sein Geschäft sauber ist, aber was meinen Vater betrifft, klebt Blut an seinen Händen."

„Ich weiß."

„Hoffentlich ist er zu Hause", sagte sie, als der Wagen vor seinem Haus auf der Upper East Side von Manhattan anhielt. Vor der Luxusvilla standen zwei Sicherheitsleute, aber Peters Dienstmarke ließ sie zur Seite treten.

Sie fanden Michael Brennan im zweiten Stock in seinem Arbeitszimmer vor. Er stand vor dessen raumhohen Fenstern mit spektakulärem Blick auf den Hudson River und nippte an etwas, das wie ein Whiskey aussah. Als er sich zu ihnen umdrehte, wirkte er nicht sonderlich überrascht, eher resigniert.

„Ist meine Tochter noch am Leben?", fragte er.

Sophie konnte kaum fassen, wie emotionslos seine Stimme klang. Anscheinend besaß keiner der Brennans ein Herz.

„Nein", sagte sie, nahm den drei Männern hinter sich das Ruder aus der Hand und trat einen Schritt nach vorne. „Sie ist ebenso tot wie mein Vater. Und du stehst hier mit einem Drink in der Hand, als wäre nichts geschehen? Was stimmt bloß nicht mit dir?"

„Mir ist durchaus bewusst, dass sich alles verändert hat,

Sophie“, antwortete er und blickte ihr in die Augen. „Ich wollte deinen Vater da nie mit reinziehen, aber er brauchte dringend Geld. Also habe ich ihm geholfen.“

„Du hast ihm nicht geholfen, sondern zu einer deiner Spielfigur gemacht.“

„Nicht zu *meiner* Spielfigur. Ich habe ihn zu nichts gezwungen!“

„Nein, das hast du netterweise deiner Familie überlassen. Glaubst du, dadurch bist du weniger schuldig?“

„Du verstehst das nicht. Es war nicht von Anfang an so, aber je mehr Geld er brauchte, desto mehr zog er das Interesse der Familie meiner Frau auf sich. Sie setzten mich unter Druck, seine Verbindungen zu nutzen. Ich ... ich hatte meine eigenen Probleme: eine Alkoholikerin als Frau, einen Sohn, der sein Leben wegzuwerfen bereit war, indem er kokste und sich mit minderjährigen Mädchen einließ und eine Tochter, die traurigerweise genauso teuflisch veranlagt war wie ihre Onkel. Sie erzählte ihnen von meiner Beziehung zu Alan, von dem Geld, das er mir, oder besser gesagt, der Familie schuldete. Tatsächlich der Familie, weil es Katya war, die mein Unternehmen am Anfang finanziert hat. Es war ihr Geld, das sie in die Ehe mitgebracht hatte, und die Belenkos sorgten dafür, dass ich das nie vergaß. Ich habe ihm also nicht mein Geld geliehen, sondern ihres. Deshalb habe ich anfangs auch abgelehnt, als dein Vater mit diesem Anliegen an mich herantrat, aber er flehte mich an, sagte, er müsse alles versuchen, um Maggie zu retten.“

„Hat er es dir je zurückgezahlt?“

„Das war ihm nicht möglich. Er hatte sich bereits zu sehr verschuldet. Du hast ja keine Ahnung, wie teuer das alles war und er hat weder Kosten noch Mühen gescheut. So tat er mir im Ausgleich dafür ein paar Gefallen, kleine Dinge, nichts, was Verdacht erweckt hätte. Vor ein paar Jahren allerdings forderte die Familie mehr von ihm. Sie wollten auch in New York Fuß fassen und brauchten einen Agenten beim FBI vor Ort. Dieser

Agent sollte Alan sein. Ich habe sichergestellt, dass er verstand, dass sie mehr von ihm verlangen könnten, drängte ihn, in den Ruhestand zu gehen und dem FBI den Rücken zu kehren, um sich unwichtig zu machen."

Sophie war schockiert, das zu hören. „Warum hat er nicht auf dich gehört?"

„Er sagte, das sei keine Option, weil er das Geld bräuchte."

Ihr Herz machte einen Satz. „Für meine Ausbildung?"

„Das weiß ich nicht. Mir war gleich klar, dass er damit in Schwierigkeiten geraten würde. Elena startete ein Spiel um die Macht. Sie wollte sowohl ihre Onkel als auch die Venturis beeindrucken. Und sie war wütend auf mich, weil ich ihre Mutter verlassen hatte. Ich wollte nicht, dass sie mich hasste, habe aber gleichzeitig alles versucht, um sie dazu zu bringen, von Alan abzulassen – vergeblich."

„Also hast du ihr das gegeben, was sie wollte – ihr meinen Vater auf dem Silbertablett präsentiert", sagte sie bitter.

„Ich wusste einfach nicht, wie ich sie hätte aufhalten können, sah keinen Weg, um ihren Ehrgeiz einzudämmen. Dein Vater war bereit, alles zu tun, um seine Familie zu retten. Ich war bereit, alles zu tun, damit meine Tochter mich wieder liebt."

„Sie dazu zu bringen, dich wieder zu lieben?", wiederholte Sophie fassungslos. „Sie war unfähig zu lieben, hast du das nicht erkannt? Weißt du eigentlich, wo sich dein Sohn aufhält?"

Michael wurde blass. „Er ist auf Reisen."

Sie konnte in seinen Augen sehen, dass er die Wahrheit kannte. „Das glaubst du doch selbst nicht."

Er leerte seinen Drink. „Ich habe meinen Anwalt angerufen. Er wird jede Minute hier sein."

„Ein Anwalt kann Ihnen jetzt auch nicht mehr helfen", sagte Damon und trat neben sie. „Sie werden wegen mehrfachen Mordes und einer ganzen Reihe anderer Verbrechen in den Knast wandern. Wenn Sie Beweise gegen die Belenkos und Venturis vorlegen, lässt sich Ihre Haftstrafe möglicherweise verkürzen."

„Er hat recht“, schaltete Peter sich ein. „Warum hast du dich nicht an mich gewandt, Michael? Wenn du aus der Sache rauswolltest, hättest du mich einweihen sollen.“

„Das wollte er doch nie“, sagte Sophie aufbrausend. „Jetzt tut er nur so, um besser dazustehen. Wenn er jetzt Reue zeigt, ist für ihn alles wieder in Ordnung.“

„Das stimmt nicht“, protestierte Michael. „Ich weiß genau, dass nichts in Ordnung ist. Allerdings hätte ich nie gedacht, dass es so weit kommen würde – dass sie Alan umbringen. Es tut mir so leid, Sophie.“

„Allmählich habe ich es satt, dass Leute sich bei mir für Dinge entschuldigen, die sie verhindern hätten können.“

Michaels Blick wanderte hinüber zu Peter. „Auf dich haben sie es ebenfalls abgesehen.“

„Ich weiß“, entgegnete Peter. „Wer beim FBI steckt sonst noch mit drin? Ich brauche Namen, Michael, jeden einzelnen.“

„Meiner Kenntnis nach nur die Frau, die heute im Park erschossen wurde.“

„Darüber weißt du bereits Bescheid?“, fragte Sophie.

„Ja, man hat mich vor Kurzem darüber informiert“, gab er zu.

„Dann überrascht es mich aber, dass du nicht sofort das Weite gesucht hast.“

Er lächelte nur müde. „Die Welt ist ein Dorf, und selbst wenn das FBI mich nicht aufstöbern könnte – die Belenkos würden es schaffen. Für mich gibt es nur noch einen Weg, um mich all dem zu entziehen. Es ist fast schon eine Erleichterung“, fügte er hinzu, und plötzlich klang seine Stimme gepresst, seine Worte undeutlich. „Keine Ahnung, warum ich überhaupt so lange gekämpft habe. Ich hatte so ein gutes Leben, aber die wichtigsten Dinge fehlten mir – Liebe und Familie. Vielleicht werde ich Elena in einem anderen Leben wiedersehen und sie wird wieder das Mädchen sein, an das ich mich erinnere und nicht die Frau, zu der sie geworden ist.“

Sophie kniff die Augen zusammen. „Was ist los mit dir?“, fragte sie irritiert.

„Er hat etwas genommen“, rief Damon und sprang nach vorne, während Michael bereits zu Boden ging.

Auch Peter eilte zu ihm und legte ihm eine Hand an den Hals. „Kein Puls mehr.“ Schnell drehte er ihn auf den Rücken und begann, ihn zu reanimieren.

Damon forderte umgehend einen Notarzt an.

Etliche Minuten lang wechselten sich Peter, Wyatt und Damon ab und bemühten sich, Michael wieder zum Leben zu erwecken, aber ohne Erfolg. Als endlich die Sanitäter eintrafen, war er bereits mehrere Minuten tot.

Man legte ihn auf eine Bahre und trug ihn hinaus, und Sophie ging hinüber zu Peter. Der war vollkommen verstört und schien innerhalb von wenigen Minuten um zehn Jahre gealtert zu sein. „Du hast alles getan, was in deiner Macht stand“, redete sie auf ihn ein.

„Das war bei Weitem nicht genug.“ Er sah sie mit einem angespannten, erschöpften Blick an. „Und ich spreche hier nicht nur von Michael. Ich hätte erkennen müssen, dass dein Vater in Schwierigkeiten steckt. Warum habe ich nicht mehr Fragen darüber gestellt, warum er Quantico verlassen hat? Er hat die Akademie geliebt. Ich habe nie verstanden, warum er sich entschied, hierher nach New York zu kommen, aber jetzt ist mir natürlich alles klar. Er musste seine Schulden begleichen.“

„Er hätte um Hilfe bitten sollen“, stimmte Sophie ihm zu, „und mir von seinen finanziellen Problemen erzählen müssen. Ich hätte die Uni abbrechen können. Und wenn er es mir schon nicht gestehen wollte, weil er sich schämte, hätte er seine Freunde einweihen müssen. Ich verstehe nicht, warum er keinen Ausweg fand.“

Peter sah sie durchdringend an. „Ich glaube, Alan hat daran gearbeitet und versucht, beide Seiten gegeneinander auszuspielen, ohne von einer erwischt zu werden.“

„So etwas in der Art hat er auch in seiner letzten Sprachnachricht an mich durchklingen lassen. Er meinte, er würde alles daransetzen, die Dinge in Ordnung zu bringen, um möglicherweise dem Schlimmsten doch noch zu entgehen. Vielleicht wollte er Wyatt benutzen, um genügend Beweise gegen sie zu sammeln, aber sie sind dahintergekommen." Sophie wandte sich Wyatt zu. „Elena hat mir gestanden, dass Dad dich nicht ans Messer liefern wollte. Aus diesem Grund haben sie ihn umgebracht. Ich weiß, dass er dich benutzt hat und du ihm wahrscheinlich nicht vergeben kannst, aber ich bin froh, dass er diese Grenze nicht überschritten hat."

„Das bin ich auch", stimmte er ihr zu. „Aber er muss herausgefunden haben, dass jemand anderes beim FBI für ihn eingesprungen ist und versucht hat, das Ding ohne ihn durchzuziehen. Aus diesem Grund hat er sich auch aus dem Staub gemacht."

„Und dir gesagt, du solltest niemandem vertrauen, Sophie", warf Damon ein. „Er war sich nicht sicher, wer beim FBI sonst noch in diese Sache verwickelt war. Möglicherweise hat er gedacht, sie hätten bereits Peter und Karen auf ihre Seite gezogen."

„Aber ich habe ihm doch gesagt, dass ich in seinem Fall einige Unstimmigkeiten aufgedeckt habe", sagte Peter, „und ihn gebeten, sich mit mir zusammenzusetzen. Keine Ahnung, ob er dachte, ich wollte ihn unter Druck setzen, das zu tun, was die Belenkos von ihm verlangten oder ihn möglicherweise sogar ausliefern. Jedenfalls fand diese Zusammenkunft nie statt."

„Wir werden wahrscheinlich nie die ganze Wahrheit erfahren." Sophie seufzte müde auf. „Aber zumindest habe ich jetzt eine ziemlich genaue Vorstellung davon, was passiert ist."

„Du darfst nie vergessen, dass dein Vater dich geliebt hat, Sophie", sagte Damon, nachdem Peter und Wyatt sich entfernt hatten.

„Das weiß ich doch", erwiderte sie und bemerkte seinen mitfühlenden Blick. „Und meine Mom ebenfalls. Er war bereit, alles für sie zu tun, um ihr Leben zu retten. Das entschuldigt zwar nicht, was er getan hat, macht es aber einfacher für mich, es zu verstehen.“ Sie atmete tief aus. „Es überrascht mich, dass Michael sich selbst umgebracht hat, anstatt einfach davonzulaufen. Auf der anderen Seite konnte er so seine Geheimnisse mit ins Grab nehmen und seine Familie, seine Tochter und seinen Sohn über seinen Tod hinaus schützen. Somit bekommen wir keine weiteren Beweise von ihm und er muss nicht gegen sie aussagen.“

„Eigentlich glaube ich nicht, dass Michael versucht hat, irgendjemanden zu schützen“, unterbrach Wyatt ihre Unterhaltung und winkte sie zum Schreibtisch hinüber. „Es sieht so aus, als ob Brennan uns alles hinterlassen hätte, was wir brauchen, um die Belenkos dingfest zu machen. Er konnte es nicht selbst tun, aber mit diesen klaren Anschuldigungen sollte es uns gelingen.“

„Wirklich?“, fragte Sophie und gesellte sich zu ihm.

„Michael hat die ganze Geschichte niedergeschrieben – bis ins kleinste Detail“, sagte Wyatt erstaunt und überflog den handschriftlichen Brief. „Hier steht alles drinnen: Namen, Kontaktinformationen, Bankkonten, und nicht nur die der Belenkos, sondern auch die der Venturis. Damit sollten wir es schaffen, beide Familien dranzukriegen.“ Er reichte den Brief an Peter weiter.

„Verdammt“, sagte dieser und schüttelte ungläubig den Kopf. „Vielleicht war es ja eine feige Aktion, sich das Leben zu nehmen, aber zumindest hat er etwas von Wert hinterlassen. Ich muss umgehend ein Team herbestellen.“

„Ich helfe dabei“, bot Wyatt sich an. „Und ich werde persönlich sicherstellen, dass kein einziger Beweis übersehen wird. Die sind immer noch hinter mir her. Ich will jeden einzelnen dieser Gangster im Gefängnis sehen.“

„Ich bin ebenfalls mit von der Partie“, bot Damon sich an, „und werde helfen, wo immer ich kann.“

„Nein“, sagte Peter und schüttelte entschieden den Kopf. „Sie bringen erst mal Sophie nach Hause, Damon. Besorgen Sie sich etwas zu essen, ruhen Sie sich aus und dann, wenn Sie bereit sind, können Sie wieder dazukommen.“ Er hielt inne und schaute zu Wyatt hinüber. „Das Gleiche gilt eigentlich auch für Sie.“

„Auf keinen Fall, mir geht es gut“, lehnte dieser ab. Er hatte sich bereits in die Unterlagen vertieft. „Ich denke, dass diese Informationen hier, in Kombination mit dem, was wir in Alans geheimem Unterschlupf in Brooklyn gefunden haben, einen guten Auftakt für die Verhaftungen darstellen. Und die möchte ich so schnell wie möglich über die Bühne bringen.“

„Wäre heute Abend früh genug dafür?“, fragte Peter und zog sein Telefon hervor.

„Absolut perfekt“, erwiderte Wyatt.

Damon drehte sich zu Sophie um. „Bereit, nach Hause zu gehen?“

„Wenn du noch bleiben möchtest ...“

„Ehrlich gesagt könnte ich auch eine Pause gebrauchen. Peter und Wyatt schaffen das heute Abend auch ohne mich.“

Sie freute sich, das zu hören. So gerne sie auch auf dem Laufenden bleiben wollte ... in ihrem Hirn drehte sich alles und auch sie benötigte dringend eine Auszeit. „Dann mal los.“

Sein erster Gedanke war gewesen, Sophie nach Hause zu bringen, aber nach ein paar Kilometern kam ihm eine bessere Idee. „Planänderung“, wies er den Fahrer an. „Bringen Sie uns zum Plaza.“

Sophie zog eine Augenbraue hoch. „Ich dachte, wir würden in meine Wohnung fahren?“

„Bei dir wurde doch eingebrochen. Wer weiß, wie es dort aussieht.“

„Stimmt, das habe ich ja völlig vergessen“, seufzte sie.

„Das solltest du dir heute Nacht nicht antun. Ich würde dich auch mit zu mir nehmen, aber die Klimaanlage funktioniert nicht, und mittlerweile hast du ja mitbekommen, dass ich mit der Hitze auf Kriegsfuß stehe."

Sie lächelte. „Allerdings. Dann also das Plaza? Das ist aber schon sehr nobel."

„Wir nehmen uns das beste Zimmer, das wir kriegen können – geht auf meine Rechnung."

„Die sollte eigentlich ich übernehmen. Immerhin habe ich noch ein paar hundert Dollar in bar bei mir."

„Aber ich besitze eine Kreditkarte."

„Ich doch ebenfalls. Schon seltsam, dass wir die jetzt wieder benutzen können, oder? Meinst du, es ist wirklich vorbei, Damon? Klar, Elena und Michael sind tot und Karen befindet sich im Krankenhaus, aber immerhin sind da draußen noch weitere gefährliche Spieler."

„Die sind voll und ganz damit beschäftigt, ihre eigenen Ärsche zu retten, und werden sich mit Sicherheit nicht mehr mit uns aufhalten, glaub mir." Er hielt kurz inne. „Es wird allerdings eine Weile dauern, bis sich für dich wieder alles normal anfühlt. So ein Wiedereinstieg ist nie einfach."

Sie legte den Kopf schief und blickte ihn nachdenklich an. „Warst du schon mal in einer ähnlichen Situation?"

„Bereits zwei Mal, aber ich war nie wirklich lange undercover. Ein Einsatz währte vier Tage, der andere ging über zwei Monate, aber jedes Mal fühlte es sich hinterher seltsam an, wieder seinen eigenen Namen benutzen zu dürfen."

„Ich freue mich auch schon darauf, nicht jede Sekunde über die Schulter blicken zu müssen, aber bis dahin ist es noch ein langer Weg."

Er nickte und bemerkte die Anspannung in ihren Augen. „Irgendwann schaffst du es." Er nahm ihre Hand in die seine und drückte sie leicht. „Du warst unglaublich heute – in jeder Hinsicht."

„Die meiste Zeit hatte ich Todesangst.“

„Du bist sehr mutig, Sophie. Dein Vater wäre mehr als stolz auf dich.“ Kaum, dass er diese Worte ausgesprochen hatte, bereute er sie, als er sah, wie sich ein Schatten auf ihr Gesicht legte. „Bitte entschuldige. Vielleicht sollten wir uns darauf einigen, die nächsten paar Stunden nicht über ihn und seine Taten zu reden.“

„Das ist schon okay. Selbst wenn wir nicht darüber sprechen, ist es doch immer präsent. Ich muss das einfach alles erst mal verarbeiten.“

„Das wirst du auch.“

Er schaute aus dem Fenster, während der Wagen sich seinen Weg durch die Stadt bahnte. Kaum zu glauben, dass er erst vor ein paar Wochen hierhergekommen war. So viel war seitdem geschehen, und noch viel mehr hing in der Luft.

„Du denkst darüber nach, was wohl als Nächstes kommen wird, nicht wahr?“, fragte Sophie. „Eigentlich bist du nach New York gekommen, um für meinen Vater zu arbeiten und um Teil seines Teams zu werden, aber ich bin mir sicher, dass seine Abteilung sich einer massiven Überprüfung und Neuorganisation unterziehen muss.“

„Um es einmal vorsichtig auszudrücken. Und auch ich werde diverse Verhöre über mich ergehen lassen müssen.“

„Glaubst du, wir bekommen Schwierigkeiten, weil wir das Auto gestohlen haben?“

Bei dieser Frage musste er lächeln. „Das ist wahrscheinlich die letzte Sache, die sie uns ankreiden werden. Aber nein, mach dir keine Sorgen. Das FBI wird sich um alles kümmern, jetzt, wo klar geworden ist, dass wir das Gesetz nicht gebrochen haben.“

„Das kann ich nur hoffen. Wie gut, dass Peter nicht ebenfalls schuldig ist. Ich habe ihn immer für einen netten Kerl gehalten und es ist schön zu wissen, dass ich richtig damit lag, was ja bei den meisten meiner Vermutungen nicht der Fall war.“

Sophie hatte in dieser Woche definitiv einiges von ihrer

Unschuld verloren, aber das würde sich wieder geben. Tief in ihrem Inneren konnte sie nicht anders, als an das Gute in den Menschen zu glauben. Es mochte eine Weile dauern, bis sie sich von all dem Bösen erholt hatte, das ihr in den letzten Tagen widerfahren war, aber sie würde einen Weg finden.

„Hast du vor, in New York zu bleiben?“, erkundigte sie sich.

„So weit voraus habe ich noch gar nicht gedacht.“ Im Moment konnte er sich weder vorstellen, Sophie zu verlassen noch die Stadt, in der sie lebte. „Warten wir erst mal ab, wie sich die Dinge entwickeln, wer verhaftet wird, welche Anklagen erhoben werden, wie Peter das Team neu organisieren will und ob ich da überhaupt noch hineinpasse.“

„Du hast doch bereits Freunde dort – Wyatt und Bree. Ich gehe mal davon aus, dass Wyatt nicht mehr verdeckt ermitteln wird.“

„Nein, jedenfalls nicht in dieser Stadt. Keine Ahnung, wie sein Plan aussieht. Bree scheint ihren Job zu mögen, aber sie beschäftigt sich auch nicht mit dem organisierten Verbrechen, sondern sucht nach vermissten Kindern. Das ist ihre Leidenschaft. Sie hat sich nur zu diesem Projekt überreden lassen, um Wyatt und mir zu helfen.“

„Nach verschollenen Kindern? Das ist eine großartige Aufgabe.“

„Und sie ist auch sehr gut darin, aber es kann an die Substanz gehen.“

„Ich kann mir gar nicht vorstellen, was sie da mitmacht.“

„Versuch es lieber gar nicht erst. Du hast für einen Tag genug Schlimmes erlebt.“

„Das habe ich allerdings, und es hat mir gereicht. Ich bin hundemüde und gleichzeitig so überdreht, dass ich nicht weiß, ob ich schlafen oder lieber fünf Kilometer rennen sollte.“

„Wie wäre es mit einem gesunden Mittelmaß?“, schlug Damon vor und legte den Arm um sie, sodass sie ihren Kopf an seine Schulter lehnen konnte.

„Das fühlt sich gut an“, flüsterte sie.

„Allerdings.“

Plötzlich setzte sie sich nochmals auf. „Meinst du, wir hätten nach Brooklyn zurückfahren sollen? Immerhin haben wir einige Sachen dort gelassen.“ Sie drückte sich vage aus, offensichtlich wollte sie im Beisein des Fahrers das Geld nicht erwähnen.

„Kurz bevor wir gegangen sind, hat Wyatt mir versichert, dass er nochmals hinfahren und alles holen würde, was von Wichtigkeit ist.“

„Wer wird den Koffer und seinen Inhalt in Obhut nehmen?“

„Keine Ahnung, aber ich bin mir ziemlich sicher, dass er als Beweisstück einige Zeit unter Verschluss bleiben muss. Doch bestimmt kannst du deinen Teil davon einfordern.“

„Ich will nichts davon“, erwiderte sie und schüttelte entschieden den Kopf. „Wenn überhaupt, würde ich es an jemanden verschenken, der es wirklich braucht, vielleicht an eine Person mit einer schweren Krankheit, deren Versicherung die Behandlung nicht übernimmt.“

Er bemerkte die Tränen, die ihr in die Augen stiegen und erkannte, dass der Adrenalinrausch sich zu verflüchtigen begann. „Das ist eine großartige Idee.“

Das Taxi bog in die Einfahrt des Hotels ein. Er bezahlte den Fahrer und führte Sophie hinein. Sie schafften es, eine der Luxussuiten im obersten Stock zu ergattern. Der Preis war mehr als unverschämt, aber das war ihm egal. Heute Nacht wollte er, dass Sophie sich so richtig wohl fühlte, die Schönheit der Welt wiederentdeckte und alles Hässliche vergaß.

Als sie ihr Zimmer betraten, registrierte er erfreut ihren erstaunten Blick.

„Das ist spektakulär, Damon“, sagte sie, während sie die Suite durchquerte, die Plüschsofas und -stühle befühlte, den Blick aus dem zweiundzwanzigsten Stock auf die Stadt unter sich genoss und die voll ausgestattete Küche mit einer Schale

Obst auf der Anrichte und einem gut befüllten Kühlschrank inspizierte.

Er folgte ihr ins Schlafzimmer, und der Anblick des Kingsize-Bettes gefiel auch ihm ausnehmend gut.

Sophie wanderte weiter ins Badezimmer und kam mit einem noch größeren Lächeln auf dem Gesicht wieder heraus. „Es gibt eine riesige Badewanne und eine Dusche für zwei, jeglichen Luxus, den man sich nur vorstellen kann. Das muss dich ein Vermögen gekostet haben, Damon.“

Er lachte. „Das ist mir so was von egal. Wir haben es uns verdient.“

Sie warf ihm die Arme um den Hals. „Und wie wir uns das verdient haben“, sagte sie und presste ihren Mund auf den seinen.

Die Welt um sie herum versank im Nichts. Es fühlte sich wie eine Ewigkeit an, seit er sie das letzte Mal geküsst hatte.

Er zog sie fest an sich, wollte jeden Zentimeter ihres Körpers spüren – von ihrem seidigen Haar über ihre weiche Haut, ihre empfindlichen Brüste, ihre kurvigen Hüften und ihre heiße Vulva bis hin zu ihren glatten, sexy Beinen, die sich perfekt um die seinen schlangen.

Am liebsten hätte er sie aufs Bett geworfen und nie mehr aufstehen lassen. Aber es war nicht nur der Sex, nach dem er verlangte, sondern der gesamte Mensch. Er wollte an ihrem Leben teilhaben, mit ihr reden und lachen, gemeinsam die Zukunft bestreiten.

Eigentlich hatte er sich immer eingeredet, Liebe würde für ihn nicht existieren ... aber das hier fühlte sich verdammt danach an.

Vor langer Zeit hatte er eine Barriere aus Stahl um sein Herz errichtet, um sich vor weiteren Schmerzen zu schützen. Sophie jedoch war sein Kryptonit – im guten Sinne. Er wollte nicht länger in einer kalten, einsamen Festung vor sich hinvegetieren; er wollte mit ihr zusammen sein.

Als sie sich von ihm löste, war er enttäuscht und vermisste sie augenblicklich.

Sie jedoch lächelte, packte den Saum ihres Shirts und zog es sich über den Kopf.

Beim Anblick ihrer üppigen Brüste, die aus ihrem Spitzen-BH quollen, lief ihm das Wasser im Mund zusammen und er spürte, wie er hart wurde. „Hast du gesagt, dass es in diesem Badezimmer *alles* gäbe?“

„So ist es. Zweite Schublade oben links.“

Er zog eine Augenbraue hoch. „Das hast du schon überprüft?“

„Nachdem ich dieses Zimmer gesehen habe – selbstverständlich.“ Sie entledigte sich ihres BHs. „Beeil dich!“

Er schaffte es in Rekordzeit ins Bad und wieder zurück und riss sich bereits unterwegs die Kleider vom Leib, da er es kaum erwarten konnte, sich zu dieser wunderschönen, nackten Frau zu legen.

„Das Bett ist ja riesig. Hoffentlich verliere ich dich hier drinnen nicht“, neckte sie ihn.

„Keine Chance“, erwiderte er und zog sie in seine Arme. „Ich habe vor, dich die ganze Nacht über festzuhalten.“

„Ich zähle auf dich“, sagte sie – und er hielt sein Versprechen.

Drei Mal liebten sie sich, und jedes Mal, wenn sie aufwachten, mussten sie einander sofort wieder berühren. Jetzt kitzelten die ersten Sonnenstrahlen ihre Lider, aber sie hatte fast Angst davor, die Augen zu öffnen. Die Nacht war wundervoll gewesen, aber das waren alle Nächte, die sie mit Damon verbrachte.

Der darauffolgende Morgen war dann nie so prickelnd. Sie wollte sich nicht umdrehen und wieder einmal entdecken müssen, dass er weg und seine Seite des Bettes leer war. Die Nacht sollte noch nicht vorbei sein.

Er hatte ihr gestanden, dass er für die Dunkelheit gemacht war und die Sache bei Tageslicht ganz anders aussah. Das stimmte nicht. Er war zu jeder Zeit wunderbar – der beste Mann, den sie je kennengelernt hatte.

Tränen drohten, hinter ihren Lidern hervorzuquellen. *Sie würde nicht weinen! Sie würde die Zeit, die ihnen noch blieb – egal, wie lange es auch sein mochte –, nicht ruinieren.*

„Sophie?“

Seine heisere Stimme ließ ihr Herz schneller schlagen. „Ja?“, entgegnete sie mit noch immer geschlossenen Augen.

„Bist du wach?“

„Vielleicht.“

„Warum hast du dann noch immer die Augen zu?“, fragte er und ließ einen Finger an ihrem nackten Arm hinunterwandern.

„Ich bin nicht sicher, ob ich schon bereit dazu bin aufzustehen.“ Seine Lippen fanden die ihren und die Liebe, die sie für ihn empfand, raubte ihr fast die Besinnung. Als sie sich endlich dazu durchrang, ihn anzusehen, fand sie sein Gesicht nur wenige Zentimeter von dem ihren entfernt. „Hallo.“

Er lächelte sie liebevoll an. „Guten Morgen.“

Sie fuhr sich mit der Zunge über die Lippen. „Du bist noch hier.“

Verständnis machte sich auf seinen Zügen breit. „Deswegen wolltest du also deine Augen nicht öffnen.“

„Man sollte meinen, ich hätte mich mittlerweile daran gewöhnt, dass du immer zuerst aufstehst und mit deinem Tag – deinem Leben – weitermachst. Mir ist klar, dass es darauf hinausläuft. Du musst mir nichts erklären. Es ist schon okay, ich habe verstanden. Du hast dein Leben, und ich meines. Die Gefahr ist vorüber. Von daher musst du dir keine Gedanken machen, wenn du jetzt gehst. Alles ist in bester Ordnung.“

„Bist du fertig?“, fragte Damon. „Darf ich jetzt auch mal was sagen?“

„Wenn du möchtest.“

„Ja, ich habe dir gestanden, dass Liebe nicht so mein Ding ist, dass ich kein Interesse an einer Beziehung habe, nicht an so etwas wie Seelenverwandtschaft oder ‚auf immer und ewig‘ glaube.“

„Das hast du“, stimmte sie zu.

„Offensichtlich lag ich damit falsch.“

„Tatsächlich?“ Ihr Herz begann, schneller zu schlagen.

„Ja. Ich will eine Beziehung mit dir, eine für die Ewigkeit, weil du mir mein Herz und meine Seele gestohlen hast.“

Eine Welle des Glücks erfasste sie. „Wirklich? Es ist nicht nur die Nachwirkung von erstaunlich gutem Sex?“

Er lachte. „Ich kann das später nochmals wiederholen, wenn du möchtest, aber da ich vorhabe, noch ganz oft Sex mit dir zu haben, wüsste ich nicht, wann die Nachwirkungen je einsetzen würden.“ Er hielt inne und sein Blick wurde ernst. „Aber das, was ich dir gesagt habe – dass ich, was Liebe anbelangt, nicht der Beste bin –, ist trotzdem wahr. Mit Sicherheit werde ich Fehler machen, Sophie. Ich bin nicht gut darin, meine Gefühle zu zeigen. Wahrscheinlich wirst du mich jeden einzelnen Tag verfluchen. Allerdings werde ich mein Möglichstes versuchen, um dich glücklich zu machen – vorausgesetzt, du bist gewillt, uns eine Chance zu geben.“

„Trotz dieser schlechten Referenz bin ich definitiv interessiert“, neckte sie ihn, wurde aber gleich darauf ebenfalls ernst. „Ich will dich nicht ändern, Damon, sondern nur lieben. Schon in dem Augenblick, als ich dich das erste Mal gesehen habe, habe ich mich in dich verliebt. Damals allerdings waren wir noch nicht bereit. Jetzt, denke ich, sind wir es.“

„Das denke ich auch“, sagte er mit heiserer Stimme. „Und auch ich möchte nichts an dir verändern, Sophie. Du sollst haben und tun, was dir Freude bereitet – deine Arbeit an der NYU, deine Ausgrabungen auf der ganzen Welt – was auch immer dich zum Lächeln bringt."

„Dazu braucht es nur dich. Ich denke, wir bekommen das geregelt. Zwar lebe ich gerne in New York, würde aber jederzeit wegziehen, wenn du woanders hin müsstest. Alles ist verhandelbar."

Er grinste. „Auf diese Art von Verhandlungen mit dir freue ich mich jetzt schon." Erneut küsste er sie. „Aber eines müssen wir vorher noch klarstellen."

„Und das wäre?"

„Ich will nicht, dass du jemals wieder Angst davor hast, deine Augen zu öffnen, Sophie. Möglicherweise stehe ich vor dir auf oder bin unterwegs, um Pancakes zu besorgen, aber ich werde immer wieder zurückkommen. Ich werde dich nie mehr verlassen."

Sie nickte. „Du hast mich ebenfalls am Hals."

„Und noch eine Sache …"

Sie runzelte die Stirn und spürte die Veränderung in seiner Stimmung, während sein Blick sich verdunkelte. „Was denn noch?"

„Ich fühle mich ein wenig schuldig, dass ich dich jetzt, wo du so verwundbar bist, zu diesem entscheidenden Gespräch gedrängt habe. Es gibt noch so viel, was du emotional verarbeiten musst. Wir können das auch zu einem späteren Zeitpunkt fortsetzen. Ich wollte nur, dass du weißt, dass ich hier bin und nirgendwo hingehe."

„Das weiß ich sehr zu schätzen. Ja, da sind jede Menge Gefühle, die es aufzuarbeiten gilt. Aber du und ich – wir sind robust. Ein unschlagbares Team."

Erleichterung machte sich in seinem Blick breit, und sie verspürte den Impuls, ihn ebenfalls beschützen zu wollen.

Damon hatte jeden Tag aufs Neue für sie sein Leben aufs Spiel gesetzt, sein Herz jedoch stets außen vor gelassen. Von daher war sie unglaublich gerührt, dass er sich jetzt so öffnete.

„Wie wäre es mit Frühstück?“, erkundigte er sich. „Ich bestelle dir alles, was du dir wünschst.“

„Das sollte nicht sonderlich schwer werden, weil ich nur dich möchte. Fürs Essen ist später auch noch Zeit.“

„Viel später“, stimmte er zu, ließ seinen Mund über ihren Hals wandern und sorgte wieder einmal dafür, dass ihr die Sinne schwanden.

EPILOG

Einen Monat später …

Im Haus ihres Vaters hatte Sophie gerade den letzten Karton zugeklebt und schob ihn an die Wand, wo weitere vier auf den Umzug warteten. Die Möbel waren bereits abgeholt und auf Kommission verkauft worden, nur die Kisten mit den persönlichen Gegenständen waren noch da.

Die meisten Sachen ihres Vaters hatte sie wohltätigen Zwecken gespendet, die Fotoalben und einige Familienschätze jedoch an sich genommen. Als Geschichtsliebhaberin konnte sie sich einfach nicht von allem trennen. Eines Tages würde sie ihren Kindern von ihrer Mutter und ihrem Vater erzählen und einige ihrer liebsten Erinnerungsstücke an die nächste Generation weiterreichen.

Als sie sich in dem leeren Raum umsah, verspürte sie anstatt der erwarteten Wehmut eher Erleichterung. In den vergangenen vier Wochen hatte sie endlich Zeit zum Trauern gefunden. Beim Durchsehen seiner Sachen waren dann schließlich auch die

Tränen geflossen, und sie konnte sich sogar überwinden und das Buch mit den Anweisungen lesen, um das sie stets einen großen Bogen gemacht hatte.

Außerdem hatte sie ein kleines Dinner zum Gedenken an ihren Vater abgehalten und dazu ein paar seiner engsten Freunde eingeladen: Harrison Delano, Peter Hunt, Diane Lewis und Senator Raleigh. Alle waren mehr als schockiert gewesen über die Rolle, die Michael Brennan bei all dem spielte, und obwohl Sophie an der Aufrichtigkeit einiger der Anwesenden leichte Zweifel hegte, war sie doch glücklich gewesen, dass alle erschienen waren, um ihrem Dad die letzte Ehre zu erweisen. Die Presse hatte ihn völlig in der Luft zerrissen, aber seinen langjährigen Freunden war das egal, und ihr ebenso. Sie hatte ihren Frieden gemacht mit dem, was er getan hatte und liebte ihn noch immer dafür, dass er ihr ein guter Vater gewesen war und sein Möglichstes versucht hatte, sie auf jegliche Art und Weise zu unterstützen.

„Sind die Kisten bereit zum Abtransport?“, fragte Damon, der gerade das Zimmer betrat. Er trug Jeans und ein T-Shirt und sah so sexy und attraktiv aus wie eh und je. Sie fragte sich, ob sie dem jemals überdrüssig werden würde, ihn durch die Tür kommen zu sehen, und bezweifelte es.

Damon hatte für den Tag einen Lastwagen organisiert, damit sie nicht nur die Sachen ihres Vaters aus dessen Haus schaffen, sondern auch gleich ihre und seine Sachen aus ihren jeweiligen Wohnungen holen konnten. Sie hatten sich gemeinsam in der Nähe der Universität ein Apartment gemietet. Es war perfekt, ein Schlafzimmer, im Erdgeschoss gelegen und mit einer kleinen Terrasse, was in der Stadt so gut wie nicht zu finden war. Was aber noch wichtiger war: Es besaß eine hervorragend funktionierende Klimaanlage.

„Worüber lächelst du?“, erkundigte sich Damon neugierig.

„Über dich“, entgegnete Sophie. „Und ich musste an unsere

Wohnung denken, wie kühl es dort in heißen Sommernächten sein wird."

Er grinste. „Ich muss ehrlich zugeben, das mit der Klimaanlage gefällt mir. Aber wenn du in meiner Nähe bist, wird es trotzdem schwierig werden, cool zu bleiben."

Damit hatte er zweifellos recht. In den vergangenen Monaten war es ihnen kaum gelungen, die Hände voneinander zu lassen. Für einen Mann, der stets auf seinen Freiraum bestand, hatte er sich überraschend schnell daran gewöhnt, seinen Raum mit ihr zu teilen.

„Also, wo bleibt denn nun deine angekündigte Manpower?", erkundigte sich Sophie.

„Hat hier jemand nach Manpower gefragt?", schnappte Wyatt, der gerade zur Tür hereinkam, ihre Frage auf. Bree folgte ihm auf dem Fuß.

„Damit hat sie bestimmt Frauenpower gemeint", fügte diese trocken hinzu.

„Nein, eigentlich bezog sich das auf jegliche Art von Hilfe", antwortete sie lachend. „Ich weiß es wirklich zu schätzen, dass ihr uns bei all diesen Umzügen helft. Sicherlich hättet ihr an eurem freien Samstag Besseres zu tun."

„Ich bin einfach nur froh, nicht noch einen Lügendetektortest über mich ergehen lassen zu müssen", sagte Wyatt. „Wie viele von diesen Geräten soll ich denn bitte noch überzeugen?"

„Ich wusste gar nicht, dass das noch immer nicht abgeschlossen ist", sagte Sophie stirnrunzelnd.

Wyatt sah sichtlich besser aus als bei ihrer ersten Begegnung. Er hatte ein paar Kilos zugelegt und sein Gesicht war nicht mehr so hohlwangig und blass. Er hatte die letzten Wochen damit zugebracht, in zermürbenden Interviews Rede und Antwort zu stehen, damit das FBI ausreichend Beweismaterial gegen die Venturis und die Belenkos zusammentragen konnte – und natürlich auch gegen Karen Leigh, die ihre Verletzungen auf wundersame Weise überlebt hatte. Als Gegenleistung für ihre Aussagebereitschaft würde ihre Strafe milder ausfallen als die der anderen Beteiligten. Nichtsdestotrotz würde man sie für das, was sie getan hatte, zur Rechenschaft ziehen, und Sophie war froh darüber.

„Ist hoffentlich bald vorbei", antwortete Wyatt. „Übrigens – anscheinend ist es nicht möglich, die Belenkos in den USA vor Gericht zu stellen. Daher haben wir uns entschlossen, einige unserer vertraulichen Informationen an unsere Freunde in Osteuropa weiterzuleiten, und so wie es aussieht, werden die sie dort drüben für ihre Verbrechen einbuchten."

„Das sind ja fantastische Neuigkeiten." Sophie hatte sich schon Sorgen gemacht, dass die Belenkos, obwohl deren Versuch, in den USA Fuß zu fassen, gescheitert war, dennoch in der Ukraine weiterhin ihr Unwesen treiben könnten. Das schien sich damit erledigt zu haben.

„Und, Damon, wie sind deine Pläne?", erkundigte sich Wyatt. „Ich habe Gerüchte gehört, dass du das FBI verlassen willst, dann jedoch wieder, dass du uns erhalten bleibst, aber niemand scheint Genaueres zu wissen."

„Das würde mich auch interessieren", mischte Bree sich ein. „Und wenn du heute am Umzugstag meine Hilfe möchtest, hätte ich gerne ein paar Antworten. Wirst du die Abteilung für organisiertes Verbrechen übernehmen?"

„Nein, ganz sicher nicht", antwortete Damon und schüttelte den Kopf. „Für diesen Bereich hatte ich mich nur interessiert, weil Alan mich bat, für ihn zu arbeiten. Ich denke, ich möchte etwas komplett anderes machen."

„Und was?", fragte Wyatt neugierig.

„Das weiß ich noch nicht. Ich muss erst noch mal in Ruhe darüber nachdenken. Ich habe Peter gesagt, dass ich seit gut dreizehn Jahren keinen Urlaub mehr hatte, also werde ich mir erst mal eine Auszeit nehmen. Wenn er im September immer noch daran interessiert ist, mich einzustellen und mir eine Position anbieten kann, die uns beiden entspricht, bin ich dabei."

„Und was treibst du bis dahin?", fragte Bree grinsend. „Oder ist das zu persönlich?"

Damon grinste zurück. „Abgesehen *davon*", meinte er spitz, „werden Sophie und ich nach Ägypten gehen, um an einer archäologischen Ausgrabung teilzunehmen."

„Ernsthaft?", Bree war überrascht. „Du nimmst dir eine Auszeit, um im Dreck zu wühlen?"

„Zur Abwechslung mal in echtem Dreck", entgegnete er glücklich lächelnd. „Ich kann es kaum erwarten."

Verblüfft schüttelte Bree den Kopf. „Ich weiß zwar nicht, wie du das angestellt hast, Sophie, aber dieser neue Damon gefällt mir."

„Ich habe gar nichts gemacht", verteidigte sich diese, während Damon zu ihr herüberkam und seinen Arm um sie legte. „Und nur fürs Protokoll, der alte Damon hat mir ebenfalls gut gefallen."

Wyatt räusperte sich. „Okay, Leute, genug von diesem Herzchen-und-Blümchen-Scheiß! Wollen wir jetzt die Kisten abtransportieren, oder was?"

„Das machen wir", stimmte Sophie zu. „Aber eine Sache interessiert mich noch, Wyatt: Was hast du so vor?" Der Mann war ihr nach wie vor ein Rätsel. „Bleibst du in New York?"

„Nein. Ich gehe nach London", antwortete er.

„Was ist denn in London?", fragte Damon.

„Mal schauen, was sich so ergibt", antwortete Wyatt grinsend.

„Bitte halt dich aus weiteren Schwierigkeiten raus", bat Damon ihn.

„Wo bleibt denn da der Spaß?"

„Wirst du wieder undercover arbeiten?", wollte nun auch Sophie wissen.

„Nein, in nächster Zeit nicht. Ich will erst mal ganz ich selbst sein.“

Sie fragte sich, ob das der Wahrheit entsprach. Was ihn betraf, war sie sich sicher, dass die Leute nur das von ihm zu sehen bekamen, was er ihnen zu zeigen gewillt war.

Sie wandte sich an Bree. „Ich hoffe doch, du zumindest bleibst in New York?“

„Das werde ich. Ich liebe meine Arbeit hier und rechne fest damit, dich und Damon wieder öfters zu sehen, wenn ihr aus eurem Sommerurlaub zurück seid.“

„Ganz bestimmt“, versprach sie. „Dann sollten wir jetzt mal anfangen, die Kisten in den LKW zu verladen.“

Während Bree und Wyatt jeweils eine der Boxen packten und nach draußen schleppten, wandte sich Damon mit einem fragenden Blick ihr zu. „Alles in Ordnung, Sophie? Ist es schmerzhaft und traurig für dich, dieses Kapitel hier abzuschließen?“

„Ein wenig schon“, gab sie zu. „Aber nicht zu sehr. Diese Stätte birgt nicht allzu viele Erinnerungen. Als wir unser altes Haus aufgeben mussten – das, in dem wir wohnten, als meine Mutter noch lebte –, war es wesentlich härter. Aber ich habe gelernt, dass Liebe nicht an das gebunden ist, was wir besitzen, sondern an die Person, mit der wir zusammen sind. Und ich bin einfach nur glücklich, dass du diese Person bist.“

„Ich ebenfalls.“ Er blickte sie liebevoll an. „Gemeinsam werden wir uns ein wunderbares Leben aufbauen, Sophie. Wahrscheinlich kannst du dir das im Moment nur schwerlich vorstellen ...“

„Das stimmt nicht“, unterbrach sie ihn. „Ich liebe dich, Damon, und daran wird sich nie etwas ändern. Wir passen perfekt zusammen – sowohl nachts wie auch am Tag.“

Er lächelte. „Seit ich jeden Tag neben dir aufwache, finde ich die Morgen auch so viel besser.“

„Ich ebenfalls.“

„Ich liebe dich, Sophie.“ Er küsste sie und griff dann nach einer der Kisten. „Lass uns loslegen – unser restliches Leben wartet auf uns.“

„Ich kann es kaum erwarten.“

# # #

TÖDLICHES GERÜCHT'

FBI-Spezialagentin Bree Adams hat ein persönliches Geheimnis, etwas, das sie in den letzten zehn Jahren vor allen zu verbergen vermochte–zumindest dachte sie das immer. Aber eine zufällige Begegnung im Zug und geflüsterte Worte mit beängstigenden Konsequenzen verändern plötzlich alles. Kommt jetzt die Wahrheit ans Licht oder spielt nur jemand mit ihrem Verstand und ihrem Leben?

Nathan Bishop kennt Bree noch aus der Zeit, als sie beide Straßenkinder waren. Aufgrund ihrer dunklen Vergangenheit stand er einst tief in ihrer Schuld und musste dafür bezahlen. Das Letzte, was er möchte, ist, ihr noch einmal zu helfen. Er hat sich ein neues Leben aufgebaut–ein Leben, das er mit einem Schritt in die falsche Richtung wieder verlieren könnte. Aber die schöne Bree ist verzweifelt–wie könnte er sie da im Stich lassen?

Um die Wahrheit herauszufinden und unschuldige Leben wie auch ihre eigenen zu schützen, müssen sie sich durch ihre Vergangenheit kämpfen und Entscheidungen treffen, die ihnen das Herz brechen könnten, denn hinter jeder Ecke lauert die Gefahr.

„Sie werden Tödliches Gerücht lieben. Eine spannungsgeladene Reise vom ersten Satz an." J. Stryker – Goodreads

ÜBER DIE AUTORIN

Barbara Freethy ist eine der Nr. 1 New-York-Times-Bestsellerautorinnen und hat 70 Romane veröffentlicht, unter anderem zeitgenössische Romanzen, spannende Liebesromane und Literatur für Frauen. 25 ihrer Romane sind auf den Bestsellerlisten der New York Times und USA Today erschienen, und sie hat weltweit über 14 Millionen Exemplare verkauft!

Barbaras Bücher sind bekannt für ihre fesselnden Handlungen, emotionalen Liebesgeschichten und konfliktreichen Dramen, sodass man sie nicht mehr aus der Hand legen kann! Eine vollständige Auflistung ihrer Bücher sowie Auszüge und Preisausschreiben finden Sie auf: www.barbarafreethy.com.

Printed in Poland
by Amazon Fulfillment
Poland Sp. z o.o., Wrocław

88902156R00211